Prelúdio e Fuga do Real

LUÍS DA CÂMARA CASCUDO

Prelúdio e Fuga do Real

São Paulo
2014

© Anna Maria Cascudo Barreto e
Fernando Luís da Câmara Cascudo, 2012

1ª Edição, Fundação José Augusto, 1974
2ª edição, Global Editora, São Paulo 2014

Diretor Editorial
Jefferson L. Alves

Estabelecimento do Texto e Revisão Final
Daliana Cascudo Roberti Leite

Editor Assistente
Gustavo Henrique Tuna

Gerente de Produção
Flávio Samuel

Coordenadora Editorial
Erika Alonso

Assistente Editorial
Thaís Fernandes

Revisão
Andreia Braz
Esther O. Alcântara
Fátima Maria Dantas
Nelson Patriota

Revisão Geral e Notas
Humberto Hermenegildo de Araújo

Tradução
Alessandra Castilho da Costa (alemão)
Massimo Pinna (italiano)
Regina Lúcia de Medeiros (francês)
Renan Marques Liparotti (latim)
Samuel Anderson de Oliveira Lima (espanhol)
Rosanne Bezerra de Araújo (inglês)

Foto de capa
Ivan Russo

Capa
Eduardo Okuno

CIP-BRASIL. CATALOGAÇÃO NA PUBLICAÇÃO
SINDICATO NACIONAL DOS EDITORES DE LIVROS, RJ

C331p

Cascudo, Luís da Câmara, 1898-1986.
  Prelúdio e fuga do real / Luís da Câmara Cascudo.
– [2. ed.] – São Paulo : Global, 2014.

ISBN 978-85-260-2037-5

1.Ficção brasileira. I. Título.

14-09969
CDD: 869.93
CDU: 821.134.3(81)-3

Direitos Reservados

Global Editora e
Distribuidora Ltda.
Rua Pirapitingui, 111 – Liberdade
CEP 01508-020 – São Paulo – SP
Tel.: (11) 3277-7999 – Fax: (11) 3277-8141
E-mail: global@globaleditora.com.br
www.globaleditora.com.br

Obra atualizada conforme o
Novo Acordo Ortográfico da Língua Portuguesa

Colabore com a produção científica e cultural.
Proibida a reprodução total ou parcial desta obra
sem a autorização do editor.

Nº de catálogo: **2958**

Nota explicativa

Esta publicação, realizada em coedição com a Editora da Universidade Federal do Rio Grande do Norte (EDUFRN), recebeu revisão gramatical e atualização ortográfica, assim como o acréscimo de traduções e notas às incursões do autor em língua estrangeira, procedimentos editoriais que a distinguem da primeira edição, publicada em 1974 pela Fundação José Augusto (Natal-RN). As traduções foram inseridas em notas de rodapé e as notas caracterizam-se, salvo algumas exceções, como acréscimos às traduções de vocábulos, expressões e citações de trechos de obras em língua estrangeira, presentes no corpo dos capítulos, além de informações adicionais sobre as obras citadas. De um modo geral, não foi, portanto, considerada a inclusão de notas sobre dados que não estivessem diretamente relacionados às traduções.

Sobre a reedição de Prelúdio e Fuga do real

A reedição da obra de Câmara Cascudo tem sido um privilégio e um grande desafio para a equipe da Global Editora. A começar pelo nome do autor. Com a anuência da família, foram acrescidos os acentos em Luís e em Câmara, por razões de normatização bibliográfica. Foi feita também a atualização ortográfica, conforme o Novo Acordo Ortográfico da Língua Portuguesa; no entanto, existem muitos termos utilizados no nosso idioma que ainda não foram corroborados pelos grandes dicionários de língua portuguesa nem pelo Volp (Vocabulário Ortográfico da Língua Portuguesa) – nestes casos, mantivemos a grafia utilizada por Câmara Cascudo.

O autor usava forma peculiar de registrar fontes. Como não seria adequado utilizar critérios mais recentes de referenciação, optamos por respeitar a forma da última edição em vida do autor. Nas notas foram corrigidos apenas erros de digitação, já que não existem originais da obra.

Mas, acima de detalhes de edição, nossa alegria é compartilhar essas "conversas" cheias de erudição e sabor.

Os editores

Sumário

1 Não abaneis a cabeça 11
2 Um Centauro. Da Educação Racional 21
3 Epicuro. Do prazer sem os sentidos 27
4 Vestris. Dança inevitável 39
5 Barão de Münchhausen. Sem mentira não se vive 49
6 Pentesileia. As mentoras da Igualdade Feminina 57
7 Pan vertical 61
8 Melanchton. As divergências harmoniosas 67
9 Oannés. O Mar é o avô do Homem 77
10 Ramsés II. História é disciplina da imaginação 83
11 Maria Madalena. A falsa Santa da Má-Vida 89
12 Cornélio Agripa. O Climatério Verbal 93
13 Erasmo de Roterdã. A urtiga no arminho 99
14 Nostradamos. Necessidade do Futuro 109
15 Apolônio de Tyana. As traduções do Milagre 115
16 Aristófanes. – Viva o seu personagem! 123
17 Dom Quixote de la Mancha. Hiperestesia do Real 135
18 Machiavelli. Previsões da Física 141
19 O imperador Juliano. A Fé, *ex officio* 149
20 Píndaro. As lúdicas da asa alugada 161
21 Felipe II. A fidelidade da Catástrofe 173
22 Jean-Jacques Rousseau. A Instrução deseduca 181
23 Pangloss. O Mundo está melhor 189
24 Midas. Rito, não castigo 197
25 Shylock. Do Interesse Basal 201

26 Heine. Temperamento e Mentalidade 211
27 Nicéforo. No princípio era o Sonho! 219
28 Michel Eyquem de Montaigne. Catecismo cético 229
29 Menipo. Cinismo em pauta 243
30 Judas de Kerioth. A culpa feliz 251
31 Henrique IV. Elogio do Rei 259
32 Caim. A Verdade de cada um... 275
33 Luís de Camões. O mouro indispensável.............................. 279
34 Metternich. O último cocheiro.. 289
35 O escriba de Memfis. A Legitimidade artística...................... 297

1
NÃO ABANEIS A CABEÇA

Machado de Assis. *A Semana*, 22-XI-1896.

Não, Madame, não creio que os deuses hajam morrido com a vitória do Cristianismo, como a senhora leu no *La Tentation de saint Antoine*[1], publicada por Gustave Flaubert em 1874. Sem pilhéria, tenho a mesma opinião de Henri Heine: **Ces Dieux ne sont pas morts, ce sont des êtres incréés**[2]. Os espíritos não têm substância mortal. Estão acima da lei da Morte. Lúcifer não está vivo, descendo como estrela cadente do Céu para o abismo?

Os deuses do Olimpo estão vivos, como Belzebu, Xangô, Iemanjá, Poluga, Calunga, Mulungu, Nzambi, Jurupari, e os mexicanos, germânicos, chineses, indianos, persas. Sim, Madame, também os de Nínive, Babilônia, Ecbátana, os anteriores aos israelitas na Palestina, mesmo aqueles que ignoramos a invocação, diluídos na solidão do Tempo.

Apenas foram promovidos para a classe diabólica. Frei Bartolomeu Ferreira, o censor dos *Lusíadas* em 1572, avisa-nos: **Todos os Deuses dos Gentios são Demônios!** A intenção teológica é que não devemos invocá-los nem crer. Exemplos da matéria organizada, susceptíveis de apodrecimento, atravessam três milhões de séculos, vindos do Devoniano à contemporaneidade. Exatamente, o peixe Celacanto, um crossopterígio que vive no ocea-

---

1 A tentação de santo Antão – edição brasileira: *As tentações de Santo Antão*. Tradução de Luís de Lima. São Paulo: Iluminuras, 2004.
2 **Esses deuses não morreram, são seres incriados** – citação de "Les Dieux en exil". *Revue des Deux Mondes* T. 2, 1853. Edição brasileira: HEINE, Heinrich. *Os Deuses no Exílio*. Tradução de Márcio Suzuki, Marta Kawano e Hildegard Herbold. São Paulo: Iluminuras, 2009.

no Índico há trezentos milhões de anos, anterior ao Homem, suas alegrias e pesadelos. Quanto mais um ente espiritual, aposentado por limite de função litúrgica, mas tendo sido Divindade para incalculáveis multidões, algumas de alta e reluzente Civilização, gregos, romanos, fenícios, egípcios.

Não, Madame, não me refiro às sobrevivências nas superstições e costumes dos nossos dias, mas a eles mesmos, personalidades miríficas que estão representadas, morfologicamente, em restos de mármore, camafeus, moedas, ex-votos. Tenho a intuição, e Madame sabe que a intuição é um processo aquisitivo do Conhecimento, da vida eterna dos Deuses, brancos, pretos, encarnados, verdes. Não, não vi ainda nenhum deles. A existência independe de comprovação. Ninguém, cientificamente, admitiria a vida atual do Celacanto, avô marítimo da Humanidade, segundo falação eufórica. As impossibilidades biológicas vão, dia a dia, perdendo campo. Ao **highly improbable**, responde-se como Charcot ao jovem Freud: **Ça n'empêche pas d'exister**[3].

Recordo bem essa sua frase de Voltaire: **Notre imagination va au-delà de nos besoins**. Mas, Madame, ele disse também: **Je n'ose plus ni croire ni nier**[4], notadamente nesses assuntos que Miguel de Unamuno denominava **ultratumberias**[5]. Não se trata de umas "recordações da Casa dos Mortos", vivas em nossa lembrança, na imagem de Amado Nervo: **Mientras yo viva, viverán mis Muertos!**[6] Minha romaria é noutra direção.

Estão vivos os Mortos alheios ao nosso interesse ou curiosidade. Havendo uma alma para cada corpo, esta, no nível eterno, manterá a figura material que a alojou na Terra. Doutra maneira não se faria reconhecer nas aparições. Não posso compreender o **puro espírito**, sem contorno defi-

---

3   Ao **altamente improvável**, responde-se como Charcot ao jovem Freud: **Mas isso não é motivo para não existir** – Jean-Martin Charcot (1825-1893): "la théorie, c'est bon mais ça n'empêche pas d'exister", afirmativa sobre os limites da teorização e o primado da prática, reconhecida como fundamental para o confronto do pensamento de Freud com o senso comum ou institucionalizado.

4   **Nossa imaginação vai além das nossas necessidades**. Mas, Madame, ele disse também: **Já não ouso crer, nem negar** (...). Citações de *Micromegas* (1752), de Voltaire. Edição brasileira: *Micromegas e outros contos*. Tradução de Graziela Marcolin. São Paulo: Hedra, 2006.

5   Expressão utilizada por Unamuno em "El Doroteo: un Caso de Soberanía Popular", no livro *Mi vida y otros recuerdos personales* (Buenos Aires: Editorial Losada, 1959), para se referir ao "além-túmulo" ("Me explico a un hombre escéptico o indiferente, que no se preocupe ni poco ni mucho de **ultratumberias** y de reconditeces espirituales, religiosas...").

6   **Enquanto eu viver, viverão meus mortos!** – poema de *Un libro amable*, publicado na obra *En voz baja* (1909).

nido, insusceptível de ser **entendido** pela minha percepção, limitada aos órgãos ou às relações comparativas, conservadas na memória.

Continuam vivendo esses **espíritos** nas aparências físicas utilizadas na travessia da existência terrena. Mesmo na Metempsicose, a alma reaparecerá no invólucro corporal em que foi conhecida. Não abandonará a fisionomia familiar aos olhos do visitado. A impressão comum é que as almas estão dissipadas, notadamente as que viveram antes do advento de Jesus Cristo. Pitágoras está tão vivo quanto José de Arimateia ou o rei Melquisedeque.

Nenhum teólogo, de qualquer religião, defende a **morte** de um espírito. Insustentável. Fundamenta castigos e prêmios extraterrenos, Inferno, Purgatório, Paraíso. Nem se deve admitir categorias substanciais, intrínsecas, entre os seres incorpóreos, fluídicos, sobrenaturais, quanto à perenidade no tempo. A **eternidade** do espírito decorre de sua natureza, independente da matéria perecível. Jamais deixa de existir. Impositivo de lógica formal. A função benéfica ou maléfica não condiciona a ação. Satanás existe, talqualmente Gabriel. Um nas profundezas dos Infernos e o outro ao pé do trono do Onipotente.

Não, Madame, não sei onde estão presentemente vivendo e em que se ocupam os Deuses. Certo é que não precisam de alimentos, agasalhos, abrigo. Henri Heine zombava na informação de que os Olímpicos exerciam profissões humildes, conquistando pão, roupa, casa. Espírito não carece dessa parafernália tristemente humana e subalterna.

As almas não sucumbem. São eternas desde a criação. No ritual das **Encomendações**, a Igreja Católica inclui a rogativa: **Libera me, Domine, a morte aeterna**. A morte-eterna é a condenação às penas perpétuas do Inferno. Deus não pode suprimir uma alma. Mesmo **quae per fragilitatem humanae conversationis peccata commisit**[7]. Entre os castigos a Morte está excluída. A alma **purga** os pecados na temporalidade do Purgatório ou sofre a perpetuidade do Inferno, sem que pereça. Teologicamente, vivem as almas de Adão, Eva, Caim e Abel. Assim também os personagens que respiravam no mês de Nisan em Jerusalém, Pilatos, Judas, Anás (Hanan), Caifás, Cirineu, mulheres, legionários, fâmulos e fariscus. Não podiam, evidentemente, morrer. Quem tem alma, viverá. Não estou enganado, Madame. Pilatos, sim. E deve estar em lugar confortável. Teresa Neumann viu-o no Paraíso. Salvou-se. O conto de Anatole France não o comprometeu.

Henri Heine intitula-os *Deuses no Exílio*, mas não no cemitério. Não há Deus morto. Quando Jesus Cristo estava no túmulo, seu luminoso espírito

---

[7] **Livra-me, Senhor, da morte eterna**. A morte-eterna é a condenação (...). Mesmo **aquela que cometeu pecados pela fragilidade do comportamento humano**.

visitava o Limbo e **descendit ad inferos**[8]. O atributo essencial do espírito é a vida eterna. No Céu ou no Inferno vive!

Madame não nega a presença dos Deuses anteriores ao Cristianismo. Possuímos toneladas de documentos materiais irrecusáveis, templos, ídolos, cipos, estelas, monumentos votivos, espalhados na superfície da Terra. Madame esteve na Grécia, na Itália, percorreu os museus europeus. Não preciso insistir. Não há nada mais positivo que uma igreja para o testemunho existencial de um espírito clemente e misericordioso, ouvindo súplicas e atendendo rogativas. A deusa Rabbat Tânit, de Cartago, ou seja, Vênus, Diana ou Juno, cujos "mistérios" Santo Agostinho ainda assistiu, deixou mais de três mil estelas, promessas pagas proclamando a divina intercessão. Podemos discutir-lhe a ortodoxia, mas não a existência. Um amigo meu, visitando a Acrópole, fez o **sinal da Cruz** porque estava percebendo demasiado o contato dos Deuses desaparecidos, inseparáveis da colina sagrada. Não, Madame, não vou citar a *Prière sur l'Acropole*, de Renan. Ele pensava que os deuses morriam: **Les dieux passent comme les hommes**[9]. Quem não **sente** Minerva no Pártenon, Apolo em Delfos, Netuno em Paestum, no golfo de Salerno? Era possível o **forum** sem a tradição da eloquência jurídica de Roma, força determinante? Os símbolos cristãos nas Catacumbas sem a catequese na capital do Império? Centenas de túmulos são anteriores a Cristo mas a Nova Fé imprimiu passagem indiscutível nos desenhos toscos, alusivos aos devotos, encantados pela mensagem da Vida. E os atributos dos Deuses de outrora revestiam a dignidade incomparável do Messias. Madame não viu Jesus Cristo representado como o "Bom Pastor" no modelo de Hermes Crióforo, ou tocando a lira, rodeado de animais, como Orfeu? *J'en passe et des meilleures*[10]. Silencio toda a Ásia, viveiro de assombros, orla africana do Mediterrâneo, região onde palpitam as pegadas visíveis dos deuses emigrantes.

A infindável vida dos espíritos é crença mansa e pacífica. Ninguém pensa, porém, que esses Imperadores romanos estão resistindo, almas intactas na punição aos seus crimes ou galardões aos méritos. São Gregório Magno, Papa (590-604), tanto orou pelo Imperador Trajano, que

---

8 (...) **desceu aos infernos**, ou à mansão dos mortos.

9 Não, Madame, não vou citar a *Oração sobre a Acrópole*, de Renan. Ele pensava que os deuses morriam: **Os deuses passam assim como os homens.** – *Prière sur l'Acropole*, de Ernest Renan, corresponde originalmente ao segundo capítulo de *Souvenirs d'enfance et de jeunesse* (1883). Edição portuguesa: *Oração sobre a Acrópole*. Tradução de João Gama. Covilhã: Universidade da Beira Interior, 2011.

10 Há muitos outros, e dos melhores, de quem não falei.

Deus o retirou do Inferno, onde padecera quinhentos anos, e levou-o para o Céu, episódio único na história da Igreja. Houve mesmo um movimento piedoso na Idade Média, rezas e missas, em favor do poeta Virgílio. Se este não deixou o Inferno, Dante Alighieri pelo menos situou-o em recanto aprazível. E por que os Deuses, contemporâneos e verídicos para esses homens, estariam despidos das prerrogativas na sobrevivência anímica? Perderam, é verdade, a jurisdição administrativa no plano religioso, qualquer atuação **a sacris**[11] lhes foi interdita, mas conservariam a célula nobre da vitalidade espiritual.

Nós do Brasil, Madame, possuímos o panteão português. Recebemos o Catolicismo com o idioma, formação social, alimentos básicos, cultura popular. Os Deuses encobertos seriam os da divulgação romana. Os anteriores à conquista de Roma, peninsulares da Lusitânia e de influência cartaginesa, ficaram nas camadas mais profundas do subconsciente ibérico. Os Deuses romanos viajaram na literatura e não convergiram para o patrimônio anônimo e brasileiro. Os indígenas e a escravaria africana não tinham culto organizado, capaz de enfrentar o monopólio missionário do século XVI.

Conclusões? Os Deuses não mais podem competir com a Religião oficial e comum, mas talvez se restrinjam às irradiações mentais, captadas misteriosamente, e diametralmente opostas ao nosso critério e norma de conduta. Essas sugestões estranhas, envolventes e sedutoras, atravessando a placidez da nossa mentalidade, surpreendendo-nos pela inopinada tentação, um brusco vendaval arrebatador, desarrumando, perturbando, sacudindo a nossa disposição mental, a ordem hierárquica do viver habitual, talvez se originem dessa fonte. Pode ser também o Diabo, ainda incorrigível mesmo depois da defesa apologética de Giovanni Papini, mas bem possivelmente os Deuses não estejam inocentes da participação influenciadora, mandando-nos soluções, ideias, apetites, bem distantes dos padrões tradicionais do nosso comportamento.

A Psicanálise, Madame, não consegue identificar as raízes impulsionadoras dessas tentações inexplicáveis, fora de todos os elementos da mecânica interior e diária. Vez por outra, aparece como modelo de ação, fórmula que só pode ter vindo da cabeça de uma Potestade sem batismo, ignorante dos Dez Mandamentos da Lei de Deus.

Sim, efetivamente. As almas dos profetas, guerreiros, patriarcas e poetas, de quantos passaram pelo mundo, vivem. Não sei se guardam

---

11 (...) qualquer atuação **em ritos sagrados** lhes foi interdita (...).

lembrança do corpo em que se fizeram notáveis. Não posso afirmar, talqualmente Luís de Camões, se, lá no assento etéreo onde subiram, memória desta vida se consente. Não disse, de modo algum, que o espírito dos Deuses estivesse no Inferno. Tiveram eles aposentadoria por limite de idade funcional, repito. Foram arredados do serviço ativo. Estão proibidos de agir, atuar, interferir, mas é crível uma presença inesperada de volição e, decorrentemente, partirá uma onda, uma emanação, um discreto impulso, clandestino, mas perceptível, impressionando os nossos nervos humanos, sugerindo materialização formal. Certamente haverá **aparelhos** mais predispostos, mais aptos para receber essa vibração, capciosa, inusitada, insinuante, feiticeira. Madame poderá, em dado momento, sentir-se Vênus, Juno ou Hebe, Cibele, Minerva ou Hécate, possuindo pensamentos dignos dessas Deusas, realizáveis ou não. Semelhantemente ocorre para o Sexo-Fraco, para os Homens, independente de profissão, idade e circunstância social.

Montaigne, há quatrocentos anos passados, confidenciava: **Não há quem não sinta em si mesmo por vezes semelhante obsessão de uma ideia brusca, veemente e fortuita. Cabe a cada um de nós dar-lhe ou não certa importância, a despeito do que manda a prudência à qual fazemos ouvidos moucos.**

A alma continua pensando, entendendo, sentindo, raciocinando. L'âme est ce qui nous fait penser, entendre, sentir, raisonner[12], ensinou o bispo Bossuet.

Aí está um dos fundamentos dessa minha lógica. Se esses Espíritos não conservassem as funções perceptivas e motoras para a transmissão da própria Vontade, inúteis seriam penitências, exaltação e sentenças extraterrenas. Se a Alma já não **sente**, não perceberá a punição nem se alegrará com o prêmio da Salvação. Se não raciocina, não compreenderá a Justiça Divina. Como não estou amarrado aos limites fisiológicos do organismo humano, aceito a evidente surpresa dessas funções sem os órgãos correspondentes. Como aqui na Terra, Madame, conhecemos os corpos sem Vontade, devemos crer que vivem Vontades sem corpos, numa perpetuidade que a Morte respeita por serem formações da essência constitutiva da imortal Força criadora, emanações volitivas da **onipotência** de Deus. Por aí se deslocam, agentes, sensíveis, conscientes.

Sim, Madame, lembro-me perfeitamente desse problema. Os **Antigos**, ignorantes da presença de Jesus Cristo porque lhe foram séculos e séculos

---

12 A alma é o que nos faz pensar, entender, sentir, raciocinar – citação de *De la connaissance de Dieu et de soi-méme*, de Jacques Bénigne Bossuet. Paris: L. Lives, 1864.

anteriores, desconhecendo Moisés e sua missão, pelos mesmos motivos, estariam **condenados** por um crime em que tiveram participação, mas não culpa responsável, porque essa pressupõe consciência do delito. Não podiam **prever** a Redenção cristã. Condenados ou não, vivem todos. As Almas eram da mesma substância imperecível da nossa. E seguem possuindo os mesmos atributos. Inadmissível que Sócrates de Atenas e Fílon de Alexandria estejam diluídos, espiritualmente, como poeira. E as inteligências que escreveram nas pedras da montanha, nos tijolos cozidos, no côncavo das ostras. Não apenas eles, mas todos os entes criados, a partir do Aurignacense ou do *Gênesis*. Jesus Cristo sempre negou que os profetas e patriarcas estivessem defuntos. O Pai era o Deus dos Vivos e não égide dos Mortos. Para Ele, viviam todos (*Mateus*, 22.32; *Lucas*, 20.38).

Essa é a pergunta natural, Madame! Irrespondível e natural. Nós não podemos ter a menor ideia da circulação, itinerário, os percursos desses Entes miraculosos. Como viajam, subsistência, recursos atendíveis às exigências do Convívio social entre os Vivos. Devem cumprir os deveres do Consuetudinário como uma submissão a reajustamento, alimentos, bebidas, hospedagem, utilização de todas as formas comuns da aparelhagem moderna, auto, avião, estrada de ferro, cavalo. Preferem, retomando a figura humana outrora possuída, manter o costume social cotidiano, sem exercer as velhas prerrogativas tenebrosas, vestes brancas e luminosas, levitação, voz nasal, aparecimento e desaparecimento inopinado e súbito. Restaurariam a impossibilidade de um contato persuasivo e tranquilo pela **técnica** do Pavor, dispersivo da serena atenção. Daí a preferência pela normalidade comunicativa, **homo qualunque**[13], expondo, debatendo, sugerindo. Cumprem alguma missão reservada e confidencial ou, possuindo o livre arbítrio, satisfazem um imperativo ocasional ou deliberado da Vontade? Não sei, e creio que ninguém sabe.

Temos uma Mentalidade que possui, em última análise, a responsabilidade da Ação no terreno do Comportamento. Comparo-a ao álveo de um rio, em que não correm as mesmas águas da mesma fonte. Cessam de deslizar, sendo substituídas pelo volume de outras, de origem diversa, súbito afluente da caudal.

E assim, outras águas correm, impetuosas ou serenas, sucedendo-se na unidade do leito fluvial. Como se esses confluentes estivessem contidos por uma barragem que os libertasse em determinadas ocasiões, oportunas ou inoportunas, mas reais em sua presença tangível. Quero dizer

---

13 (...) **um homem qualquer** (...).

que, no volante, as mãos mudam sem que o carro abandone a estrada e diminua velocidade.

Os psicólogos e fisiologistas explicam esse complexo mas será melhor evitar a balbúrdia dos intérpretes desavindos.

Minha teoria, Madame, é intuitiva e simples. Cada um de nós é soma de individualidades disputadoras do Poder Executivo na intimidade da Vontade, aparentemente una, coerente, indivisível. Sentimos as vozes diversas, nos timbres característicos: o Legislativo discutindo, o Judiciário aconselhando, o Executivo agindo, com ou sem anuência dos outros dois poderes deliberativos. As entidades imateriais, cuja Vida espiritual começou há milênios ou séculos, fazem a irradiação do seu pensamento, de sua solução para o nosso problema, opinando para a nossa indecisão. Não perderam o interesse pela Vida Social que representamos. Intervêm, mentalmente. Vezes, essa visita invisível independe da coincidência temática. Estamos pensando em coisas diversas quando recebemos a inopinada imagem, inexplicável para o conjunto das conjeturas momentâneas. Nenhuma associação de ideias. Nenhuma sequência, decorrência, articulação consequente. É uma aparição inesperada, dispersando a disposição do que anteriormente cogitávamos. Quem ignora a sensação desse mistério, diário e banal, em cada um de nós? Sugestões dignas de São Francisco de Assis e de Gengis-Kan? De ascetismo e devassidão, pureza comovida e pecado abjeto? São fatos inegáveis, documentando-se em qualquer confissão sincera. Muito rara, ou impossível, será a exceção humana. Essa teoria, não atingindo a vaidade doutrinária, explica a variedade estonteante de nossa Vida interior. Estamos respondendo e dominando, em nós mesmos, as sugestões da Violência e da Brutalidade, da Inveja tóxica e do Desdém dissolvente, amáveis ofertas de Medos, Persas, Assírios e Babilônios, que podem assenhorear-se de muitos Homens de Pouca Fé...

Dessa potência irradiante, a materialidade é incontestável. Mestre Augusto Comte declarou: **En un mot, les vivants sont toujours et de plus en plus dominés par les Morts**[14]. Lição de Scot Erigene: **Toda criatura é virtualmente eterna**. Disse Platão no *Fédon*, XVII: "As almas dos mortos vivem!"

As impressões vêm-vindo, a **ideia brusca, veemente e fortuita**, de Montaigne, repetindo-se, atingindo o córtex cerebral, encontrando aí o vestígio das reações anteriores, o **Climatério Verbal**, de Cornélio Agripa,

---

14 Em suma, os vivos são sempre, e cada vez mais, dominados pelos Mortos – citação de *Système de politique positive*, de **Auguste Comte**, escrito entre 1851 e 1854.

determina o processo de descarga, ação, ato, atitude. Sem querer, saiu Beshrew[15]. Uma assustadora contemporaneidade de milênios...

A Morte existe. Os Mortos, não!

Madame, o jantar está servido!...

---

15 **Beshrew**: "amaldiçoar"; "condenar" – possivelmente, esta forma utilizada por Câmara Cascudo expressa um sentido convergente dos processos descritos por Montaigne e Cornélio Agrippa, respectivamente.

2
Um Centauro. Da Educação Racional

— Bianor Silva? Faça o favor de sentar-se...
Sentou, fazendo ranger a cadeira. Um rapagão de trinta e cinco anos, sólido, possante, sadio, face lisa, escanhoada e morena, olhos penetrantes e perguntadores, boca de lábios inquietos, queixo quadrado, de obstinação invencível. A cabeleira curta, encaracolada, descia-lhe pela nuca, lembrando o Hermes de Praxíteles. Jaqueta esportiva no busto atlético, mostrando a camisa de seda grossa, entreaberta. O cinto de fivela de bronze prendendo as calças amplas, de casimira cinzenta, sapatões de lona, confortáveis, guardando os pés, ágeis e firmes.

— Não me parece brasileiro, apesar do nome...
— Nasci e vivi na Arcádia, vizinha a Élide, quando aquilo era região de bosques e águas correntes, povoada de javalis e cervos. Digamos que fui grego, facilitando o passaporte. Bianor quer dizer "homem violento". É todo o meu nome. Fiz composição com o "Silva", valendo floresta, mato, exatamente o que fui, **um violento homem do mato**, quase um selvagem, como competia aos Centauros...

— Lindo nome! Não o Bianor, mas o Centauro...
— Muito grato, professor. Está falando justamente com um Centauro, legítimo, resistindo, de modo miraculoso, aos milênios. Sou contemporâneo de Folos, Quíron, tranquilos e sábios, e dos bravios, predadores de feras e de mulheres, Arctos, Licos, Nessus, Eurínomos, Ágrios, dos bucólicos Petraios, Oureios, Díalos. Tomei parte no banquete dos Lápitas e combati Teseu e Hércules.

— Literatura, senhor Bianor! Acabo precisamente de ler o verbete de Ronchaud no dicionário de Daremberg e Saglio. Sou doutor em Centaurice. Mas, falta-lhe a clássica metade...

— Não é literatura, professor. É verdade. A minha verdade, nem sempre crível, mas legítima. Nunca usei a banda equina. Lenda, tão impossível quanto cômica. Íxion não poderia fecundar uma nuvem. Píndaro, 447 anos antes de Cristo, registrou a origem fiel, deturpada pela intenção malévola dos humanos. Enamorado de Juno, Íxion confundiu-a com a Nuvem, com forma feminina pelo artifício de Zeus. Dessa união nasceu o primeiro Centauro, como toda Arte arcaica conheceu, homem inteiro, criado pela Nuvem, conservando-se mulher. Teria esse Centauro junção carnal com as éguas da Trácia, e assim vieram os híbridos, humanos pelo Pai e equinos pela herança materna. Já vê que Centauro não é sinônimo de meio-cavalo e ninguém provará que a única descendência centaura provenha das éguas trácias. Somos apenas um povo bravio, impetuoso, de caçadores independentes e sem medo, vivendo nos bosques e mantido pela caça audaciosa. A anca de cavalo foi uma imposição de imagem popular e rude, como ainda dizemos, **é um leão**, **é uma serpente**, referência às características temperamentais. Meio-homens e meio-cavalos, teríamos a impossibilidade material para o amor físico, exceto com as nossas mulheres, as centauras, saudosas e meigas, mães admiráveis, como foram vistas pelo pintor Zêuxis.

– Mas, tudo quanto tenho visto em livro e gravura...

– Exatamente. Tem visto o homem com o posterior de cavalo. O busto saindo do animal, só pelo século de Fídias, quinhentos anos antes da Era Cristã. Mesmo assim, professor, é uma convenção, um mito de engano, um saco de mentiras vistosas como, até finais do século XIX, acreditavam os povos vizinhos que os brasileiros tivessem cauda simiesca. Éramos selvagens, e o selvagem permite essas liberdades morfológicas. Não recorda as primeiras gravuras representando os negros africanos ou os animais pouco conhecidos? Eram sempre inverossímeis. Éramos selvagens até na arrogância de arrebatar mulheres, afrontando reação e morte pelos irmãos, noivos e maridos. Procedíamos melhor que o nosso Pai Júpiter, disfarçando-se, enganando, iludindo as pobres seduzidas. Nós atacávamos como éramos e não fingindo esposo, chuva de ouro, cisne ou touro.

– Entendi, mas em que posso servi-lo, senhor, Bianor ou Centauro?

– Bianor, professor, é o meu nome desde a Arcádia. Desejei vê-lo e deixar uma confidência porque soube ter o senhor defendido a contemporaneidade dos Deuses, convencionalmente defuntos. Posso afirmar que os Deuses vivem e também nós, participantes da sobrenaturalidade normal.

– Estou ouvindo, senhor Bianor!

– Outrora, antes do Cristo, a energia de um Centauro aplicava-se unicamente ao binômio estômago e sexo, ambos de repleção difícil e fortuita. Tínhamos que matar o javali a dardo e dominar a mulher a pulso. Mulher alheia à nossa raça, naturalmente tentadora. Há muito tempo que esse problema desapareceu. Vivendo comumente nas cidades, o alimento e a mulher são abundantes e fáceis, como não sonhávamos entre os penedos e brenhas da Arcádia. Não precisamos bater-nos para obter um pouco de vinho e um pouco de amor. Os Homens fizeram uma Civilização que, nesse ângulo, tornou-se suficiente para nós, possuindo finanças para saldar o débito. No país em que vivi há cinquenta séculos, esse equilíbrio indenizatório para satisfação orgânica não poderia ser cogitado. Pondo Zeus de parte, nenhum outro Deus recorreu a uma chuva de ouro como técnica conquistadora. Entre nós os metais eram inoperantes como função persuasiva. Os Deuses e as Deusas, em questão de necessidade funcional, eram impelidos à violência, raptando o objeto desejado. Não havia outra solução. Naquele tempo antigo, não ousávamos tentar aboletar-nos nas cidades ou mesmo vilas de maior população. Éramos precedidos pela fama perturbadora da nossa belicosidade. Seríamos recepcionados a pedra, lança e flecha. Hoje, vivemos tranquilos, ociosos e fartos.

– Uma compensação da convivência civilizada...

– Sim, até certo ponto, confortável, mas a nossa energia exigiu aplicação. Como dizem os civilizados, **sublimação**, possível forma de fazê-la inofensiva mesmo exercendo-a. Não queríamos imitar os Sátiros e Faunos, modelos apreciados por muitos Homens bem-comportados e decentes. Depois de uma série de exames, análises e debates, reunidos em assembleia deliberativa, encontramos a via de expansão, o processo da descarga aliviadora da nossa tensão, digamos, espiritual, no sentido de íntima, natural, incomprimível. Poderíamos ajudar aos Homens, continuando Centauros. Uma colaboração sensível, mas discreta, imprevisível, mas contínua, bem nossa, mas julgadamente originária do próprio homem.

– Esse auxílio melhoraria o estado habitual da Angústia moderna?

– Um problema a menos, professor. Levamos aos Homens uma solução catártica, eficiente e suave.

– Grato pela confiança, mas aguardo a confidência.

– A confidência é um reforço à sua afirmativa, professor. Talqualmente aos Deuses e Deusas, nós vivemos serenos, mas somos imutáveis. Vênus, Dionísio, Mercúrio, o pai Júpiter, são os mesmos de antigamente. Não tendo os problemas de solução urgente ou inevitável, utilizam, quando podem, as forças mentais, irradiando sugestões que julgam benéficas e producentes porque são de acordo com a tradição imemorial de sua conduta. Nós, os Centauros, não poderíamos escapar à imposição tentadora de influir também no temperamento humano. Vendo a oportunidade **abrir o sinal** de passagem possível no trânsito mental dos Homens, atiramos nossa colaboração, como uma oferta intencional de felicidade. Sou, pelo lado de dentro, como fiquei no frontão do templo de Zeus em Olímpia, cem quilos de músculos guiados pelo instinto natural, agora em plena valorização psicanalítica. Insinuamos aos Homens contemporâneos a guerra à Mistificação escondida na Etiqueta, no Protocolo, no Cerimonial da Deusa Convenção. Isto no tocante às relações entre os dois sexos. A sublimação do Instinto é uma projeção nossa. De certo tempo para cá, estamos vendo que as nossas fórmulas estão sendo as normas essenciais e comuns entre rapazes e moças. O comportamento para danças, passeios, gestos, maneira de conduzir a rapariga, como dizemos em Portugal, pertencem ao nosso gosto e feição. É uma presença do Centauro, na legitimidade da expressão telúrica, livre de enfeites, biocos, fingimentos, mas sincera, rude, natural. Rapazes e moças, em louvável maioria, reunidos num divertimento campestre, euforia praieira, júbilo festivo, evidenciam que a nossa influência é simpática, expressiva, poderosa. Portam-se como quase-centauros. Estamos orgulhosos!

– Não é tanto assim, senhor Bianor!

– Perdoe-me, professor, mas o senhor é uma criatura humana, com as limitações lógicas da própria condição efêmera. Não pode pessoalmente constatar, examinar, comparar. É obrigado a recorrer aos processos de informação indireta, livros, registros plásticos, de cuja veracidade não deve ser fiador. Se o professor tivesse visto, como eu, os rapazes de 1569, 1669, 1769, 1869 e agora, então confessaria que o "centaurismo" é uma "constante" internacional. Nós possuímos o Tempo. Somos afilhados de Kronos.

– Chamamos "liberdade" ao que o senhor denomina "Centaurismo". É um resultado da evolução, símbolo do Progresso!

– Graças aos Deuses, professor, não nos responsabilizam e sim ao Progresso que, em parte, promovemos. A evolução orientou-se para nós, Centauros da Arcádia. Bem pode calcular a nossa obstinada campanha influenciadora nos Estados Unidos, através de quatrocentos anos. Deparamos o rapaz criado no formalismo britânico, das **boas maneiras** juvenis da Inglaterra no século XVII. Nem poderá jamais compreender a nossa espantosa batalha enfrentando a herança da *Mayflower* na permanência da floração pedagógica entre **Pride and Prejudice**[16]. Finalmente

---

16 Nem poderá jamais compreender a nossa espantosa batalha enfrentando a herança da *Mayflower* na permanência da floração pedagógica entre **Orgulho e Preconceito**. – *Mayflower*: navio que transportou, em 1620, os chamados **Peregrinos**, da Inglaterra para a América com os primeiros colonos do futuro Estados Unidos, motivo pelo qual se tornou um símbolo da luta para construir uma vida nova em terra estranha; **Orgulho e Preconceito**:

conseguimos a independência da juventude, inglesa e norte-americana, de acordo com o nosso irresistível sistema. Por seu intermédio estamos conquistando as demais áreas demográficas universais. Graças aos Deuses, repito, não somos acusados e nem mesmo pressentidos. Ninguém pensa no Centauro, mas todos seguem o **Boy**, a **Girl**, a **University**, nossos embaixadores radiosos. E mesmo o **scholar**[17] criou uma biblioteca, de imensa erudição e aparato prático, demonstrando que o nosso é o único método compatível com a dignidade educacional moderna. Estamos como os gregos depois de Maratona, indiscutivelmente vitoriosos. Não apenas vencemos, mas desmoralizamos o inimigo...

– O senhor exagera a influência centaura na educação...

– Professor, amigo, há mais de cem anos Lord Beaconsfield dizia: "Confiamos demasiadamente nos sistemas, e não prestamos bastante atenção aos homens". Nós somos justamente o inverso. E o sucesso consiste na aceitação das nossas ideias como produtos da observação humana, privativa, individual. Exime-nos de qualquer cumplicidade. Não é um milagre liberatório? Mas, escute, falei da nossa presença no domínio da educação, mas acidentalmente, pela evidente notoriedade. Típico é o Centauro nos costumes, hábitos, maneiras, atitudes, enfim nos ditames normativos da convivência. Basta recordar e cotejar.

– Amanhã aparece-me aqui um silvano, um sátiro, um titã, um ex-gigante derrotado por Palas Atena, reivindicando os mesmos direitos de influência contemporânea...

– Perdoe-me, professor. Aceito a possibilidade. Não é dado a todos o sentido da autocrítica. Silvanos e Sátiros são personagens de cortejo, de servil intimidade olímpica, com alguns gestos expressivos, mas votados à famulagem dionisíaca. Titãs, Gigantes, tiveram unicamente a força bruta e foram anulados por ela. Nós criamos mestres. Fundamos a Medicina. Inventamos a Cirurgia. São elementos indispensáveis e básicos ao gênero humano. Nas imaginações literárias de Virgílio e Dante aparecemos no Inferno, não criminosos ou castigados, mas decorações de força obediente aos Deuses, ou, comandados por Quíron, guardamos o rio de Sangue onde sofrem os Violentos. Não nos deve confundir e comparar aos Sátiros e

---

provável alusão a *Pride and Prejudice*, de Jane Austen, 1813. Edição brasileira: *Orgulho e Preconceito*. Tradução de Lúcio Costa, Livraria José Olympio Editora, 1940.

17 **scholar** – "erudito" ,"acadêmico" que frequenta os estudos escolares sob a supervisão de um professor; acadêmico/estudioso que desenvolve pesquisas avançadas em determinada área do conhecimento nas universidades.

Silvanos, estupradores bestiais. O mais notável, Sileno, é um bêbado folgazão. O mais divino, Pan, é um hóspede tolerado no Olimpo, abraçado pelo Pai às escondidas, diz-nos Luciano de Samosata. Nós fomos sempre rebeldes, batendo-nos pela autonomia grupal. Ninguém dominou um Centauro. Nem Héracles, vencido e morto pela astúcia do mano Nessus, sua vítima. Participávamos de festas com agrados e solicitação. Jamais de forma subalterna e humilhadora. A raça que doutrinou Esculápio e Aquiles tem credenciais de cátedra, **nemine discrepante**[18]. O sábio Maquiavelli compreendia que Aquiles, e demais príncipes, fossem entregues ao Centauro Quíron para que soubessem utilizar as duas naturezas do mestre, nenhuma das quais subsistindo sem a outra. O Homem e a Besta eram expressão harmoniosa em Quíron. **A um Príncipe é mister saber comportar--se como Homem e como Animal**. Impossível é ignorar em cada ser humano a existência das duas espécies, impulsos, mentalidades?... Perdoe ter tomado o seu tempo, professor!

Levantou-se, curvado em graça gentil, e foi-se embora em passos lépidos. Deve ter ido orientar algum congresso, colóquio, encontro, simpósio, nos assuntos dominados pela ilustre família.

---

18 (...) ninguém discorda.

3
Epicuro. Do prazer sem os sentidos

Minha temporada no **Belvedere** tem sido variada e tranquila. Livros raros e a **vanity fair**[19] sugestiva e poderosa. Ouço escritores imperiosos que me falam das **unwritten literary laws**[20], formuladas por cada um deles. Encontro nos elevadores e quando atravesso o **hall**[21] fisionomias que devem residir nas revistas ilustradas, televisão e jornais populares. Têm a marca da utilização fotográfica. Invariável o grupo acompanhante e solícito. Aparecendo uns rapazes sólidos e desconfiados, ocupando ângulos estratégicos, será presidente de República visitante, vigilante e vigiado, passando o salão como se fosse livrar o pai da forca. Ficamos uns momentos bloqueados no corredor porque o **Premier**[22] de Angatau, magro e calvo, ia sair. Ainda deparei uns restos de excitação e cansaço deixados por um **Encontro** ou **Colóquio** de supremos **técnicos** da **Intranquilidade Universal**, reunidos para prolongá-la.

Está aqui o ex-genial ator Bill Day, com sua vigésima terceira esposa legítima, esguia e decepcionada. Goza doce **weekend**[23] o famosíssimo biólogo Dino Brau, revelador do processo optativo das libélulas, assim também o romancista Jules Azofran, **best-seller** do ano com o inimitável *Primeiro, pecar*, que o cinema universalizou, colaborando para a elevação moral do mundo. Dormita numa poltrona Tonny Mood, o **Rei do Baralho**,

---

19 **Vanity fair** – revista americana sobre cultura pop, moda e política. Deixou de ser publicada em 1935 e voltou a ser publicada pela editora Condé Nast Publications em 1981.
20 **Unwritten literary laws** – leis literárias baseadas nos costumes; códigos literários criados à margem do consenso.
21 Encontro nos elevadores e quando atravesso o **salão** [corredor] (...).
22 Ficamos uns momentos bloqueados no corredor porque o **Primeiro-ministro** de Angatau (...).
23 Goza doce **fim de semana** o famosíssimo (...).

aposentado e tedioso. Idem, dois ex-Deuses políticos, renunciantes e renitentes. Há também uma ex-divindade de Hollywood, destronada pela indiferença, solitária e faminta pelos fugitivos repórteres. Meu apartamento fora ocupado pela princesa Deldoby, com seu secretário, um núbio parecido com girafa. A princesa divorcia-se do seu quinto marido, Danko, poeta do Sudão, caçado no Nilo Azul.

Está dando um curso de vivo interesse o professor Gray, evidenciando que o regímen vegetariano trará a inevitável pacificação pela anulação das proteínas animais na alimentação comum, justificação incontestável da bestialidade agressiva e feroz. O professor Gray é fino, verde e áspero como um galho de jurema. O professor Moll, da Universidade de Tuamotu, produziu conferência adversária, expondo que os sistemas intestinal e dentário do Homem eram denúncias da permanência carnívora, fora a parafernália do Paleolítico. O professor Gray disse ao seu auditório que essas conclusões eram do Professor Moll, e não da Ciência, por ele, Gray, representada.

O Rei da Trepizonda faz uma semana de repouso. Seus partidários não concordam que houvesse perdido a coroa no século VIII. É a opinião pessoal de Sua Majestade. Vai dirigir-se à **ONU** reclamando os direitos da restauração. Creio que já nomeou um Conselho de Ministros. Um **colunista** de New York está escrevendo a vida do Rei. Espera o **Prêmio Nobel**. Foi muito festejada a rápida hospedagem do glorioso **sportman**[24] Dakun, campeão olímpico da Volta ao Mundo de cócoras.

Restaura-se o professor Sloth, organizando o **Congresso Internacional da Preguiça**, destinado a divulgar a fórmula do **Entendimento Universalista** pela crescente limitação do Esforço individual e depois abandono à **Escravidão do Trabalho**, origem de todos os males do Universo. O professor Sloth passa a noite dormindo e o dia descansando. Estamos encantados com sua atuação exemplar. As adesões são numerosas. Disse-nos que os primeiros passos têm sido vitoriosos. A multiplicação assombrosa dos **empregos** é uma expressão iniludível de solidariedade notória à Deusa **Misoponia**, a Preguiça adorável.

É natural que, sendo estrangeiro, fosse o confidente preferido. "O estrangeiro é uma espécie de posteridade", acreditava Capistrano de Abreu. A impressão comum é ver e aliena um nível superior de percepção, perturbada aos nativos pela clássica **Invídia**, nascida da Concorrência.

Por duas vezes coincidi voltar do **restaurant** seguindo um velho robusto, cabeça modelada em mármore claro, coroa de cabelos de prata,

---

[24] Foi muito festejada a rápida hospedagem do glorioso **desportista** Dakun (...).

olhos negros perscrutadores, lento majestoso, alheado, vestido de escuro, folgado e cômodo, com um **Doctor of Divinity**[25]. Folheia, indiferente e maquinal, as publicações do **Living-Room**[26]. Fuma em cachimbo de barro branco, com saboreado vagar, olhando longe, através do parque, molhado de chuva ou dourado de Sol. Disse-me o **concierge**[27] tratar-se de Professor aposentado de Universidade americana. Teologia, Literatura, Filosofia? A cabeça, devo tê-la visto no Louvre ou Vaticano. Face barbada, bigode espesso, grave, com a impassibilidade natural da intensa vida interior, sem esforço de contenção ou disfarce. Ocupar-se-á muito mais com os próprios pensamentos que olhando a movimentação exterior da gente vã. No meio daqueles títeres puxados pelos cordéis da Ambição e da Lisonja, o velho Professor destaca-se como um jequitibá em planície de jurubebas.

Hoje encontrei-o lendo um volume de História da Filosofia que deixei na portaria. Absorvido e sorrindo. Mergulhou num canto do salão, fumando. Finalmente levantou-se, indo ao balcão. O **concierge** indicou-me, num gesto. O Professor restituiu-me o livro, saudando. Acenei para a poltrona próxima. Sentou-se, ainda com o tomo na mão.

— Leitura agradável e boa exposição, professor! Os gregos estão quase legítimos. Epicuro, quase verdadeiro. Por que citei Epicuro? Por ser o mais inverídico dos filósofos, apresentado em mais de vinte séculos de deformação intencional e visão de escândalo. Sei que os Mortos podem esperar, mas **Veritas**[28] é Deusa imóvel como uma montanha. Para vê-la é indispensável viagem tenaz e longa. E pode ocorrer que a elevação encontrada seja ramificação, contraforte, projeção da cordilheira verídica. Vivendo despida de roupas, a **Verdade** tornou-se pudica, evitando a exibição da nudez. Muito poucos olhos a têm deparado, através dos tempos. Graças à sua ausência, viceja a erudição dos Homens. Sendo una, está sendo múltipla. **Vérité au-deçà, erreur au-delà**[29]. Aristóteles dizia: **ausência de contradição** Deve ser **ciência das contradições harmônicas**. Ou **técnica de desagradar**. Aceitamo-la coincidindo com o nosso Interesse. Fora desse ponto, erro, crime, agressão! O falso Epicuro é proveitoso aos seus adversários. Material inesgotável de fácil combate e vitória pueril. É o homem-mau, provocador

---

25 (...) com um **Doutor de Divindade** – modalidade de grau de doutor na área de teologia, outorgada por algumas universidades no Reino Unido.
26 Folheia, indiferente e maquinal, as publicações da **sala de estar**.
27 Disse-me o **zelador** (...).
28 Sei que os Mortos podem esperar, mas **Verdade** é Deusa imóvel como uma montanha.
29 **Verdade do lado de cá, erro do lado de lá.**

dos argumentos benéficos. O manequim, estafermo inerme para o exercício dos cavaleiros impecáveis, porque o inimigo fica desarmado e mudo às diatribes. Quando fala, reproduz os textos da redação adversa, elaborados para fulminantes contraditas. Alimentou a facúndia de peripatetas, estoicos, sofistas e platonianos, enriquecidos depois pela convergência sonora da loquela cristã. Os trezentos livros de Epicuro desapareceram e ele não tivera as transfigurações simpáticas que Sócrates mereceu de Platão. Ficou sendo a égide das tendências inferiores e sujas, imponente suíno fossador de detritos e lameiros humanos, devoto do Ventre e de Falos, pontificando entre Sileno e Crépitus, filósofo das orgias e bacanais. Epicurismo! Teoria de requintes, fruição utilitária, volúpia incessante dos sentidos. Prazer! Razão de Viver! Da vida, nada levamos. Prêmios, castigos, julgamento, suplícios, são inexistências criadas pela má digestão do ágape. Alma é uma função orgânica, como o fígado. Dissipa-se na Morte. Entregue seu Tempo aos instintos aprazíveis. Deixe o Mando, Governo, Poder, para as vocações prisioneiras da Angústia! O poeta Ateneu fala de uma estátua do rei Sardanapalo, no seu túmulo em Anquiale, sobre o Mar Negro: "Eu sou Sardanapalo, filho de Anacindaraxe, construí Anquiale e Tarso em um dia! Comei, bebei, gozai! Todo o resto não vale isto..." e atritava o polegar contra o médio, numa castanheta desdenhosa. Seria o modelo assírio da doutrina Epicurista!... Sim! Vá lá a denúncia... Sou **Epicuro**, de Samos, filho de Néocles e Cherestrata, sábio de Atenas. Fui o primeiro grego afirmando-se com esse título. Os senhores não antepõem o douto, o Doutor, ao nome próprio?

– Sabe uma minoria, mas Epicuro é filósofo do Deboche irresponsável para a maioria letrada, jornalistas ardentes, tribunos queimantes, poetas em flor. Para esses, o amor **socrático** é pederastia, e o **platônico**, o amor casto. Sócrates e Platão ainda riem com essa tradução digna da sabedoria ocidental. Acusar alguém de **epicurista** era **outrora** denunciar-lhe heresia. Farinata degli Uberti, em 1283, dezenove anos depois de morto, teve os descendentes no exílio, confiscada a fortuna, maldito o nome, pelos magistrados guelfos de Florença. O crime? Era **epicurista**. A alma morria com o corpo. Dante Alighieri instalou-o no quinto círculo do Inferno. Foi o epíteto infamante que Lutero atirou ao meu afilhado Erasmo de Rotterdã em 1525. Veja os dicionários recentes no **seu** idioma! Esses vocábulos são copiados de cartapácios vetustos e assim o apodo tem a vida permanente pelo tédio da corrigenda. Aqueles que citam minha doutrina fazendo-a alheia à Gula e à Luxúria ainda constituem quantidade ínfima, despercebida no cômputo da massa **julgadora**. O velho Usener, com a sua *Epicurea*, de 1887, maciça comprovação e colheita do resto que de mim existe, mesmo parcialmente desfigurado, não poderia evitar a continuidade da avalanche estrondeando perfídias. Mesmo presentemente, professor, há conveniência em conservar o Epicuro de esperma e suco gástrico, como edifício de palha para comprovações do fogo filosófico e teológico, operante no nível da convenção e da malícia. Não creio possível reconstruir todo o navio pelo aproveitamento dos destroços salvos do naufrágio. Isto quanto ao organismo total da doutrina. Quanto à sua essência incorruptível, há, ou resiste, mais do que suficiente para a evidência, justamente o inverso da imagem divulgada.

– Já disse que tivera contra mim os herdeiros de Aristóteles e de Platão, sofistas loquazes e estoicos teatrais. Vivi setenta e um anos de equilíbrio, prudência, comedimento. Por convicção, que a vacilante saúde colaborara, fui homem frugal, talvez casto, não suportando o turbilhão social de Atenas, festas ruidosas, simpósios orgiásticos, disputas de embriaguez, repudiando quanto significava a Volúpia, vinho, mulher, dança, música de festim, delírios da cozinha greco-asiática. Já não é mais possível fazer-me amante de Leôncia, que o era de Metrodoro. Libertei meus escravos e doei o jardim-residência aos meus discípulos, alguns realmente alunos, porque os alimentava em fases de carência. No dia em que deixei de respirar, escrevi a Hermacos recomendando os filhos de Metrodoro. Diria outra paternidade, a um amigo íntimo, se fossem meus? Fisiologicamente, tive êmulos em Erasmo, Montaigne, Pascal. Minha escola em Atenas possuiu duração tranquila. A cidade ergueu estátuas de bronze e mármore em meu louvor. E também pelas ilhas do Egeu e terras da Ásia Menor. Não seria crível essa tolerância para um **scolarca** do Vício e da subalternidade moral. Sócrates e Pródico beberam cicuta. Protágoras morreu, fugitivo, no mar. Aristóteles conheceu o exílio. Vivíamos no Caos, que a morte de Alexandre Magno determinara. Seus generais fundavam Reinos com espada e sangue. Os descendentes de Alexandre foram trucidados pelo crime dessa perturbadora ascendência. Ninguém interrompeu minhas aulas à margem d'água corrente, sob sombras mansas e longas. Não houve prisão e morte para nenhum dos meus devotos, como sucedera aos de Pitágoras. E mesmo persistiu atenção benévola e protetora, quatro séculos depois de mim, em Atenas e Roma, quando Adriano era o Imperador, cursos regulares, na organização normal, com os **scolarcas** designados legalmente. Estoicos e sofistas eram agitadores, rebeldes, republicanos, ávidos de participação política, bajuladores e servis ou insubmissos e rancorosos pela impossibilidade do prestígio. Os Epicuristas não seriam heróis nem mártires, mas sábios, gente humana, valorizando a calma, alegrias da Convivência letrada, a suprema **volúpia** do Entendimento, que era a compreensão e a renúncia às formas troantes da tempestade administrativa, econômica, guerreira. Um grego do século III antes de **sua** Era, professor, não podia **sentir** a Vida sem aquelas atividades. Como um industrial de agora divide as populações do mundo entre **produtores e consumidores,** ou adquirentes. Sem esse esquema, não existe **função** lógica.

— Os aristotélicos, platônicos, estoicos, sofistas e cristãos ensinavam e ensinam que a Ciência, física ou moral, deve ser servida pelo Homem, submetido permanentemente aos seus impositivos como a um Deus exigente, imperioso, implacável. Eu inverti os termos da proposição. A Ciência deve estar a serviço do Homem, ampliando as dimensões inteligíveis da existência, ou não será Ciência alguma! Fora do **humano**, do perceptível e útil, cognoscível pelos sentidos, verificável pela repetição experimental, nada interessará nossa cogitação. O Sol terá milhares de formas ativas no Universo, mas, para nós, ilumina, aquece, fecunda a Terra. É o dado-bastante, porque jamais alcançaremos os limites de seus benefícios pelas vastidões dos espaços e dos Mundos. Por que e para que sofreremos a decepção da pesquisa contraditória, eternamente incompleta? Fixemo-nos na Terra, tratando de viver sem os problemas do Sofrimento. Bastam os do próprio organismo pessoal. Viva e deixe os outros viverem! O Espírito é ansioso e móbil, mas, além da Física, do Corpo, da Matéria, existe unicamente a Dor do Mistério. Notadamente no plano do Sobrenatural, influindo na movimentação humana.

— Ouça-me, professor. Meu Pai foi mestre-escola e minha Mãe dedicava-se às pequenas cerimônias propiciatórias em caráter privado, lustrações, augúrios, sonhos, linhas da mão. Aprendi aí os **primeiros princípios** da Aflição combatidos pela Credulidade. Vivi em Samos, pátria de Pitágoras; em Colofônio, povoado de Deuses impotentes e famintos; em Mitilene, antiga Lesbos, culto de Vênus autossuficiente; em Lampsaco, altar de Príapo. Depois, Atenas, onde caíam todas as águas da Superstição mediterrânea, do Ponto Euxino às Colunas de Hércules. Não é possível Universidade mais eficiente. Sabia o que era possível saber-se há vinte e dois séculos. Não nego alegria vendo constatado muito do que ensinamos, Anaxágoras, Demócrito e eu, na relatividade das informações antigas. Ainda hoje os meus argumentos, sem menção de autoria, são contemporâneos. Nada irrita um dialeta como os antecessores, formulando conclusões de indispensável aplicação posterior, anulando a originalidade.

Oculta-se no edifício **moderno** o alicerce milenar. Ninguém almeja ser o **segundo**, um triste continuador. **Aut Caesar aut nihil!**[30] Não irei expor e defender minha Física, a mecânica espontânea e contínua dos átomos, livres do determinismo de Demócrito, mas em movimento de atração e repulsão, constituindo entidades materiais. Essencial para mim é lembrar que essas concepções rudimentares, provocando caretas e risos, foram a velocidade inicial para o Conhecimento que **seus** cursos universitários ministram. Não somente a imagem, mas o lema, axioma de **sua** Biologia: **A vida vem do que vive!**

– Não! Não neguei os Deuses. Ignorei-os apenas como dispensáveis grandezas na humildade da Terra. O senhor não acha ridícula essa frase? Combater, negar os Deuses? A Devoção e a Incredulidade são valores puramente humanos. Não alcançam a Divindade infinita que deles independe. Que alteração substancial terão os Deuses com a nossa estima ou negativa? Viverão pela nossa Fé? E antes que fôssemos **criados**? Zenon de Eleia negou o Movimento. O Movimento continuou, negando Zenon de Eleia. Educado entre templos e cerimoniais, não me contagiei no fanatismo olímpico. Vivendo em época demagógica, recomendei abstenção partidária aos meus discípulos. Servir, dedicar-se, sem a liturgia multifária. Pítaco, **aisemneta**[31] de Mitilene, depois do decênio, recusou reeleição, alegando: "É difícil proceder bem até o fim!" Afastar-se da prova é mais prudente. E fui acusado por essa **indiferença** precavida, autodefesa ao vício do Poder de mandar. A Tranquilidade intelectual vale uma dúzia de coroas de Reis. Quem acredita nessa compensação? Unicamente os verdadeiros discípulos de Epicuro. Os demais, atrelam-se ao carro dos **negócios-públicos**. Tornam-se públicos negócios...

– Lembrou bem, professor. Duzentos e vinte anos depois de mim, Titus Lucretius Carus escreveu *De rerum natura*[32], minha doutrina em hexâmetros. Divulgou-a como um cidadão romano, sentindo o trágico

---

30 Ou César ou nada!

31 **Ditador eletivo em condições extraordinárias**; legislador, magistrado – Segundo Aristóteles (*Política*, 1285a), *aísymnétai* era uma forma de monarquia que se pode caracterizar como uma tirania eletiva, a qual se diferencia da tirania dos bárbaros por não ser hereditária. Por meio dessa forma de monarquia, Pítaco de Mitilene obteve o título de **Aisymnetes** graças ao prestígio alcançado na guerra de Mitileno contra a colônia ateniense de Siego, por ter matado Frínon. O seu encargo era, pois, o de mediar os conflitos da cidade

32 **A natureza das coisas** – traduzido do Latim por Antonio José de Lima Leitão (Lisboa, 1853). Edição brasileira: *Da natureza das coisas*. Trad. de Antônio José de Lima Leitão. São Paulo: Cultura, 1941.

crepúsculo da República, na hora em que Júlio César viajou para a conquista das Gálias e Cícero foi exilado para Tessalônica. Não recordo o clima de massacre, pilhagem, suborno, luxo, cupidez porque o senhor sabe a História Romana, de Sila ao primeiro Imperador dos Júlios, descendentes de Vênus. Lucrécio desejava converter ao Epicurismo abstêmio e recatado a Caius Manius Gamellus, homem daquele tempo, radioso e porco. Não era possível para um pretor, governador da Bitínia, para onde levara o poeta Catulo, candidato derrotado ao consulado (foram cinco disputantes em 52), rico, ambicioso, sem escrúpulos, amando Poesia e Arte, indo falecer na Grécia, em retiro voluntário e melancólico. Ou exilado em Acaia por Júlio César. Um devoto do Êxito sem restrições de Decoro aliar-se ao Bem-Supremo da Vida, o único e verdadeiro **prazer** na prática da Virtude, seria milagre acima de qualquer volição divina. Lucrécio viveu nesse ambiente, toldado pelo enxame das abelhas insaciáveis pelo mel alheio. Desapareceu em 55 antes de Cristo, suicidando-se. Há meio cento de explicações, desde o adultério da esposa até o esgotamento pelos filtros afrodisíacos, incluindo a neurastenia que o alucinou. Tinha 40 anos. São assuntos que não se perguntam no mundo dos Espíritos. Refiro a palavra dos Homens daquele tempo, incomparável e áspero. Não haveria lugar para mim no cortejo do Luxo, Sexo, Gula, Cinismo, Impudor, Egoísmo. Lucrécio foi o prêmio moral que Roma ofereceu à minha Vida. Aquele másculo e severo caráter de velho romano responde, em sua dedicação imortal, a todos os libelos acusatórios, articulados em convenção e mentira. Seria, por antecipação, uma austera ressalva à pilhéria de Horácio aos estoicos, dizendo-se **Epicuri de grege porcum**...[33]

— Vamos conversar esse problema da minha Moral, a face reprovada do Epicurismo, a mais frágil da doutrina. Não incluí os Deuses porque ainda permanecem difusos, confusos, complexos, para os humanos. Com cinquenta séculos de indagações e guerras, oráculos e mensagens, voltaram ao ponto de partida. Ignotos. O Conhecimento dos Deuses é um mistério sem iniciação. Somente a Morte revelará mas o segredo não se comunica aos que vivem. Existe unicamente o caminho da Fé. Não discuto a Fé, professor, mas escapa eternamente aos processos de verificação. A Fé é indemonstrável! Era lógico, para mim, separar o Infinito imponderável do Finito material. Fiquei na Terra. O Céu era vocação que não tivera. O senhor sabe que a barreira não mudou de lugar. Dez milhões de livros espedaçam-se na

---

33 (...) dizendo-se **O porco do rebanho de Epicuro**... — epigrama de Horácio, que assim se classificava, escarnecendo da moral rígida pregada pelos estoicos.

impossibilidade de ultrapassá-la. Tudo se esclarece com a Fé, entidade acima das leis físicas e naturais. Jerusalém ainda não acreditou em Jesus Cristo, verdadeiro Deus em povos que não o viram e creem. Os Deuses permitem que os Homens combatam e morram defendendo-os na diversidade devocional. Poderiam determinar, num simples ato de pensamento, a unidade pacífica de todos os cultos. Afirmar-se insofismavelmente, sem fogueira e cimitarra. Deixam à precariedade humana o encargo angustiante dessa Unidade, identificação, forma.

Como todos os homens creem, condicionam a conduta individual aos preceitos das Religiões **reveladas**. São mantidos em relativa decência, amparados pelos prêmios e castigos, conforme submissão ou repúdio às normas sagradas. O julgamento dos Deuses policia, por antecipação, o comportamento do Homem entre os seus semelhantes. A Moral é uma obediência à lei de Deus. Educa-se a criança nesse critério – o temor da justiça divina! É a fonte da noção do Bem e do Mal. Os crimes, outrora, eram unicamente pecados, transgressões aos mandamentos extraterrenos. Resulta desse dogma, universal, milenar, comum, que a Moralidade humana é uma resultante da ameaçadora coação dos Deuses. O Estado foi lentamente substituindo os Deuses no tocante às Ordenações normativas, e o que era pecado passou a ser infração aos códigos. Para que uma boa percentagem da Humanidade não devore a restante, é indispensável a imagem do Averno ou da Penitenciária, contendo a impulsão faminta. **Pas de morale sans efforts sur soi-même!**[34] A Moral tem sido **explicada** como pavor à reação, ciência dos deveres, interesse sucessivo e adaptacional, legislação religiosa, contensão grupal, integração impositiva no organismo coletivo, correspondência equitativa à Reciprocidade, equivalência convivial, garantia do crédito social, princípio **natural** ou adquirido, disciplina do caráter, vale dizer, da mentalidade prática, limite da expansão instintiva, tema especulativo abstrato, alheio à Natureza biológica, lei substantiva de cada profissão ou atividade, reguladora do Lícito e do Ilícito, mera conclusão psicológica **evoluindo** com a Necessidade, função proporcional ao desenvolvimento do Proveito, emanação coercitiva de leis, códigos, recomendações divinas, evasiva formal em falta de razão positiva, explicação de ação vaga, desculpa justificativa dos fracos, cobardes, impotentes.

Dispus a Moral como elemento autônomo do Céu e da Terra, independente de retribuição econômica, sobrenatural ou repressiva. Uma entidade autárquica, bastando-se a si mesma. Recusando troféus e não temen-

---

34 Não existe moral sem esforço sobre si mesmo!

do o Inferno. Agindo com a naturalidade da respiração. Não recorrendo ao esforço para aplicar-se. Não apenas um Dever mas uma função orgânica do próprio indivíduo, um impositivo lógico como ação fisiológica. Causando **prazer** no seu simples exercício pessoal. Moral pura, como sinônimo de congênita. Nenhum elogio pela sua existência ou propaganda do seu uso, como fazem com a Honra. O ser moral é o ser vulgar, humano, comum. A obrigatoriedade da Moral decorria do determinismo vital. Homem sem moral era organismo sem o músculo cardíaco.

– É um engano, professor! Não há homem imbecil, impenetrável, pétreo. Existe malícia, perfídia, má-fé, formas ativas da defesa ou do ataque ao concorrente ou ao desafeto. O mais aparentemente rústico, pacóvio e atoleimado finório de várias astúcias tratando-se do seu interesse. Os ingleses dizem que todo o cão é valente no seu portão. Assim, cada tartaruga vira Cérbero, conquistando o proveito. As modalidades da Moral subordinam-se à variedade dessas técnicas aquisitivas, porque não há ladrão que não tenha sua razão. Se o Homem tem a Moral inseparável, e não ornamento decorativo para incluí-lo entre os **moralizados** oficiais, emprega-a como ao hábito maquinal de aspirar o ar exterior, sem honrarias e distinções por essa mecânica pulmonar. A diversidade estonteante do ensino moral, da origem de suas **razões**, como se as carecesse, explica a multiplicação do seu conceito na inumerável área funcional humana.

– Não é novidade, professor! É doutrina exposta entre 304 e 270, antes de Cristo, em Atenas. Não me cabe culpa da mudança ou dilaceração do invólucro. A finalidade humana é o **prazer**! Não o passageiro, efêmero, imediato, e que provocará o sofrimento, miséria, enfermidade, como um excesso de festim, de erotismo ou de ambição. Não vivemos para a renúncia, penitência, martírio. Aqueles que se dedicam a esses heroísmos põem finalidade nos prazeres ilimitados do Céu. Os acusadores do Epicurismo não admitem a existência pessoal em fome, humilhação e dor. Bem ao contrário. O **prazer** para nós é o prazer contínuo e tranquilo, a calma da Sabedoria acima dos furores da paixão animal, prazer da fruição moral, íntima, suficiente ao ser racional. Para termos a **consciência do prazer**, é preciso a luz serena da Moral compensadora, juíza de cada um de nós, valorizando quanto de espiritual possuímos. Fazendo-nos não desejar e não sofrer pelos **prazeres** que enlouquecem os atenienses do meu tempo e os romanos quando Lucrécio vivia. O Homem, mesmo imperfeito e carecente, projeta e constrói a sua Felicidade, o **prazer** relativo ao júbilo de sua vida intelectual, desambiciosa, sorridente, modesta, recatada, fora da batalha dominadora. É a **ataraxia** ambicionada e benéfica, a paz imperturbável e soberana, significando a Perfeição, a contemplação do infinito interior onde palpitam as ideias incessantes e renovadoras dos Mundos da criação mental. Ao inverso do Nirvana dissolvente, aqui a personalidade é agente, na plenitude dos sentidos, nas dimensões surpreendentes da própria elaboração. Agora ler, escrever, viajar, ensinar, conversar, sobretudo pensar, ganham valores insuspeitados e bastantes para a satisfação da Vida. O Homem em si-próprio encontra ocupações soberanas, encantos que o libertam da vassalagem do ouro e do sexo. Epicurista, nesse plano, não seriam Alcibíades, Lúcio Cornélio Sila ou Petrônio, amantes do vinho, bailado, mulheres, domínios. Preguei a Moral desinteressada e legítima, sem a proteção dos Deuses Olímpicos, dando-nos um **prazer** na sua mesma convivência interior, uma doce companhia cuja presença constituía recompensa. Era essa **Volúpia**, casta e doce, que seria transformada em bestialidade sexual e digestiva. **Prazer**, foi entendido na única acepção que **Eles** percebiam. Como admitir **prazer** sem vinhos, simpósios, **bufões**, hetairas, auletes, citaredos? Romano sem **ludi circenses**[35]? Bizantino sem auriga azul ou verde? Não ensinara, como faria Helvécio, que o **prazer material** era o gérmen das ações heroicas e das virtudes preclaras. Não dissera, como La Mettrie, que uma boa digestão é o fundamento da prática do Bem e altas realizações da Arte. Não situei no sexo a onipotência orientadora da conduta, talqualmente Freud.

– Pretendi revelar a cada ser humano sua força interior, espiritual, capaz de fazê-lo encontrar-se, bastar-se, jamais sentir-se isolado, sozinho, desamparado. Tive de enfrentar, como antes e depois de mim, uma "Explicação" do Mundo Físico, gênese da Terra. Mas todos sentem que a campanha do Epicurismo era implantar uma razão suficiente, uma realidade mental, não visão ou representação, mas conquista pessoal pela eliminação dos excessos da Ambição, Egoísmo, Vaidade. Consagrava o **prazer** íntimo, a consciência de uma solidão povoada de compensações ideais. Não faria o Homem hóspede ou estrangeiro, mas observador e recriador das infinitas possibilidades latentes no seu espírito. Não sonhei reformar uma Sociedade, mas fortalecer o elemento essencial da componente, dar-lhe vigor, compreensão, ternura para as coisas simples e vitais. Outros prometeram a Perfeição na Terra ou a Felicidade no Céu. Eu apenas ensinei a encontrar a Tranquilidade...

Ergueu-se, e o lento sorriso era uma saudação.
– Está uma tarde linda!...
Desceu para o parque que o Sol enchia de ouro.

---
35 **Ludi circenses** – espetáculos no **Circo Máximo**, arena e local de entretenimento na Roma antiga.

4
Vestris. Dança inevitável

Não sei a tonelagem nem a velocidade do *S. S. Severn*[36], em que estou voltando ao Brasil. É navio novo, possante, silencioso, equilibrado, quatro chaminés ornamentais e curtas, vários andares povoados de tentações. Bar, piscinas, cinema, **magazines** mais caros que Londres e Paris, Biblioteca, salões de estar, refeitório ridente e aperitivo, intermináveis cadeirões de palha e lona nos terraços. Luz. Decorações discretas. Conforto. Criados que ouvem e elevadores prestadios. Numa coluna do **living-room**[37], duas vezes por dia afixam as novidades telegráficas. Há meio cento de **office-boys** adivinhando recados. Por toda a parte velhas gravuras inglesas, de caça e vida feliz, aí pelo tempo de Thackeray, morto no ano em que meu Pai nasceu.

O *S. S. Severn* honra-se transportando um Corpo de Baile, sessenta dançarinas, conjunto orquestral para complicação coreográfica, e largo séquito acessório, custosamente inútil. O Regente da orquestra e o Diretor do Ballet detestam-se, polida e insistentemente. O Diretor é compositor inédito e o Regente, bailarino em potencial, com falhadas tentativas nos **Music-Hall**[38] anônimos. Um grupo de estudantes de Arqueologia e Antropologia, com três professores, vai ao Amazonas, subindo o Rio-Mar ao Peru, Equador, e pesquisas até Guatemala. Um grupo rival já está mexendo pelo México. Os mestres viajando pelo *Severn* estão em completo desacordo com as futuras conclusões dos outros três colegas, guias da patrulha universitária, dirigida aos Astecas e Maias. Industriais que compraram maquinários incríveis seguem acompanhando esses instrumentos

---

36 *S. S. Severn Leigh*, navio de nacionalidade britânica, que naufragou torpedeado em 1940.
37 Numa coluna da **sala de estar** (...).
38 (...) com falhadas tentativas nos **Salões de música** anônimos.

modificadores da produção nacional. Jornalistas **in fieri**[39] procurarão assunto sul-americano para livros desmoralizantes, ilustrados a propósito. Turistas melancólicos como exilados do Paraíso fotografam a si mesmos, momentaneamente sorridentes. Alguns destroços teatrais teimam em **faire l'Amérique**[40] com inviolável credulidade na existência de auditórios, resignados e contribuintes. Há também uma **Missão Apostólica**, a qual, pela linguagem e mostras de fora, não consegui identificar o Credo utilizável no exercício evangélico. É nosso augusto companheiro o sapiente Professor Dr. Irribus, sucessor de Mezzofanti e de Trombetti, assombro na Linguística Universal. Fala todos os idiomas da Terra e não se faz entender em nenhum. Vai ministrar um esperado curso de Poliglotia nas Universidades dos países subdesenvolvidos, pago em dólares, e com direito a falar mal dos Magníficos Reitores, lisonjeados pela preferência.

A maior sedução, para mim, consiste nos **scholars**[41] das Universidades da Capadócia e Paflagônia, financiados pela UNESCO, destinados à interessantíssima investigação sobre a **preguiça tropical**, no plano funcional. Hábito adquirido no convívio coletivo ou enfermidade característica da região? A Semiologia é mais ou menos conhecida, mas a origem continua oculta.

Ressaltam peculiaridades estranhas. As criaturas humanas atravessando o estado de **candidatos** estão imunizadas, mas a afecção coincide o ataque depois da **aprovação, nomeação** e **posse**. Alguns entram em crise lamentável, vitalícia e notadamente transmissível aos agregados, subalternos e suplentes. A simultaneidade dos acessos em sua benignidade, o ocasional, mas infelizmente aparente, restabelecimento, quando em fases de **promoção** ou escolha comissional, merecerão análise demorada. Escolheram os países onde, se **fama est veritas**[42], existem instituições compostas unicamente por esses enfermos, com rápidos surtos de atividade febril e sucessivas recaídas catalépticas nos ritmos anteriores. Essas **melhorias**, simulação da doença incurável, são devidas às fortuitas irradiações terapêuticas, determinadas pelas visitas ou fiscalizações de autoridades superiores, também vivendo minutos de euforia passageira. Os visíveis sintomas são languidez, displicência, pessimismo, incredulidade laborística e ateísmo burocrático. Essa presença mórbida infeta as mais altas e baixas camadas sociais, sendo perfeitamente independente do nível intelectual ou

---

39 Jornalistas **em formação** (...).
40 Alguns destroços teatrais teimam em **fazer a América** (...).
41 Ver nota 17, Cap. 2.
42 Escolheram os países onde, se **a tradição é a verdade**, existem instituições (...).

analfabeto do doente. Os doutos **scholars** da Capadócia e Paflagônia vão tentar fixar a etiologia da **preguiça tropical**, como implemento socializante, econômico ou legítima defesa orgânica, apurando tratar-se de forma congênita ou adquirida por contágio inconsciente, imitação atrativa ou solidarismo classista.

Meu vizinho de camarote é o ex-glorioso tenor absoluto Belcantini, hoje egrégio **professor** de Canto, por haver perdido a voz. Dirigirá, como **técnico** que ensina mas não faz, uma Escola de Canto, em terra devotada ao mesmo. Disse que já não possuímos tenores, **dopo di me Caruso**[43]!

Alguns **sportsmen**, elegantes como modelos, vão caçar papagaios azuis e araras vermelhas para colecionadores míopes. Uma **Mistress**, grossa e sonora como o **Big Ben**, pretende entrevistar os chefes de Estado mais próximos a **Besottedness**[44], com intuitos de **best-seller** e Prêmio Nobel.

O *Severn* tem um quinteto noturno e triste e pianistas oportunos, afora os sucedâneos espontâneos, famintos pela oportunidade. Danças diárias, vezes à tarde, inexoravelmente depois do jantar. Alguns pares enlaçados, outros trejeitam, ardentes e separados, num **ad libitum**[45] instintivo. Com nomes diversos, ingurgitáveis e lógicos, são as nossas eternas Batucadas, Samba de Roda, Passo de Frevo no Recife, Coco praieiro, Bambelô, agora rotuladas em iê-iê, sem lugar no Tempo e no Espaço. Gira a gente moça ou semi, porque os **antigos** estão giboiando o cardápio ou os pensamentos nos cadeirões do **deck**. Sul-americanos inesgotáveis e saxões com cara de relatório de tomada de contas matam as horas afogando-as em suor, ajudados pelo **whisky and soda**.

Assistente infalível é um velho alto, magro, escanhoado, ainda ágil na esbelta ancianidade comprovada pela breve cabeleira, rugas firmes, andar cauto e lerdo. Mas o olhar faroleia, deliciado e juvenil. Nas três ou quatro vezes que passei pelo salão, gesticulante e fremente, lá o deixei sentado, atento, entretido com a alegria alheia.

Atinei que esse bailarino aposentado senta-se ao meu lado no repouso da *chaise-longue*[46]. Vez por outra surpreendo-o, batendo o compasso de melodia que somente ele está ouvindo. Deve entender minha silenciosa pergunta porque, ao ver-me, larga saudação mínima, com um estender

---

43 Disse que já não possuímos tenores, **depois de mim e Caruso!**
44 Uma **Senhora**, grossa e sonora como o Big Ben, pretende entrevistar os chefes de Estado mais próximos à **estupidez**, com intuitos de **best-seller** e Prêmio Nobel.
45 Alguns pares enlaçados, outros trejeitam, ardentes e separados, num **improviso** instintivo.
46 Atinei que esse bailarino aposentado senta-se ao meu lado no repouso da **espreguiçadeira**.

amável de lábios. Hoje as **pretty girls**[47] do Ballet apareceram circulando nos terraços, e cantaram, divertindo-nos querendo ou sem querer. O velho ouviu-as, marcando o ritmo com a cabeça e o pé. As divas rodaram, improvisando, e desapareceram. Voltei ao meu Dickens.

Interrompeu-me a leitura a voz macia e clara do jovem centenário, afetuoso e superior.

– Não gosta de Dança? Gosta? Sim, dançou até bem pouco? Ah! compreende a Dança e sua história contemporânea ao Homem? Ter dançado como **monsieur**[48] fez é apenas cumprir um ritmo de convivência, satisfazer um compromisso de cortesia. Unicamente exerceu, por momentos, uma função do solidarismo amável. Como quem saúda ou executa as exigências protocolares do seu Mundo. Colaboração meramente física. Nenhuma participação criadora. Nenhuma elevação interior. O mesmo ato de beber, erguendo a taça, brindando alguém. **Monsieur** não fez o vinho nem adora o homenageado. Essas Danças são divertimentos, oportunidades para utilizar o saldo da energia represada, da libido prisioneira. Libertação lógica, necessária, graciosa. Fórmula aprazível de sublimação...

– Não sou médico. Fui bailarino, bailarino profissional. Dancei trinta e três anos seguidos. Com 71, ainda dancei na Ópera de Paris **Caravane du Caire**, festejando o **début**[49] do meu neto, Auguste-Armand Vestris. Nunca esqueci a Dança nos 83 anos em que fui matéria organizada e espírito reflexivo. Sim, sou **Vestris**! Gaetano Apolline Vestris, florentino que se fez francês, bailando para Luís XV e Luís XVI! Não recordo esse título orgulhoso. Diziam-me ser **Le Dieu de la danse**[50]. Também passou à História uma frase minha, inteiramente esquecida. Teria eu dito: **Il n'y a que trois grands hommes en Europe: le Roi de Prusse, monsieur de Voltaire et moi**[51]! Parvoíce mortal. Hoje apenas raros antiquários bibliófilos lembram o nome de Vestris, **Premier Danseur des Ballets de la Cour!**[52] Vivi bem, **monsieur**! Atravessei tempestades e apoteoses incólume. Poderia dizer como o abade Sieyès: **J'ai vécu**. Ou melhor, repetindo o velho Ampère: **Ma vie? L'ai-je**

---

47 Hoje as **garotas belas** do Ballet apareceram (...).

48 Ter dançado como o **senhor** fez é apenas cumprir um ritmo de convivência (...).

49 Com 71, ainda dancei (...) **A Caravana do Cairo**, festejando a **estreia** do meu neto, Auguste-Armand Vestris.

50 Diziam-me ser **O Deus da dança**.

51 Só existem três grandes homens na Europa: o Rei da Prússia, o senhor Voltaire e eu!

52 (...) **Primeiro bailarino dos Balés da Corte!**

vécue, ou l'ai-je rêvée? Conheci a Versalhes do **Bien Aimé**[53] e vivi quatro anos sob Napoleão, Imperador dos Franceses, na pompa minuciosa das Tuileries. Sim, cheguei a 1808. Época inverossímil para quem não a viveu. Não há livro que transmita a paisagem humana, o clima psicológico, a atmosfera social, daqueles dias incomparáveis. Luís XIV figurava nos Ballets de Molière e, até a Revolução, quase todas as princesas e príncipes foram bailarinos. Depois de 1820... mas **monsieur** encontra esse registo em qualquer parte. Há uma biblioteca sobre o Ballet.

Há uns cento e sessenta anos viajo, comparo, vivo noutra perspectiva cronológica, vendo os dois lados da medalha, forjada pelos Homens e correndo como civilização definitiva...

— Decadência!... É a minha sentença. Será uma fase no ciclo comum do gênero. A Dança é imortal. Muito mais realmente que os membros da Academia Francesa. Vive em nossos nervos e o ritmo é uma condição fisiológica. Quem não dançou não viveu! Alegria grupal sem dança é uma impossibilidade absoluta. Se **monsieur** folhear um dicionário de Danças, verá a universalidade da função e o infinito das variedades regionais. Não! Não carecemos de bons bailarinos. Falta-nos o elemento receptivo e repercutor. Creio que a geração de Nijinsky, Fokine, Massine, revelados pelo relâmpago animador de Sergei Diaghilev, não se extinguiu. O público é que é outro e a concepção do Ballet tornou-se abstrata ou vocacionalmente erótica. Completo desprestígio e abandono sensível das mãos e dos braços. Pernas! Pernas! Pernas! As máscaras conseguidas são inexpressivas e banais. Não vê essas **petites folles** que se dizem bailarinas? É plausível o francês dizer: **Toujours va qui danse**... Plástica de **cover girl**[54], espreguiçamento excitador, trepidação glútea, determinam aplausos que são convites e a banalizadora consagração fotográfica. Nada mais, **monsieur**.

— Não e não. Apesar de ter nascido em 1725, jamais direi o **je suis trop du temps passé**[55]. Todos os dias dou corda ao meu relógio, embora comprado ao Beaumarchais, ainda sabe indicar-me as horas atômicas e astronáuticas. Os organizadores sabem bem ser melhor errar com muitos do

---

53 Poderia dizer como o abade Sieyès: **Eu vivi**. Ou melhor, repetindo o velho Ampère: **Minha vida? Eu a vivi, ou a sonhei?** Conheci a Versalhes do **Bem Amado** (...).

54 Não vê essas **maluquinhas** que se dizem bailarinas? É plausível o francês dizer: **Quem dança, vai sempre bem**... Plástica de **garota da capa** (de revista), espreguiçamento excitador (...).

55 (...) jamais direi o **estou preso ao tempo passado**.

que acertar sozinho. **Il vaut mieux être fou avec tous que sage tout seul**[56]. O público, afirmam, tem sempre razão e sua preferência é a lei substantiva. Já ninguém ousa interromper o **gosto** dos outros em maioria, e sim levar para ele a colaboração pessoal. O Ballet é uma **féerie**, de atração cuidadosamente arquitetada **où l'on calcule tout jusqu'au rire**[57]. Falta **improviso**, a delirante, nervosa, contagiante magia do Inesperado, surpreendente de graça, donaire, envolvimento emocional. Ninguém mais pode supor o que seria Gaetano **Vestris**, dançando em Versalhes ou na Ópera, o Soberano dos **danseurs seuls**[58], aos olhos da condessa du Barry ou de Maria Antonieta! Confio o que de mim disse o acre Beaumarchais: **Pendant que le musicien redit vingt fois ses phrases et monotone ses mouvements, le danseur varie les siens à l'infini!**[59] Ah! A impressão de **novidade** nos bailados vem de **Monsieur** ignorar os antecedentes, teimosamente olvidados para não desmanchar o **efeito** dos modernos. Os cenógrafos e compositores não estão esgotados, mas esvaziados de estímulos e compreensão coletiva. Evitam a laboriosa inutilidade. Vão ao sabor da corrente receptiva. Têm um tanto de culpa pelo descrédito porque, para eles, Originalidade é o Exótico, o Absurdo, o Incompreensível. Os assistentes aplaudem ou não aplaudem, mas nunca entendem. Também eles, autores, estão na mesma situação virginal de inocência. Não sabem o nome do Pai que lhes fecundou o filho! Não vê na Pintura? O quadro é o que se sente, e não o que fixou ou pretendeu representar! Nunca se pintou nem se compôs tanto, mas **le mortel oublie les tués**... Ausência da célula nobre e vital, a legitimidade da Emoção criadora. O resultado é que **font rire la sottise aux dépens de l'esprit...**[60]

– Compreendo sua pergunta, **Monsieur**. Bem sei. **Tempora mutantur!**[61] Já não estou no tempo em que me comparava a Voltaire e Frederico o

---

56 Mais vale ser um tolo acompanhado do que um sábio sozinho.

57 O Ballet é uma **fantasia**, de atração cuidadosamente arquitetada, **na qual tudo é calculado, até mesmo o riso**.

58 (...) o Soberano dos **bailarinos solistas**, aos olhos da condessa du Barry ou de Maria Antonieta!

59 **Enquanto o músico repete vinte vezes suas frases e monotoniza seus movimentos, o bailarino varia os seus ao infinito!** – citação de *Le Barbier de Séville ou la Précaution inutile* (1775), de Pierre-Augustin Caron de Beaumarchais. Traduzido em Portugal por Valentina Trigo de Sousa: *O Barbeiro de Sevilha ou A precaução inútil*. Mem Martins: Europa-América, 2003.

60 Nunca se pintou nem se compôs tanto, mas **o mortal esquece os mortos**... Ausência da célula nobre e vital, a legitimidade da Emoção criadora. O resultado é que **fazem rir a tolice às custas do espírito**...

61 Os tempos mudam!

Grande, da Prússia. A Dança do Povo tem o característico fundamental da participação. Por isso viverá eternamente. Não existe para ser **vista**, mas **dançada**. O Povo defende-a porque ela se integra no seu organismo. Dança popular, objeto de curiosidade exterior, é modalidade nova da vagabundagem estrangeira. Dança do Povo é um ato sério de permanência social, uma contemporaneidade assombrosa, garantida pela fiel amizade coletiva. No princípio foi o Ritmo, porque a melodia é muitíssimo posterior. Verdade é que as mais antigas Danças do Mundo, vivas nos desenhos do Paleolítico, já aparecem com instrumentos de sopro. Mas, as anteriores, nas grutas espanholas e francesas, são bailados em redor de um poste, possível simulacro de um Deus ou Totem avoengo. Os primeiros homens não dançaram porque estivessem repletos ou famintos. Bailaram pedindo ou agradecendo a intercessão sobrenatural. Começaram percutindo a mão contra a outra e depois sobre superfícies lisas, produzindo repercussão. Música é toda sonoridade contínua, intencionalmente provocada. Dançaram ao som dessa **batucada** tantas vezes milenar. Quinhentos mil anos depois, voltam ao ponto de partida. Já não é uma fórmula religiosa. **Jamais danseur ne fut bon clerc**[62], dizem esquecidos da História anterior aos saltos do rei Davi diante da Arca. Ainda resistem danças oblacionais, dedicadas aos Santos, executadas ante as imagens ou no interior das igrejas, Sevilha ou Compostela. Não há, Espanha e Portugal, romaria sem danças, no caminho e no adro dos templos. Mas o II Concílio do Vaticano incluiu instrumental popular nas manifestações litúrgicas, citando a Etiópia. Seria uma reconquista no plano da extensão, redimindo a colaboração popular, expulsa do conjunto festivo católico, pelo falso ascetismo clerical.

– Notara, **Monsieur**, que a maioria das Danças populares, agora recebidas por todos os salões como convidadas de honra, independe totalmente da música? Dança-se sem ela. Basta o ritmo. Era assim, ou devia ser assim, no Madaleniano. O ritmo, percuciente, terebrante, perscrutador, muito mais velho que a melodia, é mais penetrante, arrebatador, fisiológico. Permite, e mesmo determina, uma liberdade na movimentação muscular, mais intensa e profunda. Nas Danças de Sociedade, em qualquer paragem, as sucessivas atitudes são antecipadamente limitadas pelo conhecimento. Há muito pouca margem para uma **improvisação** nas velhas Danças dos séculos XVIII, XIX e XX. Nos bailados do Povo, o ritmo sugere uma coreografia individual dentro da mesma cadência geral. Cada qual dança

---

[62] O bailarino nunca foi bom clérigo (...).

como sabe ou como pode. Não é permitido esse **ad libitum**[63] nas valsas, polcas, mazurcas, schottisches, quadrilhas imperiais, e, outrora, com os minuetos e pavanas, polidos e mesureiros. Na proporção que se avança na preferência popular, os bailarinos recobram o direito de interpretar como sentem o mesmo ritmo, ouvido por todos. É uma possessão de influência liberatória do ritmo percutor. Está, sozinho, dominando nas religiões africanas, asiáticas, polinésias. **Monsieur** tem bom exemplo nas Umbandas e Candomblés, Batucadas e Sambas do Morro, Cocos e Bambelôs, do seu país. Basta assistir a um Carnaval brasileiro ou exibição de Escola de Samba. **Monsieur** sabe que se cantou, com sucesso: "Com pandeiro ou sem pandeiro, eu brinco!" Alegria sem música. Por quê? O ritmo é produzível por ele mesmo. A música é uma colaboração. Espantoso, para mim, na era da Astronáutica, voltamos à soberania milenar do Ritmo!

– Como explico? Não explico, **Monsieur**. Tenho apenas minha opinião. As Danças conhecidas esgotaram o interesse humano, no nível da Sociedade, ou saciedade. O Povo, mais consciente, permanece inabalável nas suas simpatias. Dança o que sempre dançou. Ninguém impõe Dança **nova** ao Povo. As **novidades** derramam-se sobre entidades superiores, com orquestra e salão envernizado. Esses é que vão para o **black-bottom**, **boogie-woogie**, **rock'n'roll**, **iê-iê-iê**[64], e outras atrações efêmeras. Apesar da cumplicidade radiofônica ou da televisão, as **novidades** encalham antes que atinjam o porto da popularidade notória. Ficam nos clubes de onde se evaporam, sem vestígios, como **cake-walker**, **charleston**, **fox-trot**, **ragtime**[65]. Não sendo possível deixar de dançar, recorrem a um gênero que comporta e suporta todas as dimensões gesticulantes, justificando-as no conceito da ilimitada sugestão dinâmica. Creio também, **Monsieur**, que as toxinas da Angústia eliminam-se parcialmente no exercício da Dança. Dançar é aliviar-se. Os bailados são tanto mais agitados e trêfegos quanto mais pertençam aos grupos humanos inseguros da cotidianidade alimentar. Os pobres são mais alegres e dançam com maior facilidade. Funciona como uma compensação, escape da pressão interior. Não há diferença, nesse

---

63 Não é permitido esse **improviso** nas valsas (...)

64 **black bottom**: dança originada em New Orleans, tornou-se popular em 1920; **boogie-woogie**: estilo de Blues, popular entre os anos 30 e 40 nos Estados Unidos; **rock'n'roll**: estilo musical dos anos 1940-1960; **iê-iê-iê**: nomenclatura para o rock'n'roll brasileiro dos anos 1960, termo criado com base na expressão "yeah, yeah, yeah", utilizada em algumas canções da banda britânica *The Beatles*.

65 Danças de origens populares e/ou afro-americanas, desenvolvidas entre o final do século XIX e as primeiras décadas do século XX.

ângulo, para os Ballets de expressão artística. São esses estilizações mímicas da Angústia intelectual. As danças de salão, de classe pagando imposto de renda, é que constituem recreação. Mesmo vindo de formas vulgares e rústicas, a Dança na Sociedade não alcança a finalidade terapêutica psicológica. Ninguém, entretanto, dança sem melhorar a intensidade dos problemas íntimos. Puro erotismo é ver dançar unicamente mulheres. Não dou deslumbrada importância à Psicanálise, mas possuirá esse jogo dedutivo de cogitações alguma explicação para o baile sem homens, tão tradicionalmente oriental. Imagino quanto sofreram os mouros de Granada, proibidas suas "frajás" pelos castelhanos vencedores do sultão Boabdil. Esses ritmos binários e trovejantes, se não dissipam a Angústia contemporânea, atenuam a inquietante presença, atordoando-a. E o bailado popular, em que todos os músculos convergem para a única rítmica, vai sendo a solução predileta para a renovação do equilíbrio jubiloso. Homem e mulher dançam separados, sem contato, ligados pelo ritmo que os unifica. Libertam-se, pela movimentação incessante, isolados e mentalmente juntos, das sobrecargas e excessos que o Progresso despejou-lhes nos nervos. Voltam ao que deveria ter sido a aurora da Humanidade, quando o ritmo afastava os demônios obsessivos da Preocupação. Presentemente dança-se infinitamente mais do que outrora, mas as razões são outras. Nem exibição, elegância, ostentação de riqueza, valimento social, mas processo revulsivo das mágoas, dispersar a teimosa atenção incômoda, esquecer... Não se dançava por esses motivos em Versalhes, Trianon, Tulheries, Compiègne. Os médicos alemães receitam a dança contra o infarto. É um descongestionante.

– Não aludo ao Ballet. Não é um gênero popular. Começa nos finais do século XVI. Tomou impulso no XVII. Forma no XVIII. Esplendor no XIX. Foi uma elaboração de cultura artística na matéria-prima anônima. Dança pura, muda, vivendo na mímica a comunicação da mensagem altamente cerebral. No mais, sábia utilização musical, trajes vistosos, disposição inteligente de luzes reveladoras. Um Ballet **cantado** é um dispautério. Consiste, realmente, em um enredo, um episódio, narrado pela gesticulação. Os protagonistas, responsáveis, **danseuses, danseurs seuls**[66], recriavam os motivos da Inspiração pelas atitudes expressivas, fiéis e próprias. Em certos momentos, viviam plena e gloriosamente a interpretação, dançando segundo o Instinto indicador, dentro da pauta do Ritmo. Talqualmente ocorre na expansão coreográfica da Dança popular. Dança de corpo inteiro. Toda

---

66 Os protagonistas, responsáveis, **bailarinas, bailarinos solistas** (...).

valorização nervosa e muscular, fisionomia condizente, braços, mãos, dedos, individualizados, desenhando, materialmente, o Pensamento condutor. Fora desses limites, escuridão funcional. Artificialidade. Afetação. **Supercherie**[67] nauseante. Mas, repito, não é um gênero popular, embora, em alta percentagem, retirado do Espírito do Povo, lendas, mitos, tradições.

– Certamente. Nenhum pesquisador atinou com os impulsos provocadores da Dança nas aves e pássaros, tangarás, **sunbirds**[68], galos da serra. Não é processo conquistador das fêmeas, intimidador dos inimigos, coletor de alimentos. Dança desinteressada, espontânea, natural. Rudyard Kipling diz que os imensos elefantes indianos bailam em grupos, como gigantes foliões. Tão misterioso quanto o coro orfeônico dos macacos coatás e guaribas amazônicos. Concluindo? O Homem dançará sempre. A curiosidade contemporânea é ele ter regressado ao primarismo suficiente da pedra lascada...

Inexplicável o aparecimento de uma barreira de névoa escura, glacial e densa, nesse Atlântico resplandecente, rumo à Madeira outonal. O *S. S. Severn* atravessa-a, todos os faróis acesos, repetindo os prévios mugidos avisadores. O vento arrepia. Vou sossegar no meu beliche. Gaetano Vestris acompanha-me ao elevador.

– **A bientôt, Monsieur!**[69]

Mas não o vi mais.

---

67 **Fraude** nauseante.

68 (...) **sunbirds** – literalmente, "pássaros do sol" – espécie de pássaro pequenino e colorido semelhante ao colibri, da família *Nectariniidae*.

69 **Até breve, senhor!**

5

BARÃO DE MÜNCHHAUSEN. SEM MENTIRA NÃO SE VIVE

Rio de Janeiro em julho, com o frio de junho e ventanias de agosto. Pequeninos tufões despindo as árvores, nivelando jardins, sacudindo as águas da Guanabara. O dia inteiro sob um Sol indeciso, medroso, vacilante, molhando a Cidade de uma luminosidade cinzenta, baça, intermitente. As nuvens ocultando o Corcovado. As lufadas sonoras rodam nas ruas semidesertas e úmidas, tornando a chuva agressiva e contundente. A constante neblina opaca a paisagem, desfigurando as dimensões dos horizontes. Vindos do verão europeu, estação de montanha e praia, os estrangeiros surpreendem-se com o ambiente pouco tropical. É Paris em fevereiro! Quase nevoeiro de Londres! **Aire**[70] de Madri, gelado e fino, soprado do Guadarrama!

Já me aclimatei com a mudança na atmosfera do Mundo para que me atordoe a temperatura insólita. Não me assombro com as opiniões das filhas das minhas alunas, de minissaia, sabendo tudo da Vida e tão crédulas e desarmadas quanto as bisavós, de espartilho e chapéu de plumas. Não posso acompanhar o Tempo, mas não quero perdê-lo de vista. **Hold your time, Sir!**[71]

O velho Hotel em que estou, soberbo palácio de antigo gosto imponente, alucinando os olhos modernistas pela altura do pé-direito, amplidão **desaproveitada** dos salões, refeitório na extensão de um andar de **arranha-céu**, vale para o planejamento **técnico** quanto os Jerônimos para a catedral de Brasília. Desperdício de espaço! Velho Hotel, embora de 1919, quando

---

70 **Ar** de Madri, gelado e fino, soprado do Guadarrama!
71 Controle seu tempo, senhor!

não se previam as angústias dos **apartamentos**, as asfixias da residência **funcional**, o **conforto** das colmeias e formigueiros urbanísticos... Creio que não resistirá ao impacto racional das razões utilitárias, transformando-se num imenso edifício de cimento-armado, severo e maciço, com incontáveis gavetas onde os **humanos** se apertarão, orgulhosos do Progresso! Um filho de amigo, criança de 1930, é arquiteto. Explicou-me que esse hotel é um desafio intolerável ao problema da habitação carioca. Essa área comportaria solução real para o cêntuplo de criaturas contemporâneas. Essas escadarias monumentais, pátios internos e varandas decorativas, **improdutivas**, constituem insolências egoísticas, exibições de riquezas em metros quadrados, maravilhosos na situação topográfica a poucos passos da avenida Rio Branco, um verdadeiro insulto às necessidades positivas e atestado melancólico de avareza econômica, falta de cooperação leal à movimentação incessante dos capitais imobiliários. Pergunto que pretende fazer com os Conventos, intermináveis e inalteráveis, postos há séculos nos recantos mais lindos do Rio de Janeiro, moradas de poucos frades, sem expressão prática, concernente às exigências atuais, imediatas e lógicas? **Les affaires sont les affaires!**[72] A população, crescente em milhões de candidatos habitacionais, tem direito à lei natural da localização mais próxima dos interesses cotidianos e vitais. Disse-me estudar o assunto e que, no contrato de venda, ficaria expresso em cláusula inderrogável, que os **serviços religiosos** fixar-se-iam no último andar, com ambientação adequada e digna da finalidade, **ainda** indispensável. Tem resposta para todas as ânsias. É preciso viver no dia presente!

Raros modelos para álbum. Um **observer** da ONU inexplicavelmente ausente de Copacabana, e que sempre o vejo observando-se. O presidente de poderosa companhia encarregada de defender os capitais alheios, alicerces dos próprios. O autor do **Fellowship Abroad!** intratável, pela pouca divulgação do evangelho. Uma americana ondulante, pesquisando o samba: **oh! very exciting!**[73] Um doutor ininterruptamente lendo jornais: "o Mundo já não me interessa," diz. O cidadão gordo e lento, citador de Smiles e Mardem, dorme depois da refeição na poltrona mais visível. Despertando, explica aos circunjacentes: **Dispepsia!** E readormece. A possante usineira, entronizada no sofá, encaroçada de joias, cabeleira mais complicada que mastreação de fragata, saúda gravemente os que saem ou tomam o elevador.

---

72 Negócio é negócio!
73 Um **observador** da ONU (...). O autor do **Bolsa no exterior!** (...). Uma americana ondulante, pesquisando o samba: **Oh! Muito estimulante!**

Para mim, **the Day's Man**[74] é um velhote ruivo, sólido, centrífugo, um tanto **derramado,** mas pomposo, parecendo precedido por uma banda de clarins e acompanhado pelos camareiros de Capa e Espada. Bebe cognac e não whisky. Depois do jantar recusou o isqueiro do **groom**[75], pedindo-me fósforos quando acendi o charuto. Fumou em silêncio, mas veio sentar-se próximo, acolhedor e solene. Em vez da voz comandando salvas de artilharia, falou em meio-tom, pausado e senhorial.

– Poderia dizer-lhe o nome que uso e que está no meu passaporte diplomático. Com ele conheço as gentis autoridades do seu país. Ao senhor, porém, prefiro dar-lhe o verdadeiro, tão familiar ao seu tempo de menino e moço. Hoje já não o será, afogado e preterido na inundação dos sucedâneos sofisticados e falsos, iludindo a sensibilidade juvenil. Mas, **le jour viendra**[76] para a minha represália na alegria curiosa da mocidade.

Sou Carlos Frederico Jerônimo, Barão de Münchhausen! Não Senhor! Não sou alemão! Sou hanoveriano. O Hanover é uma província alemã no plano administrativo mas possuindo História, consciência, mentalidade próprias, como a Baviera, Saxe, Wurtemberg. Não preciso recordar o passado de minha terra porque o Senhor deve sabê-lo bem. Até 1798, com 78 anos bem vividos, fui hanoveriano, filho e neto da velha nobreza, com propriedades em Bodenwerder, onde abri e fechei os olhos mortais, perto da velha capital. Os domínios anteriores não desfiguraram minha gente. Ainda hoje, Hanover é Hanover! Mas não se trata do Hanover, mas de mim, o **Grande Barão das Mentiras**, encanto para jovens como Till Eulenspiegel fora para crianças. Quem não leu na Europa as mirabolantes proezas desse **Freiherr**[77] na cavalaria russa contra os turcos, quatro anos espantosos, até 1741. O Senhor conhece a origem dessa *Narrativa das Maravilhosas Viagens e Campanhas na Rússia do Barão de Münchhausen,* escrita e editada em Londres, 1785, pelo alemão Rodolfo Eric Raspe, exilado na Inglaterra, fingindo depoimento de um mentiroso desvairado? Burger traduziu para o alemão, aumentando as patranhas, no ano seguinte. Teve mais edições que anos de vida terrena merecera de Deus o inspirador. Qualquer estudioso sabe que essas estórias fabulosas e cômicas foram compilação de vários anedotários europeus e episódios da literatura oral.

---

74 Para mim, **o Homem do Dia** é um velhote ruivo (...).

75 Depois do jantar recusou o isqueiro do **groom** (...) – "groom": em inglês arcaico, "a male servant": **um servo masculino; criado.**

76 Mas **o dia virá** para a minha represália (...).

77 (...) as mirabolantes proezas desse **Barão** (...) – "Freiherr": literalmente "senhor livre".

Muitos já estavam registados nas *Faceties,* de Bebel, e nas *Deliciae Academicae*[78]*,* de Lange, em latim vulgar, e contavam-nas de cor. Elissen evidenciou que essas fontes existiam e eram antigas antes que eu tivesse nascido. Os judeus dizem que a Mentira não tem pernas. Mas tem asas. Apontam-me como aventureiro e mesmo imaginário, mera ficção literária para fazer rir. Fui, afinal, oficial de cavalaria na Rússia da imperatriz Ana Ivanovna, sobrinha e sucessora de Pedro, o Grande. Deixei o serviço militar quando assumiu Elisabeth Petrovna. Minha raça não desapareceu no Hanover e com o baronato hereditário, título que, sem contestação, usei. Jorge Ticknor, maio de 1836, encontrou em Berlim, em casa de Lord William Russell, um meu descendente. Mas vamos à nossa estrada real...

– As minhas viagens, em barcos holandeses e campanhas russas, permitiam ampliação valorizadora, como sucede a todos os viajantes de outrora e do presente. Já no século XVI diziam que "longas vias, longas mentiras". Simples colaboração pessoal vivida. A Vida é uma longa viagem. O Senhor sabe que a Verdade é figurada como mulher nua, e todos nós amamos vesti-la ao nosso gosto. Apresentá-la conforme nosso modo e critério. A Verdade para todos, a mesma, única, exata, seria um esqueleto sem carnes, órgãos, movimento. Nem mesmo Jesus Cristo definiu-a ante Pôncio Pilatos. Despida e áspera, sem desnudar-se lentamente, excitando-nos, a Verdade é agressiva, desagradável, hostil, como um gorila do Maiombe, ser verídico e natural. Não se trata, evidentemente, de Vênus sem roupa. A deusa sabia despir-se, e mesmo desnuda vestia-se de graça, meneios, perfumes, olhares, ondulações no andar. A Verdade recusa esses atrativos porque ignora a ciência do Agrado, da Concordância, do Amavio aliciador. Para disfarçá-la em atrativa humanização, todos os fundadores de Religiões recorreram às Fábulas e Apólogos. Evitavam a nudez da Verdade, que nem sempre a todos congraça e satisfaz. Imagine se a Mentira fosse realmente aniquilada... De que viveriam advogados, psicólogos, médicos, vendedores, poetas, romancistas, políticos, publicitários, reformadores, teatrólogos, jornalistas? Dizer a Verdade! Seria o final de todas essas técnicas de persuasão, envolvimento, exibição conquistadora. E nos lares, passeios, palácios e cabanas, governos, namorados e chefes de Estado, totalmente, cruamente, fielmente, verídicos! Verdade na História, no Teatro, nas lendas fundamentais da Humanidade, na imprensa, relatórios, informa-

---

78 Muitos já estavam registados nas **Facécias**, de Bebel, e nas **Delícias acadêmicas**, de Lange (...) – *Les Facéties érotiques* (1506), de Heinrich Bebel; *Deliciae Academicae* (1665), de Johann Peter Lange.

ções, explicações dos maridos chegando a casa pela madrugada ou das esposas retardatárias! Dispenso-me referir todas as consequências dessas conclusões calamitosas. Cairia sobre nós a tempestuosa inversão da conveniência regedora deste Mundo!...

– As minhas aventuras teriam um grão de veracidade como ponto de partida para o impulso. É o processo de Luciano de Samósata e de **sir** John Mandeville, passando pelos montões de exemplos, em todas as épocas. Ninguém vai estudar a Lua em *Cyrano de Bergerac* nem tipos antropológicos na *Crônica* de Hartmann Schedel. Toda a fauna mirífica é inexistente e eterna. Todos os povos defendem a coexistência desses fantasmas ameaçadores e familiares. Onde os gregos viram os Deuses para reproduzi-los no mármore? Onde Michelangelo deparou Moisés, Cellini a Perseu, Donatello a Davi? Quando testemunharam os pintores as pessoas dos Anjos e dos Santos? Estavam no Gólgota para a morte e a descida da Cruz, olhando o sepulcro para a ressurreição, o presépio para o nascimento? E não apresentam o Futuro no ato supremo do **Juízo Final**? Houve, **realmente**, o que Homero, Virgílio, Dante, Camões, Milton descreveram? Lembra-se de La Bruyère? **L'homme est né menteur!**[79] Não mentiroso, mas imaginativo. E as tradições, famas, renomes, modeladores do Julgamento social? **Tout mensonge répété devient une vérité**[80], ensinou Chateaubriand. Wilde não protestou contra a caluniosa "decadência da Mentira"? Sem **ela**, o mundo chamejaria num hospício delirante de feras, fúrias, possessos! Pense o senhor nos **verdadeiros** epitáfios, dedicatórias de livros, saudações aos homens do Poder! A Verdade para peculatários, sádicos, adúlteros, assassinos! O **honesto** Iago, o **piedoso** Herodes, a **virtuosa** Messalina! Os fujões **heroicos**, os cobardes **valorosos**, as devassas **excelências**! O noticiário dos jornais seria espantoso! Haveríamos de ler: "**Aniversaria** o repugnante usurário!... Viaja a conhecida prostituta!... Assumiu o famoso ladrão!... Visitou-nos o asqueroso intrigante, acompanhado de sua nova concubina!..." Seria possível convivência pacífica entre seres humanos reunidos em sociedade normal? Era a doce frutificação da Verdade, somente a Verdade, apenas a Verdade...

– Engano, meu senhor! Engano. Pode haver convenção em base de veracidade, mas os nossos fundamentos radicam-se, socialmente, a um

---

79 **O homem nasceu mentiroso!** – citação da obra *Les Caractères* (1688), de Jean de La Bruyère.

80 **Toda mentira repetida torna-se verdade** – citação de *Mémoires d'outre-tombe* (1848-
-1850), autobiografia de François-René de Chateaubriand, escrita ao longo da primeira metade do século XIX.

intercâmbio de Mentiras convencionais. Em 1883, Max Nordau divulgava, em tom sonoro, *As Mentiras Convencionais da nossa Civilização*. Era um judeu austríaco, médico, vivendo em Paris, Londres, Estados Unidos. O livro derramou-se, estrepitosamente, pelo Mundo, e todos concordaram. Já lá vão 85 anos de aquiescência. Iremos ao milênio na mesma cadência. **Please, do not disturb**[81] nosso equilíbrio! É possível uma Revolução sem Mentiras verossímeis? A solidariedade repousa no crédito das Mentiras circulantes. Quando deixamos de aceitar, desmorona-se o castelo. Não estou citando as **mentirinhas** legítima-defesa, mas aquelas constituindo sistema, doutrina, programa. Quantas figuras internacionais, partidos políticos soberbos, Nações inteiras vivem e se fazem queridas ou temidas por defenderem ideias ou princípios jamais materializados em sua História? Não recorda Maquiavelli? Escreveu que os povos habituados à submissão são tardios em revoltar-se. Facilmente um aventureiro poderá subjugá-los. Napoleão anotou: "Especialmente quando diz trazer liberdade e igualdade...". Mudou o prestígio dessas **promessas** irrealizáveis? Quais seriam as reações populares ouvindo o Candidato declarar: "Interessa-me vosso trabalho e servidão, nada mais!". Culto à Verdade. É crível a frase? Qual o amante considerando estimável o delator da infidelidade feminina? Apolo transformou a brancura do corvo na pretidão perpétua de suas penas, prêmio de havê-lo informado do perjúrio de Coronis. O pobre corvo dissera a Verdade!

– Não é a Mentira calúnia, deslealdade, perfídia, difamação. Mentira libertando a Imaginação, restituindo-lhe a amplidão do movimento de Criação, da euforia mental. Originalidade, sedução, mistério, graça, interesse sublimador de tristezas, tédios, soturnidades. É o papel sobrenatural das Fadas amáveis e dos Gênios benfazejos. A varinha de condão para o Bem. A pastora, rainha; e o pescador, príncipe! A estória infantil, de incomparável lembrança para nós. Que vem a ser o desenho animado se não interromper a ditadura da Lei da Gravidade; dar vozes aos animais e às plantas; inutilizar o Imprevisto, o Improvado, o Impossível?

– Exatamente! Minhas aventuras provocam o bom humor, a divagação faceta, o reparo chistoso. Concedem a repleção íntima, tonificadora, feliz. Justamente o contrário do *Otelo* de Shakespeare, ou das tragédias gregas ao redor de Édipo. O homem é o único vivente procurando, propositadamente, o local de onde sairá acabrunhado, pessimista, diminuído. Pagando para entristecer-se e magoar-se. Não é possível melancolia em quem me

---

81 **Por favor, não atrapalhe** nosso equilíbrio!

vê ir à Lua subindo por um pé de feijão. Ou chegar a Moscou num trenó puxado pelo lobo que devorara meu cavalo. O poeta Mistral não viajou num tonel arrastado por um lobo, seguro pela cauda? O naturalista Charles Waterton não atravessou um rio de Demerara montado num jacaré? Por que cabem **exagero** e **despropósito** unicamente ao Barão de Münchhausen? Esses **exageros** são uma recriação do Real, noutras dimensões e perspectivas, excitando, desdobrando, engrandecendo, no plano da percepção, o Entendimento! Constituem a seiva da Arte e da Cultura produzida pela imaginação, com o leve ou acentuado auxílio da Memória inconsciente, quando é mais poderosa e complexa. Uma Arte restrita ao Real, ao concreto, às limitações do **Fato**, aos inflexíveis ditados do Módulo, é uma operação de Soma e Subtração, ato químico, na mecânica da Proporção despótica. A Mentira é a potência do Arbítrio libertador da tirania geométrica no Espaço e no Tempo. É a única geradora da Novidade. A Verdade é infecunda e rotineiramente glacial. Outra face da Deusa é a Mentira, fonte nutriz dos Preconceitos, Padrões e Critérios para a Norma do Comportamento. Amamentadora imemorial da Convenção e da disciplina estética, no Banal e Comum, progenitores do Hábito. Fora dessa explicação, estende-se o latifúndio do Sofisma, Retórica, Dialética, entidades que tudo **provam e demonstram**, simulando pitonisas da Lógica.

– Vai entender-me. Dessa cédula de papel vistoso com que o Senhor pagou a nota do Bar, para os metais preciosos e as coisas positivas, nelas próprias, com que os nossos longínquos antepassados adquiriam as Utilidades indiscutíveis, e não essas inutilidades indispensáveis do Presente, estira-se o infinito da Convenção, filha da Mentira que lhe assegura valendo ouro, prata, bois, escravos, cavalos, marfim, ferro, bronze, armas, amuletos, alimentos. Uma forma exterior e plástica, sugerida pela imaginação, projetando contornos a uma Abstração, torna-se Realmente imposta pela Mentira determinante. Creio que o Senhor nunca analisou as razões obscuras e recônditas pelas quais se convence, concorda, aceita o fenômeno exterior, uma percentagem do **noumenos**[82] integrando-se na sua Convicção. Verificará a existência de fatores imponderáveis e sinuosos, vivendo além do Raciocínio, aproveitando os interstícios da Fadiga para a invasão e posse do seu Julgamento. O Senhor concede a esse processo informe de pseudodefesa ao desperdício do esforço nervoso analítico, um prestígio maquinal e cego que o velho Sultão daria ao mudo Grão-Vizir, por mera

---

[82] noumenos – o real, o que existe de fato, a coisa em si – conceito de Immanuel Kant em *Crítica da Razão pura* (1781).

ação catalítica. Não é fórmula reativa, mas preservação da imunidade mental. Permite-se o ingresso na suposição de que o novo elemento se dissolva nos existentes, não alterando o ritmo da digestão intelectual. Esse **permis de séjour**[83] é tão mentiroso quanto o cavalo de Troia. Leva o bojo cheio de germens vivos. A Mentira, visando ao passaporte na fronteira do Conhecimento, é forte colaboradora para a renovação das imagens costumeiras. Depois, o Senhor mesmo ignora desde quando hospeda aquela ideia perturbadora. A Mentira disfarçou-se na verificação alfandegária. Ao final, é sangue novo em circulação.

– A Humanidade inteira nasceu de uma Mentira. Mentira do demônio Asmodeu a Eva. "Sereis semelhante aos deuses!" Nada existiria na face da terra se a serpente dissesse a verdade: "Comei, para desobedecer ao eterno!". Eva não o teria feito. A Terra, planeta de irracionais e plantas rudimentares, rolaria na imensidão da inutilidade cósmica. A Mentira deu-nos o Bem e o Mal. A onipotente consciência do **ser**. Ora, a serpente Samael não mentira. Prova o *Gênesis*, 3.22: "Então disse o Senhor Deus: Eis que o Homem é como um de nós, sabendo o Bem e o Mal; ora, pois, que não estenda a sua mão, e tome também da Árvore da Vida, e coma e viva eternamente...". E expulsou o casal do Éden, guardado pelo querubim da espada flamejante. Pela primeira vez aplicava-se, numa antecipação miraculosa, o sofisma do cretense Epimênides, que Zenon de Eleia divulgou, salvado por Cícero. Creta deixou fama nessas atividades imaginativas. Até exibia o túmulo de Zeus. A mesma proposição da serpente era, ao mesmo tempo, Verdade e Mentira. Eva acreditou na face inversa. O fruto estava proibido e, bem sabia, a inicial feminina no Paraíso. Seu gesto foi a humana obediência ao amavio da Mentira. Somente esta possui o dom da sedução incrível, empolgante, irresistível. Começa, então, a História Humana! O Diabo é o **Pai da Mentira** porque é o **Tentador**. Fosse ele o **Pai da Verdade**, e não tentaria a ninguém!

– O charuto terminou e vou assistir a um **simpósio**, função diferentíssima da que agora se aplica. Os seus contemporâneos são inesgotáveis de surpresas. Vão à Lua e ficam incapazes de criar um nome para as suas reuniões especiais. Recorrem à terceira parte do banquete em Atenas, vinte e quatro séculos noutro uso... Como vê, estou no meu clima. Muito grato pela companhia. Desejo-lhe uma noite feliz...

---

83 Esse **visto de permanência** é tão mentiroso quanto o cavalo de Troia.

6
Pentesileia. As mentoras da Igualdade Feminina

Recebo na biblioteca a "Professora estrangeira" anunciada. Alta, forte, serena, **fausse maigre**[84], é uma exaltação de saúde, decisão, autodomínio. A boina escura cobre-lhe a cabeça alongada, modelada em mármore, cabelos curtos e densos, testa estreita, olhos negros, olhar direto, limpo, sem subentendidos, lábios finos, um rosto algo másculo, agressivo na placidez. Na brancura da face estão manchas rubras do Sol tropical. O **tailleur**[85] verde desce até os joelhos, em linha harmoniosa, mostrando as pernas ágeis, os pés esguios, defendidos pelas sandálias elegantes. A blusa, branca e leve, deixa ver a garganta firme. Um anel de camafeu. Um colar de pedras luzentes e negras. No pulso, relógio suíço. No arco da grande bolsa de couro, um par de luvas claras. Acomoda-se, sorridente, mas sem intimidade. Voz grave, rápida, sem denunciar a procedência da visitante.

– Professor, estive há poucos dias em Londres com Bianor Silva...
– O Centauro?
– Exatamente, o Centauro. Disse-me o assunto que expusera ao senhor e entendi não lhe pertencer o monopólio da confidência nem a honra do convívio. Vim procurá-lo, tendo os mesmos direitos do Centauro e razões que me parecem mais lógicas que as dele...
– Não me diga que é uma **Centauresse**...[86]
– Não, não sou. Sou Pentesileia, uma Amazona.

---
84 Alta, forte, serena, **falsa magra** (...).
85 O **conjunto** verde desce até os joelhos (...).
86 – Não me diga que é uma **centaura**...

Pentesileia levara as Amazonas em socorro de Príamo dos derradeiros da resistência de Troia. Fora morta por Aquiles. Despojando o cadáver, o herói emocionou-se com a beleza da guerreira e chorou. Tersites riu daquela estranha mágoa. Aquiles abateu-o como a uma mosca. O astrônomo Knorre denominou *Pentesileia* a uma estrela. Galopam no voo imaginação, Hipólita invadindo Ática, Esfione visitando Jasão, Menálipe dando o cinto a Heracles, Antíope vencida por Teseu, Taléstris abraçando Alexandre Magno, Tomires derrotando Ciro. Virgílio exaltou-as na *Eneida*. Lembro a versão de Manuel Odorico Mendes:

> Sob a despida mama um cinto de ouro
> E a Virgem com varões brigar se atreve.

Raça predestinada, que o Tempo não renovaria, batendo-se sempre, morrendo com armas na mão, viva nos mármores de Fídias, Policleto, Ctesilas, moedas de Éfeso, mausoléu de Helicarnasso, violenta, indomável, atrevida, amorosa. Comunica o exemplo aos batalhões femininos da Boêmia no século XVII, à cavalaria indômita do rei Glelé do Daomé, de cujos esquadrões, **Yahi, the last of the Amazons**[87], ainda vivia em 1935, alquebrada e saudosa.

Deu batismo ao Rio-Mar no Brasil.

Dizem que a pedra jade das muiraquitãs era oferta dessas Icamiabas ao esposo de uma noite. Tornava-se amuleto para a Felicidade.

Cristóvão Colombo aludira à existência das Amazonas nas Antilhas. Walter Raleigh nas Guianas. Hernando Ribeiro deparou-as no Paraguai. Em 24 de junho de 1541, Francisco de Orellana combateu-as no rio Nhamundá. Moravam em setenta acampamentos de pedra, sete dias de jornada da costa fluvial. Conhori era a rainha. Os indígenas desciam 1.400 léguas para vê-las. Vinham moços e voltavam velhos. Frei Ivo d'Evreux registra-as no Maranhão de 1612. Em 1587, Gabriel Soares de Sousa alude às mulheres guerreiras de uma única teta, lutando contra os Ubirajaras, nos sertões da Bahia. Spix e Martius nada encontraram no Amazonas de 1820. Não se divulgaram nas tradições mestiças do Brasil, cantigas ou cantos anônimos. Em Portugal são apenas as Almazonas, Almajonas, agigantadas e bravias. Também Alamoas. Com esse nome reaparecem, fantasticamente, na ilha de Fernando de Noronha, ruivas, temíveis, sedutoras.

A saliência na blusa denuncia os seios normais na minha visitante. **Amazona** não virá de sua ablação, ou massa avultada, mas do vocábulo

---

87 (...) **Yashi, a última das Amazonas**, ainda vivia em 1935, alquebrada e saudosa.

Lua, na língua tscherkesse. A **lua** era uma presença animadora no espírito das Amazonas. No Brasil todas as cerimônias ocorriam durante os plenilúnios, no lago "Espelho da Lua", **Jaciuaruá**, perto de Faro, à margem esquerda do Nhamundá ou Jamundá, no Pará.

As Amazonas de Rubens ostentam fartos seios rijos. Eram devotas de Ártemis na invocação lunar. A pátria foi a Ásia Menor. Não há motivo guerreiro mais surpreendente, emocional e sugestivo. E estou olhando uma dessas rainhas, a última esperança da sagrada Ilion, há trinta e três séculos.

— Prazer em ouvi-la...

— Creio, professor, que depois da morte de Alexandre Magno, saudado por minha colega Talestris, novecentos anos depois da minha luta com Aquiles, o senhor perdeu contato com as Amazonas, as verdadeiras, desde o Ponto Euxino. Não haverá surpresa de minha linguagem, mas do motivo provocador. O Centauro Bianor insistiu na presença de sua raça como uma "constante" psicológica contemporânea. Trago o meu depoimento. As Amazonas são uma **permanente** na evolução da mentalidade feminina. Persistimos, obstinadamente, quase vinte séculos, libertando a mulher de sua subalternidade moral, como afastamos o domínio masculino da nossa vida coletiva. Frágeis e amorosas, enfrentamos em batalha os mais famosos heróis de antigamente, Hércules, Teseu, Belerofonte, Peleu, Telamon, o rei Ciro, e mesmo Dionísio, junto aos muros da nossa Éfeso. Não mudamos de forma e nem tivemos o reforço bestial de uma garupa cavalar, como os Centauros. Batemo-nos com a nossa feição natural, como éramos e são todas as mulheres. Amamos e fomos mães, educando as filhas na disciplina do combate e fidelidade à tradição. Os filhos, os pais os criassem... O senhor jamais deparou um Centauro sem a projeção equina, mas sempre nos viu na veracidade do nosso tipo físico. O Centauro Bianor tem uma inveja milenar das Amazonas, domadoras e combatentes a cavalo.

Ergueu-se, gesticulando com a mão fechada como se empunhasse a lança dos Citas.

— Nenhum dos Deuses ou Deusas, de qualquer paragem religiosa, tentou a igualdade social da mulher. Nem antes e nem depois das Amazonas apareceu um grupo feminino disputando aos homens participação justamente no que mais os orgulha e distingue: o domínio guerreiro, o manejo das armas, a luta corpo a corpo, leal e direta. Com alternativas de êxito e desastre, nós temos a prioridade indiscutível. Provamos com o nosso valor que, mesmo de espada, machado ou flecha, o homem não é superior à mulher. O professor sabe que uma derrota em campo aberto não anula a valentia dos vencidos. Antes afirma que não temeram a fama belicosa dos adversários, oferecendo batalha, golpe por golpe, sem medo algum. Tomiris não temeria a Cirus, invencível, como eu não recuei ante Aquiles, o mais bravo dos homens.

Quando ficamos em disponibilidade perpétua, tendo as compensações da nossa categoria mítica, notei como os Deuses e Deusas, sempre que podiam, enviavam poderosos pensamentos ao cérebro dos Homens, sugerindo-lhes ações, para os antigos Divos, excelentes e lógicas. Bianor narrou ao senhor a participação dos Centauros nessa campanha de influências invisíveis e afirma seu grupo vitorioso. Que diremos nós, as Amazonas? Irradiamos constantemente ao nosso sexo vivo as ideias valentes de reação, contínua e cauta, para os direitos igualitários, ocupando nível irmanado aos homens. De nenhum outro cérebro poderia nascer semelhante imagem senão das Amazonas. O professor compare a situação feminina de agora com a de um século atrás: quem manteve a força inextinguível e potente para a resistência mulheril, através do tempo, fomos nós. Elas próprias, isoladas, desanimariam, com desunião e rixa. Posso dizer como santa Teresa: **Tengo experiencia de lo que son muchas mujeres juntas. Dios nos libre!**[88] A santa falava nas espanholas de 1576 e eu conheço as mulheres desde as asiáticas de 1180 antes de Cristo! É assunto de minha predileção. Todas as coragens femininas no plano social foram esforço nosso. Captavam elas, inconscientemente, as ondas de energia, enviadas com tenacidade e afeto pelas Amazonas, veteranas no esforço e desprezando o insucesso. Eis porque, em pouco mais de cem anos, as mulheres estão em todos os postos masculinos, como os Plebeus em Roma alcançaram os cargos ciumentamente reservados aos Patrícios. Naturalmente, professor, a nossa colaboração, alta, generosa, desinteressada, espontânea, pode não ser reconhecida e proclamada pelas beneficiadas. Sei muito bem o espírito do meu sexo. A glória é devida a elas mesmas, sem auxílio de ninguém. Lembro quanto nos custou esses longos tempos de irradiação energética, de confiança, de entusiasmo, de perseverança...

Parou diante de mim elevando a voz de comando:

– Um poeta do Brasil, Olavo Bilac, profetizara:

Virgens, reviverão as Amazonas
Na cavalgada esplêndida da glória!

– É o que fizemos, professor! missão cumprida. Todos os meus votos pela sua felicidade.

Saudou, apanhou a bolsa, e desapareceu.

---

[88] Tenho experiência do que são muitas mulheres juntas. Deus nos livre!

7
Pan vertical

Rapaz robusto, moreno, ombros serenos, olhar ágil, curta cabeleira revolta, não alto, mas bem conformado, saúde irradiante, alegria na face e no ritmo do andar, tranquilo e firme. Roupa folgada, cômoda, sandálias fortes nos pés infatigáveis. Sentou-se com naturalidade, sorrindo, com leves desculpas de tomar-me o tempo. Devia ser chefe de embaixada esportiva ou treinador de atletismo. Seria, entretanto, uma exposição alucinante naquela manhã de sol e doçura dominical.

– Professor, o senhor leu duzentas vezes o episódio em que, numa noite de viagem por mar, quando vivia o imperador Tibério, o piloto Adonis, ou seja, Thamuz, ouviu vozes aflitas nas trevas da noite informando-o: **Thamuz, Panmegas tethneké**! "Thamuz, o Grande Pan é morto!" Exatamente, está em Plutarco, mas tem sido divulgadíssimo. Eu sou esse **Pan**, que disseram o Grande **Pan**, **Pan-megas**! O trespasse deu-me a onipresença liberatória no Espaço e no Tempo. Tenho vivido, observado, influído, conquistado. É natural que o venha ver e fazer-me ouvir. Ora, Professor! O **Pan** caudado, peludo, selvagem e bruto, como nas moedas da Panticapeia, em milhares de figuras, é uma forma convencional para efeito religioso. Para fazer-me ingressar no cortejo de Dionísio, para confundir-me com os Faunos, Sátiros, Silvanos, e penetrar a mentalidade de Roma por intermédio dos pequeninos seres mágicos da vida rural, hirsutos, rústicos, agrestes. Como eu guardaria cabras na Arcádia, transitei para o entendimento romano capengando, de barbicha, de longos chifres retorcidos. Sou **Pan**, professor. A única forma real é aquela imitando o Doríforo de Policleto e que Furtwaengler estudou. É a verídica. Identifico-me aos seus desconfiados olhos porque nem todos os meus atributos desapareceram através dos milênios. Olhe, atentamente, na minha testa e verá, arredados os cabelos como estou fazendo, os curtos chavelhos tradicionais, apenas úteis para a característica. No restante, sou um ser fisiologicamente legítimo. Um Deus como Hermes, mensageiro alado, um dos corpos masculinos mais harmoniosos, e a ninfa Dríope, formosura perturbadora de um filho de Zeus, não poderiam conceber monstros. Luciano de Samósata pilheriou quando deu a meu Pai o vulto caprino, fazendo-me filho de Penélope e neto de Ícaro. Pura zombaria herética!

– Também não, professor. Não fui ente subalterno, inferior, relegado à classe dos servos ínfimos entre os Olímpicos. Possuí centenas de templos, hinos, ex-votos, estátuas, moedas, festas esplêndidas como as Lampadofórias em Atenas, ou na ilha de Psitaleia, praticamente consagrada ao meu culto, tornado popular e querido cinco séculos antes do Cristo. O professor deve lembrar os ensaios de Welcker, Gerhard, Berard, fazendo-me anterior e superior a Zeus e um dos mais antigos nomes do Peloponeso, o **Pania** primitivo. **Pan** vale dizer: o todo. Do meu prestígio votivo, limito-me a recordar os pais de Platão consagrando o menino a mim, às Ninfas e a Apolo Nômios. Platão jamais negou essa devoção recôndita e saudosa para ele. Fui, realmente, o mais amado, preferido, naturalmente invocado em horas de comoção nacional, entre todos os Deuses da Grécia. A explicação, professor, é que eu era um Deus do Povo, de todo o território, vivo na alma coletiva, numa predileção instintiva. Combati em Maratona e Salamina, decisivas para a glória e sobrevivência da Grécia. Espalhei entre os persas o que os senhores ainda denominam **o pânico!** Os Deuses haviam lutado contra os Gigantes e em Troia. Somente. Lutaram defendendo a jurisdição ameaçada ou a simpatia entre guerreiros que morriam por causa de Helena. Atenas proclamou sua gratidão à minha pessoa. Recorda Píndaro, superior, arredio, distinto da multidão? No átrio de sua casa em Tebas, conservava unicamente Cibele e a mim. Ouviu-me uma vez cantar os seus hinos. Plutarco registou. As personificações foram se aproximando da humanização integral. Na *Civitas Lavinia*[89], do imperador Antonino Pio, ainda estou caprídeo e peludo, mas a fisionomia é pensativa e grave como a de Aristóteles.

– Confesso, professor, não ter vindo à sua presença para narrar minha vida entre os Deuses gregos ou especificar o problema da minha representação no delírio morfológico das plásticas imaginárias, antigas e modernas. O motivo é trazer-lhe um depoimento sobre a ação contemporânea que tenho desempenhado, influindo para a modificação psicológica dos namorados ocidentais, notadamente nesta parte do Mundo que só conheci nos

---

89 **Cidade Lavínia** – Lanuvio; lugar de nascimento do imperador; residência da família e sucessores de Antonino; uma das cidades integrantes da Liga Latina. Câmara Cascudo faz alusão à estátua de Pan que se encontra nas ruínas desse sítio histórico.

finais do século XV e onde, presentemente, passo muito tempo, um tempo de fruição e devaneio.

– Criado entre pastores da Arcádia, terra natal, pastor e caçador, tive a concepção dos meus companheiros na decorrência ecológica. Eros, Cupido, o Amor que rapta Psique, envolvente, indeciso, penetrante pela insistência, atuante pelo Espírito, pelas formas sensíveis do afeto, do afago delicado, cobrindo a jovem desejada com todas as flores do sentimentalismo, não poderia permanecer na lógica poderosa, rústica, ardente e profunda de um pastor árcade. Não tive o amor como expressão de posse imediata, mas a **pretendida** sentia a missão sagrada e alta sobre a Morte, vencendo-a pela presença de uma nova geração, pelo amplexo fecundador, semeando a imortalidade. Não fui estuprador, violento, bestial, esmagando resistências do pudor defensivo com que as mulheres resguardam o corpo da brutalidade possessória. Dávamos ao Amor o sentido humano, imediato, irreprimível, oculto e denunciado na graça dos meneios, sorrisos e falsas fugas, incentivadoras da aproximação mais viva, segura, natural. Recordo que fui o inventor da siringe, a flauta de bambu, avena **bucólica** que sujeitava mulheres e animais ao nosso desejo. A doce melodia, que era um interlúdio erótico, afasta a imagem do arranco felino, do brutismo único, irracional em sua fome tempestuosa. Os nossos processos derrotaram Eros e Cupido, e todos os Deuses aderiram, em segredo ou nos atos notórios. Deuses e Deusas. Por isso o Pai Zeus foi touro e águia, e Poseidon um cavalo. Hércules fiou lã. Vênus e Selene raptaram seus namorados. Enfrentei, já espírito e vontade livres, depois da vitória cristã, as várias e mentirosas tentativas para fazer dominar o **amor cortês**, o **amor platônico**, tão longe da conduta do meu afilhado Platão; o **amor sentimento**, o **amor mental**. Não fosse a expansão do meu critério, Zeus não teria Ganimedes, Vênus a Adônis, Selene a Eudimião. Realizável ou não, o desejo era uma legitimidade. Durante séculos perdi e recuperei a direção geral da vocação amorosa, tendo a fidelidade de uma minoria, tenaz na conservação do meu sistema valorizador da virilidade. O **namoro**, professor, o clássico, de olhar e conversa, suspiros e sonhos, recalques, é um fantasma terrível dos **amours courtoises**[90], tomando impulso e vida no século XIII e ainda resistindo, numa floração tardia, em nossos dias. O **Namoro** é uma dessas derradeiras formas de guerra à minha doutrina. Os norte-americanos, felizmente para mim, incluem o Amor na técnica dos atos práticos. Não perdem o Tempo, como esses filhos de Espanha e Portugal, em boa per-

---

90 (...) é um fantasma terrível dos **amores corteses** (...).

centagem. O automóvel, o cinema, as praias, têm sido meus auxiliares de notável eficiência. Esses **encontros** são decisivos para o ajustamento ou abandono da tensão amorosa. Dizem mesmo **fazer programa**. O namorado, meu adversário, não tem programa. Explora o Tempo, olhando, suspirando, com passeios respeitosos e contatos manuais que Palas Atena consentiria. E empregam a reprovável equivalência sublimadora de fazer versos. Cantar era mais convinhável. Graças às **amazonas**, o sexo feminino largou a roca, o fuso, o fogão, o espanador, e precipitou-se na concorrência econômica, social, política, cultural. Esse atrito na concorrência determinou um acesso mais próximo, revelador de intimidades exteriores, iniciador de relações efusivas, servindo de **Public Relations**[91] entre **colegas** de especialização e trabalho normal. Nas cidades grandes, alegro-me constatar minha presença mental modeladora, como no século XVI na Europa. No ponto de vista do amor físico, verifica-se, talqualmente há quatrocentos anos passados, que, em certas atividades, as **amadoras** são superiores às **profissionais**. Era justamente o que vira, no período chamado **Renascença**, de flores e frutos humanos. As **filles de joie** foram derrotadas pelas **belles et honnêtes dames qui font l'amour**...[92]

– Perdão, professor, não generalizo. As exceções são eternas. No meu Tempo havia, mesmo no Olimpo, Vênus e Vesta, Príapo e as Erínias, Cibele e Minerva. O Pai Júpiter era o que sabemos, mas a esposa Juno dava modelo de honestidade e comportamento. Rainhas e Reis foram canonizados. As filhas de Luís XV fugiram de Versalhes para um convento. Falo com um "saber de experiências feito", como diz um Poeta do seu idioma e raça. O professor não pode competir com a minha ubiquidade. A vida é mais veloz e mais longa que outrora. Não há pecado novo na face da Terra, mas o Progresso improvisa tentações imprevistas e seduções sinuosas, tudo de acordo com as modificações da Moral Prática. Cada tipo humano tem o seu **ponto de fusão**, quero dizer, o seu índice de ruptura, no plano da resistência e da aquiescência. Resistem ao fogo e rendem-se pela água. Repelem o beijo e adoram um empurrão. Os homens e as mulheres da Grécia, quinhentos antes do Cristo, até o domínio de Roma, não eram diferentes das mulheres e homens que viajam hoje em avião a jato. Na Grécia romana as coisas continuaram no mesmo ritmo.

– Sei, professor, e muito bem, que tentaram fazer da Arcádia uma região de idealismo e elevação moral renunciadora. Toda a chamada poe-

---

91 (...) servindo de **Relações Públicas** entre colegas de especialização e trabalho normal.
92 As **prostitutas** foram derrotadas pelas **belas e honestas damas que fazem amor**...

sia, novelística, enfim, a **mentalidade árcade**, é uma fórmula europeia, combinação letrada, irrealidade intelectual, tanto na pena quanto no pincel. É uma época que nunca possuiu contemporaneidade. Sim, o Romantismo... Mas, professor, nunca se pecou tanto quanto naquela temperatura de renúncia, sublimação, auréola abstrata à Mulher sem sexo. Foi um dos meus incontestáveis domínios. Minha jurisdição foi total, de 1750 a 1850...

– O maior problema na movimentação da ordem social, da criança ao ancião, tem sido justamente o **Sexo**. Sua disciplina determinou, em nome da Moral, religiosa e profana, a guerra ostensiva, diária, implacável. Os órgãos da reprodução, criados na diferenciação funcional iniludível, são os vedados, vergonhosos, pudendos. São os últimos a ser percebidos em Sociedade e os primeiros, mentalmente, expostos na intenção procriadora. Tem sido a Batalha da Educação, a Grande Batalha, desesperada, violenta, contínua. Disfarçar, ocultar, ignorar o Sexo, é uma finalidade trágica. Abstinências, celibato, castidade, até castração, têm sido as formas repressoras, ditadas pela imaginação ética, base do artificial, convencional, da burla cruel, às vezes com retorno catastrófico. O senhor sabe a biblioteca que esses estudos do Sexualismo, com maior ou menor exagero, constituem. Há, desde 1732, um verso de Destouches, resumindo a visão exata: "Chassez le naturel, il revient au galop!..."[93] Esse falso, hipócrita e mentiroso pudor público e verbal, tão diverso no uso privado e particular, nega a obra fundamental da Divindade, a Vida Humana. E a maior escola purificadora que é a Família. "Deus ainda acredita nos Homens porque as crianças nascem", dizia Chesterton. Não sendo possível abstrair, recalcar, dissipar o instituto da continuidade vital, mentindo à Evidência, a fórmula é a minha: saber que o Sexo é o mais poderoso dos órgãos humanos e que seu instinto povoa a Inteligência numa espantosa frutificação inesperada, sedutora ou terrífica. Precisamos ver o Gênero Humano em sua normalidade, expressivo verismo. Quem odeia o Vício, odeia o Homem. **Qui vitia odit, homines odit**[94], ensinava Thraseas, há mil e novecentos anos. Vamos enfrentá-lo e dirigi-lo para rumo benéfico. Como o mundo não deve ser um **Parc-aux-Cerfs**[95], coudelaria de fecundação animal, vamos educar o

---

93 **Proscreva o natural, ele volta a galope!...** – da peça *Le Glorieux*, 1732, de Philippe Néricault Destouches. Tornada provérbio, tem origem em Horácio, em *Epistulae 1.10.24*: "naturam expellas furca, tamen usque recurret" (Ainda que expulses a natureza com o forcado, ela sempre voltará).

94 **Quem odeia o Vício, odeia o Homem** – conforme a tradução de Cascudo. *Qui vitia odit, homines odit*: máxima de Thraseas, mártir no reino do Imperador Marco Aurélio.

95 Como o mundo não deve ser um **Parque dos Cervos** (...).

Sexo, torná-lo colaborador e não perturbador, fazê-lo normal à curiosidade infantil para que não se manifeste em formas frustras e criminosas à Vida. Dar ao Sexo sua normalidade no Entendimento Educacional para que seja força coadjuvante e não cego despotismo obscuro, irreprimível e bruto... Perdoe o tamanho da visita, professor. Quis apenas informá-lo que os velhos Deuses vivem e pensam...

Deixou-me, numa saudação sorridente.

Creio que, desta vez, **les Dieux s'en vont**[96]...

---

96 Creio que, desta vez, **os Deuses se vão**...

8
Melanchton. As divergências harmoniosas

*E*stou olhando *le Lion de Lucerne,* agonizante e fiel, esculpido por Thorvaldsen e guardado no granito da gruta votiva, admirada pela visita internacional. **Helvetiorum fidei ac virtuti**[97] consagra, no louvor nacional, o massacre dos suíços em agosto da 1792, defendendo Luís XVI nas Tulheries. Os dois irmãos do Rei, quando governaram a França, esqueceram-se dessa homenagem. Bem inexplicada e dispensável essa minha curiosidade pela Reforma religiosa alemã e seus pormenores no século XVI. Mais de 3.000 livros, folhetos, ensaios, apelos, avisos, impressos, afora manuscritos reservados em coleções públicas e privadas, alguns relativamente difundidos em fotocópias. É preciso excluir os grossos volumes da História e o interminável *Corpus reformatorum*[98], de Halle. Digamos a Reforma até 1560, quando faleceu Melanchton, cinco anos depois da renúncia de Carlos V. Andei olhando os concílios de Pisa, Basileia e Constanza, pondo o Papa no pretório por ocupar-se da política italiana e dos **nepotes** insaciáveis. Não sei se o pontífice governaria, **in illo tempore**[99], sem solo para a cadeira apostolical, sacudida pelos tufões e roída pelos cupins principescos e famintos. Humanamente, assombra-me a paciência daqueles Papas habilidosos em vez de violentos, uma santa violência de Jesus Cristo entre os feirantes do Templo. Mas estava desejoso de saber quais os pontos da reação inicial, pondo de parte Wyclif e João Huss, os percutores da porta castelã em Roma.

Por isso estou em Littau, perto de Lucerne, e não na Morávia, para consultar uma das coleções particulares mais variadas e autênticas. Pertence

---

97 Estou olhando **O leão de Lucerna** (...). **À lealdade e bravura dos suíços** consagra (...).

98 (...) **Conjunto das reformas**, de Halle – coleção de 101 volumes publicados entre 1834 e 1848, com textos dos reformadores protestantes Calvino, Zwinglio e Melanchthon.

99 Não sei se o pontífice governaria, **naquele tempo** (...).

ao pastor Felipe Schottberg, a quem o meu amigo professor Helmut, de Leipzig, deve ter escrito. O professor Helmut estuda o dominicano Tetzel há meio século e o livro, original maciço e tremendo, creio que jamais terminará, em face de novas interpretações que a idade do autor vai sugerindo. Anunciado, em tarde não tépida, passo à primeira sala, com lareira acesa, cadeirões de couro, mesa abacial, estantes forrando as paredes, ampliações de Lucas Cranach e Albrecht Dürer, inclusive o desenho do rinoceronte que o Rei de Narsinga enviara a D. Manuel de Portugal. Recebeu-me num longo roupão de lã escura, enrolando ossos e pergaminho amarelo, cabeça calva, rugas, barba falhada, bigode indeciso, nariz de erudito e dois olhos azuis, claros, hipnóticos, tristes, molhados numa infinita doçura.

– O professor Helmut escreveu-me! Disse-me que o senhor professor estava interessado pelas origens da Reforma. Minha coleção nasceu com meu avô, discípulo e secretário de Niebuhr, e foi crescendo com meu Pai e comigo. É, sob certos ângulos, digna de consulta, notadamente uns manuscritos. Toma chá? Sendo do Brasil, preferirá café, não é verdade? Chá? Um número incalculável de documentos, livros, séries, pastas, arquivos, foi destruído nas guerras, pela brutalidade dos mercenários e orientação deliberada no desaparecimento. Depois das campanhas montões foram roubados ou vendidos para o estrangeiro, pela miséria reinante. Ultimamente, saques, incêndios, bombardeios, na Alemanha, França, Bélgica, Holanda. O pouco que emigrou para a Suíça vai-se conservando, embora haja sumido boa parte por desleixo, indiferença, interesse no dinheiro comprador. Há, também, ignorância e, como o Senhor sabe, bibliófilos ciumentos que ocultam quanto conseguem. Não aproveitam nem permitem divulgação. Nem mesmo conhecimento. São documentos sepultados no egoísmo. Por muito tempo estarão mortos!

– Está tolerável o chá? Não toma uma aguardente de cerejas? Não tenho nem uso licor. Pode fumar, certamente. Lamento não oferecer-lhe tabaco. Traz consigo? Então! Acenda o seu cachimbo ou charuto. Fique à vontade. Quando deseja ver os livros? Não estão aqui...

– Por que prefere ouvir-me? Nada lhe direi que já não saiba. Esse assunto é um dos mais vastos e explorados patrimônios. Empilhando os volumes referentes ultrapassariam o Jungfrau. Concordo, meu Senhor! Se publicássemos o realmente proveitoso, teríamos noventa por cento menos de edições. Mas ninguém considera dispensável de impressão ou conservar-se inédito o que escreve. É uma condição humana, natural, irreprimível. Não! Não escrevo. Ou melhor, já não escrevo há mais de quatro séculos, fazendo bom humor. Ah! Não sou presciente. É o senhor? Bem. Felipe Schotteberg é, por mercê de Deus, Felipe Schwarzerd, ou seja, Melanchton, o badense que se fixou em Wittenberg, vivendo a vida que o Senhor leu e lhe está merecendo simpatia!...

– Não. Não estou aqui cumprindo penitência, mas satisfazendo desejo natural. Essa existência sem angústia, surpresas, disputas, é um constante enlevo repousante, um Nirvana com a consciência de ação. Aqui continuo servindo ao Senhor na maneira mais benéfica, nessa jubilosa servidão filial. A Vida Eterna é harmoniosa e simples. Sobretudo compreensível e lógica, quando passamos o segredo da Morte reveladora. Nenhum de nós, em tempo algum, transmitiu o segredo da tranquilidade feliz e útil aos que ficaram na terra. As especulações humanas são ruídos de insetos convencidos que explicam o Sol. Que surpresa e que encanto nessa divina disposição de encargos que a todos nós elevam e dignificam, sem promoções e preterições terrenas! O Senhor verá! Todos verão a ciência de Deus, acima dos tristes recursos cogitativos dos homens! Digo-lhe que Deus é **explicado** por nós como uma vespa explicaria o Homem! Para sentir a Vida Eterna é indispensável vivê-la! Aposente sua imaginação. No século XVI jamais me seria possível prever a velocidade de que o século XX disporia. Nem suas indústrias e atrevimentos analíticos e técnicos. Não foram assombro as vacilações de sua Arte e menos as soluções da conduta social, porque têm sido teorias concêntricas e convergentes, tendendo ao Primário, forma inicial da elaboração humana.

– Ah! senhor Professor! Muitos **sábios** convenceram-se de que surpreendem a Deus com suas análises e conclusões. Surpreendem como um Pai sorridente finge espanto pelo inesperado da resposta ou da atitude da criança. Tudo dentro do Possível e do Verossímil infantil. Deus não se surpreendeu com a revolta de Lúcifer nem com a desobediência de Adão. Crê que uma negativa o assombre? Se a sabedoria concede Compreensão, imagine a Onisciência!... Deus nunca é discutível. Discutem sobre aqueles que agem em seu Nome. Fica a Divindade semelhando seu intérprete. Para citar nome mais ou menos recente, lembro Goethe. "Tal o homem, tal seu Deus!" Um Deus, imagem e forma da vaidade devota. Enfim, Coisas do Mundo, por elas próprias julgadas eternas e definitivas. Não as julgue, porque terão a sentença na mesma matéria formadora. Razões de peixe miúdo sobre a imensidade dos Oceanos. Caramujo medindo cordilheiras. Sei que todo o Homem possuirá o **seu** infinito, mas na relatividade da percepção. Atingindo as proximidades da Verdade, limitará a confidência divulgativa. O Absoluto é silencioso. Os oráculos de Delfos não eram de

Apolo, mas inspiração da pitonisa, uma mulher nervosa, crédula, subornável. Cultura do **Eu**, na intenção do **Geral**. O **Ich-Kultur**[100] alemão.

– Difícil explicar e resumir. "A palavra de Deus não pode progredir sem tempestade", disse o doutor Lutero. A Reforma foi uma tempestade. Que é a tempestade? Ruptura das cargas aquosas nos limites da contenção. Constatamos facilmente a precipitação do fenômeno, mas nunca sua lenta e contínua formação na mecânica incessante da evaporação. Não é de ação imediata, brotada, suficiente, íntegra, como Minerva da cabeça de Júpiter. Assim, todos os erros, enganos, vícios, vaidades e ganâncias condensaram-se no espírito humano de alguns Pontífices, mais Príncipes da Terra que Sucessores do apóstolo Pedro. Interesses de famílias e de grupos, posses de reinos, domínios políticos sobrecarregaram a barca do Pescador. Todas as tentativas de regresso às palavras do Cristo murchavam no ardor das controvérsias aleatórias, adiando o ato saneador. A presença de Deus afirmava-se na continuidade da Igreja sob o mando de Papas abjetos e repugnantes. O monacado, com alta percentagem aristocrática, assenhoreou-se de regiões inteiras, castelos, cidades, multidões camponesas, dando a Deus o que o Mundo rejeitara. Não recordo essa época porque é domínio histórico. A fulgurante popularidade do doutor Lutero baseava-se na Fé. O apoio militar dos Príncipes alemães teria o mesmo fundamento? Ou as propriedades das Ordens Religiosas, confiscáveis, foram argumentos para a conversão?

– Bem sabe da multiplicação dos novos Profetas, exaltados sonhadores truculentos, **die Schwärmer**[101], dividindo o rebanho de feição perturbadora e convulsa. Não lembro Calvino, Henrique VIII, o italiano Sozzini, mas o número alucinante de **apóstolos** esclarecidos por um Espírito Santo demasiado andejo e voador, Carlstadt, os **profetas** de Zwinckau, aos quais combati, Zwinglio, Munzer, Campanus, Oecolampádio, Agrícola, dezenas e dezenas, inimizando-se em nome da Divina Unidade, mais acesos, ferozes, intolerantes que os nossos adversários de Roma. Quase todos eram os chamados **aurei amiculi mei**[102]. Dez separações dogmáticas para o Pão e o Vinho! Restrições, negações, limites à obra redentora do Messias. Nesse torvelinho fui a voz clamando no deserto protestante, luterano, huguenote. Ditava-me a conduta o Espírito da concórdia, entendimento, aproximação,

---

100 **Cultura do eu** (ich: eu; Kultur: cultura).
101 (...) **os Sonhadores** (...) – do verbo "schwärmen": perder-se em sonhos; Schwärmer: sonhador; aquele que se entusiasma facilmente por algo.
102 Quase todos eram os chamados **meus amiguinhos de ouro**.

fraternismo cristão. O Mundo, dizia-me o doutor Lutero, acabaria em 1560. Pelo menos, acabou para mim. Esforcei-me pela amizade antes do cataclismo. Sem renúncia essencial da doutrina, tentei a pacificação, concedendo quanto poderia oferecer pela união dos homens de boa vontade. Sei o que escreveu o apóstolo *João*, 3.8: "O vento assopra onde quer, e ouves a sua voz, mas não sabes donde vem, nem para onde vai!". Naturalmente um anemógrafo discordará, mas os nossos **die neuen Propheten**[103] estariam acordes com a frase de Cristo a Nicodemos, doutor de Israel. Tivemos batalha com estrangeiros. As amarguras sofremos desses **liebe Deutschen**[104], fazendo-se licenciosos em vez de libertos, desrespeitosos por conscientes, agressivos por defensores. Prova, apenas, pela projeção do impulso reativo, a pressão anterior sobre a mentalidade popular. Injustiça. Desprezo. Ignorância. Cada homem acompanhava no novo pastor o eco do seu próprio sentimento. Deveríamos sofrer o maremoto até que as águas tomassem o calmo escoamento na direção dos álveos condutores. A turbulência explicar-se-ia pelo terreno mental desnivelado e áspero, revolto pelos furacões iniciais, liberadores do meteoro.

– Eu era professor de grego e este evocava a História das convulsões antes do ritmo da normalidade orgânica. Não se interrompe uma torrente em rumo milenar sem inundações e transbordamentos. Nem é crível demolição sem destroços e ruínas. Combati o bom combate, defendendo o doutor Lutero contra a Sorbonne, ajudando-o nas traduções, resumindo para o landgrave[105] de Hesse a *Suma Doutrinária*, formulando o nosso catecismo para a *Confissão* de Augsburg perante o imperador Carlos V, sonolento e solerte. Cerca de 300 trabalhos em alemão e latim semeei no plano da exposição, da evidência sistemática, com veemência que não atingia arrebatamento e entusiasmo sem delírio. A serenidade é uma provocação aos exaltados. Daí os ataques dos extremos. Podíamos dizer que Deus estava conosco, **Gott mit uns**[106], mas o Reformador viajava além do horizonte, **Wir sind Gottes machting**[107], Deus está em nosso poder, nós possuímos Deus!

– O doutor Martinho Lutero foi um vendaval. Indispensável para desfazer o matagal e destocar os galhos secos na sua permanente inutilidade.

---

103 (...) mas os nossos **novos profetas** (...).

104 As amarguras sofremos desses **queridos, amáveis alemães** (...).

105 Landgrave – do alemão, "Landgraf" – título nobiliárquico usado por condes do Sacro Império Romano Germânico.

106 Podíamos dizer que **Deus estava conosco** (tradução do próprio Cascudo).

107 (...) **Somos o Poder de Deus** – "Macht": poder. "Wir sind Gottes Macht".

Era cheio de ternura e ferocidade. Brutal e lírico, pisando como um elefante e cantando como um rouxinol. Vivia discutindo com o Demônio que lhe mostrava as nádegas e recebia arremessos de tinteiros e nomes feios. Tomava os rumores no ouvido, causados pela otite, como uma presença do Diabo. Tudo nele eram princípios e fim. Enteléquico. Independente da colaboração humana. Convencia gritando, pateando, bracejando, possuído do Entusiasmo, realmente **um Deus em si**. Mas era natural, puro, legítimo. Nem uma gota de cinismo, falsidade, hipocrisia. Suas respostas eram atiradas como pelouros, bofetões, pontapés. Nenhuma semelhança temperamental com Calvino. Lembrava mais Maomé. Seus entretimentos à mesa das refeições, os *Tischreden*[108], revelam o gigante espontâneo, impulsivo, inesgotável de vida, angustiado, sincero, escrupuloso, alegre, comendo como um Boêmio, bebendo como um velho Alemão, improvisando conclusões teológicas que matariam de assombro qualquer Universidade. Na feição calvinista, levava a Predestinação aos infinitos da lógica atordoante. Adão desobedecera, Caim matara, Judas traíra com a permissão, decisão e mando do Onipotente. Jesus Cristo três vezes prevaricara contra a castidade – com a Samaritana, com Maria de Magdala, com a Adúltera de Jerusalém, absolvida **levianamente** (*Tischreden*, n. 1.472). No Paraíso os percevejos são perfumados. Deus às vezes age como louco. **Deus est stultissimus**[109]. O Mundo foi criado 4.116 anos antes do Cristo nascer e acabaria em 1560. Mosquitos, piolhos, pulgas são instrumentos de Deus para abater-nos o orgulho. Casou com Catarina de Bora no intuito de enfurecer Satanás. Prefiro, entretanto, esses *Tischreden* aos *Unterhaltungen*[110] de Goethe com Eckermann. Falava, escrevia, comunicava-se como um camponês. Daí a força de sua penetração na memória do Povo. Palavras duras, claras, vulgares: "A alegria é a mãe das Virtudes. Faze sempre o que o Diabo proíbe. A mais miserável das servidões é o cuidado pelo dinheiro. Emser é um bode. Coclee é um burro. Eck um porco. Lamp um cão!". Como não havia de ser entendido?

---

108 **Conversas à mesa** (Tisch: mesa; Rede: discurso. Tischreden: discursos proferidos em jantares/almoços festivos). *Tischreden*, 1566 – compilação de anotações feitas por alunos e colaboradores de Martinho Lutero durante encontros informais. Edição brasileira: BRENTANO, Funck. *Conversas a Mesa – Martim Lutero*. Rio de Janeiro: Casa Editora Vecchi, 1956.

109 **Deus às vezes age como louco** – conforme tradução do próprio Cascudo. Citação de Lutero em *Tischreden*.

110 **Unterhaltungen**: forma plural de "Unterhaltung": conversa, entretenimento, divertimento. Edição brasileira: ECKERMANN, Johann Peter. *Conversações com Goethe*. Prefácio de Augusto Meyer. Tradução Marina Leivas Bastian Pinto. Belo Horizonte: Itatiaia, 2004.

– Não. Não creio na influência da cerveja de Torgau, do claro Rheinfall, do arenque assado com ervilhas e mostarda, dos presuntos e lombos de porco, das macias vitelas, nas decisões do Mestre de Wittenberg. Era o costume, uso, hábito da época e da Europa, em todas as classes. Vinho, música, alegria, armas contra o Inferno que é triste, soturno, pessimista. Haveria maior glutão que o imperador Carlos V? **Dalla messa alla mensa**[111], da missa à mesa, era a rotina, diziam os venezianos. Mesmo recolhido ao convento de Yuste o regime não mudara, carne de gado, de carneiro, lebre, capão, **l'Empereur ne refuse rien**[112]. E cinco vezes bebia. De cada vez, mais de litro de vinho do Rheno. Quem lançaria a primeira pedra? Por que comparar o doutor Lutero às contemporâneas gerações de dispépticos, inapetentes, anoréxicos?

– Não amo relembrar essas tristezas. O arcebispo de Colônia não sabia latim e em toda sua existência celebrou unicamente três Missas! O arcebispo de Mayence nunca lera a *Bíblia*! E eram colunas da Igreja Católica, Príncipes-Eleitores, escolhendo o Imperador, senhores da terça parte do território alemão. A Reforma luterana, com suas imprevisíveis consequências diluviais, provocou a falsamente denominada **Contrarreforma**, notadamente o concílio Tridentino, quando os chefes da revolução religiosa já poderiam dizer o **Nunc dimittis**...[113] Foi, positivamente, Reforma para os católicos! A alta hierarquia, cardeais e prelados, em grande número lutou para evitar essa disciplina adiando, espaçando, reforçando a pouca vontade de Príncipes devassos e beatos. Não se recorda do episódio do arcebispo de Braga, dom frei Bartolomeu dos Mártires em 1562, numa sessão no Trento? Avisaram-no, previamente, que os Ilustríssimos e Reverendíssimos Cardeais não precisavam de reforma alguma. O português declarou: "Os Ilustríssimos e Reverendíssimos Cardeais hão mister uma Ilustríssima e Reverendíssima reformação!" Seria, com outro dominicano, frei Luís de Granada, eminente colaborador do *Catecismo* e do novo *Breviário Romano*.

– De forma alguma, professor, desmereço o valimento das 25 sessões do concílio reunido em Trento. Foram, no momento, decisivas. As definições dogmáticas e disposições disciplinares, realmente benéficas e necessárias à sua Igreja. Do século XVII em diante a vigilância papal foi levada

---

111 **Da missa à mesa**, conforme tradução de Cascudo.

112 (...) o Imperador não recusa nada.

113 (..) **Agora despedes**... – *Lucas* 2:29-32: Nunc dimittis servum tuum, Domine, secundum verbum tuum in pace (Agora tu, Senhor, despedes em paz o teu servo segundo a tua palavra).

para outros ângulos e os valores morais declinaram, sem que chegassem ao abastardamento anterior. Mas boa e vultosa parte voltou ao saboroso exercício da independência de todos os pecados, como se Paulo IV não tivesse existido. Em Trento combateu-se o doutor Lutero, que findara a missão terrena em Eisleben, um ano depois da instalação conciliar e antes das grandes **definições** teológicas. Provocava o alemão a campanha apostólica no plano do reajustamento moral. Não é possível comparar Trento aos "concílios" disparatados e turbulentos, apagando o fogo com querosene, determinando cismas, ódios, exílios, mortes, rebeldias. As vozes sonoras de Trento foram espanholas, Melchor Cano, Pedro do Soto, Diego Lainez, Alfonso Salmerón, dominicanos e jesuítas, Ordens de Espanha, na legitimidade da vibração guerreira. Aos jesuítas seria entregue o Seminário Romano. Quando os delegados franceses pleiteavam o encerramento do Concílio, os espanhóis batiam-se pela continuação até a inteira refutação às doutrinas luteranas. Franceses, italianos, alemães, não se destacariam. Na França a unidade católica desaparecera e o alto Clero vivia ao redor da Corte e para a Corte. Com desdém, secura, orgulho, para a própria finalidade sagrada. Os 130 bispados eram apanágios de famílias nobres, **transmis régulièrement d'oncle à neveu**[114]. A Soberbia fidalga e o Orgulho prelatício alienaram a fidelidade popular. O clero humilde na sua pobreza é que guardava algo do destino místico. Explica-se assim o número das deserções. Esquecidos ou ignorantes das decisões do Trento foram, esses fidalgos do Trono e do Altar, preciosos combustíveis para o incêndio da Revolução. A pompa separou-os da humildade e da penitência. Quando o Rei "exilava" um bispo significava obrigá-lo a residir no seu Paço Episcopal. Andavam rodando entre Paris e Versalhes. Esse material ajudou à construção da **Déesse Raison** e a mascarada oficial ao l'**Être Suprême**![115] Esse fermento vai produzir em vez de Bossuet e Vicente de Paulo, o padre Fouché, duque d'Otrante, e o bispo Talleyrand, príncipe de Benevente, radiosas flores do monturo político, inconscientes da Eternidade. Na França, 1789 seria 1520 na Alemanha. O doutor Lutero queimando a bula da excomunhão em Wittenberg, na tarde de 10 de dezembro, equivale à noite de 4 de agosto na Assembleia Nacional, quando Nobres e Sacerdotes renunciaram suas exceções fiscais e privilégios distanciadores da igualdade cristã.

– Não me iludo, professor, com a confusão dessas raízes revolucionárias. São incontáveis e milenárias. Cada uma teve sua fase de frutificação e

---

114 (...) transmitidos regularmente de tio a sobrinho.

115 Esse material ajudou à construção da **Deusa Razão** e a mascarada oficial ao **Ser supremo**!

deixara sementes. Vejo enxertia e convergência através dos tempos. A hora propícia do doutor Lutero na Alemanha imperial foi a mais oportuna à difusão do semeio. Enfrentara Leão X, um Médicis, rico de toda inteligência, cardeal aos doze anos, letrado e radioso. E o imperador Carlos V, o derradeiro César, alemão na força, espanhol na mobilidade ardorosa, dispersiva e sincera. Os **tempos** tinham atingido a maturação. A resignação aldeã evaporara-se. Voltaire teria seu clima e Rousseau seu campo de plantio. Tudo quanto os Homens haviam construído, perfidamente, dizendo em nome de Deus, foi abalado, sacudido até a fratura desmoralizadora. Voltaire, infatigável perfurador de alicerces, dizendo a Igreja **infame**, solicitava bênçãos ao Papa Benedito XIV, erguera uma igreja em Ferney, **Deo erexit Voltaire**[116], esculpido no frontão, e aí frequentava o culto para **dar bom exemplo** aos camponeses. Raramente empunhava o martelo para demolir, mas foi artífice insuperado na elaboração dos ácidos dissolventes, tanto mais eficazes quanto agradáveis e corrosivos. Todos esses aríetes não saíram do arsenal luterano, mas da mesma impulsão humana, ansiosa pelo equilíbrio entre a palavra de Deus e a conduta dos seus representantes, de Coroa e Mitra. Sei que a autoconsciência dos Erros é milagre de percepção e só pretendemos corrigir o comportamento alheio e jamais o nosso. Mas a Política tem **razões** que a Razão ignora. A França, pela mão do cardeal Richelieu, abateu a ortodoxa Áustria e nos deu a proclamação jurídica do Protestantismo pela Paz de Westfália. Que teríamos conseguido se os católicos Carlos V e Francisco I estivessem unidos e não desavindos como cão e gato? A renhida antipatia gaulesa pela Áustria auspiciaria a luterana Prússia. O doutor Lutero dizia que Deus é sempre justo mas surpreendente... Imagine se tivéssemos Felipe II na Alemanha e não o tio-imperador Fernando! Felipe II era espanhol de Valladolid. O pai nascera em Gand. Educara-se entre flamengos. Deus é surpreendente. **Gott mit uns!**...[117]

– Veja a diferença dos Papas do século XVI em diante, com tantos Pontífices dos séculos XIV e XV! Todos os vícios que lhes combatemos foram abolidos e supressos. Cupidez insofrida, nepotismo cínico, luxo de soberanos persas, sibaritismo pagão, insaciável fome territorial, intervenção arrogante e descabida nas questões internas de outros países, tudo desapareceu. Liberaram-se da influência estrangeira, da humilhação dos vetos, da fiscalização diplomática, das alianças dignas de Machiavelli! Compare o infinito doutrinário, da moral coletiva, da compreensão huma-

---

116 (...) **Voltaire erigiu a Deus** (...).
117 **Deus conosco** (Gott: Deus; mit: com; uns: conosco).

na, expresso nas encíclicas, de Leão XIII aos nossos dias! Os problemas impuseram outros processos solucionadores. A excomunhão, suprema e fulminante arma, é espada sem lâmina, inoperante e vã. O Concílio do Vaticano, o II. Para melhor compreendê-lo, vou residir algum tempo em Roma. Entre a legislação teórica e a humana prática correm as águas da hermenêutica. Nem sempre o texto condiciona realmente a jurisprudência subsequente.

– Não sabe? *Melanchton* é versão grega do alemão *Schwarzerland*, **terra negra**, rude, primária, fecunda. Vou levá-la para perto do Tibre, **sub annulo piscatoris**...[118]

Despeço-me, saudando-o. Acompanha-me. Volto-me do automóvel para vê-lo agitar as largas mãos, imóvel na soleira da casa branca. O longo sorriso nos lábios murchos. Os olhos azuis, límpidos, de infinita doçura...

---

[118] Vou levá-la para perto do Tibre, **sob o anel do pescador** – alusão ao apóstolo Pedro (pescador, segundo *Marcos* 1:17) e ao poder do Papa, sucessor do apóstolo na igreja católica.

9
Oannés. O Mar é o avô do Homem

Domingo de sol na Praia do Forte, em Natal. Olho as duas perspectivas. Uma externa, de extensão. Uma interna, de profundidade. A primeira no Espaço. A segunda no Tempo. As encostas, desde Petrópolis ao Farol de Mãe Luíza, ornadas de casas de todos os tamanhos da Vaidade e da Conformação. É o ângulo exterior. O interior é a minha lembrança, ainda em 1910, da vastidão deserta. Apenas casebres de palha em Areia Preta. Os morros solitários. A saliência da Praia do Meio dizia-se "Ponta dos Morcegos" porque eles enchiam as pequeninas cavernas cavadas pelas ondas ou rasgadas na erosão. Nada mais. Hoje é uma praia como todas as praias elegantes, com mais peixes n'areia que no Mar, dizia a cantiga de velho Carnaval. No Hospital das Clínicas identifico as janelas do apartamento acolhedor onde me curei de erisipela, estafa e fiz **check-up**. Em frente, azul e móbil, **la mer sans fin commence où la terre finit**...[119] Vou marinhando pelas saliências que o Mar alisou como face vermelha e feminina. Essa orla de rochedos não constituirá uma ruína sobrevivente da Atlântida? A vaga ficou tépida e permite deitar-me como um tritão feliz. O casaco defende-me da bronzeação ritual. A excitação sonora das sereias bípedes apaga-se no rumor oceânico. Como tenho as costas voltadas para a praia rumorosa, não vejo o século XX, e sim o Mar imemorial, na legitimidade da forma nobre e pura, inalterada na eternidade poderosa. Pode ser que o Progresso modifique a coloração marítima, segundo as exigências turísticas, durante o Verão. Rubro pela manhã. Verde-garrafa ao meio-dia. Azul-cobalto à tarde. Ouro e cinza ao anoitecer. Imagino quanta zombaria aos pobres primários de agora, viciados à monotonia da turquesa inquieta, com espumas brancas, como Homero teria visto.

---

119 Em frente, azul e móbil, **o mar sem fim começa onde a terra termina**...

— Filosofando, professor?

Perto de mim, numa meia-enseada, prolonga-se a pedra ruiva, lavada pela onda musical. Vejo apenas água e rocha. A voz jovial e mansa insiste:

— Bem-vindo, professor. Criado à beira-mar, abandonou águas e terras...

Distingui um grande peixe, cinzento, barrigudo, imensos olhos imóveis, apontando-me a forte barbatana esverdeada.

— Peixe falando? Os surdos têm mais alucinações auditivas que o comum dos mortais...

— Sou eu mesmo que falo, professor. Sou **Oannés**! Não deu aulas sobre a minha história confusa, **Oannés, Oés, Ea**, o Deus ímpar da Caldeia, morador no Mar Vermelho, Mestre de Babilônia, origem, Pai, doutrinador dos Homens?

— Nunca o vi unicamente peixe, comum e banal. A tradição desenhava-o com outro aspecto, mais sugestivo e ornamental. Sobre a cabeça de peixe, uma cabeça humana, pés de homem ao lado da cauda. Braços robustos de Hércules assírio. Face severa com a longa barba ondulada. Reduzido a peixe, vejo-o como um engano dos meus velhos olhos...

— Bem sei, professor. Posso tomar aquela, esta ou outra maneira física. Minha divindade ainda permite modificações e preferências morfológicas, aplicadas a mim mesmo. Escolho a forma inicial da vida, dono das águas sem idade na aurora do mundo. **Omne vivum ex aqua**...[120]

— Concebo. Mas que faz aqui, nessa praia brasileira do Nordeste?

— Brasileira para o professor. Para mim é região de domínio pessoal, desde as épocas antecambrianas. Aqui se ergue um dos socos continentais, bases da terra emergida do abismo, inteiramente diversa, e quando não havia vida organizada. Essa base fica diante da africana, estendendo-se pelo continente, alcançando o Mar Vermelho, meu doce ninho de lendas, e assombros do meu velho amigo Barósio...

— Seu único informador, mestre **Oannés**. Nenhum outro documento, em escrita cuneiforme ou desenho proto-histórico, dignou-se reforçar Barósio, afirmando sua existência caldaica, 280 anos antes de Nosso Senhor Jesus Cristo nascer...

— Professor... O senhor, homem de livros, pesquisador, incidir num erro desses... Barósio escreveu quando a escrita cuneiforme era usual. Ouviu e viveu a cultura de seu tempo, guardando minha tradição. Impossível tê-la imaginado. É muito complexa para pilhéria. Era uma inteligência profunda e clara. Que haja desaparecido parte maior do seu regis-

---

[120] Tudo que é vivo procede da água...

to, nada obscurece o merecimento nem lhe diminui a indiscutível autoridade. Clemente da Alexandria ou Flávio Josefo não iam transcrever material contrário às suas crenças. Os dois eram obrigados a divulgar o *Gênesis* de Moisés. Nada mais do que o *Gênesis*. O professor não vem dizer-me que a terra tornou-se vegetal antes do povoamento das águas, sempre existentes **et Spiritus dei ferebatur super aquas**[121]. Deus **separou-as**. Não as criou. Eu **sou** antes de qualquer outro ser. Por isso tive a sabedoria que ministrei aos homens. Letras, ciências, artes, cidades, estradas, templos, plantio, alimentação. Quando vinha a noite, voltava para o Mar onde sempre vivi. Ensinei o fundamental, o permanente, o indispensável. O resto é uma decorrência, consequência. Depois de mim nada pôde nascer no plano vital da necessidade humana, da utilidade positiva e real. Cresceu apenas a Cobiça.

— Mestre **Oannés**, o Mar não tem História nem seus filhos, presença histórica. Pertencem à História Natural, à existência instintiva. A terra deu-nos o Homem e com ele o domínio do Universo. Lembra-se do padre Pierre Teilhard de Chardin? **L'animal sait, mais l'homme sait qu'il sait**[122]. Foi essa **consciência** que o elevou à soberania indisputável.

— O Mar criou a Vida de que o Homem é resumo, professor. Criou e conserva o surpreendente documentário de assombros. Saiu do Mar o primeiro vertebrado para a Terra, armado de patas, que tinham sido barbatanas, para a locomoção sobre superfície sólida, o *Ichthyostega*. Somente o Mar conserva a substância palpitante e formadora. Aqueles animais do Cretáceo, imensos de força, parecendo desafiar o aniquilamento, desapareceram todos. O celacanto, vivo no Devoniano, na Era Primária, mais de 20 milhões de anos anterior aos monstros da Era Secundária, é nosso contemporâneo, ao derredor de Madagascar, no Oceano Índico. Os gigantes terrestres, tiranossauro de 15 metros de altura, atlantossauro, de 40 metros de longo, brontossauro, pesando 40 toneladas, estegossauro, com três cérebros, desapareceram, 150 milhões de anos antes dos primeiros Homens do Aurignacense. O celacanto, desprotegido, imprestável, pouco mais de metro e meio, indo aos cinquenta quilos, atravessou três milhões de anos. O professor sabe que no Devoniano não existiam vertebrados na

---

121 (...) e o Espírito de Deus pairava sobre as águas.

122 **O animal sabe, mas o homem tem consciência de que sabe.** Citação de obras de Pierre Teilhard de Chardin: *Le Phénomène Humain*, 1955 ("L'animal sait, bien entendu. Mais certainement il ne sait pas qu'il sait"); *La formation de la Noosphère*, 1947 ("Comme on l'a dit, l'animal sait; mais, seul entre les animaux, l'Homme sait qu'il sait").

Terra. Eram todos peixes. O nosso celacanto é o mais antigo dos parentes colaterais da Humanidade, um dos primeiros a tentar a escalada, respirando oxigênio gasoso, anunciando o **Homo sapiens**[123]. Esse peixe de Madagascar é a madrugada de que o Homem seria o meio-dia. E vive n'água, como eu...

– Não sou paleontólogo nem estudioso de biologia, mestre **Oannés**. Sou etnógrafo. Interessa-me o Homem de Cro-Magnon, de Grimaldi, de Chancelade, brancos, negroides, amarelos. E o **Homo faber**[124], disciplinando a natureza, para sobreviver.

– Pensei que citasse a Atlântida, intermediária de civilizações...

– Mestre **Oannés** conheceu a Atlântida?

– Não seria possível, professor. A Atlântida é um mito. A Terra existiu, despovoada e nua, descendo para o abismo muito antes que o primeiro Homem caçasse. Não era possível existir Civilização alguma na Atlântida. É um bom exemplo da erudição humana no plano da Lúdica. Rudlek situou-a na Escandinávia, Latreille na Pérsia, Bailly na Mongólia, Berlioux em Marrocos. Há livros descrevendo cidades, arquiteturas, indumentárias, administração, guerras, ciências, na Atlântida, que nunca existiu, senão mero acidente geológico.

– A lenda, entretanto, apaixonou inteligências, provocando uma bibliografia interminável. E não desapareceu de todo. Agora é a sede imaginária dos mestres do Ocultismo. Mas, mestre **Oannés,** deveríamos ao Mar as indecisas formas da Vida em gelatina, aguardando o milagre da oxidação. Que se segue?...

– Segue-se que os primeiros pensadores, aqueles que inicialmente procuraram a origem do Homem e da Vida organizada, deduziram que somente o Mar poderia ter sido o Princípio de tudo. É a lição de Tales e da escola de Mileto, seis séculos antes de Cristo. O primeiro antepassado do Homem foi um peixe. E presentemente não abandonamos essa base... O Homem é uma condensação aquosa. E toda assimilação, indispensável à Existência, processa-se através da liquidificação. **Corpora non agunt nisi soluta**[125]. E o Homem não teria recebido dos peixes a técnica defensiva, a construção do abrigo, a orientação, devendo-lhe o prodigioso esforço evolutivo para ter pulmão, pisar Terra, tornar-se carnívoro, determinando trans-

---

123 **Homem que sabe** – Espécie do gênero de primatas simiiformes, hominídeos, à qual pertence o homem (*Dicionário contemporâneo da língua portuguesa Caldas Aulete* – http://www.auletedigital.com.br/).

124 **Homem que fabrica** – alusão à habilidade humana de fabricar coisas.

125 As substâncias não reagem a não ser quando em solução.

formação radical em sua química orgânica? Não foi esse impulso que levou o peixe a ser réptil e deixar o mundo líquido?

– Mestre **Oannés**, a Vida não é o resultado de uma seriação em cadeia, como um colar, mas na frase feliz de Teilhard de Chardin, de uma ascensão em leque. O Homem brotou de uma dessas varetas. E o leque estava na Terra...

– E o cabo mergulhado n'água do Mar, professor. Huxley disse-a a base física da Vida.

O diálogo espaça-se em pausas sonolentas. Tenho a impressão de os dois imensos olhos parados e frios diluírem-se n'água móbil e verde. Há um silêncio que ondas e vento não interrompem.

– Dormindo ao Sol, professor?

10
Ramsés II. História é disciplina da imaginação

– *E*stá lá fora...
– O Inspetor?
– Não, senhor. Um estrangeiro, professor na Universidade do Cairo, perguntando se pode ser recebido...

Entrou o mestre universitário. Altura mediana, magro, pele ouro-cendrado, crânio comprido, raros cabelos de cor indecisa, nariz longo, queixo em quilha, boca cortada num golpe de sabre, testa estreita, olhos negros em ponta de lança. Roupa de brim inglês, espesso, fofo, confortável. Sapatão de verniz. Pescoço de frango Plymouth[126], apertado numa gravata de seda fosca com um escaravelho de coral. Grave, lento, majestoso. Timbre seco, incisivo, dó maior sem pedal. Acomodou-se, depondo ao lado o esplêndido chapéu **made in England**[127], habitual nos embaixadores. Não fumou nem tossiu.

– **Excuse me, Sir**, perdão, desculpe-me, professor, apresentar-me sob um falso título. Não pertenço a nenhuma Universidade, principalmente do Cairo. O senhor pensaria na El Azahar. Desejava ser recebido e tratando-se de colega de profissão ser-me-ia mais fácil. Daí a simulação. No meu tempo não existia o Cairo. Sou **Ramsés II**, o **Meiamun**, da convencional décima-nona dinastia, novo Império, filho de Séti I. Depois de mim vieram apenas quatro reis da minha raça. Sou, como disse, **Ramsés II**, tendo reinado há 3.200 anos. Linda idade!

---

126 **Plymouth** – raça da galinha que, originária dos Estados Unidos, foi muito utilizada nos primeiros cruzamentos para produção de frangos de corte.

127 Acomodou-se, depondo ao lado o esplêndido chapéu **produzido na Inglaterra**, habitual nos embaixadores.

– Em cada século, professor, reunimo-nos num recanto do Mundo, em assembleia-geral, os velhos Soberanos de outrora, aqueles que realmente foram **Reis**, mandando e aplicando a vontade na extensão realizadora da ação ilimitada, integral, enfim, **soberana**. Fomos os **Reis** determinando nova dimensão social no Mundo. Vencendo a Morte, porque era a legitimidade do **Poder** na plenitude da **Força** pessoal. Vivíamos os destinos dos Povos e estes os nossos. Orientávamos, organizávamos, dispondo dos recursos materiais e vitais no rumo de uma melhoria estável, sólida, permanente. Não possuímos as ilusões, as mentiras, as cobardias administrativas posteriores. Éramos nós, em face do Povo, os responsáveis totais. Ninguém acusava conselheiros, ministros, guerreiros, governadores, pelas atitudes do **Faraó**. Este era o **único** diante do Povo, para o ódio ou para o amor.

– Cada ciclo na História terá sua lógica e não devo opor restrições e elogios do meu tempo para o atual ciclo democrático do Mundo. Mas presentemente é impossível apurar a responsabilidade exata de uma decisão **oficial**. Ninguém ousa assumi-la. O Povo não atina a quem realmente acuse. Há toda uma escala de entidades aprovadoras do gesto. Aprovar ou desaprovar um **ato do Rei**! Inconcebível para nós, no décimo-terceiro século antes de Cristo. Agora ninguém é responsável porque existe uma convergência colaboradora na gestação ordenativa. Nenhum afluente afirmar-se-á formador do rio... Antigamente, o Rei era o Herói ou o Criminoso e vinha, na História, até nossos dias. Tínhamos ministros, conselheiros, assessores, assistentes, para o exame preliminar do planejamento. Na hora do julgamento, o **Rei** ficava sozinho. Fizera tudo. Maldições ou bênçãos corriam para ele. Éramos os **responsáveis**.

– Não, professor, lamentavelmente não posso esclarecê-lo sobre o meu governo de 67 anos e um século de existência na terra do Egito. A História do meu país foi feita por estrangeiros e reconstruída com destroços, sugestões de ruínas, na ignorância absoluta do nosso entendimento, percepção, sensibilidade normais. A nossa Religião apresenta-se como absurda, exótica, inverossímil. Deixamos inscrições nos edifícios, mas não confidências teológicas e filosóficas. Cada pesquisador deduz como sente. E são de uma outra raça, cultura, inteligência. Não lhes nego devotamento, interesse, ternura por nós. Mas o resultado é o Egito, claro e nobre, ser a terra dos fantasmas espantosos. Não posso apontar as falsidades da dedução epigráfica nem da interpretação arqueológica. O Egito, há dois mil anos, foi acampamento e posse de persas, macedônios, generais de Alexandre Magno, romanos, árabes, turcos. Perdemos a língua, e todas as riquezas do patrimônio cultural dissiparam-se em mistério, superstição grotesca, assombro atordoante. Somos o que dizem que fomos...

– Os historiadores, em alta percentagem, são **des inventeurs des conjectures**[128]. O professor não pode, positivamente, pensar como um assírio ou babilônio. E pretende **explicar**, com mentalidade recente, as intimidades de sua psicologia, as reações do raciocínio, as razões políticas das campanhas militares, invasões e alianças. Um sofista, incrédulo, cético, compreenderá nossa veneração pelo Morto? Saberá realmente o que significa Anúbis? Mariette não "entendeu" o Ápis. Nossos ritos funerários? O sigilo místico da explicação arquitetônica? Descrevem o **Memmonium** em Ábidos ou o **Ramesseion** em Tebas como um viajante de recreio vê Karnak ou Memfis. Não haverá pessoa viva que **sinta** o Brasil pelas suas cidades desmoronadas e pelos letreiros semiapagados dos monumentos incompletos. Sem a voz do Povo, sem a informação tradicional, atendendo, como no Egito, apenas às recordações dos descendentes dos sucessivos Povos ocupantes. Que podiam persas, macedônios, soldados mercenários de Ptolomeu, romanos, árabes, turcos, **entender**, emocionalmente, do meu país? Dez séculos depois de minha partida, não havia, realmente, população nativa, legítima, mas incontáveis hóspedes na terra violada. Com Psamético III apagava-se o Egito onde eu vivera e lutara. O **essencial**, para nós, passa despercebido. O Egito não se compreende, inteiro e fiel, nas suas ruínas e hieróglifos rituais. Não constando de **registo**, não existiu. E o que não foi esculpido, escrito ou desenhado? Toda a cotidianidade de um lavrador rico limita-se aos murais do senhor **Ti**? Que sabem das VII, VIII, XIV, XV a XVII dinastias, **faraós**, histórias, repercussões positivas dessas vidas? Até **onde** fomos? Que **sabíamos**? As surpreendentes revelações dos tesouros adormecidos debaixo da terra, cidades, palácios, torres, templos, monumentos, contarão parcialmente a História de **sua** época, mas jamais de **toda** a época. Ainda o Egito estava escuro para o meu entendimento, e os pequenos cemitérios do vale, onde as cidades se ergueriam bem depois, guardavam índices comoventes da vida comunitária. Seria na **idade do Cobre**. Sepulturas individuais. Os homens com suas armas e alimentos. As mulheres com terra verde para pintar as pálpebras. Nada, professor, além dessas covas, interrompe o anonimato desse meu Povo, mais de quinze séculos vivendo antes de mim!

– Creio na História narrativa de feitos, como eram os desenhos dos meus templos fixando guerras, conquistas, poderio. A **motivação** é impossível. Que sabem os senhores das conflagrações de 1914 e 1939 no plano da veracidade indiscutível? As razões **públicas** foram os fundamentos das

---

128 – Os historiadores, em alta percentagem, são **os inventores das conjecturas**.

catástrofes? Creio-as tão **verídicas** como a minha vitória em Kadesh contra o hitita Muwattali. A **verdade** das minhas inscrições imortais será legítima? Possível julgar o Egito sem jamais compreendê-lo? Não a terra, mas a alma ignota guardando o segredo nos lábios que não existem mais? Através de pedras, túmulos, altos-relevos, há uma loucura para contar a vida dos **faraós**. Amam apurar a decisão volitiva, em sua pureza natural, de uma criatura que viveu e governou o Egito há trinta e dois séculos! E não sabem as origens de suas guerras contemporâneas... Conhecem a normalidade da existência egípcia pelo documentário sepulcral. A múmia revela os Vivos! Ignorando a Verdade, recorrem à Imaginação. Acusam-nos de sermos um Povo **sem mocidade**, e uma Civilização assombrosa e sempre **velha**. Como a China. Aqueles que, há milênios, escreveram sobre nós, narraram mitos, lendas, tradições orais, explicações populares. O Egito ocultava-se no impenetrável Tempo. A nossa irresistível sedução repousa nessa **incompreensão** interpretativa, nessa ausência de confiança para a confidência. Há um **milagre grego**, mas não existe **mistério** de suas Culturas, arredando a iniciação religiosa. A imensa Roma é terra iluminada aos olhos modernos. Sabem, entendem, explicam. O velho Egito não admitiu intimidades totais. Não possuiu Heródoto ou Tito Lívio. Permite unicamente a tradução de suas ruínas.

– Que haveria de mais sagrado e terrível além do **Morto**? O cadáver, a múmia imutável? Religião de Mortos, arquitetura de túmulos, são frases habituais. As gerações egípcias criaram-se no respeito, na veneração, no pavor aos **mortos**. Entretanto a violação dos sarcófagos, a indústria do roubo, a profissão do ladrão sacrílego datam de mil e quinhentos anos antes do Cristo. Como explicar fanatismo, obscuridade, submissão espavorida dos humildes com esse desrespeito total aos nossos **cemitérios de Reis**?

– História não é problema, professor. O problema é o historiador. A História é feita no Tempo. O historiador é um momento no Espaço, tentando imobilizar ocorrência coletiva através da percepção individual. Julgar o que vivemos na simultaneidade da transmissão idônea é o lógico. Explicar o milênio é tarefa dos Deuses e esses não a fizeram. Constatar o episódio é o essencial. Ainda discutimos a fidelidade dos nossos meios aquisitivos do **entendimento**. Todo fato contemporâneo terá número inaudito de versões, todas honestas e testemunhais. Naturalmente é indispensável registar o que se verifica. Mas, pergunto, não será suficiente a narrativa quanto possível **verídica**? Explicar ultrapassa os recursos da inteligência humana. Não é absurdo? Há uma **explicação** anterior na roseira e uma **justificativa** primária nas raízes. Dói-me a cabeça, mas a **razão** está no estômago, no baço, no fígado. Onde, às vezes, ignoro. A localização é visível, mas significará uma mera repercussão. Assim, o fato não é corpo restrito à manifestação material. Resume um complexo de causas remotas, próximas, difusas. Todo ato é resultado de longo processo de formação, desenvolvimento, fixação de contorno, intensidade, até a efetuação exterior, expressa na ação. É justamente o percurso dessa elaboração que seduz o historiador. Nenhum acontecimento brota de raiz única, política, econômica, geográfica, biológica. A seiva é múltipla e não é crível poder-se identificar a determinante obscura e poderosa sem a qual não haveria o impulso acionador. E as forças que colaboraram, reforçando o ímpeto, precipitando a realização? O Egito foi **duração**, a devoção ao Tempo. Roma foi uma extensão, o culto ao Espaço. Não seria possível negar ao Egito expansão geográfica, conquistas militares, domínio mediterrâneo, música, bailado, desfile guerreiro, pompa processional, mas a característica em sua obstinada constância foi a construção em pedra, símbolo da durabilidade, edifícios maciços onde a colunada disfarçava a pesada solidez, emprestando severidade na grandeza e elevação na majestade. Transformamos montanhas em cemitérios e pirâmides em sepulcros. Essa batalha dominadora da pedra destinava-se a proclamar a eternidade do Espírito. Guardando e defendendo o cadáver, que um dia seria reocupado e ressuscitado pela Alma. O Culto aos Mortos era um fideicomisso para a Imortalidade. Seria milagre a compreensão romana, com seus fantasmas, lêmures, espectros famintos e agressivos. Ora, professor, o historiador desnorteia-se nas cidades desfeitas pela violência do Tempo e do Inimigo, **deduzindo** o Povo pelos seus templos vazios. O egípcio que se vulgarizou em Roma e na Europa é o da época ptolomaica, escravo, astuto, ágil, sabendo tudo por intuição, ensinando obediência servil e cinismo proveitoso. Egito dos Lágides, as sete Cleópatras e a triste série de Ptolomeus decadentes. O Egito dos monumentos, cidades no deserto, **faraós** marciais, esvaecera-se. Era o Egito da conjura palaciana, eunucos onipotentes, morte obscura e fácil. Egito doado, como um rebanho, ao Senado Romano, e por ele recusado. Diante das XXVI dinastias autênticas, daquela multidão de arquitetos, guerreiros, navegadores, artistas, o historiador atreve-se a recompor e movimentar a esquadra naval pela sobrevivência dos náufragos. Daí, a História do Egito ser, inevitavelmente, um tapete mágico para a **inspiração**. Para ele, o historiador deveria ser **le scribe accroupi**[129]**,** de quarenta séculos, levado de Memfis para o museu do Louvre. Esse obscuro Ranafir, Rahatpa, Sadunimat, de olhos vivos, sadio,

---

129 Para ele, o historiador deveria ser **o escriba sentado**.

atento, fiel, era uma obediência à Realidade e não um fixador das imaginações. Escrever segundo o ditado dos Mortos e não as sugestões mutáveis dos Vivos. Itinerário no Tempo e não romance na vida. O historiador parece-me guia do **faraó**, planejador contemporâneo de trabalhos milenários, psicólogo das múmias. Essa diversidade de **traduções** conseguiu fazer do imutável Egito o infindável desenho de Penélope. Tebas não será Acrópole. As 134 colunas de Karnak não sugerem o Partenon. O grego não possuía, como o egípcio, a imagem da Perpetuidade humana. Embalsamar o defunto era uma revolta à dissipação mortal.

– Não recuso o **direito** de historiar, mas incluo o **dever** da consciência divulgadora. **Ístor**, o-que-sabe. Transmitir quanto **realmente sabe**. O problema, professor, é o binômio inseparável do **fato** e a **consequência**, anterior ou posterior, insusceptível de disciplina realística. O historiador é um juiz decidindo em **processado** que ele mesmo organizou. Dá sentença sobre **provas** produzidas pela sua predileção. A figura **estudada** repete o modelo interior da simpatia mental. Os soldados de Holofernes discordavam da moral de Judite. Estaria o historiador filisteu solidário com a **glória** de Sansão? O senhor compreende a violência saqueadora de Roma, a crueldade de Carlos Magno, mas reprova os conquistadores assírios, persas e turcos. Defende a propagação cristã, mas o revolta o preamar muçulmano. Exalta Luís IX, **cruzado**, mas não entende o imperador Juliano ou o idealismo unitário do **faraó** Amenófis IV, o **Aknaton** de Tell-el-Amarna, sogro do juvenil Tutankamon, cujo túmulo o faria imortal. Os seus colegas, professor, proclamaram a Europa o centro do Mundo, padrão das condutas, índice cultural. A História, que seria **olho do Tempo**, passou a ser **Luz da Verdade**! A lição da História é a exibição intencional de determinados episódios, frases, atitudes, concordantes à utilização momentânea, ao interesse ocasional. Como podem amar o imperturbável Egito? Penetrar-lhe o íntimo temperamento, austero, original, solitário?

– Bem, possivelmente, professor, muito da nossa História se reduza a uma interpretação de interesses eruditos, notadamente europeus, como ocorria, noutra espécie, aos oráculos de Apolo em Delfos. As nossas pitonisas não eram egípcias. O melhor ainda é descrever a nossa parafernália fúnebre. Limitar-se à superfície das coisas. Narrar sem explicações. A **explicação** é o nosso sagrado patrimônio, incomunicável, privativo, inalienável.

Apanhou o chapéu diplomático. Despediu-se, amável e severo. Do portão acenou-me. **Affable dignity**[130].

E desapareceu.

---

130 **Dignidade afável**.

11
Maria Madalena, a Falsa Santa da Má-Vida

*E*ra uma senhora de feições vivas, morena-ouro velho, olhos negros e luminosos, nariz curvo de asas inquietas, queixo agudo. A cabeleira curta deixava ver alguns fios de prata, não dissimulados. O traje branco, folgado, cômodo, cobria os joelhos. Mãos longas, nervosas, despidas de anéis. Pernas ágeis. Sapatos sólidos e elegantes. Relógio de pulso. Ausência de joias. Apenas um fio de ouro ao pescoço, pendida uma Cruz de Malta de platina. Voz harmoniosa, incisiva, fluente, ressaltada pelo gesto, expressivo e normal. Quarenta anos sadios, policiados, vividos.

– Muito grata, professor, pelo gentil acolhimento. Sabia da sua opinião ao meu respeito. Uma exceção neste mundo! Quis dizer pessoalmente as disparidades, incongruências, ilogismos dessa fama milenar, tão inverídica quanto confusa e parva. Sim, com efeito. Não lhe disse o meu nome: sou **Maria Madalena!** Exatamente, a Maria nascida em **Mágdala**, nos arredores do lago de Genesaré, uma mulher galileia que amou e serviu ao divino Mestre. Sou padroeira dos perfumistas, festejada liturgicamente a 22 de julho, protetora e madrinha das meretrizes arrependidas. Quando se menciona **uma Madalena**, subentende-se a alusão a uma **fille de joie repentie**[131]. Desculpe o fraseado francês. Gosto da França que me oferece, há séculos, um espontâneo culto natural. Voltando ao assunto. Essa triste função decorre da minha profissão **histórica**. Sou, para exegetas, hagiógrafos, declamadores sacros, uma **fille folle de son corps**[132], uma cortesã, no uso romântico. Há

---

131 Quando se menciona uma Madalena, subentende-se a alusão a uma **moça-dama arrependida**.
132 Sou, para exegetas, hagiógrafos, declamadores sacros, **uma jovem libertina**, uma cortesã, no uso romântico.

biblioteca a meu respeito e algumas centenas de quadros famosos, fixando-me na convencional atitude, pintados por dúzias e dúzias de gênios de boas intenções apologéticas. Fazem-me penitente, mística e abstrata, numa gruta em Aix, Sainte Baume, entre uma caveira e um evangelho. Parece-me oportuno o protesto. Não mereço essa glória de mundanidade e menos os atributos de meretriz santificada. Fui e sou serva do Messias. Essa atividade de **fille de joie**, nunca, em tempo algum, a exerci. Confessaria o contrário se a tivera tido como ganha-pão ou impulso sexual. Professor sabe a persistência irracional de um renome muitas vezes secular, tornado semidogma, com quase dois mil anos de divulgação pejorativa. Sou um elemento indispensável para a eloquência evocadora, de fatal efeito emocional. Uma mulher **ne peut donner que ce qu'elle a**[133]. Não tenho esse pecado que tem servido de ornamento à retórica de pregadores e literatos. Estou farta dessa glória prejudicial e malsã. Permita-me tomar o seu tempo. O senhor foi mestre de Direito, estará habituado a ouvir a exposição de uma irreprimível defesa. Apesar de canonizada, permaneço a única vítima entre todos que seguiram ao Cristo, Filho de Deus Vivo! Tem havido reparação, justiça, verdade, exaltação, para todos. Menos para mim. Fiquei o símbolo daquilo que não fui. Ainda não apareceu um Cavaleiro tomando as minhas dores, entrando em campo em defesa de uma Dama ultrajada pela invenção caluniosa de vinte séculos.

– Não há quem possa reunir a multidão de lendas girando em torno de mim. Fui amante de Jesus Cristo (o doutor Martinho Lutero acredita nessa blasfêmia), e também de Judas, de Karioth, traindo este ao Mestre numa crise de ciúmes. Fui motivo de teatro, cinema, romance e circo, sob esses papéis horrendos. E poemas e canções, sacrílegas e revoltantes. Até quando abusarão da minha paciência? Nem mesmo a unidade individual, o direito ao nome, patrimônio garantido em todos os Códigos Civis, tem sido respeitado. Sou Maria de Mágdala, ou a Madalena: sou uma pecadora de Nain, na Galileia; sou a adúltera de Jerusalém; sou Maria, irmã de Marta e Lázaro, de Betânia, entidades perfeitamente distintas e com registos evangélicos suficientes para a individualização jurídica.

No comum e tradicional, professor, não sou a verídica, citada textualmente por *Lucas*, 8.2: "E algumas mulheres que haviam sido curadas de espíritos malignos e de enfermidades: Maria, chamada Madalena, da qual saíram sete demônios". Nós servíamos ao **Senhor** com o que podíamos, livrando-o de exercer o ofício de carpinteiro e podendo dar todo o tempo

---

133 Uma mulher **só pode dar o que tem**.

à pregação da Boa Nova. Fui, realmente, uma obcecada, possessa de sete demônios, nervosa, como dizem, temperamental. Essa sensibilidade vibrante, essa exaltação fácil à minha raça, não incluiu, psicologicamente, a prostituição funcional. *Lucas*, 7.37-38 narra que em Nain **uma mulher da cidade, uma pecadora**, lavara os pés do Mestre, perfumando-os, enxugando-os com os cabelos. O Mestre perdoou-lhe os pecados. Era uma **pecadora** de Nain e eu vivia em Mágdala, já abençoada por Ele e livre dos demônios. Acompanhei-o, com outras mulheres, dando-lhe assistência assim como aos apóstolos, de Cafarnaum a Jerusalém. Lucas não nomeia a **pecadora** de Nain, na Galileia, procurando a Jesus na casa do fariseu Simião. Em *João*, 8.3-11, o Mestre absolve **uma adúltera** a quem queriam lapidar. "Quem estiver sem pecado, atire a primeira pedra!" Hoje, professor, a mulher estaria morta. Ninguém se reconheceria pecador. Naquele tempo a consciência era uma força ponderável. Pois, dizem que era eu, que nunca possuí esposo a quem trair. O apóstolo João, Evangelista, conhecia-me muito. Creio que foi em sua casa em Éfeso onde encerrei o meu ciclo terreno. Compreende-se. Era o "Discípulo Amado" e eu estava sempre junto a ele, por toda a Paixão, nas três horas no Gólgota, no sepultamento, no túmulo cedido por José de Arimateia. Ajudei a passar os unguentos, envolvendo o corpo de Cristo na toalha perfumada. Fui a primeira pessoa que teve a alegria de ver o Mestre ressuscitado. Ajoelhada, quis beijar-lhe os pés. Disse que não o tocasse porque ainda não vira o Pai. Até que o Messias subisse para os Céus, estive com os discípulos, todos meus amigos. Depois, com Salomé, Maria de Cleofas, Marta, Maria, Lázaro, José de Arimateia, deixamos Jerusalém. Fui para Galileia e depois para Éfeso. Nunca deixei a Ásia e os sacerdotes do Templo não me obrigaram a embarcar em nau sem recursos. Não havia motivo. Não fizera pregação nem frequentara os lugares de convivência de fariseus e saduceus, poderosos e cruéis.

Para a Europa tenho sido invariavelmente **Maria de Betânia**, que não sei como se transformou em **Maria Madalena**. Maria de Betânia, com a irmã Marta e o irmão Lázaro, que o **Senhor** ressuscitara, era ouvinte dedicada e atenta quando o Mestre visitava a família em Betânia, hora e meia de Jerusalém, de caminhada suave. Nas vésperas da Páscoa, em que seria sacrificado, aproveitando **Ele** estar na casa do irmão, Maria lavou-lhe os pés, cobrindo-os de aromas. Lavar os pés era cerimônia tradicional entre nós, do Oriente, ritual para com os viajantes e mesmo obrigatória (*Gênesis* 18.2; 19.2). No Brasil de outrora era comum, como o professor sabe. Não me constava, então, que Maria fosse meretriz. E menos que pertencesse à minha terra, Mágdala, tão distanciada da mansão de Lázaro na Judeia.

Maria de Betânia aparece na Europa desembarcando em Marselha, fazendo trinta anos de penitência numa caverna do monte Pilon, cercando-se de milagres e... usando meu nome! Eu ainda estaria em Éfeso se o imperador Leão não transportasse meus despojos materiais para a igreja de Santa Sofia em Constantinopla. Na França, Maria de Betânia é uma das **Trois Maries**[134], e dorme numa capela provençal, centro de peregrinações justas. Apareço em **Saint-Maximien**, no Var, perto de Brignoles, na velha catedral gótica do século XIII, exposta numa transmudação horrenda. Resta de mim uma caveira enorme, **muito maior que as ordinárias dos homens de agora**, escreve frei Luís de Sousa nos primeiros anos do século XVII, sobre um esqueleto agigantado, disforme, monstruoso, oculto num vão do altar em caixa de prata. Essa virago maciça e bruta teria seduzido a Jesus Cristo, tão sedutora que dela fizeram a padroeira do amor, irresistível e venal.

Um grande responsável por essa confusão, no plano popular e semi-letrado, foi o bispo de Gênova, Jacopo de Voraggio, dito, na França, **Jacques de Voragine**, autor da *Légende Dorée*[135]. Essa coleção de vidas de Santos, em centenas e centenas de cópias manuscritas e depois abundantemente impressas, espalhou-se por toda a Europa cristã, acendendo devoções. Maria de Betânia já **era eu** naquele século XIII, e continua sendo... Pergunto se a canonização de **Santa** pertence-me ou se refere à minha sósia? Em 1891, o astrônomo Charlois denominou **Madalena** a um astro. Não agradeci porque não sabia se a homenagem seria para mim, Maria de Mágdala, ou para Maria de Betânia. Madalena, **refugium peccatorum**[136] não aludirá evidentemente à Maria de Mágdala, a verdadeira **Madalena**, e sim à Maria de Betânia. Eu teria sido possessa, histérica, neurótica, mas nunca profissional do amor alugado e sucessivo. Basta desse desagradável dualismo xifópago. É indispensável uma intervenção cirúrgica dividindo o monstro tetracéfalo, constituído por mim, Maria de Mágdala, Maria de Betânia, a Pecadora de Nain e a Adúltera de Jerusalém. Essas quatro mulheres não devem continuar confundidas, inseparáveis como os quatro filhos de Aymon. É tempo de restituir-lhes a vera efígie, a personalidade nominal de cada uma, recebida ao nascer. Não lhe parece lógico, professor?

– O automóvel está esperando dona Maria Madalena!...

---

134 Na França, Maria de Betânia é uma das **Três Marias** (...).

135 (...) Jacques de Voragine, autor da *Legenda Áurea* – Iacoppo da Varazze; Jacobus da Varagine; Jacopo de Varazze, dominicano beatificado em 1816, redigiu a coletânea de narrativas hagiográficas *La Légende dorée* na Idade Média (anos 1260). Uma das edições em português: VARAZZE, Jacopo de. *Legenda Áurea*: vidas de santos. Tradução de Hilário Franco Júnior. São Paulo: Companhia das Letras, 2003.

136 Madalena, **refúgio dos pecadores** (...).

12
Cornélio Agripa. O Climatério Verbal

Um velho robusto, simpático, cabelos grisalhos e longos, olhos claros, lábio limpo, com permanente sorriso entre compreensão e malícia, barbicha branca na ponta do queixo, lembrando os antigos rabinos. Traje escuro, folgado, cômodo, moderno. Chapéu de feltro. Bengala com cabeça de esfinge. Voz sonora e seca, timbre áspero de controvérsia. Acomodou-se, saudando, e expôs a conversa maginosa.

– Henrique Cornélio Agripa, o Agripa de Nettesheim, para servi-lo, professor; o Cornélio Agripa, mestre de Ciências Ocultas, Medicina, Astrologia, ídolo dos estudantes e pavor dos professores naquelas Universidades, imóveis como ruínas vivas. Nasci em Colônia, onde dormem os Três Reis Magos, padrinhos do meu destino ambulatório. Sou prussiano do Reno, soldado espontâneo e desertor contumaz. Estudei por onde peregrinava, observando os homens de todas as espécies e confrontando nos livros. Tanto estava ensinando nas cátedras de Dole, Londres, Colônia, Paris, Metz, Friburgo, quanto ia dormir na palha das prisões de Bruxelas e Lião, perseguido como uma fera. Acusado de ser amigo do Condestável de Bourbon, expulsaram-me de Paris. Por ter escrito um panfleto contra os príncipes, desterraram-me de Lião. Fugi para Grenoble em 1535, rumo ao hospital que mandou meus restos para a fossa comum. Toda essa movimentação realizei-a em curtos 49 anos. Tive tempo de ser médico de Luísa de Savoia, mãe do rei Francisco I da França, secretário de Maximiliano I da Alemanha, como seria conselheiro de seu neto, o imperador Carlos V. Minha ciência está no *De Occulta Philosophia Libri Tres*[137], Anvers-Paris, 1531. Minha rebeldia contra a ciência cristalizada em dogma, impositivo e feroz, dispensando pesquisas,

---
137 Minha ciência está no **Três livros sobre a filosofia oculta** – Edição brasileira: *Três Livros de Filosofia Oculta de Henrique Cornelio Agrippa de Nesttesheim*. Compilação e notas de Donald Tyson. São Paulo: Madras, 2008.

verificação, análise, está no *De Incertitudine et Vanitate Scientiarum Declamatio Invectiva*[138], impresso em 1527. Três anos antes fora médico em Lião, excelente laboratório para indagações sociais **in anima nobile**[139]. Vivi Londres, Paris e as cidades-centros da época. Foram os meus cursos. Naturalmente gozei fama gratuita de mágico, hierofante, cabalista. Pagava minha hospedagem com lindas moedas de ouro, que voltavam a ser folhas murchas na manhã seguinte, quando eu já não estava presente. Tivesse essa técnica e Grenoble não me teria no seu hospital.

– Possuí espírito de investigação e heroísmo na revelação da verdade. Antes de mim ninguém tivera a coragem desta proposição: **Nos habitat, non tartara, sed nec sidera coeli, spiritus in nobis qui viget illa facit!**[140] A nossa "ciência" de então estava nos eflúvios e emanações das estrelas, intervenção celeste ou presença infernal. Tive a ousadia inconcebível de negar essas influências e determinações, e pregar, em alto e bom som, que vivia em nós, no espírito do Homem, a força produtora dessas inexplicáveis maravilhas. Arrebatava o domínio aos Deuses, às Estrelas e aos Demônios, restituindo-o ao Homem! A minha tese, ainda hoje, professor, arrepia alguns milhões de devotos. Imagine o efeito na primeira metade do século XVI!... Passei a herético, pagão, bruxo, fazedor de encantamentos, manejador de venenos, fabricante de ouro. Minha vida foi uma viagem sobre brasas. Mas, não vim contar essa batalha.

Levantou-se, trazendo a cadeira para mais próximo. Parecia vestir a garnacha doutoral. Os olhos fitos, os gestos expressivos e lentos.

– Desejo deixar-lhe um fundamento para futuras cogitações. Constituirá uma base de previsões parecidas com profecias, embora sejam unicamente deduções quando se conhece os elementos estáveis para a observação. Não se trata, evidentemente, de agouros, adivinhações, oráculos, mas avisos daqueles que olham a possibilidade formadora dos acontecimentos. E ainda um corolário aos meus estudos sobre a personalidade do Homem no seu halo miraculoso, projetado pela Inteligência.

Desde que os homens reuniram-se, a voz tomou a predominância na comunicação grupal. Denuncia a presença social. **Nosso único privilégio real sobre o animal é a linguagem**, disse Hobbes. Por todos os séculos e

---

138 (...) ***Discurso invectivo sobre a incerteza e a futilidade das ciências***, impresso em 1527.

139 (...) excelente laboratório para indagações sociais **em vidas nobres**, isto é, em seres humanos.

140 O espírito habita em nós, e não no tártaro nem nas estrelas do céu, é ele que realiza essas coisas que nos animam!

séculos, nas estradas e palácios, campo e cidade, Universidades, parlamentos, mercados, exércitos em marcha, multidões em desatino, disputa letrada, gritos dos massacres, suplícios coletivos, cataclismo, a conversa das ruas, das viagens, vibra, ininterruptamente. Umas épocas caracterizam-se pelas artes, ciências, instalações do Espírito. Outras, pelo domínio da violência, tortura e morte. As vozes, jubilosas ou terríficas, acompanham esses acontecimentos. Vão subindo e depois se adensam em determinada altura, como uma barreira de nuvens invisíveis...

— O professor sabe que todas as coisas criadas perduram através de ciclos de transformações. Adaptam-se a outras formas, continuando a viver. Lavoisier resumiu: **Nada se cria e nada se perde na natureza: tudo se transforma**. Nós todos vemos a chuva, mas raros notam a evaporação que a determina na incessante mecânica meteórica. Essas vozes, contemporâneas e milenárias, não morrem. Permanecem numa situação estática sobre nossas cabeças, sobre os aglomerados humanos, como resíduos sonoros, restos de uma atividade normal do gênero **sapiens**. Santo Tomás de Aquino escreveu: **Verba efficiunt quod significant**[141]. A palavra é um ato sonoro, uma força, uma partícula de energia viva. Não se desintegra, mas se reúne às grandezas semelhantes. Continuam, depois de emitidas, pairando sobre nós e nossos descendentes, como existem outras que são anteriores e também permanentes. A química demonstrou os caminhos percorridos pelos gases, formando esquemas indeformáveis e vitais, ciclo do carbono, do azoto, do oxigênio etc. Sabemos como esses elementos regressam ao estado de utilização fisiológica, mas ignoramos como as palavras atuam, depois da expansão divulgadora, depois da volta à atmosfera. E mesmo não sabemos o que constituirão no espaço. Apenas sabemos que vivem! O fumo do seu charuto é uma convergência indispensável para corpos desconhecidos, mas fatalmente existentes.

— Um momento, professor. Sei o que vai dizer. É a **Noosfera** de Teilhard de Chardin. Essa se comporá da irradiação psíquica decorrente da presença humana na Biosfera. Minha tese será complementar e participará da lei física da matéria indestrutível. O mestre Pierre Teilhard de Chardin prevê, logicamente, mais uma camada esférica sobre o nosso geoide. Uma camada de potência mental, outra decorrência do esforço milenar do Homem na face da Terra, onde sua ação intelectual deve ter criado uma outra atmosfera, com irradiações influenciadoras. Essa Noosfera poderá condicionar as gerações formadas sob sua polarização. Digo polarização

---

[141] As palavras concretizam aquilo que elas indicam.

porque essa Noosfera terá diversos polos de atração sugestionadora. E agirá separadamente, num ou noutro centro, conforme interpreto. Minha tese não coincide, professor, com a do padre Teilhard de Chardin.

– Essa camada, motivadora da minha conversa, determina um **Clima**, resultado do acúmulo imemorial de pensamentos, em forma verbal, amalgamados pelo Tempo. Com os milênios, essa massa poderá constituir uma entidade nova no ar respirável, um elemento bioquímico absorvido na inalação. Não posso afirmar que esse elemento predisponha ou oriente um pensamento no cérebro humano, gênese de futura atitude, mas, no mínimo, reforçará a tendência mais vigorosa no espírito que o receba. Agirá como a água para o sedento. Não alimenta, mas é energia circulante, ativando a movimentação da imagem mental. Por isso, em certas regiões há maioria sensível para realizações. Noutros pontos, existindo presença ecológica idêntica, o ato não se positiva. A difusão cultural não é uniforme. Ocorre a **zona surda.**

– O senhor terá observado que, em arte, literatura, prosa e verso, pintura, escultura, processos de soluções psicológicas, há necessidade de um **clima receptivo**. Ninguém o definiu e fixou. Novidades lisonjeiras, modificações sedutoras, técnicas felizes, **não pegam** aqui e frutificam noutra paragem. Não há explicação em análise estética ou princípios de comunicação cultural. O **estado do espírito** aceita ou repele, segundo índices misteriosos de capacidade íntima. Esse processo de recepção e assimilação, no plano intelectual, continua secreto e desafiando traduções. Por quê? O conhecimento da Cultura **em livros** não determina essa receptividade, notadamente nas Artes plásticas, na Música e na Poesia. É que o patrimônio das palavras em suspensão, esparsas e atuantes, não levou sua colaboração suficiente e estimuladora. Deve ter reparado, professor, que nas vilas mais longínquas do sertão brasileiro, em qualquer direção geográfica, não existe **Clima** para elaborações intelectuais outrora popularíssimas. Nenhum sertanejo, mesmo analfabeto, interrompe a prescrição do Gosto. Os livros e revistas não serão, materialmente, responsáveis por essa vedação selecionadora. É que nossa esfera verbal, diluída, tornada complexo respirável e agente, desviou, de modo formal, a efetivação das antigas manifestações... Assim, e é de fácil constatação, em cada época as produções intelectuais permanecem mais ou menos no mesmo nível de forma. Parecem umas com as outras. Nem plágio, nem imitação, nem imposição de mestre ou voga. É uma ação desse **Climatério verbal**.

– Respondo sua pergunta mental, professor. Como se forma esse **Climatério verbal**? Pelo processo idêntico e na escala dos mesmos valores de ascensão e impulsão como se forma a chuva. As palavras sobem e depois declinam, contrariando ou apoiando um modelo estético ou moral. Reforçam-se, reforçam em volume e não em sentido, advirta-se, e **descendo** em função climática, valorizam, animando, ou retardam, enfeiando, o projetado esforço exterior. Noutra imagem: a Opinião Pública, poder desmedido, manifesta-se pelas palavras, frases, ironias, aplausos, pilhérias, anedotas, sátiras, ovações, e não por outros veículos. A Opinião Pública, fruto de pensamento em nível majoritário, tem comunicação mais íntima com o meu **Climatério verbal**, por ter maior superfície receptiva, porque é massa, volume humano, e não unidade individual que receberá esses eflúvios em diminuta percentagem. Por isso, o homem em multidão tem a psicologia do grupo e jamais da pessoa. A multidão é a unanimidade no julgamento que se faz ação. Os indivíduos, isolados, são autocontraditórios, perplexos, vacilantes na decisão peremptória. A influência do **Climatério verbal** é na razão direta das massas. **Nicht wahr**[142], professor? Justamente o inverso do que pensava Aristóteles.

– Por que **raridade** e **densidade** no **Climatério verbal**? Onde existiu pouca atividade verbal, pouco esforço cerebral comunicado, o **Clima** é rarefeito e tênue. Nos locais de largo impulso mental, discussão, debates, reuniões, calor, é lógico que o Clima se enriquece. A nuvem é cúmulo e não cirro. Rio de Janeiro terá um **Climatério verbal** infinitamente superior ao de Santo Antônio da Baixa do Boi. Mas este será mais homogêneo e o carioca mais complexo. A rosa dos ventos indica a relativa constância dos sopros eólios. O Homem pensa não ter a responsabilidade pelos seus atos verbais. Palavras, leva-as o vento... Leva mas não destrói. Essas simples emissões vocais perduram e constituem um invólucro de constante pressão sobre a mentalidade coletiva. Diziam, antigamente, que o nome era um Deus, **Nomen, Numen**. Não é apenas o substantivo, mas qualquer palavra enunciada com valor significativo, na intenção positiva de transmitir uma situação psicológica, um julgamento ético, uma decisão sentencial, será uma **permanente** na função espiritual da Humanidade. Um seu contemporâneo, Miguel de Unamuno, espanhol e basco, sentiu o mistério: **¿Sabéis la civilización toda que una lengua lleva hecha cultura, condensada en sí a presión de atmósferas espirituales de siglos enteros? Palabras hay muchas que son órganos atrofiados, y los órganos atrofiados recobran a las veces la función si la necesidad de esta rebulle en el organismo**[143]. Não é claro?

---

142 Não é verdade, professor?
143 Toda a civilização sabe que uma língua leva a cultura feita, condensada em si a pressão de atmosferas espirituais de séculos inteiros? Existem muitas palavras que são órgãos

– Assim, professor, explico como certas ideias desenvolvem-se com espantosa vulgarização, conquistando solidariedade, apoio, devoção, efetividade. Não era uma sugestão unitária, mas uma soma de anseio, expresso outrora, parcial ou totalmente, agora vencendo pelo reforço do **Climatério verbal**, casa de força, capitalização da espécie. Nenhuma ideia nova, virgem, original, terá esse pudor de contágio. Faltará o antecedente, o elemento precursor e percutor. A Vida só pode nascer da Vida. Um Ser de outro. Não há geração espontânea, pelo menos no mundo mental. Nada começa. Tudo continua, aproveitando formas, estados, experiências anteriores. O Pensamento é flor de raízes obscuras e múltiplas. O **Climatério verbal** é o condicionador ecológico. Por isso há cidades sonoras e cidades mudas, apesar da tempestade motorizada. Só se condensam os valores da palavra humana com as dimensões da inteligência. Os ruídos dispersam-se, depois da atuação maléfica no sistema nervoso de quem os sofre. As palavras mandam! Não recorda Lord Beaconsfield? **With words we govern men!**[144] Sabe da existência de algum Ditador mudo? O **Climatério verbal** é uma segunda atmosfera.

Infelizmente devo deixá-lo. Hora de viajar, **Auf Wiedersehen, Herr Professor!**[145]

– Boa viagem, doutor Cornélio Agripa!...

---

atrofiados, e os órgãos atrofiados recobram às vezes a função se a necessidade desta desperta no organismo – citação de *Paisajes y ensayos* de *Obras completas*. Madrid: Escelicer, 1966--1968. 9 v. p. 994.

144 Governamos os homens com palavras! – citação do romance *Contarini Fleming* (1832), de Lord Beaconsfield (Benjamin Disraeli, escritor e político, primeiro ministro britânico em 1868 e de 1874 a 1880).

145 Hora de viajar, **Adeus, Senhor Professor!**

13
Erasmo de Roterdã. A urtiga no arminho

Voo sobre o Báltico. Entramos numa nuvem espessa e negra, interminável, anoitecendo o dia pardo. Estalam trovões, numa abaladora continuidade teatral. Sabe-se de uma tempestade wagneriana entre o Sund e o Skager Rak. A velocidade não liberta o avião do ritmo balançado e súbito, em ascensões e quedas sob a fulgurante batucada meteórica. Os infalíveis leitores dobraram os jornais e fecharam os livros, apertando cintos como sublimação instintiva do pavor bem-educado e visível. Minutos de 3.600 segundos. Não teremos Oslo, mas uma descida prudente em aeroporto do Schleswig. Visibilidade nula. Voamos dentro da onda de alcatrão indevassável e macia. Sentimos descer em diagonal alongada. Brusca claridade pálida, animadora, na quase paralela sobre campos verdes, povoados de casas vermelhas e pontudas. Chuva cinzenta e sonora ao corrermos na pista do pouso. A respiração retoma a velha cadência desafogada. Instintivamente digo um verso do hino ambrosiano: **Te Deum laudamus**! Há uma suave resposta: **Te Dominum confitemur**...[146]

E o meu companheiro de poltrona, magro, cabecinha redonda num imenso gorro felpudo, o corpo franzino embrulhado em capote pesado. O rosto é riscado de rugas, o nariz projeta-se, poderoso e dominador, os olhos pequeninos, piscos e glaucos, o sorriso de viva simpatia em ampla boca de lábios estreitos, fazem-no simples, acolhedor, familiar. Mas há um imprevisível halo de autoridade, irradiação sensível de energia mental, denúncia misteriosa da inteligência indisfarçável. Saúdo-o com a teimosa impressão de conhecê-lo. Mobilizo as recordações iconográficas. Museu do Louvre, pinacoteca de Basileia? Albrecht Dürer, Quintino Metsys, Hans Holbein. É Erasmo de Roterdã! Nova vênia, repetindo-lhe o nome. Confirma, apertando a gola, acomodando o **cachecol** ao redor do pescoço fino.

---

[146] Instintivamente digo um verso do hino ambrosiano: **Nós te louvamos como nosso Deus!** Há uma suave resposta: **Nós te confessamos como nosso Senhor**...

Descemos sob grandes guarda-chuvas açoitados pelo dilúvio que a ventania faz ululante. Há, no Bar, alcoóis fortes e frios e café fraco e quente. O nevoeiro enrolou a paisagem, guardando-a em algodão sujo. De quando em vez um uivo espalha o aviso de outro avião ter recorrido à segurança do abrigo. Um **Luftjunge**[147] derrama boatos amáveis. Lembrando Antero de Quental, **fumo e cismo**. O roterodamense incomparável refugiou-se num recanto acolchoado e tépido. Sei que falecera em Basileia na noite de 15 de julho de 1536. Quando nascera? Apenas apuraram 1466. Não responderá às minhas curiosidades. Deve ter nascido em 23 de maio, onomástico de São Didier, Desidério, o **Desejado**, Bispo de Langres, decapitado por Chrocus, rei dos Vândalos, quando intercedia por sua cidade, nos finais do século III. Aí se fundou **Saint Didier**. Lutero era **Martinho** por ter nascido em 11 de novembro. É o **Désir**[148], na Bélgica, **Desery** no Languedoc, popular entre os católicos holandeses, através de flamengos e borguinhões. Daí provirá o **Desiderius Erasmus Roterodamus**. É uma sugestão... Sento-me junto, confidenciando meio século de admirações provincianas. Responde com voz baixa, serena, vagarosa. O sorriso imóvel nos lábios delgados. A face branca, encarquilhada, exangue.

– Certamente leu narrativas das polêmicas teológicas, com alemães, franceses, italianos, espanhóis. Com o bravio Lutero, o áspero Stúñiga, o selvagem Escalígero. Livro meu, não creio que haja posto os olhos. Talvez, *Elogio da Loucura*, acaso. Nenhum dos 86 *Colóquios*, as versões de Eurípides, *Ifigênia* ou *Hécuba*, qualquer dos *Opúsculos Morais*, de Plutarco, Luciano de Samósata, algo das investigações patrísticas, edições de Santo Agostinho e de Santo Hilário, a coleção dos *Adagia*... A *gramática* de Teodoro de Gaza? Nem mesmo deparou jamais o meu *Novo Testamento*, traduzido do grego. Se estudou o grego, pronuncia-o segundo a minha lição de 1510, contra o **iotacismo** de Reuchlin. Sou unicamente um Nome! Um Nome evocador, quase romântico, irradiando imagens de um velho alquebrado, pusilânime, friorento, com a moral egoísta e fácil dos chamados **epicuristas**, sofrendo o pavor de comprometer-se, decidir-se, virilizar-se. É assim que fiquei na retentiva histórica. Um erudito sem ossos, cultura sem alma, coração sem destino. Nem Cristo nem Barrabás. Neutro, quero dizer, **íntegro**, eu-mesmo, indeformável. Houve quem dissesse: **Erasmus est homo pro se!** Continuo, há quatro séculos, nítido, próximo, banal mas indecifrável. Vassalo dos Papas e **lutheranorum signiferum!**[149]

---

147 Luftjunge: **rapaz que faz parte de uma tripulação aérea**. Luft: ar; Junge: garoto, rapaz.

148 É o **Desejo**, na Bélgica, **Desery** no Languedoc (...).

149 Houve quem dissesse: **Erasmo é homem por si mesmo!** (...) Vassalo dos Papas e **porta-estandarte dos luteranos!**

– É natural. Quando escrevi era oportuno, urgente, lógico. Agora é despropósito, arqueologia dispensável, dirimida pelo encontro de fontes mais idôneas. Notadamente gregas. Meus livros atendiam às necessidades do momento. Esse **momento** tem mais de quatrocentos anos! Nulidade, bolor, fossilismo. Estão todos em latim. As traduções invariavelmente aparam as arestas irônicas, atenuam asperidades críticas, apagam sátiras perfurantes. Latim era a respiração normal da Cultura. Valia o inglês de hoje. Ainda presentemente as classificações de espécies botânicas aparecem em latim. Na contemporaneidade da astronáutica. Pense no século XVI. Quem lê latim em nossos dias, digo: nos **seus**? Os sacerdotes? Os **sábios**? O latim foi sendo expulso como **indesejável**. Não é crível que a minoria leitora vá procurar Desidério Erasmus, de Rotterdam, amigo de Papas, mas suspeito ao falecido Santo Ofício em quatro países católicos. Recebi todos os elogios e vitupérios. Recorda-se, então, desse versinho de um cônego de Salamanca?

Quien dice mal de Erasmo
O es fraile o es asno[150]

Mas também... **eras mus**[151], dizia-se do meu nome. O rato ao pé do Crucifixo. Falso, hipócrita, cético. Destino dos independentes tranquilos. Sucederia o mesmo a Montaigne. Indeciso, vacilante, tentado pelo Bem e o Mal, julgando-os meras fórmulas de utilização ou desnecessidade humana...
– Faltará sempre aos meus intérpretes o clima da contemporaneidade determinante, a autenticidade da motivação imperiosa. Jamais perceberão a força múltipla provocando a página elaborada no complexo da ação e reação, intimamente pessoal, inconfidenciável e suprema. Que pretendia eu? Leia meus biógrafos e analistas. Quase sempre me desconheço naque-

---

150 Quem falou mal de Erasmo/ Ou é frade ou é asno – o verso alude a um episódio narrado por Marcelino Menéndez Pelayo: "En el proceso del Brocense (...), un estudiante legista, llamado Juan Pérez, acusa al Mtro. Sánchez de "hablar de Erasmo con elogio, refiriendo el dicho de un canónigo de Salamanca: 'Quien dice mal de Erasmo, o es fraile o es asno'". Cf. *Historia de los heterodoxos españoles*. Madrid: Librería Católica de San José 1880-1882 (Nota 1312).

151 Mas também... **eras rato**, dizia-se do meu nome – trocadilho com o nome "Erasmus", que circulava no século XVI, por parte dos simpatizantes da Reforma, aproximando-o da imagem de um rato; "Quaeritur unde tibi sit nomem Erasmus? **Eras mus**" (Indaga-se de onde tiraste o nome Erasmo? **Eras rato**): epigrama publicado por John Owen em *Ioannis Audoeni Epigrammatum* (1606?).

les retratos de convenção letrada. Desejava apenas sobreviver, prevendo o **J'ai vécu**[152], do abade Sieyès? Não seria, então, aconselhável divulgar o que escrevera em matéria teológica, o ataque frontal aos costumes religiosos. Conheci Papas abjetos, como Inocêncio VIII, e admiráveis, como Leão X. Tinham aparelhagem e cortejo à sua imagem e semelhança. Todo esse Mundo dissolveu-se em poeira. Impossível para o Senhor compreendê-lo no século XX. Identificará palácios, museus, ruínas. Jamais as almas, o espírito, a mentalidade do século XVI. Não há versão atualizadora para aqueles homens... Haverá sempre dimensões escapando ao seu radar. Afirmando ou negando, algo de emocional e verídico existia para nós e que não seria comunicável. **E pur, si muove!**[153] dizia Galileu, cem anos depois de mim. Há, agora no seu tempo, homens fáceis de ler como jornais. Outros são escrita enigmática de raças desaparecidas. Conseguindo decifrar o sentido, carecerão sempre do timbre, da entonação, do ritmo verbal, da prosódia, dando o legítimo entendimento. Um prelado contemporâneo **sentir** Julio II... Oh profundeza!

– Ah! minha cobardia, fraqueza de caráter, timidez moral! Não fui soldado nem marinheiro. Nada me obrigava a ter o heroísmo da lança, da espada, do arcabuz. Não era guerreiro, aventureiro, conquistador. A coragem indispensável era a defesa do meu temperamento, a manutenção da conduta, o destemor do pensamento. Ninguém negará esses valores diários, expostos em toda a minha existência pela Europa convulsa em que vivi. Quando Roma foi saqueada, Magalhães deu volta à Terra, Lutero cindiu a Igreja, existiu, com Carlos V, o derradeiro César Imperial! Não fundei um Reino, uma Filosofia, uma Religião. Vivi padre Agostinho e não fui Bispo, e para sempre, um modelo maciço, coerente, inexplicável ainda, a imposição letrada alheia ao fausto palaciano, independente do séquito do Rei, do Papa, do Imperador! O escritor constituindo glória em sua amizade, no envio de uma missiva, no soar de um louvor. Visitado como um Soberano. Exaltado como um ídolo. **Vir incomparabilis! Doctorum Phoenix!**[154] Luz do Mundo! Antes, não houve. Depois, não haverá. Nem Virgílio, nem Voltaire, nem Goethe!

– Sim. É verdade. Escrevi milhares de cartas, súplicas, pedidos de auxílios, subvenções, moedas de ouro. Mendigo por correspondência. Não

---

152 Desejava apenas sobreviver, prevendo o **Eu vivi**, do abade Sieyès?

153 **Porém, se move!** – Galileo Galilei pronunciou esta famosa frase nos corredores do tribunal, logo depois de ter sido processado, querendo afirmar que a Terra estava sempre em movimento.

154 **Homem incomparável! A fênix dos sábios!**

estava nas antecâmaras, escadarias, balaustradas de Reis e Pontífices. Não me arrendei, vendi, aluguei. Todos os golpes de ameaça e sedução, aparei-os com a pena de pato. Ninguém mandava, orientava, dirigia Erasmo de Rotterdã! Um ancião pobre, triste, doente, aterrado, ínfimo, curvado, sorridente, concordante, mas indo inflexivelmente pelo caminho que escolhera! Mantivera a altivez do raciocínio e a ousadia de divulgá-lo quando era crime de machadinha no cepo ou de fogueira na praça. Ninguém me amedrontou, intimidou, espavoriu! Lutero aprovou o massacre dos camponeses no Württenberg. Casou o bígamo de Hesse. Carlos V renunciou às coroas. Leão X perdeu meia Europa. Eu nada abandonei nem perdi do meu domínio de livros, espíritos, irrealidades vitais. Sem vícios, sem lar, sem mulher, fui exceção naquele esplendor de Luxúria, Poder, Gula. Preguei a Paz contra a Guerra. A Justiça contra o Arbítrio. A Liberdade espiritual contra o Determinismo asfixiador, mesmo providencialista. O Decoro contra a Devassidão e o Desvario. Disse que a Guerra nada resolve. Não me ouviram nem me ouvem. A Guerra continua nada resolvendo. Provocando outra... Vivi escrevendo, adorando livros, silêncio, a vela acesa testemunhando a vigília laboriosa. Deixei a pena, comentando Orígenes, quando os olhos cerraram-se naquela noite da Basileia, olhando os **consoladores de Job**. Amerbach e o filho de Johann Froben, meus impressores fiéis. Que deveria ter feito? Ido às dietas de Worms e Augsburgo, convencer Lutero à obediência e o Imperador à tolerância? Santa Simplicidade! Recolhido ao mosteiro de Yuste, longe das **pompas do Mundo**, preparando-se para Deus, Carlos V **se lamentaba de no haber dado muerte a Lutero cuando le tuvo en sus manos en Worms**[155]. Lutero vivia a vida eterna há doze anos. A morte não esfriara o rancor. Quem detém a tempestade, guia o raio, desviará o terremoto? Seria possível, com o afastamento das causas acumuladas e sucessivas no correr dos tempos, erros que denunciei, incessante, obstinadamente.

— É outro reproche. Não preguei às multidões as ideias de justiça, concórdia, pacificação, e sim aos Reis, Papas, Príncipes. Mas esses é que faziam as guerras. O Povo poderá, num impulso de alucinação, depredar coisas e suprimir vidas, mas não faz guerras. Onde estão os recursos para a campanha sistemática e profícua? Os meus íntimos, os devotos, **Erasmiciorem Erasmo**[156], considerados **fanáticos**, conheciam essas verdades. Mas estavam nas Cortes, com os que faziam as guerras, marchavam para elas, acompanhando os Reis, para matar e morrer. Não tinham o heroísmo da solidão, da renúncia, da pobreza, como eu.

---

155 Carlos V **se lamentava de não ter matado Lutero quando o teve em suas mãos em Worms**.
156 Os meus íntimos, os devotos, **mais Erasmianos do que Erasmo** (...).

– Hoc opus, hic labor est!¹⁵⁷ Não amei tragédia, tambor, trombetas, teatralidades. Meus atos eram claros, naturais, cuidadamente calmos. As ideias possuem outra velocidade. Padre Santo Agostinho, em 1492, quando desapareceu o último domínio mouro na Europa e Colombo encontrou a América, nunca fui excluído da comunidade. Tinha bulas dispensatórias do Sumo Pontífice para não usar hábitos sacerdotais, celebrar o culto, cumprir os jejuns. Era uma conduta regular, autorizada, legal. Sabiam todos onde trabalhava o velho Erasmo. Meu estilo valia assinatura, impossibilitando ocultar autoria. Cobarde Erasmo porque assegurava a divulgação do seu trabalho, dedicando-o aos capazes de obstá-lo? Apenas no século XVII surgiram as restrições **oficiais** quando a mão responsável se tornara húmus da terra. Tudo quanto escrevi, nas noites sem fim, fiz imprimir e correr toda a Europa. Quando escrevi, era loucura a denúncia na hora do delito. E essa, em ampla maioria, tornou-se ortodoxa, pela visão realística dos Pontífices melhor avisados. Presentemente os meus velhos denunciantes, **recantet palinodiam**...¹⁵⁸

– Falemos de Ulrich von Hutten, meu devoto, e que recusei receber quando vindo a Basileia, paupérrimo, fugitivo, mortalmente enfermo do **mal-francês**. Zwinglio acolheu-o em Zurique, onde o cavaleiro franconio faleceu aos 35 anos, esgotado e velho como se tivera 90. Tudo isso se passou em 1523. No *Enchiridion militis christiani*¹⁵⁹, cinco anos antes, escrevi: "O que importa é nada fazer sob o império do sentimento, mas tudo sob o julgamento da razão". A razão decidiu que não me avistasse com Ulrich von Hutten. Abandonara este as letras e o latim para dedicar-se à pregação política popular em alemão. Fora poeta e letrado, mas voltara a ser o lansquenete impulsivo que combatera na Itália pelos venezianos. Dizia-se o Pílades do Orestes-Lutero. Veio propor-me um movimento armado contra as autoridades normais das Cidades-Livres do Império. Respondi-lhe: **A minha tarefa é defender a causa da Cultura!** Era um moinho verbal, verdadeiro **Klappermaul**¹⁶⁰, como dizem os alemães. Lutero, consultado, ficou em desacordo formal e separaram-se. Ulrich associou-se a Franz von Sickinger, do

---

157 Esta é a obra, este é o trabalho! – sentença proverbial com fonte em Virgílio (*Eneida*, VI).
158 Presentemente os meus velhos denunciantes, **cantem novamente a palinódia**...
159 *Manual do soldado cristão* – ano aproximado de composição: 1501; primeira publicação: 1503. Há também uma edição de 1518 (Froben, Basileia), que certamente é a referência do texto cascudiano.
160 **Klappermaul**: literalmente, "**boca barulhenta**": pessoa que fala demais. "klappern": fazer barulho; "Maul": focinho, boca.

Palatinado, com castelo em Ebernburg, e fizeram levante com a cavalaria do Alto Reno. Franz contra o Arcebispo de Treves, e Ulrich contra o de Mayence, Grande Eleitor, Primaz da Alemanha, meu amigo pessoal. Fracassaram militarmente. Franz foi ferido e sucumbiu. Os adversários, duques de Wurttenberg e Baviera, conde Palatino, os Arcebispos-Eleitores, o landgrave de Hesse, atacaram e destruíram as fortalezas inimigas. Ulrich conseguiu escapar para a Suíça. Roma ameaçava-o com fogueira, como pagão, insultador do episcopado. É no que resultou a exaltação maluca, os **Dran! Dran! Dran!** de assalto e os **Gott mit uns** aliciativos[161]. Ulrich estivera comigo, mas não comunicara a ninguém minha reprovação. Hospedá-lo valia uma solidariedade ao criminoso motim, guerra civil, detestada e cruel. Asilaria quem me combatera. Exilou-se, livrando-se da prisão na Alemanha. Toda a gente envolvida nas querelas de Wittenberg sabia, perfeitamente, que eu não tinha voz para tribuno do Povo nem o menor pensamento para agitador religioso. Estaria à margem, fosse qual fosse o preço. Ulrich von Hutten foi uma vítima do próprio arrebatamento incontido e da inoportunidade na ação guerreira, condenada ao fracasso. Hutten agrediu-me com o folheto *Exportulatio Cum Erasmus,* que fiz apagar com a minha *Spongia Adversus Aspergines Hutteni*[162]. A hora era realmente da palavra, e não da espada, que não converte ninguém, exceto Carlos Magno aos Saxões. **Pregar não é obra humana**, dizia Lutero, grande pregador para multidão, e eu era essencialmente humano para essa espécie de oratória. Santo Agostinho ensinou que a Ambição é a mãe das heresias. Creio que é a de todos os Demônios!

– É o caso ainda banal e comum. O nome começa pequeno galhardete festivo e termina bandeira, cobrindo muito contrabando transportado sob sua efígie. Fui vítima habitual dessas atividades proveitosas para a habilidade estranha. Ideias de Erasmo! Uma frase vaga e escusativa, sem explicar, mas empurrando outra responsabilidade. Talqualmente hoje dizem **Interesse Nacional**, quando se verifica proveito individual. Erasmo, padrinho de insurreição, animador rebelde, semeando descrença, ceticismo; um Erasmo de mercado, folião de quermesse, turbulento, desrespeitoso, provocador! Invejoso, recalcado, egoísta, sentindo o renome alheio como um assalto pessoal! Despautérios tornados dogmas psicológicos.

---

161 (...) os **Dran! Dran! Dran!** de assalto e os **Deus conosco** aliciativos – "dran": **vez** – provavelmente, no sentido de "wir sind dran": **(agora) é nossa vez**.

162 Hutten agrediu-me com o folheto *Exílio com Erasmo*, que fiz apagar com a minha *Esponja contra as asperções de Hutten* (1523).

Toda a minha batalha dirigiu-se contra a Insânia, a Loucura, a Estultícia, diária, tenaz, sinuosa, perturbando o Estável, o Tranquilo, o Normal. Fui defensor do desenvolvimento legítimo contra as anomalias, excessos, demasias, deformações no organismo social. Todos os **doentes**, afetados, enfermos, coligaram-se contra mim, que lhes denunciava a Demência, rendosa e útil. Loucura quer dizer apenas **Estupidez**, segundo o vocábulo árabe **loc**. Estão nus, e convencidos de que se cobrem de trajes deslumbrantes. Essa é a origem do protesto moral contra a vulgaridade maluca e dominante do *Encomium Moriae*[163]. Schiller diria: **Die Welt gehört dem Narrenkönig!** O Mundo pertence ao rei dos Doidos! Seria tolerável se Narrenkönig[164] não quisesse tornar-se o supremo diretor da hospitalização, encarregando-se de julgar aos sadios e normais!

– Compreendo. Todos os sistemas de Governo dependem unicamente da execução para que sejam invejáveis. Criação humana, sofre das deformações impostas pelo particular interesse. Não ocorre semelhantemente às abelhas, formigas e castores. O problema fundamental, base e cúpula, é a utilização, real e prática, da frase de Jesus Cristo: **Dai a César o que é de César, e a Deus o que é de Deus!** Creio que o divino Messias dirigiu-se aos Anjos porque somente eles são capazes de cumprir a determinação. Nunca foi possível em parte alguma desse seu Mundo. Até o presente momento a confusão, intencional, deliberada, instintiva, fatal, tem sido a norma vulgar e sabida. Estão os senhores tão adiantados como no tempo de Herodes Antípar...

– Não é assim! Tenho mais de quatro séculos de perspectiva. Posso, na situação presente, ver-me inteiro e todo o Tempo, até as horas atuais, sem as mutilações da Vaidade e da Ambição terrestres. Sou apenas um Nome, havendo silêncio nos comprovantes dessa manutenção miraculosa. Ninguém me ignora e quase todos desconhecem meus livros. Sim. Encontra-o nos volumes de História, tendo a menção e ao lado a esponja crítica. Estou exilado de todos os compêndios de Filosofia e de Teologia. Recusam que haja sido Filósofo e não admitem que fora Teólogo. Era mais **libertário** que Lutero e mais independente que os negativistas da Escolástica. Fui Doutor, dissipando a Sabedoria no atrito do cotidiano, na análise dos

---

[163] Essa é a origem do protesto moral contra a vulgaridade maluca e dominante do *Elogio da loucura* (1509) – foram publicadas várias traduções no Brasil.

[164] Schiller diria: **O mundo pertence ao rei dos tolos!** [ou dos **doidos**, conforme a tradução de Cascudo]. Seria tolerável se **Rei dos tolos** não quisesse tornar-se (...).

pequenos problemas espirituais apaixonantes, mas efêmeros. Que importância, para o Futuro, teriam minhas respostas a Escaligero e a Stuñiga? Recordam que defendi o livre-arbítrio ante o fatalismo dogmático de Lutero. Tentam-me reduzir a um pelotiqueiro dialético. Bem sei que as devoções humanas dirigem-se a dois ídolos soberanos, **Philautia**, o amor-próprio, e **Kolakeia**, a lisonja. **Ne quid nimis**...[165]

– Muito tempo pensei que o debate de Wittenberg fosse, como dizia Leão X, **uma querela de monges**, rivalidades quentes entre agostinhos e dominicanos. **Tota haec Lutherana tempestas ex levioribus initiis huc usque increbuit**[166]. A pequenina chama comunicou-se aos depósitos de pólvora, guardados em ambição, rancor, vingança, no espírito dos nobres e dos plebeus. Lutero foi a Oportunidade genial, justificando. Necessidade o que seria Carência. Diante do cataclismo, os teólogos criticavam os bombeiros sem que suspeitassem a extensão do incêndio. Os Papas viam melhor que os Doutores **sub specie aeternitatis**[167], discutindo de Roma sem ver Alemanha. Não me iludi. A Reforma foi um movimento religioso com fundamentos políticos e econômicos muito anteriores. A venda das **indulgências** constituiu pretexto incomparável para a loquela propagante. Assunto fácil de compreender e criticar. O segredo da Revolução é levar o argumento teórico e minoritário aos desejos práticos e coletivos. O fogo vem de cima, acendendo o material acumulado embaixo. Não há combustão espontânea. Volto a dizer o que escrevi em 1508: "Custa a conceber que tantas catástrofes possam ser causadas por este mesquinho animal que apenas dura um instante". Posso afirmar o **quod erat demonstrandum**...[168]

– Não sei. A herança de Erasmo é custosa e difícil porque é um legado do Espírito. As ofertas da Matéria é que são facilmente assimiláveis pela digestão, sexo, uso do conforto.

---

165 **Não mais que isso**... – Sentença que os latinos (Horácio, *Arte Poética*; Terêncio, *Andria*) adotaram dos gregos para representar o princípio do equilíbrio.

166 **Toda esta tempestade Luterana propagou-se até aqui a partir de um começo comedido** – citação de carta de Juan de Vergara (secretário do Arcebispo espanhol D. Alfonso de Fonseca), cujo teor era incentivar Erasmo de Roterdã a escrever contra os luteranos (Epíst., DCCCXCIV – segundo Marcelino MENÉNDEZ Y PELAYO em *Historia de los heterodoxos españoles*,1880).

167 Os Papas viam melhor que os Doutores **numa perspectiva de eternidade** (...).

168 Posso afirmar o **aquilo que devia ser demonstrado**... – frase latina usualmente abreviada como Q. E. D. no final de uma demonstração matemática ou argumento filosófico; na versão em português, C. Q. D. (como se queira demonstrar). Fonte remota grega: Euclides e Arquimedes.

Reaparece o Sol, amarelo, trêmulo, assustado, mas suficiente. O alto-falante congrega os passageiros. Erguemo-nos numa vênia sorridente e final. Erasmo de Rotterdã, cidadão do Mundo, caminha para o avião trepidante.

Não mais o deparei meu vizinho de poltrona.

Mas, continua sendo...

14
Nostradamos. Necessidade do Futuro

Velhinho de altura mediana, magro, ágil, asseado, calvo, bigode e barba branca, está escondendo o colarinho. Nariz semita. Rosto alvo e plácido. Dois olhos de turquesa varando o cristal verde dos óculos sem aro. Voz macia, sinuosa, de antigo prelado doméstico dos Papas de outrora. Traje escuro, abotoado, impecável. Impressão agradável de bibliotecário-arquivista aposentado, em viagem de curiosidade tranquila. Falara pelo telefone, dizendo voltar ainda hoje ao Recife, retomando o avião europeu. Agora, sentado e sorridente, fala.

– Jamais pensei ver essa região, professor. As vozes são musicais, o céu luminoso, a movimentação popular, certos recantos lembram-me a Provença. Sim, professor, sou provençal. Vivi muito ao longo do Ródano. Nasci em Saint-Rémy, à sombra do campanário do Papa João XXII. Fiz medicina em Montpellier. Andei um pouco por toda parte, atendendo doentes, enfrentando epidemias. Não, senhor, em Paris fiquei temporadas, no Louvre, mas sem caráter de permanência. Minha residência era em Salon, também nas Bouches-du-Rhône, onde mostram o meu padroeiro, São Miguel, numa igreja do século XII. O que de mim resta, atingível pela morte, está, desde 1566, noutro templo, o de Saint-Laurent. Tinha eu sessenta e três anos, vividos. Não lhe disse o meu nome? Perdoe-me. Sou Michel de Nostredame. Realmente, professor, sou o **Nostradamos**, tão discutido, citado e temido, desde o séc. XVI. O mágico, adivinho, astrólogo **Nostradamos**, tão famoso quanto Merlim, um Merlim com Vivianas legítimas. Sim, escrevi as *Centúrias*, muito deformadas pelo interesse posterior. Fui o profeta de Salon. Creio que em 1693 **monsieur** Guynaud publicou umas *Concordances des Prophéties de Nostradamus avec l'Histoire*[169], apro-

---

169 Creio que em 1693 **monsieur** Guynaud publicou umas **Concordâncias entre as Profecias de Nostradamus e a História**, aprovadas por todos.

vadas por todos. A fama proveio do rei Henrique II cair mortalmente ferido pelo conde Gabriel de Montgomery, capitão de sua guarda, num torneio banal, tudo anunciado por mim antes de 1559. A rainha Catarina de Médici fez-me seu médico, conselheiro, consultor privado. A corte de França rodeava-me, tentada pelo mistério. Tive a oportunidade de estudar a alma humana nos corpos que mandavam na França, quase a Europa naquele tempo. Outros motivos para a mesma angústia contemporânea. Os Homens jamais mudam pelo lado interior. Estômago, sexo, domínio, nada mais.

– O senhor perguntará a razão da minha visita, rápida, mas indispensável para mim. Não quis perder a oportunidade e permiti-me procurá-lo para dar uma explicação que o professor não pediu, mas creio do meu dever transmiti-la. Trata-se da minha profissão "histórica", a **previsão do Futuro**.

– Sei que o senhor considera essa atividade reprovável e que os milênios no exercício e a universalidade na crença não justificam a inexplicável contemporaneidade do arcaico e do primário. As Religiões começaram pelo simples binômio da Terapêutica e da Profecia, ambas fundamentalmente mágicas para o entendimento popular. A moléstia era uma presença diabólica, eliminada com exorcismos. A tradição de conhecer o Futuro era um recurso apologético, prêmio e ameaça, realizáveis no tempo imprevisível, mas de advento fatal. Assim fez Nosso Senhor Jesus Cristo. Dispenso-me, professor, de citar o que tão bem sabe o senhor na história religiosa do Mundo. Ninguém conquistou almas sem promessas de esperanças e sem anúncios de castigos, inevitáveis, aos maus. Os Estados antigos, mais próximos ao Povo, organizaram-se com seus adivinhadores rituais em corpos consultivos. Nada, absolutamente nada, seria possível fazer-se sem a prévia anuência dos auspícios, augures, harúspices, constituídos em colégios oficiais. Deduziam pelos sinais da Terra, do Espaço e dos Astros, prodigiosos ou naturais. Depois, era a voz da própria Divindade pela decisão dos Oráculos. Assim, Grécia pela **Mantiké**, Roma pela **Divinatio**[170], foram modelos, imitados do Oriente, através do Egito, terra de mistérios e de tradutores vitalícios. Os Reis lutaram sempre contra o Sacerdócio, possuidor do segredo da suprema intervenção propícia e da previsão do Inesperado. Mas isto é apenas História sem novidade para quem a ensinou por toda a vida, como o senhor. Inútil recordar outros modelos noutras civilizações, umas ainda irreveladas nas indagações arqueológicas. Quero apenas lembrar, como fundamento inicial, a permanência inalterável no Tempo, por onde quer que tenham existido homens, reunidos em socie-

---

170 Assim, Grécia pela **Adivinhação**, Roma pela **Profecia**, foram modelos (...).

dade normal. Seria de atender, no plano psicológico, a essa sobrevivência imperturbável através de milênios. A necessidade explica a persistência funcional. Nada sobre-existe sendo inútil. O atrito da evolução cultural desgasta e abandona como excrescências desprezíveis o cerimonial esgotado de significação miraculosa...

– Vivi no século XVI e o senhor vive no século XX. Compare a transformação quase radical em todos os ângulos do aparelhamento social. Tempestades de ideias filosóficas, conceitos experimentais, reformas administrativas, aplicações jurídicas, varreram o Mundo. A crença nos formulários para saber-se o Futuro multiplicou-se em profundidade. Houve revoluções para tudo ou quase tudo mudou, menos a fidelidade à possibilidade da revelação do Amanhã. Há presentemente muito maior número de **técnicos** do que no meu tempo. Não posso comparar o nosso velho astrólogo ou adivinho de outrora, com umas possíveis cinquenta consultas anuais, com os milhões e milhões de revistas, livros, **consultórios**, dedicados unicamente ao assunto, circulantes ou estabelecidos por toda a face da Terra. Quem poderá contar os gabinetes "ocultistas" em cada país moderno? Em que paragem não existem esses facultativos do Misterioso? Perfeitamente. É inegável. Há exemplos de todos os matizes, repugnantes ou desculpáveis, cínicos ou convencidos da própria eficácia. Não há repressão policial que seja eficiente porque a perseguição valoriza o perseguido hierofante, dando-lhe o prestígio de mártir.

– Não é possível desatender a esse aspecto invencível da curiosidade coletiva, sonhando em **saber** para defender-se, ampliando a possibilidade do êxito. O senhor já disse: **O homem liberta-se de tudo, menos da Superstição!** Mas nem tudo é superstição, mas atitude legítima de prudência mental. Desejar saber algo do Futuro tem a importância radicular de reunir os sintomas para a formação do diagnóstico. As dificuldades em decifrar o Futuro, pela confusa e negaceante sinalação dos agouros, são idênticas à fixação da enfermidade através das obscuridades semiológicas. Se essa atividade, tantas vezes milenar, atingiu nossos dias, é inquestionável sua integração no espírito do Povo, vencendo o Tempo e a sucessão das culturas. Nada a superou. O Homem viaja em naves espaciais, mas crê em amuletos paleolíticos. De quem e de onde essa espantosa resistência hauriu destemor e vitalidade senão do Povo, renovando-se e mantendo-se fiel a esse culto sem liturgia?

– Essa inarredável tendência popular pela adivinhação profética é um dos mais impressionantes testemunhos da crença na continuidade espiritual. Todos creem no ergontino adivinho, a certeza de ele enxergar o episódio consultado como preexistente no Futuro. Creem que ele **veja** como se existisse materialmente, feito, concreto, real, talqualmente ocorreria se fosse presente aos olhos comuns. A lógica é que, se tal fato deve acontecer e pode ser previsto, é claro que o vidente vê-lo-á em sua extensão e realidade positivas, embora seja ainda uma irrealidade formal no Tempo e no Espaço. Se eu disse a Catarina de Médici que três filhos seus seriam Reis de França, é porque os vi sagrados em Reims, Francisco II, Carlos IX e Henrique III. Essa misteriosa pré-formação, possibilitando antevisão, fundamentou a Profecia. Sou católico, professor, batizado e sepultado em igreja católica, mas de sangue judeu. Que seria da minha raça sem os seus Profetas? Eles, e não os Reis, fizeram e conservaram Israel.

– Já no meu tempo, em nossos colóquios reservados, debatíamos se a antipatia, aversão, dos letrados contra nós, não teria raiz no espírito de concorrência na notoriedade e prestígio na corte. Eu ficava no Louvre e viajava em carruagem da Rainha, guardado e defendido como um príncipe. Quais os letrados e professores possuindo essas regalias? Deveria enfurecê--los. Daí a surda campanha inoperante e tenaz.

– Essa mentalidade é atual, professor, atual e poderosa. A vocação ao Sobrenatural é muito anterior ao Homem. Quem se dedica ao Extraterreno terá contra si a vibração das indagações terráqueas. Não há, então, evidência convencedora. Olhos fechados para a realidade material.

– Há seiscentos séculos viveu o Homem de Neandertal. O dogma é que se extinguiu sem descendência direta. Não é nosso antepassado, mas um remoto colateral, exceto para o professor Ales Hrdlicka. A Inglaterra não era ilha, mas Gibraltar separava a Europa da África. O **Homo neandertalensis** já não era macaco e ainda não alcançara o Homem. Um pré--homem. Não havia religião revelada porque a Humanidade atravessava os estágios do desenvolvimento antropológico. Pois, professor, esse **Homo mousteriensis** enterrava seus mortos com armas, alimentos, enchendo-lhes os crânios de conchas, pintando-lhes os ossos de vermelho, cor do sangue e do Sol. Afirmava a crença na sobrevivência do Espírito, e que nem tudo terminava com o apodrecimento do corpo. De onde houve esse maciço, semibestial e bruto parente a intuição da Vida imortal? Certo é que ele estava convencido de que o companheiro, sepultado intencionalmente, reduzido a ossos, continuaria caçando mamutes, bisontes e renas nos campos do Céu. Não havia uma Religião, mas vivia um Culto...

– Não estou lembrando que trabalhasse pedras, cosesse peles e manejasse dardos. Seriam utensílios úteis. Mas por que punha o cadáver debaixo da terra, enfeitado e com elementos de defesa e subsistência? Haveria, sem argumentos em contrário, uma região povoada de mortos-vivos, com ação semelhante ao esforço na Terra, senão dispensariam ornamentos, armas, alimentos. Nada mais lógico, professor, que a tentativa de estabelecer comunicação entre as duas populações, separadas pela ausência do movimento orgânico. Tinham unicamente realizado uma mudança, transferência de acampamento. Era assim há sessenta mil anos. Continuou sendo... Óbvio que ao lado do interesse individual por uma informação do Futuro, garantindo a tranquilidade do Presente, agisse o instinto natural imanente, incomprimível, dessa intercomunicação previsora. Impossível esse contato sem o intermediário privilegiado, mistagogo, intérprete das Almas ansiosas pela invisível aproximação. Decorre, assim, a compreensão popular ao nosso respeito. Somos, em derradeiro julgamento, uma atividade normal, vulgar, essencialmente humana...

– É contrária à Razão? Que Razão, professor? Conhece alguma coisa indecisa, móbil, sinuosa, sucessiva, como a Razão? E que vem a ser? Critério comparativo? Padrão estável? Mesmo mutante e mutável merece essa função julgadora? Melhor será pluralizá-la, **as Razões**, como se diz em processo forense. Cada época trata de forjar o seu tipo, ajustando as ideias e conceitos circulantes, como quem emite papel-moeda, valendo pelo crédito do emissor. Soma de raciocínios? Juízo? Inteligível de Leibniz? Intuitiva de Descartes? Discursiva de Kant? Independendo da Experiência, do Conhecimento, da Verificação? Lembro-me sempre de Mlle. Maillard, *Déesse Raison*[171], de 1793, substituída pelo L'*Être Suprême*, de Robespierre... Convenção, professor, elemento de argumentação como ponto de referência em retórica ou dialética. Quantos a negaram, desde Mileto e Eleia... Meyenson não demonstrou a impossibilidade de o **racional** adaptar-se sempre à Realidade? Há uma área irredutível, inassimilável, irreversível, escapando ao entendimento integral da Razão! Razão política, Razão moral, Razão econômica, unificam-se na mesma égide clássica? Ilusão, diariamente desfeita! Não direi, como na Kabala, a **bestial Razão**, mas já não é possível considerá-la suficientemente concreta, regular, imutável, para decidir dos nossos atos e sentenças. O que vem a ser, em Direito, a Jurisprudência? É uma Razão imóvel ou em marcha, segundo a influência de novas interpretações, necessidades, ambientes humanos? Nós vivemos

---

171 **Deusa da Razão** – referência ao retrato de Mademoiselle Maillard (1766-1818) como *Déesse de la Raison* no contexto da Revolução Francesa. A referência seguinte – "(...) substituída pelo L'*Être Suprême*, de Robespierre" – diz respeito ao culto do **Ser Supremo** proclamado na França por Robespierre, em 1794.

no Tempo e caminhamos com ele. Tudo o mais é **tractus vocis**...[172]

Muito agradeço, professor, o tempo que se dignou conceder-me. Minhas saudações!

Ergueu-se, curvou-se numa mesura fidalga e deixou-me.

Não sei por que a memória cantou uns velhos versos inesquecidos:

>A galope, a galope, oh, Fantasia,
>Plantemos nossa tenda em cada estrela!

---
172 Tudo o mais é **extensão da voz**...

15
Apolônio de Tyana. As traduções do Milagre

Voltando para casa notei, caminhando diante de mim, um homem de estatura impressionante. Talvez um metro e noventa. Maciço, lento, andando pausado, num passo de procissão. Deveria ter sido atlético, mas estava agora apenas gordo. O paletó era uma espécie de redingote quase nos joelhos. Chapéu de embaixador incógnito. Bengala ornamental. Olhava o número das casas. No meu portão deteve-se, procurando a campainha inexistente. Empurrou o gradeado e subiu os degraus, com displicente majestade. Acompanhei-o. À porta, pôs o dedo no botão elétrico. Saudei-o, e repeti a chamada. Fi-lo entrar. Descobriu-se. Era imponente. Cabeleira longa, roçando a nuca. Passou para a biblioteca. Rosto imperioso, másculo, pálido, incomunicável. A face lisa dava-lhe a aparência de um Bispo anglicano. Dois imensos olhos cinzentos, foscos, magnéticos. Uma voz vagarosa, surda, mas clara e cauta.

– Mera coincidência encontrar-me aqui. Ensejo para visitá-lo, falando assuntos de possível interesse. Creio que não deve espantar-se porque conhece outra dimensão do Mundo. Chamo-me **Apolônio de Tyana**, Tyana, na Capadócia, fronteira do Ponto, na Ásia Menor. Sei não mais surpreendê-lo a vitalidade dos mortos! **Om Mani padmé hum!**[173]

É o nome do Bodisatva Padmapani, personalização do Amor ao Próximo entre os brâmanes. Está inscrito em todos os templos do culto na Índia. Também saudação e evocação da Cordialidade Divina. **OM** é sigla da tríade Agni, Varuna, Marut, dizendo-se como monossílabo sagrado, pro-

---

[173] **Om Mani padmé hum** – mantra do budismo. No parágrafo seguinte, Câmara Cascudo apresenta uma leitura do sentido desse mantra.

piciando ambiente de afeto e mútuo entendimento. Os hinos, preces, frases para genuflexão ritual, quase todas se iniciam pelo **OM** no cerimonial budista. **Apolônio de Tyana** denunciava-se pitagórico e sabedor da Índia no contato sacerdotal. O mestre de Samos impregnara sua doutrina de fermentos budistas, princípios, deveres, restrições, preceitos. O mago de Tyana era uma continuação lógica.

— Sim, é verdade, professor, deixei de respirar há dezenove séculos, mas continuo observador e vivo, no plano sobrenatural, negado e temido por quantos ainda se arrastam nessa objetividade terrestre, efêmera e contingente. Os Vivos erram. Os Mortos não. A imobilidade e a distância são atributos da matéria putrescível, e não do Espírito Imortal.

— Nasci sob o império de Tibério e viajei definitivamente quando reinava o boníssimo Nerva. Fui além dos noventa anos, plácidos e saudosos em Éfeso, apesar da perseguição de Domiciano, um louco governando o Mundo normal. De Éfeso, setembro de 96, estando no teatro, tive a visão de sua morte cruel. Mataram-no como a um escorpião. E era irmão de Tito, quase perfeito. Profetizei ao pai, Vespasiano, sua ascensão ao império. O filho procurou sacrificar-me, com inveja do meu renome e ciúme da minha Ciência. Ciência e renome são inesgotáveis. Todos podem alcançar as fontes e saciar-se. Procuram, entretanto, abater o portador dos resultados. Não se corrigem. Quem plantou, colherá, irritando o vizinho indolente. Tive todos os frutos do esforço. Tyana construiu um templo, com sacerdotes e cerimonial, em minha honra, morando eu em Éfeso. Fui deificado vivo, como alguns Imperadores romanos. O imperador Alexandre Severo colocou minha imagem no seu altar familiar, como a um Deus propício. Um filósofo francês disse-me **une sorte de Jésus plus lettré**[174]. Fui um Demônio e depois um santo Precursor para tantos Doutores da Igreja Cristã. Não, professor, não posso expor pormenores da minha vida. É-nos, sabiamente, vedado. Fui profeta, vidente, ressuscitando mortos, afugentando Diabos, curando agonizantes, vencendo súcubos, vampiros, medusas; caminhando sobre os rios e os lagos, falando todas as línguas, viajando pelo ar, interpretando oráculos indecifráveis; ouvi Deuses, passei através de muros, grades de ferro, paredões; vi os pensamentos, desafiei os Fortes, dominei a Terra; o Grande Iniciado? Não afirmo e nem nego. Não, professor, não tome em verdade tudo quanto Filóstrato divulgou ao meu respeito, dizendo reminiscências de Damis, discípulo que me acompanhou desde Nínive, quando voltava de Babilônia. Damis já estava no cemitério. Filóstrato

---

174 Um filósofo francês disse-me **uma espécie de Jesus mais letrado**.

escreveu dois séculos depois de mim. Apenas recolheu o confuso e desnorteado rumor da minha passagem na Terra. Alguma História na exaltação das lendas encomiásticas. E também pejorativas. Foram minhas ideias as formadoras do charlatão Alexandre, inventando um oráculo de Esculápio em Abon, na Paflagônia, e que Luciano de Samósata debalde combateu. Para meu nome convergiram os mitos da magia e o domínio dos espectros. Qualquer motivo maravilhoso partiria da minha humana pessoa. Semelhantemente ocorrera ao mestre Pitágoras. Não o quiseram transformar num Buda? Fizeram-me percorrer o Mundo inteiro. Três vidas não seriam suficientes para os supostos itinerários. Apesar de sua vocação zombeteira, Luciano de Samósata titulou-me **um Homem extraordinário!** O cúmulo do elogio para aquele sírio, satirizante dos Homens e dos Deuses. Fiquei um símbolo dos Mistérios revelados a um raro confidente, inseparável nume na Teosofia, Kabala, Hermetismo, Astrologia. Fora filósofo e taumaturgo, filho de uma salamandra, encarnando o próprio Satanás. Pude entender todos os animais. Possuí o dom da ubiquidade. Filóstrato contou que fui ao túmulo de Aquiles, evoquei-o e a sombra do herói apareceu e conversou comigo. Jamais abandonei a Terra, o que é verdade, tomando forma humana e não a própria, vivendo entre os Homens do século XII sob o nome de Artéfio. Ainda presentemente só pronunciam meu nome com respeito em qualquer centro ocultista do Mundo. Temem a evocação poderosa determinar minha **materialização**, profundamente perturbadora. Sei que o professor assistiu a um desses episódios no Rio de Janeiro. Há centenas de depoimentos respeitadores da minha **presença**. "Não fale brincando de **Apolônio de Tyana**", é a recomendação cautelosa. Sobrevivência veneranda de quem teve matéria há mil e novecentos anos!...

— Fundei uma escola em Éfeso para explicar Pitágoras ao Povo? O Povo não compreende Pitágoras. Raros discípulos seguem aquele rasto de fogo. Não há doutrina mais ampla, difícil, complexa, como a pitagórica. Compare, professor, os resumos, explicações, sínteses, antigas e atuais, nas Histórias da Filosofia, sobre a Vida e ensinamento de Pitágoras. No comum, todos citam os *Versos Áureos,* unicamente inspiração, mas nunca uma obra do mestre. Quanta confusão, enxerto e deturpação nas informações sobre a aplicação prática, imediata e natural, em Crotona, na Grande Grécia!... Imagine a multidão entendendo a teoria dos Números e a razão mística das nossas restrições alimentares. E por que teria o mestre uma Coxa de ouro? Sugestão imitativa para o charlatão Alexandre na Paflagônia ou a figura cômica de Miguel Anghelópulos que Giovanni Papini inventou, recentemente, em Atenas. A minha Escola em Éfeso era bem outra. Fiz o que ninguém fizera antes e nem depois de mim. Apliquei a doutrina pitagórica, espalhando auxílios, assistência, solidarismo humano. Dei o exemplo incomparável. Não bebia inebriantes. Não toquei ouro nem mulher. Não provei carne. Não vesti seda. Andava a pé. Amei e protegi os escravos, os miseráveis, os animais indefesos. Amparei os feridos, os doentes, os abandonados. Nenhuma sedição se ergueu sem que não a enfrentasse, dominando-a pela palavra da paz. Abrigava-me nos templos. Fui modesto, simples, acolhedor. Recusava perder tempo com vaidosos, conspiradores, sofistas, cínicos. Não reverenciava senão a Legitimidade. Possuí a Força do Espírito, e esta explica o renome mágico, o acatamento popular, o respeito da multidão enfurecida. Por isso venci a Peste em Éfeso, curei o apaixonado de uma estátua de Vênus em Cnido, voltei à Vida uma rapariga em Tarento, inutilizei a Vampiro de Corinto. Minhas viagens ensinaram-me Terapêutica. Salvei inumeráveis Vidas, futuros pregões da minha Taumaturgia. Por esse Tempo, professor, a Sabedoria não estava na Europa. Ficara na Ásia Menor, nas ilhas do Egeu, semeadas ao longo do litoral, nas regiões ligadas à Capadócia pela estrada real, levando à Cilícia, à Síria, Mesopotâmia, facilitando acesso às Índias. A Europa vivia da repercussão oral, de alguns papiros desses povos, incluindo do sábio Egito. Mas ninguém saberá a vastidão do saber babilônico. Era um estuário para onde convergiam todas as Culturas do Assombro. A Capadócia, minha Pátria, era uma encruzilhada para as vias aquisitivas da Sabedoria, em todas as manifestações, sagradas e profanas. Caminho para o Mar e para a Ciência que se ensinava entre o Tigre e o Eufrates. Tínhamos os patrimônios lídios, persas, gregos de Alexandre Magno, satrapia de Eumenes, reino de Antígono, Mitrídates, depois os romanos, dizendo-se **protetores**, até a morte do nosso Rei Aquilaes, quando o imperador Tibério fez-nos "província". Séculos ulteriores, Bizâncio imperial e, no esfacelamento bizantino, a posse otomana, até hoje. Aprende-se insensivelmente vivendo nas terras disputadas. São as que podem recordar esplendores e massacres. Depois, tínhamos o Tempo, imemorial, espantoso de lembranças. O meu rio Halis, valia o Meandro de Éfeso, trazendo mais lendas que águas nos seus álveos. Sempre fui curioso, indagador, grande memória e sem atração pelo que seduzia os contemporâneos, Pecúnia, Poder, Luxúria, Ostentação. Nunca me saciara do Conhecer. Fora o exemplo do meu mestre Pitágoras. Dos filósofos profissionais e sinceros. A dinastia não desapareceu e vejo nos nossos dias quem não sinta o apelo irresistível do Ouro e do verbo Mandar.

– Milagre? Que é o Milagre? Apenas um ato inexplicável. Quando o entendermos, deixa a classe da Impossibilidade. Ignorância das forças vivas que ainda independem da Percepção Humana. As funções fisiológicas, os fenômenos da Meteorologia, a eletricidade, a supressão da Dor, navegação aérea, astronáutica, cirurgia nervosa, cardíaca, cerebral, debelar epidemias, subjugar doenças outrora incuráveis, seriam legítimos **milagres** no meu Tempo, e até bem pouco. O Milagre é o inconcebível às leis naturais e deve estar em relação ao nível intelectual do observador. Quando crianças, o jogo de prestidigitação parece-nos **milagre**. Uma alta percentagem dos **meus** milagres seria facilmente repetida presentemente e sem que causasse estupefação. Pitágoras, Simão o Mago, o hierofante Máximo de Éfeso, Jâmblico de Cálcis, o neoplatônico Porfírio, da Fenícia, Próclus, professor em Bizâncio e Atenas, Empédocles de Agrigento, na Sicília, o dominicano Alberto Magno, conde de Bollstaedt, mestre de santo Tomás de Aquino, fizeram **milagres** testemunhados. Aquela obscura e tumultuosa malta da Kabala, afirmando ter uma poderosa Revelação interna, superior à Experiência sensível e ao Raciocínio, foi pródiga em provocações miraculosas, pelos séculos XIV e XV, em plena Europa pontifical. Os romanos diziam **miraculum** e **mirabilia** sinônimos[175]. **Maravilha** é milagre, mas a cotidianidade e dispersão desses vocábulos revelaram a intimidade decepcionante. O **maravilhoso** é a explicação inevitável para a incompreensão popular. De **mirari**, ver, admirar, **ad-mirável**, correspondendo ao grego **phainomenon**, de **phainesoai**, aparição, visão, mostração, o **fenômeno**! É o ato raro, inusitado, estranho, desaparecendo o **efeito** nas reincidências. Lembra-se dos **milagres** dos faquires indianos, quando o professor era menino, e essas burlas espalharam-se pelo teatro, circos e cinema? Desafiavam a verificação científica, e o número de entusiastas pacóvios, semiletrados, foi amplo e sonoro. Agora, já não mais os citamos porque compreendemos. Ovo de Colombo. Incógnita demonstrada. Não vamos recusar a Intervenção Divina, o Sobrenatural. O sobrenatural dispensa, pela impossibilidade, a investigação idônea. Oh! professor, todos nós conhecemos santo Tomás de Aquino e também Duns Scot, que não foi canonizado. Milagre, na acepção religiosa, é a ordenação superior. Indiscutível. Endosso creditório ao Agente e processo de salvação. Não examino esse ângulo, ultrapassando-me o raciocínio. Intimamente não acreditamos no milagre, até precisarmos dele. Como dizia Dante Alighieri, **non ragioniam di lor, ma guarda, e passa**...[176]

---

175 Os romanos diziam **prodígio** e **maravilha** sinônimos.
176 Como dizia Dante Alighieri, **deles não falemos, mas olha, e passa**... – verso da *Divina Comédia* de Dante Alighieri (*Inferno*, Canto III, verso 51), com o qual Virgílio exorta Dante a não perder o tempo falando daqueles que na vida não agiram para o Bem.

– Atente, professor, para o conceito do **milagre** entre os povos da Ásia. Era uma virtude pessoal, hiperfísica, disponibilidade de potência mágica, adquirida ou doada. Independia, quase sempre, da expressão religiosa no plano cultural. Apesar de todos os **meus** milagres, os discípulos fiéis continuaram ignorando os **princípios-motores**, as razões inefáveis da Vida Eterna. Um desses alunos graduados em autossuficiência, interrogou-me a sós. Respondi: "Fique tranquilo. Existe a vida eterna. A demonstração irretorquível terá depois de morto. Somente a Morte inicia nesses **Mistérios**". Parece não havê-lo satisfeito. Jesus Cristo, com tantos Milagres, ainda na ceia, prestes a ser sacrificado, ouviu o apóstolo Filipe pedir que lhe mostrasse o Pai, tendo o Mestre reafirmado que o Pai e Ele eram a mesma entidade. **Estou há tanto tempo convosco, e não me tendes conhecido**, disse o Messias. Na minha terra, o milagre, como a refeição, devia suceder-se sem interrupção, para alimentar a Convicção. Ninguém o faz decorrente de Deus, mas privilégio do Enviado **per accidens**[177]. A origem não é indagada. Será uma credencial apologética do Agente, mas escapa à função soteriológica, um dos fundamentos da teologia católica. Pela Ásia, a **salvação** não é determinada por milagres. É uma expressão de alta magia, dando uma solução a um problema ocasional. Os milagres de Iavé aos israelitas no deserto. Foram característicos. Naturalmente o coeficiente dos milagres decresce quando a vida já constitui, por ela própria, um verdadeiro **miraculum**.

– Meus escritos perderam-se ou estão desfigurados até a inveracidade positiva. As vinte e quatro cartas e a *Apologia*, defesa ao imperador Domiciano, ficaram irreconhecíveis. Retratam o **outro-eu**, criado pela publicidade. Mais lógico é considerar-me apócrifo. Meu biógrafo Filóstrato, numa distância de duzentos anos, transfigurou-me em feiticeiro, mágico de repertório sugestivo, tanto assim que me julgam padroeiro dos Espíritas, ou melhor, do Baixo Espiritismo, simulador e mentiroso, e dos magnetizadores de feira e de palco. Reapareço charlatão, vaidoso, faminto de gloriolas miúdas, rival do barão de Münchhausen na imaginação valorizadora e cabotina. Filóstrato, compreendo bem, fez de mim um **bom assunto** sensacional. Um índice dessa adulteração é a insistência do Milagre, forma única para uma presença superior. Qualquer pessoa, ainda hoje, dedicando-se realmente ao serviço dos humildes, e sem aproveitamento demagógico, fatalmente ganhará essa fama, mediúnica e taumatúrgica. Grandes missionários e médicos famosos tiveram esse dom. Essa energia é contagiante, transmitindo-se a influência benéfica à distância ou por intermédio de um

---

[177] Ninguém o faz decorrente de Deus mas privilégio do Enviado **por acidente**.

objeto pertencente ao Homem. Milagre! Devo tê-los feito sem querer e sem prever que os fazia. Simples poder pessoal, força da aura do espírito votado ao Bem e dele recebendo o influxo consagrador. Sou uma vítima do Maravilhoso, professor, perseguindo-me como um halo luminoso, teimando em coroar-me a cabeça. Fui filósofo pitagórico que viveu a doutrina magistral. Quem viver Cristo identifica-se com Ele e conduzirá as virtudes excelsas do divino Mestre. Eu vivi Pitágoras como nenhum outro. Pitágoras viveu num clima de encantamento. Era natural que eu recebesse a herança deslumbrante. Estive na Caldeia, na Assíria, ninhos de mágicos. Comprometi-me. Fui, e continuo sendo, **le Magicien Prodigieux malgré lui!**...[178]

Pela primeira vez sorriu, numa despedida.

Fiquei pensando em Luís de Camões, oitava resumindo minha teologia, instintiva e natural:

> – Ó caso grande, estranho e não cuidado,
> Ó Milagre claríssimo e evidente,
> Ó descoberto engano inopinado,
> Ó pérfida, inimiga e falsa gente!
> Quem poderá do mal aparelhado
> Livrar-se sem perigo, sabiamente,
> Se lá de cima a Guarda Soberana
> Não acudir à fraca força humana?

---

178 Fui, e continuo sendo, **sem querer, o Mágico Prodigioso!**...

16
Aristófanes. – Viva o seu personagem!

> Les sanglots longs
> Des violons
> De l'automne,
> Blessent mon cœur
> D´une langueur
> Monotone[179]

O longo soluço musical deste Outono verlainiano é o vento uivante ao entardecer. Deve ter arranhado as **banquisas** nos mares do Polo austral, e agora se derrama, fustigante e sonoro, sacudindo as árvores que se estorcem, despindo as folhas, num **striptease** melancólico. Quando cai a noite –

> Mefistofélico,
> Esguio,
> Trota o frio...

E toda a gente duplica o volume, inchando na gordura artificial dos agasalhos.

Ando um tanto à **la recherche du temps perdu**[180], revendo e comparando esta com a mesma cidade que vi, menino-grande. Coexistência percentual entre os dois tempos, a dupla face de Jano voltada para o Futuro e o Passado. Parece-me que nada mudou e tudo é diferente. O rio lento, coberto de barcos quase imóveis, é o mesmo. É um rio familiar, doméstico,

---

179 Os longos sons / dos violões, / pelo outono, / me enchem de dor / e de um langor / de abandono – tradução de Onestaldo de Pennafort, in: VERLAINE, Paul. *Festas galantes*. 2 ed. Rio de Janeiro: Civilização Brasileira, 1958, p. 87.

180 Ando um tanto **em busca do tempo perdido** (...).

sentimental. Não tem a distância orgulhosa do Reno, Danúbio, Tejo, embora atravessando cidades. O sr. John F. Kennedy disse-o **is a domesticated river**[181], mas, lá uma vez, insubordina-se à milenar sujeição, alagando os marginais. Evaporou-se aquela atmosfera risonha, airosa, acolhedora, incomparável. Tornou-se, como as demais, valetudinária, mordida pela Urgência, pela angústia da Pressa. **God did not create hurry**[182]. Indiferente, agitada, hostil. **Self-service**, mangas de camisa, devoção ao relógio. Idêntica à lamentável servidão à trimúrti cruel, Técnica, Progresso, Prática. **Les affaires sont les affaires**. Aquela serena alegria comunicante estira-se **sur le dur lit d'Ennuieuse Pensée**, como dizia Charles d'Orleans[183]. Mas **où sont les neiges d'antan**[184] que aqueciam e animavam? Reparara Capistrano de Abreu que **só se convence a quem já está convencido**. Para muitos dos meus companheiros de hotel, é a imutável e maravilhosa **Cité**, notadamente pela margem esquerda do rio ornamental. Não posso vê-la com os meus jovens olhos românticos, de tantos anos mortos... Que tem você, cariri, com a permanência lírica de Babilônia, de prestígio transmitido às cidades imperiosas, no outro lado do Atlântico?

Quero Teatro. Já vi e ouvi óperas, comédias antigas e recentes, vaudevilles, tragédias clássicas e profanas, **shows** nos **Night Clubs** palpitantes. **Plus ça change, plus c'est la même chose**[185], por toda a parte do Mundo. Fui ao **Teatro do Futuro**, tão afastado do Presente que ninguém entendeu, exceto lunáticos e marcianos. Fui ao **Teatro Experimental**, onde bati palmas, fiel à imbecil assistência que fingia não ser. Experiência feliz na tolerância inesgotável do auditório, convencido de consagrar-se pela participação. Bailados **feéricos**, desfiles rítmicos com música abstracionista e astral. Guignol sádico, fantoches movidos nas mãos hábeis e marionetes vivas pelos cordões condutores. Elefantes e pulgas exibicionistas. Estive nas feiras dos arrabaldes e em vários atrevimentos declamatórios e cenográficos,

---

181 O sr. John F. Kennedy disse-o **é um rio domesticado** (...).

182 **Deus não inventou a pressa.**

183 **Negócio é negócio**. Aquela serena alegria comunicante **estira-se no duro leito de Enfadonho Pensamento**, como dizia Charles d'Orléans. – "sur le dur lit d'Ennuieuse Pensée": citação de verso da balada "Le beau souleil, le jour saint Valentin" (*Les poésies du duc Charles d'Orléans*. Paris, 1842).

184 Mas **onde estão as neves de outrora** que aqueciam e animavam? – "Mais où sont les neiges d'antan!": citação de verso de "Ballade des dames du temps jadis" (Balada das damas de outrora), poema de François Villon (*Le grand testament*, 1461-1462).

185 (...) **shows** nas **casas noturnas** palpitantes. **Quanto mais muda, mais continua o mesmo**, por toda a parte do Mundo.

para cegos e surdos. **C'est guignolant!**...[186]

Em quase todos esses delírios encontrava um velho baixo, forte, barbado e calvo, de olho perguntador e glutão. Fisionomia impressionante, de mobilidade expressiva, risonha e sorvedora ou intratável e austera, sem perder naturalidade e pormenor. Vira-o atravessar o saguão do hotel. Na saída de uma representação de Corneille, **adaptada** ao paladar móbil, chovia, e convidou-me para o seu **táxi**. Voltamos juntos, permutando banalidades maquinais.

Hoje, depois do almoço (**dîner, monsieur, dîner**)[187], fumava no **hall**, vendo o tráfego sob a neblina, quando o velho entrou. Abandonou no vestuário capote, chapéu, luvas e cachecol, e, no meio do salão parou, olhando-me, e curvou-se numa vênia. Obrigou-me à retribuição, de pé **et courbé**[188]. Veio sentar-se numa poltrona próxima. Voz esplêndida, com todos os timbres da intenção.

– Saúde! Gosta de teatro! Não? Está então comparando as reações pessoais, tão diversas através da idade? Também eu. Apenas comparo assunto e assistência, verificando à distância a finalidade na própria razão de ser, desde que o teatro tomou consistência e destino essenciais, tendo uma égide, Tália, amada de Apolo, mãe dos Coribantes. Sim, fui autor e ator há mais de vinte e três séculos. Escrevi umas cinquenta peças e apenas onze sobreviveram. Mas, estão em todas as lembranças letradas deste planeta. Grego! Grego de Atenas, contemporâneo de Péricles, Sócrates, Sófocles, Alcibíades, Eurípedes de quem tanto zombei, Platão, meu amigo fervoroso. Ali vivi setenta anos. Realmente, sou **Aristófanes**!

– Sei que o senhor leu minhas comédias. Infelizmente não as conhece no original. As traduções são cópias semiapagadas. Impossível transmitir a veracidade típica, o ambiente exato, os recursos miraculosos do idioma, plástico, maleável, dúctil, fixando a graça, o humor, a felicidade dos trocadilhos maliciosos, efeitos verbais que não se repetirão. Foram comédias para o meu Mundo entender. O auditório era todo o Mediterrâneo, multidões da Ásia Menor, terra nobre e rica, jamais compreendida, em extensão de Inteligência, pelos estudiosos de agora, incapazes do **geral**, visão de conjunto, paisagem total. Quando Denis, de Siracusa, pediu a Platão documentos sobre a vida grega, coletiva e natural, recebeu minhas comédias e não as tragédias de Ésquilo, Sófocles, Eurípedes. A Grécia estava ali, completa e

---

186 É irritante!...
187 Hoje, depois do almoço (**almoçar, senhor, almoçar**) (...).
188 Obrigou-me à retribuição, de pé **e curvado**.

viva, em tamanho real, nas dimensões dos vícios e das virtudes. Continuaram contemporâneas. Ainda comovem, irritam, enternecem. Fazem rir. E são apenas onze. Venceram mais de dois mil anos!

— A Comédia está suficientemente revelada em suas origens. Qualquer livrinho de história literária, tratando dos gêneros, regista as Pequenas Dionisíacas em fevereiro, o nosso antestérion, festas leneanas, colheita da primeira vindima, quando os lavradores disfarçavam-se, com máscaras, cabeleiras e barbas de folhas de videiras, sujos de mosto, desfilando, cantando versos de improvisação fácil e zombeteira, percorrendo as ruas em cortejo barulhento, espalhando galhofas, pilhérias, insultos inócuos, aos assistentes. Festa de rústicos jubilosos, de **komé**, aldeia, dando **Comédia** e **Cômico**. Ainda hoje, no Carnaval, por exemplo, sente o povo a irresistível tentação de atirar apodos, chufas, obscenidades, aos transeuntes. A Comédia nasceu desse motivo folgazão e sagrado, votivo a Baco. O resto da história é o aproveitamento desse material, impondo-se nexo, assunto, direção humorística aos Deuses e aos Homens, porque não podia ser de outro modo. Passou às cidades e, para resistir, incluiu os motivos urbanos, figuras, episódios, sucessos vividos ou imaginados, dentro da possibilidade ou da tradição. Assim fiz, e fizeram, antes e depois de mim. O professor sabe esses nomes, de Susarião a Menandro, a imitação em Roma, com Terêncio e Plauto. Durante trinta e nove anos vivi as comédias que trariam meu nome ao seu displicente conhecimento.

— Tínhamos o dever de apresentar a peça escrita ao arconte, magistrado supremo, para a autorização. Censura muito benévola. A vastidão compreensiva o senhor deduz das minhas comédias. Deuses, chefes de Estado, sacerdotes, generais, demagogos paupérrimos que terminavam opulentos, tribunos assalariados pelos estrangeiros, filósofos, passavam pelo palco, com a máscara de suas fisionomias, designados pelos próprios nomes. Política, administração, guerra, conquistas, Religião, leis, decisões das Pritânias ou do Areópago, eram expostos sob análise crua e direta. A responsabilidade era, entretanto, séria e dura. Cléon processou-me por injúrias por havê-lo criticado no meu *Os cavaleiros,* em 423, três anos antes de ele ir para o Inferno. Era o sucessor de Péricles; demagogo rude, analfabeto mas orador popular. Nenhum ator ousara viver-lhe o papel. Representei-o eu, e ganhei o prêmio nas festas leneanas. Não havia permissão para um escritor fazer pública sua obra teatral antes de completar trinta anos, idade para ser Juiz. Curioso é que aos vinte e um os gregos gozaram da plenitude dos direitos políticos. Podiam exercer um cargo de comando, mas não veriam sua peça no anfiteatro. A minha *Os babilônios* foi à cena com nome falso porque eu era menor. Tinha 23 anos. Sim. Havia Prêmio oficial em dinheiro e objeto artístico recordador. Os julgadores sempre foram imparciais. Deram-me a vitória mesmo agredindo a Cléon, todo-poderoso naquele momento, em Atenas. Ataquei quantos julguei merecedores da crítica. Lembre-se de Os acarnianos, Os cavaleiros, As vespas, A paz, Lisístrata. Mesmo assim, em 423, Cratino venceu-me com a sua *A garrafa* sobre *As nuvens*, que dizem ser obra-prima. O mesmo ocorreu com os meus *Os pássaros*, ganhando Amípsias com *Os bebedores*. Era assim a justiça, apesar do meu renome. Amípsias derrotou-me duas vezes. Ninguém o recorda mais senão por essa façanha. Naturalmente, passando os anos, as exigências partidárias, o despotismo governando Atenas, criaram dificuldades, obrigações, restrições. O corega Antímaco, então financiador do teatro, proibiu que os atores usassem nomes de cidadãos conhecidos, como tantas vezes pratiquei. No governo dos Trinta Tiranos, depois de 402, com a vitória de Esparta sobre nós, nenhum assunto contemporâneo e verídico poderia constituir motivo teatral. Respondi, embora respeitando a lei, como **Plutus**, o Deus da Riqueza, cego, coxo, crédulo, procurando os incapazes de sua utilização honesta. Fora uma disputa de prestígio entre os Deuses imortais.

Ainda vejo mentalmente o grande teatro de Dionísio, erguido na encosta meridional da Acrópole. Era propriedade do Governo, pagando aos atores. Profissão privilegiada, isenta de impostos e deveres incômodos. Não prejudicava ascensão política nem provocava menosprezo social. Em Roma o ator era quase sempre um escravo, ou gente inferior, humilde, desprezada, **comediante**, pejorativo que veio pelo tempo afora, tão diverso do pensamento ateniense. Um cidadão romano que aceitasse função teatral seria excluído dos empregos oficiais. Para nós, aprovada a peça, o arconte designava os atores. Dava-nos um Coro, dez a vinte e cinco rapazes. Fariam o personagem coletivo, recitando o comentário moral, lamentações, períodos jubilosos. Vestiam compridas túnicas de cores, segundo as entidades representadas, cabeleira, máscara alusiva, braços artificialmente prolongados, altos coturnos, até vinte centímetros, nos pés, aumentando a estatura, possibilitando a visão integral do anfiteatro, às vezes contendo 30.000 pessoas. O Coro substituía o inexistente intervalo, descansando o primeiro ator, protagonista. As mulheres não eram incluídas. Papéis femininos aos homens, com entonação nasal, vestuário condigno, máscara privativa, busto saliente. Atrizes apareceram, tímidas e corajosas, no século XVII. Conhecíamos bailarinas e cantoras. Atrizes, não.

Ah! os recursos cênicos! Quando o ator entrava no proscênio pela direita fingia vir do estrangeiro, de longe. Pela esquerda, provinha da cidade ou

arredores. Ao princípio funcionavam cortinas por todo cenário. Ao Coro competiam as imitações de ruídos, vozes humanas e animais, trovões, chuvas, ventos. Era primário e maravilhoso. Foi a fonte desses oceanos teatrais...
– Nossos teatros estavam por toda a Grécia, ilhas do Egeu, Ásia Menor, ruínas surpreendendo arqueólogos. Roma veio muito depois e bem inferior. A Grécia deve escrever nos mármores desses edifícios, **epoiei**, fiz. Outrora o autor de comédias recebia um cesto de figos e um jarro de vinho. O trágico, o animal símbolo da tragédia, um bode! Teatro era pela manhã. Iluminação solar. A entrada custava dois óbolos. Mínimo acessível. Alcançou o tempo presente fração ínfima do nosso teatro. Das noventa tragédias de Ésquilo, salvaram-se sete. Centenas de autores dos quais restam o nome, sem as provas da tarefa admirável. Que provam essas reminiscências? Entusiasmo, dedicação vocacional, alegria no esforço produtor, valorização pessoal, sentindo-se útil ao seu país nos limites do seu trabalho. Fidelidade à profissão, insubstituível, vitalícia, suficiente...
– Sim. É verdade. O ponto nevrálgico da peça era a **Anábase**, momento de maior interesse para os espectadores, a multidão vinda de todos os recantos. Detinha-se o enredo, o Coro avançava para o proscênio e o corifeu, retirando a máscara, declamava as razões, a moral, a finalidade da peça. Era um discurso do autor ao público. Verdadeiro **manifesto** de civismo, exposição crítica, repulsa aos erros, crimes e mentiras do Governo ou entidades culpadas. Linguagem de indignação, bom-humor, ironia, veemência. Era mais eficiente que uma peroração no Pnice. Platão dizia a Grécia uma **Teatrocracia**! É possível atualizar esse direito? O teatrólogo era um condutor da opinião pública. Alertava. Esclarecia. Comandava. Exigia-se, repito, a mesma idade para escrever peças e para julgar interesses humanos no Tribunal. O teatrólogo não seria um panfletário, mas um Juiz. Antecedia a função da Imprensa, quando doutrinária e severa, e não noticiarista e ávida de escândalos e publicidade comercial...
– Nós não tivemos a diuturnidade teatral de hoje numa imagem diluvial pelos gêneros e abundância produtiva. As nossas peças eram encenadas duas, no máximo três vezes, por ano. Coincidia com as grandes festas sagradas, fixando uma assistência incalculável, compreendendo a população local, as delegações e visitantes das ilhas e pela Ásia Menor, a imensidão do Mediterrâneo, desde a Magna Grécia. Acontecimento notável, oportunidade invejável pelo interesse, curiosidade, obrigação do contato insular e colonial, também dos povos aliados, com Atenas. Não cogitávamos na **baixa** comédia, passatempo recreativo e superficial, esforço bufão, provocador de gargalhadas. Os romanos possuíram e cultivaram essa espe-

cialidade, ignorada na Grécia. Mas, sabe o senhor, a plebe de Roma não era o povo de Atenas. Não pensávamos em viver criações e reminiscências religiosas para determinados grupos sociais. O nosso era trabalho mental para a unidade que assistiria ao espetáculo. Ali estava a Grécia em todas as atividades normais. Outro elemento, desaparecido na maré montante das convenções e restrições da Etiqueta presente, era a Linguagem usada pelos nossos atores e declamada pelo Coro. Vibrava e agia inalterada e natural como se cada cidadão estivesse no palco. Não evitávamos vocábulos expressivos e menos ainda claras alusões às intimidades verídicas da vida doméstica. Mesmo que a concepção temática fosse alta e nova, como **nuvens, rãs, vespas, pássaros**, não empregávamos jamais dois vocábulos, como fazem os **civilizados** de agora, uma língua no palco e outra nas casas, ruas e praças, mercados e palácios, sendo, realmente uma única. Vivíamos, verbalmente, a continuidade realística das vozes habituais. As nossas damas e matronas ouviam no palco o que sabiam existir nos costumes familiares. Apenas nunca essa liberdade vocabular constituía o fundamento sedutor da peça. O nosso Pudor tinha outros recatos e símbolos. As frases mais vivas caíam com naturalidade e no justo momento irrecusável. Por isso os tradutores, com moral ofendida e inocência ameaçada, fazem versão desses trechos do grego para o latim, ou avisam, anjos pulcros, que o período é **intraduzível**. Satanás receando brasas. Poseidon temendo afogar-se. Não compreenderíamos uma representação **só para homens, peça livre, imprópria para menores**. As nossas crianças e rapazes não iam ao teatro. Permaneciam nas Palestras e Ginásios, aprendendo utilidades mais urgentes. Defendíamos a mocidade do contágio prematuro com os interesses e problemas adultos. O Progresso, professor, sustenta a divisão de classes sociais, e mistura, antes do tempo, os galos com os pintos, afirmando-os iguais porque são coexistentes. É uma das razões da Angústia começar muito cedo nas almas atuais.

— Não e não, professor! É uma teimosa mentira majestosa. Os Povos não mudam su'alma, o temperamento, porque a Mentalidade é imutável uma vez fixada nas gerações pelo Costume. O teatro é uma das expressões mais profundas do Espírito racial, quando em sua legitimidade. Nós fomos autênticos. E já não o somos? Porque o ambiente social, modelador exterior, recebeu o impacto da influência universalista, das ideias gerais, elaboradas, impostas nas campanhas, concorrência, intercâmbio. Indispensável a aceitação para alcançarmos o nível da comunicação econômica. Mas somos, pelo lado de dentro, em potencial, gregos de outrora, apesar das ocupações sucessivas de raças diversas no nosso território. Tivemos a sorte do Egito e da Itália. Sobrevivemos, num cadinho de assombrosas ligas técnicas. Gregos, vamos caminhando aos tropeços entre os materiais dispersos que o Progresso nos trouxe e as várias heranças deixadas pelos homens que se fundiram em nosso sangue, desde o século IV, depois de Cristo. Ficamos rumando na mesma cadência da equipagem europeia, sob pena de o barco desgovernar. Mas o coração guarda o velho ritmo das Olimpíadas. Semelhantemente acontece com os demais Povos do Mundo, em determinada percentagem. São personagens impelidos ao anonimato da massa coral sem que abandonem a lembrança do antigo primado solista. Que quero dizer? Que o teatro **moderno**, convergindo para as mesmas **técnicas** e processos de fabulação, defende a existência utilizando a máscara do solidarismo artístico. Já não temos o heroísmo da Personalidade. Em cada grego, como em cada alemão, inglês, francês, espanhol, português, resiste ancestral, imperturbável e eterna, a célula nobre da vitalidade coletiva, libertando-o do Rebanhismo. Essa língua **universal** é do século XIX. Impositivo de exportação. Facilidade de mercado consumidor. A Verdade é que o diâmetro das frondes não corresponde às áreas ocupadas pelas raízes vitais. Todos nós, professor, somos árvores podadas para a ornamentação do Universal banalizante. Reagimos, discretamente, contra o confuso tropel dos grilos concordantes, interrompendo o incessante labor dos cupins que enfraquecem os alicerces de quanto seja antigo e nacional. Todas as literaturas possuem seus **La Nôtre**[189], decepando características para obter a Uniformidade. Tudo, presentemente, se parece. O material é diverso, mas os moldes pertencem à Padronização. Uma exceção criada no plano excepcional é uma agressão aos carneiros de Panurgo, que só podem sentir a caminhada do Espírito como uma marcha obediente à horizontalidade do Padrão. Não sei como a Acrópole já não é um **Empire State Building**, altar do Progresso arquitetônico, que não exige iniciação de Beleza para a compreensão e o louvor.

– A missão teatral é expor e advertir. Seja qual for a espécie, deverá ter um nexo de indicação ética, uma gota acre e tônica de prevenção. Tínhamos essa ocasião na **Anábase**. Hoje, mesmo no decorrer de todo o enredo, nada apuramos da intenção do autor a não ser documentar a realidade sem aproveitá-la na face moral consequente. O teatro veículo de propaganda doutrinária foi uma atordoante surpresa para mim. E a peça-divertimento, distração, alegria, ensinou-me que o auditório servia-se do

---

[189] Alusão à catedral francesa de **Notre Dame** e ao clássico *Notre-Dame de Paris* (1831), de Victor Hugo.

teatro como solução terapêutica. Tínhamos, naquele meu tempo, a Música como medicação, fortificante e acalmadora. Especialmente harpas e flautas. Mas teatro é ação e estaria afastado das funções analgésicas ou vitaminantes. Não aludo ao teatro clássico, recorrendo a uma estilização de imagens impecáveis, fora da lógica das Lendas e conceito da Tradição, remodelando-as como arquétipos supremos de Conduta, mas o repertório do século XIX é uma visão lateral e marginal da Sociedade contemporânea. O autor inspirou-se num episódio e essa fração produziu a peça total. Ninguém pode julgar um Homem por **uma** atitude que é um episódio, diga-se, uma ação fragmentária na imensa sucessão do Comportamento. Por esse critério seríamos centauros ou hidras de Lerna. Complicados, perturbadores mas reais e vivos. Dizem, mesmo, dessas peças, **estudos**, na acepção explosiva e não normativa da Moral prática. O teatro não é uma lição de anatomia. Os músculos vibram e o coração pulsa. Presentemente, professor, o teatro mais trabalhado, com vagar, atenção e amor, dedica-se aos problemas psicológicos e a alguns fatos inexistentes na cotidianidade social. Seria assunto de preleção n'alguma alameda ou pórtico em Atenas. Para ser lido, como o teatro de Sêneca, e não visto em movimentação humana. Tiveram os senhores, no século XIX e primeiras décadas deste, teatro meramente verbal, duelo de frases, paradoxos, agilidade intelectual. Isto não é teatro. É jogo Floral. Corte d'Amor. Tertúlia, simpósio, motivação cultural entre taças de vinho e coroas de rosas, com finais de bailarinas e malabaristas.

– Não me julgue impertinente, antiquado, retardatário, falando tanto em Moral. Em qualquer época o testemunho local lamenta, desesperadamente, o desgraçado esquecimento funcional dessa Virtude. Denunciam o domínio da Imoralidade, Deboche, Desrespeito, Desonestidade, Atrevimento, Indisciplina, inversão da Lógica Social. Os nossos Deuses eram modelos de Luxúria, avidez cúpida, violadores da dignidade conjugal, ignorando Pudor, Vergonha, Respeito. As castas Deusas, Juno, Minerva, Diana, Héstia, valiam exceções raras. A Fortuna, Kairós ou a Oportunidade Feliz, as riquezas trazidas por Plutus, trêmulo, sem olhos e capenga, eram quase sempre frutos da Violência, Fraude, Peculato, Hipocrisia, Bajulação tenaz, Roubo descarado. A Moral aparecia-nos como uma entidade severa, arredia, inacessível à imitação humana, tão difícil e fugitiva quanto a verdade. O Deus Hermes, mensageiro de Zeus, era o padroeiro do Comércio e dos ladrões. Dionísio, Príapo, Vênus devassa, eram as égides do Comum. Esfalfei-me protestando contra esses Vícios fecundos e que pareciam constituir os itinerários da convivência na Grécia. Não haverá melhor exposição que as minhas Comédias. Entretanto, professor, dessa lama floriram os Mestres fundadores da Moral, Mestres do Mundo, através dos séculos, Sócrates, Platão, Aristóteles. Assim, em cada época, por mais convulsa e turva, a Moral não abandona o direito de transmitir a mensagem divina. Repudiada ou atendida, todos ouvem sua voz persistente no mistério obscuro da Consciência. O teatro, na medida discreta ou notória, é um arauto fiel dessa Deusa. Pode traí-la, mas será uma apostasia...

– Certamente. O teatro não é aprendizado, escola, curso propedêutico de Moral. Também não deverá ser iniciação ao exercício cínico do Despudor, artimanhas valorizadoras da Astúcia gananciosa, indicações práticas para a **desmoralização** da Moralidade. O pretexto é que a vida **é assim**, e daí sua utilização cênica. Também existem episódios diferentes, sadios, sedutores, limpos, joviais. Por que esses não influem? E por que, na demonstração do Vício, não o fazemos perder a recompensa ambicionada? Tentou-se o **slogan**: **O crime não aproveita**! Paralelamente, Teatro e Cinema aliaram-se para os resultados contrários. O Teatro é a mais social das Artes.

– O problema é bem mais profundo e complexo para a atualidade. Recorde. Teatro, de **teatrôn**, de **teáomai**, significando **Ver**, eu vejo! E logo, consequência didática: **Seeing is easier than thinking**[190], "Ver é mais fácil que pensar!" Vendo... e aprendendo! Nós não presenciamos as comédias, dramas e tragédias desenroladas no ambiente íntimo da Sociedade. Sabemos, pelos comentários orais, atenuantes ou condenatórios, dos nossos amigos, ou pelos jornais, quando se verifica um **caso sensacional**. Não há movimento, relevo, atração para os olhos, no conjunto da ação realizada longe da nossa presença. O teatro, com as naturais deformações para o Entendimento vulgar e distraído, é a revelação desses acontecimentos. Vale o que os versos anônimos valiam: uma comunicação mais assimilável e penetrante na compreensão pública. Essa é a importância quando o teatro aproveita migalhas do Real. As peças de pesquisa imaginária, analisando neuróticos, ampliando as alucinações, conseguem, num ou noutro espectador **predisposto**, a sabida tentação imitativa, tão indagada no que os senhores chamam Psicanálise. Microcosmo do macrocosmo das minhas *Rãs*. Tenho autoridade nesses assuntos porque fui considerado um criador do **fantástico**, inverossímil, improvável, como elementos n'algumas Comédias minhas, Deuses, pássaros, filósofos, os Mortos, em convívio dialogal. Mas todas possuíam voz para uma embaixada moral. O **epimítio** sentencial que poderia ser ou não ser enunciado, mas compreendido e sensível, com ou sem **Anábase**. O teatro grego era uma unidade moral. O teatro contemporâneo

---

190 **Ver é mais fácil que pensar**, conforme a tradução do próprio Cascudo.

é uma dispersão, uma diversificação satírica. A sátira, mesmo pomposa e grave, é autópsia, e não cirurgia benéfica. Aí está o muro funcional da nossa separação.

– Nesses dois mil e tantos anos tenho visto as explicações ao **nosso** e as críticas ao seu **teatro**. Os motivos básicos da conduta humana, professor, são inalteráveis. O Homem Moderno só pode criar aparatos materiais, simplificadores ou complicadores de sua existência. A Luz do Sol ilumina os mesmos problemas do Espírito. O seu **Homo sapiens** faz enxerto cardíaco, vai à Lua, mas não **inventa** um Vício, uma virtude, uma solução social, uma forma de Governo, uma ambição conquistadora, uma maldade cruel, uma esperança, uma promessa que não sejam minhas familiares, próximas e banais, velhíssimas na guerra do Peloponeso. É decepcionante e verídico. O **milagre grego** era a divinização do Natural. O complexo moderno é a universalidade do Artifício. Aqueles que estudaram meu tempo, concordam. Os que são prisioneiros do seu, rosnam: **highly improbable!**...[191] Essa é a questão!

Tomei demasiado o seu Tempo. O senhor não tem, como eu, a Eternidade!

Levantou-se sorrindo, riscou um gesto lento no ar.

– Regozijai-vos!

E tomou o elevador automático.

---

191 **Altamente improvável!**...

17
Dom Quixote de la Mancha. Hiperestesia do Real

— *É* um senhor idoso, espanhol, diz ser amigo velho...
— Mande entrar, Anália!
É um velho muito alto, magro, espigado, estreito, ombros arqueados, cabeça longa, enérgica, cabelo grisalho e curto, olhos de verruma, nariz forte, bigode e cavanhaque sal-e-pimenta, andar solto, firme, desembaraçado. Lembrou-me um **Reiter**[192], soldado licenciado de Wallenstein, modelo de Callot. Nunca o vira. Dobrou-se, mão no peito, num ângulo de 45°, reaprumando-se, senhorial. Sentou-se, comodamente.
— Sou Don Alonso Quijano el Bueno, como diz o cura de minha aldeia, queimando-me os livros e encomendando-me a alma. Dizem Quijada, Quesada, Quejana, por engano. Nasci na Mancha, Castilla-la-Nueva, **en un lugar de cuyo nombre no quiero acordarme**[193]. Sou madrugador, amigo da caça...
— Tenho a honra de receber **El ingenioso hidalgo Don Quijote de la Mancha**?[194]
— **Para servir a usted, caballero!**[195] Por isso disse ser um velho amigo. De quantos tem ultimamente recebido, sou um dos mais jovens, tendo pouco mais de três séculos e meio de existência inacabável. O meu Pai, Cervantes de Saavedra, fez-me manchego, tentando evocar a região ardente e gelada, hostil e dura em sua beleza selvagem, deprimida, pobre, viven-

---

192 Lembrou-me um **Cavaleiro** (...).
193 Nasci na Mancha, Castilla-la-Nueva, **em um lugar de cujo nome não quero me lembrar**.
194 — Tenho a honra de receber **O engenhoso fidalgo Dom Quixote de La Mancha?**
195 — **Para servir ao senhor, cavalheiro!**

do por mera obstinação. O caráter local forma outra mentalidade, astuta, interesseira, ávida de ganhos. ¡A la Mancha, manchego, que en mi tierra no te quiero! Manchego, ¡no te fies de él! El manchego vende la olla y después come de ella![196] Justamente o inverso de quem se fez cavaleiro andante nos princípios do século XVII. Preferia que me pusesse em Castilla-la-Vieja, ambiente heroico, arrebatado, devocional. Esta es Castilla que hace los hombres! Ser honrado como castellano viejo! Desejaria ter nascido a la llama de Castilla-la-Vieja![197]

– Ou Navarra, Aragão...

– Navarro, ni de barro! Aragón, ni hembra ni varón[198]. São apenas frases de graça popular, professor, chiste sem intenção ferina e pejorativa. Duelo fraternal. O motivo real desta visita é expor-lhe meu julgamento sobre a angústia contemporânea, insatisfação, ansiedade, amargura, insubmissão, melancolia dos tempos presentes. O senhor perguntará as credenciais autorizando minha intervenção sentenciosa. Sou um dos mais legítimos símbolos da integração literária n'alma humana. Vivo, desde 1605, 1615, na perfeita independência do meu autor. Quem lembrará a paternidade de Sancho Pança, Sherlock Holmes, Tarzã, Pato Donald, Jeca Tatu? Determinam ciclos imprevisíveis, influenciando, sugerindo, provocando imitações, plágios, sequências. Todos esses símbolos, nascidos ficções, condicionam pensamentos, imagens, traduzidas em atitudes, condutas, comportamentos de homens entre homens. Irradiam-se em círculos concêntricos. Até onde alcancei na geografia da memória, ignoro. E assim, centenas e centenas de Criaturas que se tornam criadores não meditam na responsabilidade pela emanação inconsciente do próprio prestígio. Esse estado de exasperação, revolta, do **não servimos** ao **não podemos**, não reside unicamente nos imperativos da Economia circulante ou distribuidora mas, sobretudo, na exploração verbal, na exacerbação dos problemas naturais, no excitamento à rebeldia contra o ajustamento, dando o primado social a Príapo ou a Gargântua. É a política inflacionista do Acessório sobre o Essencial. O lastro dessa emissão, vistosa e de mentira, é a habilidade da exposição, com o fundamento para a Notoriedade irresistível. O característico, professor, é a intuição pessoal, inteiramente crente na positivação meritória de

---

196 Para a Mancha, manchego, que em minha terra não te quero! Manchego, não confies nele! O manchego vende a panela e depois come dela!

197 Essa é Castela que faz os homens! Ser honrado como velho castelhano! Desejaria ter nascido à chama da Castela Velha!

198 – Navarro, nem de barro! Aragonês, nem fêmea nem varão.

uma ação elevada e moral. Todos os espíritos escrevem, pintam, esculpem, compõem, para dissipar a permanente noite desse Tempo triste. Ninguém tenta o prolongamento da agonia lenta, do rancor, dessa desajustação intelectual entre Realidade e Imaginação. E realizam totalmente o contrário. Descarregam mais ódio, violência, loucura, sexo, fome, desespero, sobre os viventes que leem, ouvem ou olham livro, quadro, música, televisão, cinema, teatro. Não há uma clareira de júbilo, de tranquilidade, de doçura. Desterraram da Cultura mental a normalidade da existência, a valorização do cotidiano verídico, a veneração letrada aos numes da Bondade, da Fé, da Fidelidade, do Amor, profundo e simples. Exatamente, professor, diz bem, a Felicidade não inspira a ninguém. Os motivos propulsores parecem tomados a uma assistência aos psicopatas. Já não são dramas nem tragédias. São massacres, morticínios, extermínios coletivos. O **moderno** é uma câmara secreta da Santa Inquisição, fogo, tenazes, cunhas, garfos de ferro, rasgando devagar os nervos da nossa sensibilidade. A Virgem fora fecundada por Asmodeu em vez de receber o Espírito Santo. Pariu a Satanás quando aguardava o Anjo. Como será possível recuperação de calma, alegria, ternura, com essa ininterrupta projeção de vício, pecado e miséria? As égides influenciadoras seriam Átila, Gengis Khan, Tamerlão. Pirâmides de cabeças degoladas, cidade em ruínas, população fuzilada, navio-hospital torpedeado, jardim de infância chamejando... Estranha e surpreendente, essa produção contínua de horrores, brotando de corações afetuosos, compadecidos, devotos da justiça, equilíbrio, assistência a quantos necessitem, ajuda a todos os desvalidos! Veja a pintura, a disfonia musical, a decoração, a arquitetura desdenhosa, padronizada, digna de castores e de formigas saúvas! Tentativa alucinada para mecanizar a Vida, emoções em série, escrita em papel-modelo, comida de lata, bebida artificial, traje de excitação erótica, maus modos, denunciando apenas ansiedade interior, saudade do Normal. Se tivéssemos um templo para o Presente, na coerência funcional das predileções, o ídolo seria Bafomet, o velho Bode dos Templários, ou Behemot, o demônio da força brutal, primarismo dos instintos, materialização dos prazeres, repúdio às grandezas do Espírito. Enfim, reinado de Caliban e exílio de Ariel. Mas escute, professor, toda essa inundação de sangue, esperma e lodo não é intencional, deliberada, cúmplice da Perversão, aliança aos Súcubos, elogio da inversão Moral. Mana, docemente, de fontes claras, sadias, amorosas, convictas de uma colaboração preciosa para a ascensão humana. Recorda-se de Fouquier-Tinville, implacável acusador no Tribunal Revolucionário de Paris, mandando para a guilhotina centenas e centenas de vítimas? Era esposo sensível, Pai extremado, cantando para adormecer os filhos, apaixonado pela esposa, austero, honesto, generoso para os pobres. Fez uma obra de vinte mil diabos juntos. Morreu, também na guilhotina, certo de ser um mártir da Justiça vencido pelo Crime dominador. Sadismo? Não seria tão generalizado, constituindo uma atmosfera constante nos vários continentes da Terra. Tenho a tímida impressão de que o analista não caberia a Balzac mas a Brantôme.

— De acordo, professor. Sempre houve esse exercício sublimador de pecados e acusador psicológico das virtudes, frutos da velhice, passadismo, cretinismo, ignorância. Basta rever a literatura da Europa, partindo do meu século, o XVII. Mas havia refúgios intelectuais, pequenos recantos de silêncio e graça acolhedora. Paralelamente à torrente de lavas corriam as águas calmas de uma inspiração sossegada, revigorante, alegre, animadora, dando a sátira e o louvor, cantando o que esquecem agora, a Vida não feita unicamente de cupidez, bestialidade, ambição, desvario, estupro, cinismo, posse de embriaguez. Enfim, convergências de anormalidades, de exceções de espécimens teratológicos, de estupidez arrogante e vitoriosa. Em vez do Criador observar a Vida humana, descreve um viveiro de serpentes e escorpiões. E a Vida, em sua percentagem esmagadora, não expõe os personagens aparecidos nessas fórmulas literárias. Nascem deles mesmos, do fundo da própria decepção, desajustamento, rancor da preterição, inconformidade aos insucessos. É um processo liberatório da opressão mental, despojar-se dos resíduos tremendos, elaborados pela Angústia.

— Sim, é verdade. Essa paisagem é conhecida, aqui e alhures. Estou dando sentença quando prometi remédio, solução de alívio, estrada suave em vez das alamedas de espinhos, enfeitadas de marimbondos...

Está faltando, professor, no panorama literário e artístico, uma campanha internacional pelo regresso de Don Quijote de la Mancha! O **vient de paraitre**[199] está carecendo do **Engenhoso Fidalgo**. Carecer não é necessitar, pedir o que não se possui, mas simplesmente não ter, faltar, sem que determine ação aquisitiva. Estamos com uma literatura **carecente de Normalidad**e. No comum, o livro é uma ampola de desespero injetável nas veias da atenção alheia. A inteligência do autor é uma técnica de laboratório, requinte de química Psicológica, calculando o aceitável, assimilável, suportável. Indispensável a sacarose nesses ácidos. Imperativa a decisão pessoal numa "Declaração dos Deveres Intelectuais", gritando **Basta de tóxicos!** Precisamos de um século de sedativos, tranquilizantes, emolientes, bromatologia em autoaplicação consciente. Esperemos o milagre de uma valente decisão,

---

[199] **A seção dos lançamentos** está carecendo do Engenhoso Fidalgo.

enfrentando a avalanche da onda amarga. Há séculos serram o galho onde se assentaram, sem admitir o desabamento. Estamos constatando os primeiros signos apocalípticos da desintegração, pelo intoxicamento do ar respirável em atmosfera literária. Será a imagem da Baggiotoae, matando, pela decomposição do hidrogênio sulfurado, toda a fauna lacustre, sucumbindo, ela própria, ao final, na solidão que seu veneno determinou.

– Não, professor, não sugiro a leitura dos meus saudosos livros de cavalaria. *Amadis de Gaula*, *Esplandião*, *Tirante el Blanco*, *Palmerim da Inglaterra* seriam inoperantes por indigeríveis. Indispensável uma higiene atualizante para o entendimento. Não podem concorrer com os heróis em quadrinhos da indústria norte-americana.

– Carece, essa Idade Nova tão antiga, repetir, para salvar-se dos tóxicos exalados, um pouco do meu heroísmo. Ter aquela decisão, narrada por Cervantes: **tomó su lanza, y por la puerta falsa de un corral salió al campo!**[200] Abandonar a tarefa habitual, remuneradora, por todos compreendida, mergulhando na idealidade hostil e linda. Atrever-se a ressuscitar os antigos modelos inspiradores, motivos eternos para a recordação anciã. Trazer para o fumo e o estridor dos mecanismos as vozes dispersas e álacres, os sentidos inolvidáveis do Afeto, do Devotamento, do Sacrifício jubiloso, reavivando as luzes inextinguíveis do coração. Está faltando a esse Progresso seco, maquinal, invejoso, angustiado, classificador anatômico, querendo compreender o Espírito com equações algébricas e gráficos financeiros, uma aragem embaladora mas decisiva, da Idealidade contra o Lucro, da Abstração pacificante contra a saciedade digestiva. Lembrar ao faminto que não se apagou a Esperança e que Plutus, Deus das riquezas, está na companhia dos antigos humildes e não dos herdeiros fidalgos. Que todos os **Grandes** de hoje foram pequeninos e sofredores. Que não se encerrou o acesso a todos os Êxitos.

– Essa doença do século é uma presença soberana do meu escudeiro Sancho Pança. Precisam os Vivos defender a vida e não se acumpliciarem contra ela. Há venenos agradáveis e mortes sonolentas e inodoras. Estão em livros, sem antídotos e fortificantes. O mal do século é o excesso de barulho, salário do Nada e pajem da Morte.

– Creio, professor, uma solução poderosa na terapêutica instintiva reside no aparecimento de uma literatura anti-histérica, anticerebral, antifídica, emergindo da majestosa simplicidade do Comum. Limpar os olhos

---

200 Ter aquela decisão, narrada por Cervantes: **pegou sua lança, e pela porta falsa de um curral saiu em campo!**

sujos pela propaganda do crime e da carne nas revistas de figuras. Consagrar a Vida no júbilo do seu ritmo habitual, os exemplos que sobem pelo trabalho ou vivem no esforço, fundando a eternidade familiar. Não se trata de revisão de valores mas uma pura terminação de literatura inflacionária e falsa na animalização do Homem, açulando-o contra o Mundo, como quem solta um lobo quando o rebanho passa sem pastor. Bati-me contra gigantes que eram moinhos de vento e exércitos que eram rebanhos de carneiros. Agora devem bater-se, os Cavaleiros da Lógica, contra uma multidão de espectros famélicos da alma humana. Toda a minha vida consistiu em confundir as imaginações com as realidades castelhanas. Presentemente, confundem as realidades com as imaginações. Minhas leituras enfermaram-me quanto as de agora adoecem seu Clima. A fórmula é injetar a Realidade Normal no câncer da Exaltação Cerebral. Findar o cultivo artificial do Desespero. O espírito leitor solicita uma cura de repouso, sombra e água fresca, de livros tranquilos. É urgente, indispensável, intransferível, revalorizar o **final feliz**. Os escritores estão matando demais. Com ciúme dos personagens. Os candidatos otimistas são castigados com adultério, assassinato, falência, suicídio. Criaturas normais gerando monstros. O mesmo destino do automóvel, fabricado para facilitar a Vida e está multiplicando a Morte.

– Basta, professor, abrir as janelas sobre o Brasil. Os ventos do Mar e da Mata dissiparão esses fantasmas acabrunhantes da neurose coata...

Retomou, com solenidade, o chapéu. Agradeceu-me o acolhimento, numa última vênia impecável, e deixou-me, na tarde macia do outono.

Deve ter ido procurar outros **molinos de viento**...[201]

---

201 Deve ter ido procurar outros **moinhos de vento**...

18
MACHIAVELLI. PREVISÕES DA FÍSICA

Atravesso Praça Augusto Severo, outrora recanto povoado de sombras quietas e agora zona dos tufões queimando gasolina, monstros antediluvianos que passam bufando e matando. Acendo interminável charuto incombustível. Na mesma calçada está um homem robusto, cabeça de abóbora lilás, o queixo em pedúnculo, testa ampla, grisalho, nariz longo, sorriso irônico e triste, olhos acesos e castanhos. Saúda-me, diz meu nome e que ia para a nossa casa. Viemos juntos, silenciosos. Subindo a escada, apresenta-se: **Niccolò Machiavelli**! Até fazê-lo entrar e sentar, viajo fulminantemente na história de Florença, guelfo e gibelino, lírio branco e vermelho, convulsa, brilhante, inquieta, perturbadora de beleza, inteligência, ferocidade, pátria de gênios. Dante Alighieri, seu filho e por ela exilado, dizia-a, num pungente sarcasmo, **la ben guidata**[202], a bem dirigida... Ali estava o inimigo e amigo dos Médicis, **estrategos** da Política implacável, chanceler do Conselho, Ministro de Estado, vinte e três vezes embaixador, antes do amável desterro na sua quinta de Santi Casciano, refúgio de obras-primas. Chamado pelo Papa Leão X, um Médici, recomeçava a tarefa administrativa quando faleceu, em 1527, com 48 anos. Inútil o erudito, comentador de Tito Lívio, historiador incomparável de Florença. O Mundo inteiro conhece, quase sempre sem ter lido, *Il Principe,* escrito em 1513, publicado cinco anos depois da transferência do autor para o Campo-Santo. O título real é *Opuscolo Dei Principati,* mas ficou sendo *Il Principe*[203]. E ninguém ajusta mais o primitivo. Nem sorriu quando lhe mostrei a edição brasileira. Ia dizer **si accomodino**[204], mas lembro que

---

202 (...) **a bem dirigida**, como traduz o próprio Cascudo.
203 O título real é *Opúsculo dos Principados*, mas ficou sendo *O Príncipe* – foram publicadas várias traduções desse livro no Brasil.
204 Ia dizer **sentem-se** (ao pé da letra, 3ª pessoa plural do verbo *accomodarsi*).

Machiavelli, no presente, fala todos os idiomas da Terra. Sentou-se direito, sisudo, protocolar, como quem privara com o **Gran Gonfalonieri** e sua corte policolor.

– O professor deve conhecer minha vida bem melhor do que eu. Leu biografias e estudos que ignoro, vendo-me noutros ângulos, revelações bem diversas do que me julgo ser. O Homem é um animal político, ensinava Aristóteles, e todos de sua espécie eram, e seguem sendo, políticos. Como fui político e escrevia de Política, tenho nome conhecido, batido e louvado, mas conhecido. Quem ignora **maquiavelismo**? Sou um sinônimo de criatura acima do Bem e do Mal, coração de bronze, mão de ferro, língua de prata. Aconselhei crimes, preguei o Cinismo, sugeri Felonias, doutrinei maldades. Não tive pudor, ternura, piedade, alegria. Fui um alquimista sinistro, derretendo vísceras, molhadas em sangue e lágrimas, para o cimento inabalável de Reinos minúsculos, Principados do tamanho de um lenço, Ducados de dez palmos quadrados. Mas ninguém, absolutamente ninguém, respondeu meu estudo. Limitam-se a combatê-lo com lirismo ou galhofa desdenhosa. Entretanto toda a gente deste Mundo, tomando atitude hábil mas sem unanimidade, deixa de dizer: **Política é isso mesmo!** Os inimigos ferozes que se abraçam, marchando juntos contra um ex-amigo; o chefe que abandonou os aliados e transfere artilharia para o acampamento adversário; as alianças súbitas, julgadas impossíveis; a convergência para forças ontem maléficas, inferiores, detestadas, agora exibidas num esplendor fraternal; o Anjo e o Diabo, como mutuamente diziam, irmanados na **integração** moral de uma campanha **cívica, regeneradora, dignificante**, qual é o Povo que desconhece, que não viu na sua História, que não assistiu na efetivação notória da diuturnidade? Eu sou o réprobo, a fera, a vontade bestial, por ter dito que o interesse político é a suprema razão de qualquer movimento humano. Visa à continuidade do governo ou sua conquista, para a positivação de programa superior de plano econômico, construtivo, promissor, na autointenção convencida. Jamais imaginei uma sugestão que já não fosse materializada por nome eminente, constante na crônica oficial. Na minha *História de Florença* expus, serenamente, todos os aspectos do passado, desde Roma, República, Império, dominante e dominada. Foram lições ministradas pela Vida, jogo calculado no tabuleiro onde as pedras eram Homens, Reis, Príncipes, Papas, Imperadores... O Moralista maneja um raciocínio de abstrações. Nunca argumenta com fatos, realidades, evidências, mas com imagens, conceitos, convenções. Correligionários e Oposicionistas são vocábulos aplicáveis em tempo justo, oportuno, convinhável, e não normas fixas, roteiros murados na unidade inflexível de uma direção única. Nunca tiveram conteúdo concreto, Gibelinos foram Guelfos e Guelfos foram Gibelinos. Dante Alighieri era Guelfo. Em 1302 tornou-se Gibelino. Era exigente, intolerável, meticuloso com a Moral... dos outros. A dele estava fora das apreciações humanas. Para um Homem marchar é obrigado a utilizar quase todos os músculos. O passo é uma queda interrompida pelo apoio do outro pé. A Política é feita de movimentos, deslocações, equilíbrios, como a andadura normal. Não se caminha, politicamente, numa estrada lisa, sólida, retilínea, mas pisa-se, com cautela, ao longo de um fio de arame, suspenso sobre o abismo da derrota. Lá embaixo dormem os esqueletos dos que não aprenderam a técnica dos contrapesos incontáveis, imprevistos, dentro da imediata Necessidade. Não fiz psicanálise do Sonho mas anatomia da Veracidade.

– Que era a Itália no meu Tempo? Campo de batalha de franceses, alemães, castelhanos, vencida, dividida, dilacerada, sem chefes, sem união, sem recursos. A História guardou esses clamores heroicos. Só nos poderia salvar o Espírito da Raça, o próprio Povo, o sangue d'Itália, enfim, nós mesmos. Jamais existiu desinteresse entre Nações. Pagaríamos muito caro o auxílio. Sonhei, três séculos antes, com a frase de Cavour, **l'Italia farà da se**[205]. Somente persistia a solução estatal. O Estado reforçaria o **nacional**, dando-lhe iniciativa e consciência para a mobilidade coletiva. Assim foram Gênova, Pisa, Veneza, conquistadores do Mediterrâneo porque representavam uma organização forte e severa. O Estado era a garantia do Indivíduo. Já não é discutível o axioma. Outrora era uma heresia, opinião de um obnóxio. Pensei, inicialmente, em Florença e para ela procurava um guia, afoito, tenaz, dedicado, ambicioso, para iniciar o movimento. O Estado nasce de uma iniciativa pessoal, força de um Homem. **O trono é um Homem!**, gritaria Napoleão, voltando, derrotado, dos gelos russos. No momento, apesar das restrições pessoais, os Médicis impunham-se para essa missão redentora. A Lourenço dediquei *O Príncipe*, advertência e apelo. Antes que a plebe elegesse um depredador, indicava eu, com a confiança da experiência, uma possibilidade humana susceptível de polarizar as energias florentinas. Devíamos abandonar o ciclo sangrento das guerrilhas internas e invasões estrangeiras, chamadas por uma facção em armas, sob o patrocínio mercenário dos **condottieri**[206].

---

205 (...) **A Itália se virará sozinha** – frase atribuída ao político italiano Camilo Benso, Conde de Cavour, considerado um dos maiores estadistas do século XIX.

206 (...) sob o patrocínio mercenário dos **líderes** – *condottiero* vem de *condotta* (termo derivado do latim *conducere*, conduzir). *Condottiero*: soldado mercenário que controlava uma milícia, operando entre 1330 e 1550, sobretudo na Itália, a serviço de um Estado.

— Não, professor, não me penitencio do *Il Principe*. Foi útil, preciso, realístico. Ficou sendo livro clássico. Um dos **permanentes** nas memórias internacionais. E que disse eu nesse volume corpo de delito? Para conhecer Príncipes é preciso ser-se Povo e para saber-se a índole do Povo é preciso ser-se Príncipe. Tradução atual: Povo é que conhece Governo, e vice-versa. Os Homens gostam de mudar, julgando melhorar. Partilhar a responsabilidade e nunca o Poder. Alicerces do Governo: boas leis e bom Exército. Cuidar da Ciência de Não-Ser-Bom. Uso oportuno. Às vezes o recurso parece Vício e a Virtude, Defeito. Nem pródigo nem parcimonioso. Ninguém se mantém no Governo com esbanjamentos mas muitos o conservam sendo avaros. Afastar o mau emprego da Clemência. A repressão esmagadora, evitando intentonas e motins, é melhor que a Bondade tolerando contínuas perturbações, dissolventes da Ordem produtora. Nem a Confiança que gere a Imprudência nem o Temor que provoque a Crueldade. Sejam amados e temidos. Maior vantagem ser temido sem odiosidades. Evite apoderar-se dos bens alheios. O Homem esquece o assassinato do Pai mas não perdoa quem lhe arrebatou os haveres. Ninguém pode atravessar a Vida olvidando de que também é um Animal. Astúcia e Força devem ser inseparáveis. Não cumprir os compromissos prejudiciais ao Estado desde que desapareceu o motivo de mantê-los. Denunciação de Tratados inúteis. É de alta importância o Príncipe fingir que possui todas as Virtudes. Predispõe à Simpatia e à Aproximação. O caminho do Bem e o caminho do Mal são estradas para os pés humanos. **Cada qual vê o que parecemos ser e não o que realmente somos**. Faça com que a majestade do Poder distancie as confidências humilhantes e desagradáveis sob o manto da Amizade. Os processos para a Vitória feliz são sempre aplaudidos e honrosos. A derrota é intimamente injustificável. Evite o Desprezo e o Ódio. São armas de sapa contra o Príncipe. Ocupe seu Povo para que não tenha Tempo de observar o Príncipe. Prêmio e castigos devem determinar repercussões. Atenda às Forças Novas. Podem tornar-se Potências. Em Política não há Benefício total: há Malefício menor. Arrebatamento dá a impressão de Coragem. Seja arrebatado, calculadamente e a frio. Consultar com abundância e escolher com prudência, preferencialmente a própria opinião. Seria o conselho de Disraeli. O Príncipe tem maior interesse em não errar. São mentiras ou verdades? Estão desatualizadas? Ignoramos essas conclusões? Não continuam sendo regras do Bem-Viver Político?

— Sempre existiu o Cinismo imperturbável e solene. Não lembra o Rei Frederico II da Prússia combatendo o Maquiavelismo? Satanás pregando Quaresma... Rússia, Turquia, Inglaterra, China, França, alcançaram o imenso domínio territorial dentro das fórmulas exatas da Moral, do Respeito à

Personalidade Humana, Fidelidade ao Pacto, ausência de Simulação proveitosa e de Violência útil? Todos aqueles povos subjugados foram espontaneamente submeter-se ao domínio de estrangeiros em religião, idioma e raça? Pois sim! Era realmente para **salvar** as almas dos negros africanos que se criou a Escravidão? Queimar uma criatura viva é ato de auxílio ao aperfeiçoamento moral do supliciado? Os cardeais que votaram em certos Papas foram realmente **inspirados** pelo Divino Espírito Santo? A presença do Crucifixo nos Tribunais determina aplicação de indiscutível Justiça? Todas essas ações tiveram, porém, **legitimidade causal**. Influíram, no Tempo e no Espaço, benefícios, soluções, desenvolvimentos, ascensões. Foram velocidades iniciais de fases e resultados, orgulhos do Espírito. Provocaram reações, estímulos, frutificações, insistentes e admiráveis. Não há Mal que não traga um Bem. Se Átila, Filipe II, Napoleão, Hitler, tivessem vencido, a situação do Mundo induziria ao despovoamento e impossibilidade social? O horror da Guerra não obriga inacreditáveis transformações históricas? Sem a de 1914 a Rússia seria soviética? Sem a de 1939, os africanos seriam soberanos, Índia e Egito? Teríamos a ONU? Misterioso mas oportuno encadeamento de integrações! Mas esses ciclos não evoluíram dentro de clima ascético, cenobítico, claustral. Faça um breve inquérito, professor, sobre a possibilidade funcional e diária de um Homem viver sem mentir. Dizer, infalivelmente, a Verdade. E deduza as consequências imediatas desse abuso de verismo verbal. A Verdade vestirá os amáveis europeus da Conveniência ou sacrificará seu devoto. Não esqueça a *Eutrapélia* de Ernesto Renan, amáveis, consoladoras, mansas mentirinhas, a quem lhe enviava um livro. Como doeu aos florentinos *O Inferno*, do conterrâneo Dante! Ninguém ama ouvir discordância, contrariedade, desapoio, às afirmativas patrícias. As opiniões de Dante, quase todas, eram as nossas, correndo com a naturalidade do Arno. Mas denunciavam a **outra** Verdade, sabida mas disfarçada na Convenção, uma verdade íntima, recôndita, para uso secreto, aliviadora da pressão regular da Signoria. Dante, publicando-a, fez-nos identificar o melancólico dualismo do mesmo julgamento. Podemos ter a consciência de uma má ação, mas sentir nos-emos agredidos ouvindo-a proclamar. Certamente, professor, não nego a existência de homens que não são **maquiavélicos** em ocasiões oportunas. Seria o Homem Sem Pecado, o único que atiraria a primeira pedra na mulher adúltera de Jerusalém.

– Tudo que é Útil pertence ao Homem. A Vida ensinou-o a empregar a inteligência, articulando ações e frases, consecutivamente, na direção do Êxito. Decorrentemente, professor, não pode existir **maquiavelismo** sem inteligência, perspicácia, intensidade dedutiva, imaginação previsora, senso prático e sobretudo tenacidade, disciplina da paciência, o **fac et spera**[207], semeia e colherás! Quem espera, come cozido; quem se apressa, come cru! Mais constante é esse **critério** nos regimes republicanos que nas antigas monarquias. O Príncipe-Herdeiro seria Rei. Para alcançar a Presidência de uma República, as estradas são variadas, ásperas e sinuosas. Sobe-se lentamente, usando mãos e pés, sem desfalecimento e desânimo. Quantos, por imprevisão e descuido, perdem o impulso ascensional? A Política é uma ciência de Apoios. O talento, digamos como costumava, a **Virtù**[208], é sabê-los encontrar ou criá-los pelos princípios das Possibilidades. Era assim em Florença, antes que os Médicis estabelecessem a posse vitalícia e hereditária. Era assim no Papado, havendo os **papabili**[209] previstos, e em plena tarefa preparatória. Quem não limpa a espada não faz bom golpe!

– Não vamos falar em Ambição como pecado mortal. Manda-se excluir as **cousas alheias**, mas as próprias não são ambicionáveis. É um elemento visceralmente humano e sem ele nada existiria no Mundo. Eva ambicionou ser semelhante aos Deuses. Caim ambicionava a preferência do Senhor. Sem um passo adiante do que somos, nada seremos. Todas as dinastias, invenções, obras d'arte, descobrimentos marítimos, explorações geográficas, criações culturais, organização de sociedades, nasceram de Ambições. Nada começou sem ambição. Montesquieu diz ter sido o Amor-Próprio. O Amor-Próprio é a Ambição em potencial. Heidegger indica a Curiosidade. Concedo, em segundo plano. As Nações, grandes colonizadoras, não tinham Curiosidade. Tinham Ambicão. A Curiosidade limita-se, esgota-se, sacia-se, desgasta-se com a idade. A Ambição jamais. O tempo fá-la-á mais forte. **Quo non ascendam?**[210] É um lema comum e vital. Retirem a Ambição dos conquistadores de Povos, Napoleão ou São Francisco de Assis, restarão um oficial de artilharia e um filho mimado de comerciante. Apague a Ambição nos Stuarts e ficará um **steward**[211], fâmulo dispenseiro. Com Ela, deram quatorze Reis à Escócia e seis à Inglaterra. O possível crime da Ambição é animar incapazes da realização. Se o **ambicioso** tem a

---

207 (...) o **fazer e esperar** – expressão latina utilizada por Câmara Cascudo com o sentido "semeia e colherás".

208 O talento, digamos como costumava, a **Virtude** (...).

209 Era assim no Papado, havendo os **papáveis** – isto é, os cardeais mais cotados para se tornarem Papa.

210 Até onde não me elevarei?

211 Apague a Ambição nos Stuarts e ficará um **mordomo**, fâmulo dispenseiro.

força para efetivar programa sublimador de necessidades, aliviando as próprias, a Ambicão é uma Legitimidade. Se for Vício, é Vício legítimo, **il y a des vices legitimes**[212], afirmava Montaigne.

– Ainda, professor, a Ambicão pode impelir alguém a unir-se com adversário tradicional e rancoroso, como eu com os Médicis. A explicação é óbvia: antes essa aproximação seja comigo, continuando eu **mesmo**, que com Outro, diverso de mim e sem a minha possível argumentação junto ao novo aliado. A situação recém-ganha valerá uma conquista de posição e nunca bandeira abatida. Minhas ideias, que estavam longe do inimigo, agora estão junto a ele, colaborando, sugerindo, participando de uma atitude uníssona. Para caminharmos, indispensáveis as duas pernas. Ou uma muleta. Aplique essa fórmula ao ritmo político e compreenderá inexplicáveis junções proveitosas.

– Ninguém alcunhou Hobbes de **maquiavelista**, entretanto traduz minha doutrina positiva na concepção do Estado. Este defende propriedade e vida do Indivíduo ao preço da obediência passiva absoluta. Suas ordens valem o Bem, o Direito. Suas proibições, o Crime, o Mal. Quem vai acreditar em Grotius, ensinando que a Sociedade e o Direito fundaram-se nos instintos generosos da Natureza Humana? Mais se aproxima da Realidade o velho Samuel Pufendorf pregando, não o Egoísmo puro de Hobbes ou a Bondade instintiva de Grotius, mas um equilíbrio estável, harmonioso, conforme a necessidade útil da Humanidade. Daí nasceram a **Socialità**[213] verdadeira, o Direito normativo, a movimentação dos Interesses nos limites justos e não prejudiciais à Coletividade. É o que eu sempre disse, professor.

– *Il Principe* tem afastado da apreciação comum os outros meus livros. Lord Macaulay escreveu: "The *Mandragola* is superior to the best of Goldoni, and inferior only to the best of Molière". E mais ainda: "The judicious and candid mind of Machiavelli shows itself in his luminous, manly, and polished language"[214]. Voltaire preferia *Mandrágola* a quase todas as comédias de Aristófanes. Esse permanente e malsinado *Il Principe* é fruto de fria análise e não de sentimento confidencial. É raciocínio, doloroso e

---

212 Se for Vício, é Vício legítimo, **há vícios legítimos**, afirmava Montaigne.

213 Daí nasceram a **Sociabilidade** verdadeira, o Direito normativo (...).

214 Lord Macaulay escreveu: "**A** *Mandragola* [particularmente] é superior ao melhor de Goldoni, e inferior somente ao melhor de Molière". E mais ainda: "**A** mente prudente e cândida de Maquiavel mostra-se luminosa, viril, e de linguagem requintada" – citações de *Machiavelli*, ensaio de Thomas Babington Macaulay, publicado em 1827 como revisão da tradução das obras completas de Machiavelli por J. V. Peries (Paris: 1825).

verídico, como quem aplica um cáustico na úlcera materna. Lord Macaulay, na *Edinburg Review*[215], março de 1827, dedica-me longo, definitivo, percuciente ensaio, de amplitude e penetração excepcionais. Creio ter sido exatamente aquele modelo, fixado nas origens radiculares, históricas e psicológicas, na intenção alta e nobre, ao lado de uma existência **abused with all the rancour of simulated virtue**[216], desfigurada pela ignorância e rapidez da impressão. Exalta, ao findar, a significação do meu monumento na igreja de Santa Croce, **which is contemplated with reverence by all who can distinguish the virtues of a great mind through the corruptions of a degenerated age**[217]. A Vida humana tem fases humorísticas. Henrique VIII na Inglaterra foi o **defensor da fé** e o Rei Frederico da Prússia, o mais **maquiavelista** dos soberanos do século XVIII, escreveu um **anti-Maquiavelli**... Mas... Creio que a visita é demasiado longa.

Minhas saudações e, **addìo, professore**...[218]

– **Arrivederci, Messer Machiavelli!**...[219]

---

215 *Edinburg Review* (1802-1929) – uma das revistas britânicas mais importantes do século XIX.

216 (...) ao lado de uma existência **abusada com todo o rancor da virtude simulada** (...).

217 Exalta, ao findar, a significação do meu monumento na igreja de Santa Croce, **que é contemplada com reverência por todos aqueles que conseguem distinguir as virtudes de uma grante mente pelas corrupções de uma idade degenerada.**

218 Minhas saudações e, **adeus, professor**...

219 – **Até a vista, meu Senhor Machiavelli!**...

19
O IMPERADOR JULIANO. A FÉ, EX OFFICIO[220]

— O professor Juliano pergunta se o senhor pode recebê-lo...

Entrou um homem de talhe mediano, compleição harmoniosa e robusta, cabelos crespos, quase negros. Barba circulando o rosto pálido e firme, bigodes em parêntesis, ladeando a boca imperiosa. Olhos escuros, de olhar lento e melancólico, como quem interrompe leitura. Gestos polidos, justos, medidos. Ar de professor depois de debate em congregação. Discorre, pausado e grave.

– Flávio Cláudio Juliano!
– O mesmo nome do Imperador Juliano...

O Apóstata, não é verdade? Fala justamente esse indivíduo, modelo imorredouro de Falsidade e repúdio às normas da conduta decente. Ninguém, antes e depois de mim, mudou de Crença, como fez o divino Messias. Fazem crer que fui o primeiro e único, tanto assim que agregaram ao meu nome o reprovado título infamante. O administrador e general nos seis anos nas Gálias, os vinte e um meses de Imperador, o estudioso dos cultos, o investigador de Filosofia, não existem. O menino sem Pai e sem Mãe, criado no regímen de contínua ameaça, os recursos do rapaz franzino e fraco, livrando-se da suspicaz onipotência terrível de um primo cruel e pérfido, o leitor de Platão, passando a derrotar os germanos de além-Reno, o primeiro a denunciar as excelências da humilde Lutécia que seria Paris, o Romano sucumbindo depois de vencer o turbilhão persa de Sapor, sacrifício de soldado frente ao inimigo tradicional das Águias de Roma, o amigo dos pobres, dos soldados, das crianças, protetor de viúvas e órfãos, infle-

---
220 A Fé, em decorrência da função.

xível na repressão de motins e assaltos da populaça infrene, o disciplinador da Desordem, o matador das orgias e prevaricações das camarilhas palacianas, invariavelmente perdoando aos que o procuraram enviar ao suplício, esse, dorme sob uma camada de cinzas intocáveis. A canalha de Antioquia não podendo acusar-me de lascivo, bêbado e assassino, zombava em panfletos da minha barba de filósofo, da frugalidade do passadio, ausência de vinhos e bailarinas nuas, austeridade do proceder. Respondi-lhes pelo *Misopogon*[221], defesa de letrado, em vez de mandá-la encarcerar pelos meus legionários. Assim no *Kata Galilaion*[222] exponho as **novidades** tendenciosas do veneno loquaz. Ninguém admitia um Imperador respondendo pelo cálamo sem desembainhar a espada. O Povo não compreendia o Senhor da Força contemporizando em face das agressões à sua pessoa. As soluções de exagero, cometidas pelos governadores sequiosos das graças imperiais, foram reprimidas. Meu tio, o conde Juliano, fez perecer o padre Teodoreto, de Antioquia, um insultador fanático, e foi castigado por mim. Combati com as armas da cultura grega, cartas, explicações, sátiras, polêmica, esclarecendo a urgência de fazer recuar aquela imensa noite que se estendia, para sempre, sobre a luminosidade do Helenismo.

– Entendo seu argumento, professor, mas recordo minha formação, meus anos de criança e moço, o ambiente modelador. Hoje proclamam a influência decisiva desses elementos que, outrora, eram dados como resultados de tendências obscuras e perversas, um índice da presença diabólica, contaminando as fontes da mentalidade juvenil. Com a família dizimada pelo gládio, prisioneiro no castelo de Marcellum, na Capadócia, onde viveram os antigos Reis, era vigiado como um animal de caça e seguido como um criminoso. Meu crime era ter o sangue do fundador de Constantinopla, onde nasci. Os primeiros quinze anos foram de angústia, febrilmente sublimados em leituras desordenadas sob a sugestão de Mardonius, Homero, Heródoto, Platão, poetas, quase às ocultas da vigilância dos prepostos, espiões de Constâncio. Os Evangelhos, Epístolas, foram de obrigatória degustação, mesmo declamando-os nos ofícios religiosos. Para mim era a Religião dos meus opressores, assassinos da minha família. Uma Crença nos vem pela Fé, inexplicável e poderosa força dominadora, ou pela con-

---

[221] Respondi-lhes pelo **Inimigo da barba** – *Misopogon* caracteriza-se como uma sátira dirigida aos habitantes de Antioquia.
[222] Título da obra original: *Ioulianou Autokratos Kata Galilaion Logos*. Edição brasileira: BARACAT JR, J. et al. *Contra os Galileus* (Imperador Juliano). Porto Alegre: Cadernos de Tradução do Instituto de Letras/UFRGS, 2010.

vivência familiar, doce comunicação espiritual no santuário doméstico. Eu não tinha Família que me transmitisse a Fé. Meu irmão Gallus, possante e sempre infantil, era um primário. O mais íntimo, confidente e amigo era o escravo Mardonius, velho eunuco, alma profunda e unicamente grega. Todos os demais eram desfavoráveis e antipáticos a mim. O Cristianismo surgiu-me como imposição, dever decretado pelo Imperador, fiscalizado pelos meus guardiões insones. Não era, psicologicamente, possível uma assimilação espontânea e menos uma solidariedade de coração. Defendia-me, intimamente, dessa pressão insuportável com a simulação constante e hábil. A voz repetia as orações rituais mas o espírito afastava-as do Entendimento, como se repele uma invasão repugnante. A fórmula cerimoniosa, seca, orgulhosa, dos sacerdotes, nunca conseguiu levar-me o encanto da Fé. Nenhuma piedade para mim. Nenhum afeto para eles. Insistiam, numa monotonia exasperante, em lembrar-me que o Imperador Constâncio tomava alto e total interesse na minha ortodoxia impecável. Não aceitar esse arbítrio desdenhoso, ignorando minha sensibilidade, era a maneira única, bem íntima, de ferir o Grande Inimigo Imperial. Eu era um refém aprendendo, imperiosamente, a Crença do Déspota, para considerá-lo sagrado, Deputado de Deus, inviolável aos pensamentos da mágoa e rancor naturais. Não tive a Fé cristã porque ela me veio através das ordenações de Constâncio. Outro caminho, a Fé advinda por si própria, não a mereci, como tantos outros. Meu irmão Gallus, feito César, afastou-se de mim e Constâncio permitiu-me viajar para estudar Atenas, com mestres famosos na época, Themistius, Odesius Crisanio, também ouvindo e conversando os Doutores da Igreja, Basílio, Gregório Naziazeno, suspicazes, astutos, retóricos, infatigáveis de loquela vã. Soube ouvi-los sem que me penetrasse a emoção. Frequentei Elêusis, reduto da Sabedoria, milenar e secreta. Em Constantinopla tive as lições de Libânius, um neoplatônico, persuasivo e doce. Pérgamo era então um centro de estudos, convergência da Ásia Menor e repercussão das escolas de Alexandria. Passei a Éfeso para ouvir Máximus, hierofante, iniciando-me nos **mistérios** de Mitra, culto aos subdeuses insubmissos, punidos e fiéis à Revolta, sob a égide de Prometeu, que dera aos Homens o uso do Fogo e da Esperança. Na Cilícia ouvi o sábio Crescêncio. Em 354, meu irmão Gallus foi degolado em Pola, na Ístria, como traidor a Constâncio. Eu tinha vinte e três anos. O Imperador fez-me César, a púrpura mortal, arrancando-me aos livros, mandando-me comandar as legiões das Gálias, assaltadas pela multidão germânica ao derredor do Reno. Fixei-me em Lutécia, que seria Paris, e minha presença foi uma sucessão de vitórias assombrosas. O professor sabe muito bem o restante. Constâncio pediu as melhores tropas do meu quartel, para desarmar-me, inicialmente. Mandei-as, mas os soldados revoltaram-se e, apesar dos meus rogos, aclamaram-me Imperador. Constâncio marchou para esmagar-me mas faleceu ainda na Cilícia, outubro de 361. Até julho de 363 fui o Imperador Romano, vencendo Sapor e terminando o ciclo terreno com o peito e o flanco atravessados pelos dardos persas. Tinha trinta e dois anos. Final de Imperador na sua missão suprema de salvaguardar a Civilização Latina.

– Não, professor, não pronunciei esse **Venceste, Galileu**! É uma interpolação totalmente mentirosa. Os historiadores Amiano Marcelino e Flavius Eutropius eram militares, serviam no meu exército, testemunhas presenciais. Registaram todos os episódios, menos a frase que não foi dita. Consta dos escritores eclesiásticos, muito e muito posteriores. Pura invenção humilhadora, sem documentação alguma. E tem sido mantida unicamente nessa intenção caluniosa.

– É outro engano deliberado, professor. Cirilo de Alexandria escreveu setenta anos depois do meu desaparecimento físico. Refutou o que quis refutar, selecionando trechos que não lhe dariam resposta no plano dialético. Sempre foi cômodo responder aos Mortos. É um bom argumento seu, professor, perguntar por que os meus amigos não me defenderam. Nem tudo que se escreveu nos finais do século IV veio aos nossos olhos. A imediata centúria foi tumultuosa e a preamar dos bárbaros do Norte varreu o Império de Roma, com repercussões inquietadoras pelo mundo oriental. Meus sucessores imediatos tiveram o cuidado de retirar da circulação as cópias dos meus livros, valorizando-se junto aos cristãos. Os volumes salvos da incineração proposital estavam nas mãos adversárias, simples material para autópsia, ou melhor, necropsia, com mutilação e desvirtuamento. A marcha irresistível processou-se. Em 395, Teodósio proibiu o que ele denominava **Idolatria**. Constituía qualquer ato religioso antigo um **crimen majestatis**[223]. Vinte e oito anos depois, os Deuses não tinham mais templos. A deusa Vitória fizera o Império. Sua imagem foi expulsa do Senado Romano. O fogo de Vesta extinguiu-se. As túnicas brancas das Vestais apagaram-se aos olhos romanos. Foram desaparecendo as insígnias nas moedas, timbres, estandartes, inscrições. Os Deuses imortais refugiaram-se nas almas fiéis. A defesa da Sabedoria especulativa reduziu-se ao conselho prudente de Pietro Pomponace, o mantuano: **Intus ut libet, foris ut moris**

---

223 Constituía qualquer ato religioso antigo um **crime de lesa-majestade** – cometido contra o rei, ou membro da família real, ou o poder soberano de um Estado.

est[224]. Liberdade interior e silenciosa. Para o exterior, obedecer ao Costume. Poder-se-ia dizer o que não disse nos arredores de Ctésifon, na Mesopotâmia, terra dos partas: **Vicisti, Galilee!**[225] Os devotos aos Olímpicos ocupavam, espiritualmente, as galerias desocupadas das Catacumbas.

— Não é retórica, professor. Fui exercitado na Dialética. Eutrópio, que me conheceu, informou: **Sua eloquência era viva e pronta**! Menciona minha tolerância aos agravos. Quanto ao debate com os cristãos, Eutrópio é suficiente. Não precisava louvar-me. Era imparcial. Outros eram os Imperadores, desejosos de silêncio sobre minha Vida. A família de Constantino não existia mais. O historiador romano depõe para ser tão pouco entendido no meu processo-crime. "Perseguiu vivamente a Religião Cristã sem todavia fazer correr o sangue dos cristãos". **Nimius religionis christianae insectator, perinde tamen, ut cruore abstineret**[226]. Está no livro décimo do seu *Breviarium Historiae Romanae*[227]. O julgamento oficial não me foi desfavorável. Fui incluído entre os Deuses: **atque inter Divus relatus est**[228]. Fora decisão senatorial. Não me ausentei entre maldições coletivas. Diminuíra os impostos. Punira o peculato. Defendera o Tesouro. Garantira a justiça nas províncias. Amável para com todos, **civilis in cunctur**. Homem egrégio, **vir egregius**[229]. Combati os galileus valorizando a minha velha Religião, trazida no sangue dos filósofos, poetas e tribunos. Combati, excluindo-os dos cargos de confiança imperial. Multipliquei as escolas para criança, ginásios, palestras de exercícios físicos, ensino moral. Compreenderam que lhes disputava o Futuro e por isso fui o Inimigo Maior. Amiano Marcelino escreveu essa concordância. Mandei guardar os templos, os mármores, bronzes artísticos, as estátuas eternas, afastando-as das depredações da bestialidade anônima, açulada pelos interesses do saque. Séculos depois, não viu Savonarola em Florença? Fui, realmente, o Apóstata. Apostasia vale apenas dizer **separação**.

— É verdade! Há a opinião de Jerônimo, Doutor da Igreja. Acidente

---

224 Interiormente pense como lhe apraz, exteriormente segundo o costume.

225 Venceste, ó Galileu!

226 Perseguiu vivamente a Religião Cristã sem todavia fazer correr o sangue dos cristãos – conforme traduz Cascudo.

227 Está no livro décimo do seu **Resumo da História Romana**.

228 O sentido da frase é indicado por Cascudo: **Fui incluído entre os Deuses**.

229 Amável para com todos, **civilis in cunctur**. Homem egrégio, **vir egregius** – As duas expressões "civilis in cunctur" e "vir egregius" – estão acompanhadas dos sentidos em Português (**amável para com todos; homem egrégio**).

simples para mim. Quando eu combatia os Partas, Jerônimo viajava pela Ásia Menor, estudando, observando. Ainda não era presbítero. Teria seus 32 anos. Homem feito. Escreveu em Belém, no fim da vida, que **Juliano Augusto na guerra dos Partas sete livros contra Cristo vomitou!** Foram realmente dois. Chamam-se *Raivoso cão* e *Asquerosíssima língua*. E contra o domínio cristão. Escrevia ele vinte e três anos depois de mim, lendo, ouvindo, vivendo, sentindo unicamente adversários meus. Não podia nem **devia** compreender-me. Foi uma grande Vida que desejaria ter vivido, dedicada ao Espírito, ensinando, debatendo, expondo, sofrendo pela Ideia. Fui um pouco como ele mas o acaso do nascimento fez-me Imperador. Jerônimo não admitia conclusões alheias às próprias. Hoje seria um desajustado insuportável, dando imenso trabalho aos seus chefes. Sonhava o que nunca ocorreu e nem jamais ocorrerá neste Mundo: unanimidade religiosa no plano doutrinário. Não viu o que sucedeu? Dilúvio de heterodoxos. Os mártires martirizaram! Não o tenho avistado ultimamente. O senhor sabe que as almas não se confundem. Guardam a personalidade. Cercam a Divindade sem que se dissipem no seio de Deus, como num Nirvana quietista. Jerônimo, Doutor da Igreja, Mestre basilar de Ortodoxia em finais do século IV para as duas primeiras décadas do V, era homem do seu Tempo, cristão com as soluções teológicas subsequentes. O II Concílio ecumênico do Vaticano concluiu e sentenciou justamente às avessas do que ele pensava. Justificou-me!

— Não combati a Jesus Cristo e menos a coexistência com os cristãos mas exatamente o que o Papa Paulo VI aprovou e é doutrina indiscutível na Igreja Católica: o direito religioso de cada Homem! Eles faziam o ambiente irrespirável e torvo, fatalmente agressivo. Não a conquista de novos prosélitos mas a guerra aos que não eram. Vividos no combate, agora que não eram perseguidos nem estorvados, perseguiam e estorvavam. E a **outra** Religião era autorizada, legal, regular. Atiravam os catecúmenos, rústicos e violentos, contra os templos povoados de mármores. Servia-se a Deus, depredando... Não explicaria minha conduta, ante qualquer autoridade moderna, a defesa de um patrimônio artístico e secular, mas a necessidade da ordem e da tranquilidade públicas. Vivam, e deixem os outros viverem! Esse axioma primário era um enigma, negado e combatido pelas armas, distúrbios, incêndios. Os bombeiros eram apedrejados porque violavam o **direito do fogo**. Ninguém ignora o que acontece quando a multidão entende de aplicar penalidades públicas ou preferências particulares, exaltadoras. A pessoa do Imperador estava à disposição de qualquer demagogo que se afirmava portador do **Espírito Santo**.

– Minha situação, até bem pouco, era essa. Fui julgado, estudado, exposto, explicado, pelos meus inimigos. Inimigo critica, ataca, deturpa, compromete, mente, agride, mas não veste a toga de juiz. Ou não a deve vestir. Carece da virtude fundamental da imparcialidade, Justiça emergente. Eu, como Jesus Cristo, fui condenado pelos juízes que me odiavam. Singular jurisdição e estranha competência! Meu retrato é trabalho meticuloso da Difamação sistemática, trazido aos contemporâneos como verídico e fidelíssimo. Eutrópio e Amiano Marcelino jamais foram convidados a prestar depoimento, eles, testemunhas presenciais, nesse pretório comediante. Os meus defensores, através dos séculos, pertencem à minoria letrada, revoltados com a iniquidade de uma sentença que não podia passar em julgado.

– Não e não, professor. Não estava desrespeitando as leis. O edito de Milão em 313 tolerava a função religiosa dos cristãos, excluídos dos cultos autorizados. O edito imperial de 323 tornara-a oficial. Mas não suprimira a Religião anterior em parte alguma. Constantino não renunciara título e funções de Pontífice. Ninguém tinha o direito de perturbar as crenças alheias, milhões e milhões de crentes, dentro do Império. O Prefeito de Roma era responsável pela conservação de 132 templos e 160 edículas abertas à frequência regular. O Capitólio resplandecia nos seus trinta altares tradicionais. O Colégio dos Áugures funcionava legalmente. As Vestais guardavam o fogo de Vesta. A Vitória de ouro presidia o Senado. Não era, entretanto, possível fazer compreender essa coexistência aos cristãos. O culto dos Deuses foi proibido em 395, trinta e dois anos depois de mim. Quando fui Imperador, havia legislação defensiva do Olimpo, como viveriam na Roma pontifícia as sinagogas israelitas imutáveis. Teodósio seria o realizador da revolução extintora. Até os Jogos Olímpicos acabou. Não era da minha família...

– Eu defendia uma Fé existente realmente nas minorias rústicas e fiéis. Resistindo, sem modificação, nos campos, os futuros **pagãos** obstinados. Nas cidades era burocracia, rendimento, vênias maquinais, tristes como altar sem ídolos. Os Deuses das províncias estrangeiras ocupavam as preferências. Os Olímpicos, anos depois de mim, estavam com os templos transformados em basílicas, com a cruz nas cúpulas, e a egípcia Ísis, ainda em 560, recebia festas ardorosas pela Etrúria e reinava nas margens do Nilo. Eu mesmo, o Imperador paladino do legitimismo ortodoxo, fora iniciado nos "Mistérios" de Mitra pérsicos, ensopando-me no sangue do touro votivo... Ísis durou muito mais tempo que Juno ou Cibele. Duzentos anos antes haviam batido as picaretas sofistas e as alavancas dos cínicos, numa insistência abaladora e tenaz. As classes **letradas** afastavam-se do culto como de um costume humilhante. Veja Luciano de Samósata, zombeteiro, cético, incrédulo, espalhando toda uma literatura de sarcasmo, de pilhéria, negativa, rutilante de graça, ironia, comunicativa descrença medular. Dois séculos antes de mim, era o **estado** comum dos níveis de onde saía o alto funcionalismo do Império. Sem crença pessoal e menos admitindo a sinceridade alheia. E o Lábaro ainda não fora encimado nos estandartes das Legiões, suprema sedução da Promessa, da Esperança, do incalculável poder do Deus Ignoto, que Paulo anunciara, sem êxito, em Atenas. Mas era uma atração que tudo prometia. Quis consolidar e garantir esse imenso edifício vacilante, ainda a prumo pela tradição do hábito. Um **compelle intrare**[230] que sempre me revoltara, desde criança em Marcelus. Mesmo assim, atesta Amiano Marcelino, nunca a condição de cristão justificou uma sentença de perda econômica, havendo justiça ao querelante. Eu vivi o clima da austeridade filosófica, inacreditável e verídica. Tantos séculos depois, Montaigne far-me-ia justiça. Eu, Imperador romano, era publicamente insultado por velhos Bispos que nada sofreram na ousadia agressiva. Depois, essa tolerância não se repetiria nos meus sucessores cristãos.

– Ensinaram que, voltando vencedor de Sapor, decretaria uma **perseguição** no estilo clássico das torturas, criadoras dos mártires, celeiro dos Santos. Como eludiria os editos imperiais de 313 e 325? Eu, discípulo de Platão, leitor de Pitágoras, aluno de Libânio para quem a Lei era um dogma intocável por ser vontade imperial, consagrando necessidade humana evidente? Esses historiadores têm mais imaginação que Luciano de Samósata... Continuaria a combatê-los pela diminuição da propaganda, do ensino doutrinário persistente, evitando o efeito infalível da eloquência irresponsável ao ataque do Poder Imperial. Separaria, com decisão, as áreas jurisdicionais do Cristo e do César. Não levaria os recursos do Império para a publicidade do comando galileu! Sobretudo, não faria **mártires**, os mais irresistíveis elementos do novo contágio religioso. Não lembra o que haveria na Espanha muçulmana? A loucura do martírio impossibilitando a reorganização harmônica e pacífica da Igreja, acordada entre Emires e Bispos? A Exaltação, professor, é uma força aliciante mas não construtiva. Quando Pedro cortou a orelha de Malco, o Messias mandou-o embainhar a espada, que estava em sua defesa. Eu fora leitor, e em voz alta, dos Evangelhos. **Todos os que lançam mão da espada, à espada morrerão!** E Lucas diz que o Messias curou a orelha ao agredido. Eu não reincidiria no erro sangrento dos nossos antecessores. Mas era indispensável apresentar-me faminto das

---

230 Um **obriga a entrar** que sempre me revoltara, desde criança em Marcelus.

vidas cristãs. E assim tenho vindo, através dos livros onde se estuda a História nas escolas...

— Minha situação presente? Não me convenci da excelência dos cristãos como metafísicos. Recorrem, invariavelmente, à Revelação, imprevisível para o entendimento racional. Nós procurávamos com os recursos limitados da Lógica dedutiva. Eles encontraram a fonte d'Água Viva. Não tínhamos doutrinas explicando, realmente, a natureza dos Deuses. Cada um deles possuía centenas de lendas, um folclore, digamos. Mas os Divos eram indeformáveis. Recebiam a colaboração dos mitos regionais como afluentes que não abrigavam mudança de nome e direção. O cristão, aproveitando nossa Ciência e sem comprometer o essencial na sua Crença, era mais plástico, acolhedor, assimilativo, notadamente antes dos Concílios ecumênicos que lhe deram rigidez e dureza conceitual. Vimos, nos séculos IV e V, o Cristianismo poder atrair os bárbaros do Norte, insensíveis aos vultos vazios e lindos dos nossos Deuses. Possuíam imagens verbais mais palpitantes e sedutoras. Não podiam sentir a Humanidade mas pregavam a solidariedade do gênero humano, uma base comum e contínua da Existência. Manejavam a possibilidade de tornar qualquer devoto em **Santo**, recebedor de oblações e reverências eternas. Tínhamos semelhantemente, mas reservada, a distinção aos Imperadores. O cristão democratizou a Divindade sem diminuí-la dos atributos Onipotentes. Pela primeira vez, na história religiosa do Mundo, um homem dirigia-se direta e materialmente ao Deus, dispensando a parafernália sacerdotal. Essa faculdade íntima, afetuosa, confiada, fixou uma contiguidade invencível, uma vizinhança sobrenatural, um possibilismo do auxílio divino, superior a qualquer entidade e culto. Não vou lembrar quanto deviam a Platão, aos estoicos e peripatéticos. No meu tempo já tinham vivido Justino, Clemente de Alexandria, o grande Orígenes. Ocorrera o concílio de Niceia. A *Ecclesia*[231] tornaria a Doutrina discutível sinônimo de Dogma, mas a fixidez aparente permitia acomodações e reajustes, verificáveis para qualquer estudioso de Teologia. Nós não tínhamos Doutrina e sim especulação, procura da Sabedoria, enfim, o nome diz, *Filosofia*. O galileu, segundo dizia, guardava a Verdade pura, definitiva, total, na Revelação do Logos, a Divindade. A nossa concedia-nos explicações transitórias e momentâneas através dos Oráculos, desmoralizados pelo interesse político e suborno dominador. Por isso a *Ecclesia* sucedeu ao Império desmoronado. Dentro das nossas reservas intelectuais resistiram os elementos aproveitados pelo cristão. O resto,

---

231 A **Assembleia** tornaria a Doutrina discutível sinônimo de Dogma (...).

como sementes, mergulharam n'areia, séculos e séculos, até o reaparecimento integral ao correr da Idade Média, quando Platão, Aristóteles ressurgiram nas cátedras ocidentais, através de árabes e depois com os mestres emigrados da Constantinopla que se tornara turca, seca, violenta, antimental. Período da Escolástica em que a Filosofia e a Teologia unificaram-se, processo impossível para nós, até o impacto do Renascimento, debate entre a Fé e a Razão, Natureza e Graça, Predestinação e Livre Arbítrio. Enfim, o esforço inaudito, e sabidamente inútil, de **explicar** a Fé (a Evidência é indemonstrável), exaltando a Igreja em resultado racional. As duas rainhas, Razão e Fé, não podiam ocupar o mesmo trono sem admitir coparticipação funcional. Sabíamos essa situação antes de Sócrates. O Deus cristão é ilimitado em potência, superessencial, incomportável em qualquer categoria, tendo o Tempo por mero atributo. Os nossos eram sujeitos ao Destino, **fatum**, Moira. Júpiter não amou Tétis porque Prometeu advertiu-o que o filho, nascido desse conúbio, suplantaria o Olimpo. Ésquilo diz que o aviso fora a Mercúrio. Píndaro descreve Têmis alarmando a Zeus. Luciano de Samósata faz o titão dizendo o mesmo ameaçado e amoroso. O Pai dos Deuses não sabia o próprio Futuro! Mas a Sabedoria cristã mandava escolher entre Razão e Fé. Anselmo, arcebispo de Cantuária, é irrespondível: **Quem não crê, jamais compreenderá**! O que Hobbes diria: **Todo ato tem uma razão suficiente**, entenderia o cristão como **a serviço de Deus**. Mas, professor, essas conclusões já não me comoviam, simples espectador da batalha.

— Compreendo. Nesses últimos 1.604 anos, contando-se de 363, nenhum pesquisador, sábio e teimoso, conseguiu recensear o número exato dos Entes supranaturais que o Homem adorou. Sei que as Religiões não morrem. Substituem-se, num sistema de vasos comunicantes, pelas superstições sobreviventes. A mensagem renovadora é destinada a cada um de nós, individualmente, e não ao Povo, abstrato, complexo, convencional. Pretende-se modificar a população pela transformação de cada um dos componentes. Entretanto a sugestão do grupo prevalece sobre a perfeição da Unidade, a reforma pessoal, isolada, eremítica. Reúnem-se, e esse grupamento determina a lenta mutilação. A presença da multidão devota é uma tendência associativa humana irresistível. O fundador do Cristianismo jamais mandou construir edifícios para o seu culto. Bem ao contrário. Ordenou, claramente, a oração domiciliar, oculta e solitária. Assim está em *Mateus* (6.6): **Entra no teu aposento e, fechando a tua porta, ora a teu Pai**. A exposição oral fora nas Sinagogas mas, depois da Ascensão, os Apóstolos conquistaram o Mundo pregando ao ar livre, **missus a Deo**[232]. A *Ecclesia* abrigava-se nos lares. A tradição, anterior e milenar, obrigou a Igreja, que era o conjunto ideal dos fiéis, a materializar-se em moradas de pedra, como Iavé, Deus do **êxodo**, terminou possuindo um palácio em vez da tenda inicial. A pedra angular, prevista pelo Messias, era Simão Bar-Jonas, Cefas, Pedro. A Igreja Viva no Espírito do Homem, e não nas casas que se podem esvaziar e ruir. O Costume é potencial, mágico. A *Ecclesia* ficou sendo Igreja, e assim é que a conhecem, como no meu viver pela Terra de outrora. Daí em diante o Continente é o Conteúdo. O Acessório é o Principal. O Templo é Deus, como Faraó, residência do Rei, passou a ser seu título no Egito. Por mais que ensinem: **Deus está em toda a parte!** acreditamos que viva unicamente nos altares, nos símbolos, imagens, representações. Tratávamos de erguer templos aos Deuses sem procurar mantê-los no coração. Essa é a Razão principal do meu Erro, tendo a noção popular da Divindade como expressão verídica da Presença. Fui bater-me pelo Cerimonial, olvidado do Espírito que o fortalece. Festividades, desfiles, sacrifícios, carros alegóricos, não defendem os Deuses, enfermos pela Incredulidade. Os Deuses, professor, podem muito pouco sobre os Homens. Descidos dos Céus, criadores da Vida Nova, findam, invariavelmente, remodelados, adaptados, de acordo com as preferências ambientais. O Homem, pelo que tenho visto, é a medida de todas as coisas. E, até certo ponto, dos seus Deuses.

– Falta-me falar sobre a minha **Hipocrisia**, o **Hipócrita Juliano** é também um tropo retórico ao meu nome. Hipocrisia, na acepção vulgar, não existia na Grécia. **Hupokrités** era o comediante, **hupokrisis**, o papel representado, vivido no palco, sob a máscara da respectiva personagem. O ator fingia essa outra existência. **Hypokrisis**, etimologicamente, valia abaixo ou sob a decisão, julgamento, sob função de outra personalidade, na linguagem teatral. Não significava simulação, falsidade, fingimento, como passou a ser à volta do século XII. Hipócrita era quem "figurava" outra pessoa. Vem daí o emprego por analogia. Como vê, professor, hipócrita era o César e não o Imperador. O falso, simulado, fingido, era o Juliano antes de libertar-se de Constâncio. Indo para o sólio Imperial, deixei, imediata e publicamente, o meu humilhante papel de **cristão à força**. Retomei a legítima fisionomia. Ainda dizem **arrancar a máscara**, valendo o ter cessado o fingimento, mostrando-se verdadeiro, no Bem ou no Mal. Arranquei a

---

232 (...) **enviados por Deus**.

máscara asfixiante. **Mutat personam**[233]. Acusam-me de Hipócrita justamente quando deixei de ser.

Agora já não estou **em causa**. A sentença conciliar do II Vaticano é lógica, humana, natural. Apenas diametralmente oposta aos que me condenaram. Estou, finalmente, tranquilo...

Levantou-se, calmo e triste, como na sua estátua de Cluny que está no Louvre, diademado, envolto com o grande **pallium**[234] grego de professor filósofo. Ergueu o braço em diagonal.

– **Vale**[235], professor!

E saiu.

---

233 **Transforma a máscara**.
234 (...) envolto com o grande **pálio** grego de professor filósofo.
235 **Adeus, professor!**

20
Píndaro. As lúdicas da asa alugada

Chuva fina, fria, teimosa. Fui deixar um amigo devoto do **foot-ball**. O Estádio estava coberto de bandeiras e cheio de povo. Vez por outra atroavam rajadas sonoras na tempestade dos gritos roucos, ferozes, unânimes. O meu amigo enfiou por um portão lateral, cumprimentado pelos porteiros, guardas do santuário trovejante. Ao retomar o automóvel, encontrei um velho de cabeleira longa e branca, enrolado numa capa alvadia, tentando obter condução. Estava visivelmente enfadado. Ofereci-lhe passagem até a cidade. Sorriu, e sentou-se na almofada. Face nobre e clara, mostrando as cicatrizes da batalha com o tempo, olhos escuros, de impressionante brilho. Acomodou-se, ofegante. O auto arrancou e o velho começou a falar. Voz musical, serena, pausada, rítmica.

– O senhor não ficou para assistir ao jogo internacional?

– Sou uma raridade brasileira. Nunca assisti a uma "partida" de **foot-ball**. Não entendo e fiquei imune, entre todos os meus amigos, ao contágio atroador. Meus filhos adoram o **foot-ball**.

– Não ama os esportes, então?

– Não os profissionais. Sou do esquecido tempo do **amadorismo**, inacreditável e gratuito. Os esportes que amo são os **jogos olímpicos**, até quando Teodósio extinguiu-os, 964 anos antes do descobrimento do Brasil! Não se assuste, fui professor e estou na fase sentimental da velhice. E o senhor? Qual o seu esporte?

– Nenhum. Já não tenho nenhum. Não podem merecer minha simpatia embora lhes compreenda popularidade e força. Estamos mais ou menos de acordo. Noto ainda uma anomalia. Vivemos numa atmosfera atordoante de interesse esportivo. Os esportes são a via mais segura para a Imortalidade... de alguns anos. E ampla suficiência financeira. Nada mais envolvente, apaixonante, dominador, universal! É o assunto, atração, leitura, eloquência, das multidões. Mas o atleta dos nossos dias não alcançou a projeção fecundadora nos níveis da Arte. Não há Poetas, Escultores, Medalhistas, dos Esportes. Figuram em selos, nas emissões efêmeras. É a paixão do Povo sem que haja conquistado o Artista. Até hoje não conheço, em divulgação, notoriedade, beleza, os equivalentes contemporâneos ao *Discóbolo* de Mirón, o *Apoxiomeno* de Lísipo, o *Doríforo* de Polícleto, *O Gladiador Borghese*. A luva de couro, o pontapé na bola, o **vale-tudo** da Luta Livre, parecem limitar-se à exaltação nervosa da constatação, não vivendo além da provocação entusiástica.

– Exatamente. E lhes falta **Píndaro**, contando lutas de corpo a corpo nos pugilatos e pancrácios, disputas de carros de mulas, corridas a pé, a cavalo, ou guiando quadrigas, atravessando, calmamente, vinte e quatro séculos! Revivi-o relendo a edição francesa de Poyard.

– É um probleminha para os estudiosos da lúdica essa ausência da consagração artística no plano ostensivo, duradouro, indiscutido, como ocorreu na Grécia. Quando, agora, ornamentam um estádio, aproveitam os modelos clássicos. Não supunha essa contemporaneidade de **Píndaro**...

– Sou um dos fiéis e ele continua nos compêndios de Literatura em todos os colégios do Mundo. O senhor é grego?

– Mais do que grego, professor. Sou esse **Píndaro**, evocador dos jogos de Olímpia, Delfos, Argólida, Corinto. Fui hoje, mais uma vez, em milhares de experiências, tentar aproximar-me de um jogo aclamado e mundial. Posso dizer o melancólico, **moi, je suis trop du temps passé**...[236]

Lamentavelmente não poderei perguntar a idade justa de **Píndaro**. Seus biógrafos brincam de esconder com a cronologia. No mínimo, 2.408 anos vividos! Cantou as vitórias olímpicas, ístmicas, nemeianas, píticas. Restam-nos as 44 odes e fragmentos de peãs e parteneus, brilhando como joias incompletas. Tudo quanto ele amou, desapareceu. Êxito, Deuses, nomenclatura geográfica, recursos retóricos, motivo exaltador, nome de heróis, dissiparam-se no implacável Tempo. Ressuscitam quando abrimos seu livro. E agora viajávamos no mesmo automóvel.

– As cousas, professor, devem viver pela Continuação. Extintas, não sendo por um ato despótico, não convém recomeçá-las, impondo existência artificial. Já perderam a finalidade. Cumpriram a missão. Um grupo de apaixonados tenta a ressurreição impossível. Para eles, como para os velhos namorados, o Amor é sempre novo e belo. Falta, porém, o espírito ambiental, a colaboração lógica, compreensiva, estimulante. Os Jogos

---

236 Posso dizer o melancólico **estou preso ao tempo passado**...

Olímpicos contemporâneos são revivescências sacrílegas, apesar da pura intenção espiritual ardorosa. Esportes do Presente incluídos no exercício lúdico de outrora. Seria reviver as Justas e Torneios medievais, enlouquecendo fidalgos e plebeus, agora esvaziados de expressão. Deixemos a cada Época suas predileções. O cortejo sagrado das Panateneias valeria um desfile de Carnaval. A essência evaporou-se. Resta-nos, desfeito, o vidro de cristal. O senhor compare o Esporte dos primeiros dez anos desse século com a movimentação, humana e financeira, da atualidade, Associações, Ligas, Federações Internacionais, interesses, manobras, objetivos. O espírito esportivo, venda dos **passes**, mudança das cores entre jogadores, a mesma dedicação sucessivamente votada às entidades antes combatidas, abandono aos compromissos, agora defendidos judicialmente, são **constantes** diárias e normais, criticadas e comuns. Levar essa Mentalidade para os Jogos Olímpicos da Élide é apenas um despautério integral. Vamos deixá-la aqui mesmo. Ficou, é verdade, a sedução daquele Passado fascinante, uma atração irresistível para atualizar o encanto que jamais ressurgirá na superfície da Terra. Tratem de valorizar o que possuem...

– Prêmios? O prêmio Olímpico, suprema aspiração do Mundo antigo, concedido aos gregos, era um Ramo de Oliveira! O Pítico, ramo de Carvalho, e depois, de Louros. Em Nemeia, coroa de Aipo. Nos Ístmicos, em Corinto, o Aipo no meu tempo, posteriormente, ramo de Pinheiro. As recompensas em moeda, após o concurso, passaram logo. Não eram simbólicas. Tinham unicamente a dimensão metálica. Por que falo nesse assunto? Há uma biblioteca informadora, com maior ou menor exatidão. E os Jogos modificaram-se depois de mim. Realizavam-se no plenilúnio do solstício de verão, de quatro em quatro anos, entre julho e setembro, durante sete dias, 10 a 16. Privativo dos gregos, atraíam os patrícios e não patrícios espalhados nas colônias mais longínquas do Mediterrâneo, desde a Sicília. Concorriam os reis, príncipes, ricos, os pobres eram auxiliados pelas administrações locais. Reis que guiavam quadrigas e Príncipes empenhados no realismo dos pugilatos. Trazer carros, cavalos, mulas, os heroicos cocheiros, os aliptas treinadores, amigos, servos, custava caro na jornada marítima e manutenção da travessia até a Élide. Os outros Jogos, também famosos, em Delfos, Argólida, Corinto, arrastavam multidões fanáticas. As mulheres casadas não podiam assistir. Apenas as donzelas e a sacerdotisa de Deméter Camirê. Houve uma exceção única. Pherenike, uma **diágora** de Rodes, filha, irmã, esposa e mãe de atletas vitoriosos, disfarçou-se em alipta para testemunhar o sucesso do filho, Peisirodos, no pugilato. Correndo para abraçá-lo, o manto rasgou-se, denunciando-lhe o sexo pelos seios. Foi aclamada mas a proibição se manteve. E veio a ordem dos **Hellanodikai**[237] para os aliptas apresentarem-se despidos, como os atletas seus discípulos.

– É verdade!... Outro elemento negativo para a contemporaneidade. Os Jogos Olímpicos eram complementos de cerimonial sagrado. Ao derredor das áreas descobertas, no **Altis**, erguiam-se os templos, Pelopeion, Zeus, Heráion, Métroon, vários outros ao lado dos recintos esportivos, estádio, hipódromo, palestra para as lutas, ginásio para os exercícios. E o altar de **Kairós**, o Deus da Oportunidade. Os Jogos eram antecedidos e finalizados pelos **ofícios** religiosos, procissões, oferendas. Ante o altar, ao ar livre, de **Zeus Arkáios**, o vibrador do raio, em marfim e ouro, sacrificava-se o negro javali, e vendo a carne palpitante os atletas aliptas prestavam os mais severos juramentos de honestidade absoluta nos meios empregados para o êxito, e na presença dos juízes Hellanodikés. A violação do compromisso era a cassação vitalícia dos direitos civis, e um opróbrio para a pátria do culpado. Não havia reabilitação. Terrível, não? Proclamavam as **Tréguas Sagradas**. O acesso ao campo banhado pelo Alfeu era livre, seguro, garantido. Nenhuma perseguição, rapinagem, guerrilhas, prisão, rapto. A Grécia era a Tranquilidade sob a custódia dos Deuses, pela sombra de Héracles, fundador dos Jogos, realizando-se a primeira **Olimpíada** vinte e três anos antes de fundar-se Roma. Toda a gente sabe dos Jogos de então: corrida a pé, despido ou com armadura de bronze, corrida de carros, com mulas ou cavalos, corrida equestre, lançamento do disco e do dardo, pugilato, com luvas grossas, tecidas de tiras de couro, a luta em que o adversário deveria ser derribado três vezes, o **pancrácio**, com luvas e podendo engalfinhar-se no corpo a corpo, origem da **Luta romana**, séculos depois. Dizíamos **Pentatlo** as cinco disputas, salto de extensão, disco, dardo, corrida a pé, pugilato. Mas houve substituições, incluindo a corrida de quadrigas e o **pancrácio**. Os carros percorriam doze vezes o Hipódromo, mais de treze quilômetros. Proclamado o resultado, o arauto sagrado, **Teorói**, fazia a volta, antecedendo o atleta, gritando-lhe o nome, o nome do Pai e o nome da Pátria, enaltecida com tal filho! Entregue a coroa, exposta no altar, apresentado o vitorioso no **podium** Olímpico, estrado da consagração, realizava-se a procissão congratulatória aos Deuses, protetores do certame, banquete no Pritaneu e dispersão jubilosa. Ganhava o atleta o título incomparável de **Olimpioniké**[238], glória para a família, conterrâneos

---

237 **Hellanodikai** – Juízes gregos dos jogos olímpicos.
238 Ganhava o atleta o título incomparável de **Vencedor dos Jogos Olímpicos** (...).

e a terra do nascimento, perpetuamente citada. Erguiam estátuas votivas. Na minha época, simples estelas de madeira, depois, mármore do Pentálico. O **Olimpioniké** era inviolável, isento de todas as obrigações pecuniárias. Sua casa e propriedades, livres de impostos. Era Hóspede ilustre aonde chegasse. E alguns receberam grandes quantidades de ouro. Só podia ficar em lugar distinto, nas festas públicas. Era convidado permanente para todas as solenidades gregas. Uma família orgulhava-se indicando um ou mais **Olimpionikoi** entre seus membros. O título nos antepassados era recomendação probante. Não era possível credencial, apresentação mais alta e prestigiosa em toda a Grécia, em toda a Ásia Menor, enfim, no Mundo clássico, desde sete séculos antes do Cristo. O **Olimpioniké** era um semideus, invejado pelos chefes da Grécia e depois pelos imperadores romanos. Um deles, Nero, criou os concursos de poesia e declamação dramática em 67, indo pessoalmente disputar aos concorrentes invisíveis, porque ninguém apareceu, exceto o próprio Imperador, cumulado de coroas, como o senhor vê em Suetônio. Mas esses prélios literários não mereceram aceitação, embora grandes trabalhos mentais fossem comunicados durante as Olimpíadas. Os Jogos Olímpicos eram adestramento corporal, exaltação sinérgica do vigor físico, da inteligência para dominar o inimigo, preparando os rapazes para Maratona, Termópilas, Plateia, Salamina. Os Jogos Olímpicos possibilitaram o esplendor da plástica viril, firme e máscula, imortalizada nas estátuas incomparáveis, inimitáveis pela irradiação da Beleza!

— Até minha presença, a participação era da nobreza e depois surgiram os profissionais, delegados de povos, cujo entusiasmo valoroso era mais atento às recompensas que aos valores tradicionais. Recompensas espontâneas quando voltavam com as coroas insuperáveis. Mas o clima popular continuava fervoroso. Não recorda o triste final dos Jogos Olímpicos? Foram julgados de propaganda pagã, anticristã, sem conteúdo moral, combatidos pelos pregadores que os ignoravam e não os podiam compreender. Mesmo com os soberanos cristãos de Bizâncio, os Jogos continuaram, populares e queridos. Rara seria a cidade, de vulto maior, que não imitasse os modelos helênicos da Élide. A guerra doutrinária seguiu sem pausa, até que, em 393, Teodósio, que dizem o **Grande**, proibiu sua realização. A derradeira Olimpíada fora a 291, em 385. Trinta anos depois, 423, o segundo Teodósio, num exemplo ortodoxo, mandou incendiar e destruir os edifícios olímpicos. Restou um campo de ruínas fumegantes. Tinham durado doze séculos! Há 834 anos que eu deixara de ter olhos mortais para ver essa catástrofe irreparável!

— Sim, nasci perto de Tebas. Sou beócio, que os atenienses faziam imagem suína, pátria de Hércules, os guerreiros Pelópidas e Epaminondas, o poeta Hesíodo, o desgraçado Édipo. Beócio ficou sinônimo de parvo, crédulo, imbecil, mesmo aqui no Brasil, via Portugal. Fui, porém, cantor dos Jogos imortais e os epinícios chegaram até suas mãos. Fui familiar dos Reis, Pontífice das Musas, Cantor sagrado. Perderam-se para sempre as minhas melodias que acompanhavam as composições poéticas. O Deus Pan cantava meus hinos. A Pitonisa de Delfos divulgou a ordem de Apolo mandando entregar-me a metade das primícias que lhe fossem oferecidas. Esta doação transmitiu-se aos Pindáridas, meus descendentes. Os anfitriões decretaram que eu seria Hóspede de Honra em todas as cidades da Grécia. Meus versos da LXXIX Olimpíada, a ode a Diágoras de Rodes, foram gravados em ouro no mármore! Nas cerimônias de Apolo Délfico, coroado de louros, eu ocupava um trono de ferro, vizinho ao altar. Tebas ergueu-me estátua ainda em vida. Em 335, Alexandre Magno destruiu Tebas insurgida, mandando respeitar a casa onde eu vivera, cem anos antes. Homenageava o Poeta que fora hóspede do seu avô na Macedônia. E os Pindáridas nada sofreram. Minha sombra protegia-os. Essa glória provinha de ter sido o Cantor dos Jogos Olímpicos!

— Por que essa mania obstinada para adquirir força física? Não leu o *Anacarsis* ou *Os exercícios do corpo*, de Luciano de Samósata, imaginando um diálogo entre um Cita e o Legislador Sólon, explicando este a finalidade social das palestras, as lutas preparatórias nos ginásios gregos? A Cidade devia ter homens fortes e de corpos sadios e não apenas constar de edifícios sólidos e ágoras povoadas pelos vadios e palradores. O homem faz a cidade e não esta a ele. A beleza da cidade, sua força, defesa, conservação, dependem da população saudável, animada, vibrante. Preparar para cada alma um abrigo digno dela foi a nossa doutrina. **Mens sana in corpore sano**, atendendo que **mens agitat molem**[239], o espírito move a matéria. Os Jogos Olímpicos foram a demonstração desse ideal. O menino, educado pelas mães, amas, pedagogos, passava ao ginásio para ser forte e à academia para ser sábio. Não tínhamos esportes armados. Essencial era enrijar os músculos, afrontar calor e frio, saber correr, saltar, atirar dardo, dominar o cavalo, lutar, cair e levantar-se imediatamente, retomando o embate sem desânimo, enfraquecimento, temor da derrota. Quando chegava a hora de aprender o manejo das armas, o rapaz estava pronto para honrá-las. Ali estava o guerreiro em potencial. Assim os gregos vivem no orgulho da plástica que o mármore eternizou.

---

239 **Mente sã em corpo sadio**, atendendo que **o espírito move a matéria** (tradução do autor).

– Lembro, naturalmente. Os povos germânicos tiveram a metade desse programa. Cuidavam da força, destreza, capacidade pessoal de ataque e defesa, enfrentando intempéries desde crianças, fome, sofrimento, fadiga. Adoravam a Guerra, sempre famintos pela glória das batalhas. Descuraram o outro lado da propedêutica, os valores do Espírito. Deixaram um patrimônio de exaltação belicosa. Passaram como um tufão. Os meteoros não têm História.

– Infelizmente, não. Nada devemos a Roma. Roma, apesar dos tribunos e poetas, não olhou esse problema vital. Tornou os **ludi**[240] uma exibição cruel de violência e martírio, remunerados em sestércios de prata. A atração da Grécia era o Jogo Olímpico. De Roma, o Circus, duelo de gladiadores, mirmilão de espada contra retiário de tridente, beluário com as feras; **os que vão morrer te saúdam!** Oferenda brutal do Imperador e dos ricos a uma plebe delirante e bêbada de obscuro sadismo, condenando as vidas àqueles réus sem crime, voltando para baixo o polegar, **pollice verso**! Mandando que o vencedor apunhalasse o vencido! Era o júbilo popular! O Circo e, depois, comer. **Panem et Circenses**![241] Para esse festim, as legiões da Loba saquearam o Mundo. Não tivemos essa atividade sinistra. Bizâncio foi outro exemplo de loucura. Hipódromo, corrida de carros, túnicas azuis ou verdes, terminando em revoluções e massacres. Os **Basileus** morriam na arena como os cristãos no Circus. Nos Jogos Olímpicos os mortos ou feridos seriam por acidentes lamentáveis e nunca deliberadamente provocados para gáudio do Povo. O Circus romano possuía a sua triste Porta **Libitinensis** por onde saía, rasgado de golpes, arrastado e sangrento, o gladiador, morto ou moribundo, debaixo dos aplausos frenéticos ao vencedor. O nosso vitorioso era coroado de louros, aipo, oliveira, carvalho, sem pecúnia, sem vítimas. Não tínhamos o **jus ludi**[242] como a um passatempo, divertimento, prazer ocioso, sentada a multidão para ver matar. Os Jogos Olímpicos eram um elo na imensa cadeia da solidariedade juvenil e adulta no preparo sereno e completo para a defesa da Grécia. Não possuímos o que se chamou **patriotismo**, a unidade do interesse moral no conjunto coletivo, e essa falha nos perdeu. Não fomos **patriotas**. Fomos **cidadãos**, de cidade. A nossa História é a reminiscência guerreira de cidades contra cidades, rivalidades incessantes, Atenas, Esparta, Tebas, Macedônia. Os Jogos Olímpicos cons-

---

240 Tornou os **jogos** uma exibição cruel (...).

241 (...) **polegares para baixo!** Mandando que o vencedor apunhalasse o vencido! Era o júbilo popular! O Circo e, depois, comer. **Pão e circo!**

242 Não tínhamos o **direito à diversão dos jogos** (...).

tituíam, cada quatro anos, o espetáculo da aproximação da Raça, contato entre os gregos de todos os recantos, naqueles sete dias inesquecíveis. As lutas ficavam vibrando nas memórias e as coroas nas almas, orgulhosas do prêmio sem par. Jamais seria possível a formação dos grupos, partidos, facções, entre nós, para apoiar, fortalecer, animar um atleta. Os vencedores venciam em nome da Grécia que lhe estava no sangue. As aclamações eram de todos nós. Nem verdes e nem azuis ou preferências pelas **escolas gladiadoras**. Um imperador, Cômodo, lutando no Circus, é o exemplo dessa conquista de popularidade que se tornou Demagogia, sem que pensasse em tornar-se poderosa pela obtenção do entusiasmo pago com outra moeda. Esse processo conduziu, inevitavelmente, à Tirania. Todos os nossos tiranos foram demagogos e não **Olimpionikés**. Os Jogos Olímpicos, em sua profunda essência, pertenciam à Educação, formando caráter, resistência, coragem, lealdade, confiança, intrepidez. Era a face pública dos ginásios e das palestras, assombros do cita Anacársis.

— Ouvi perfeitamente, mas o professor não tem razão. Disse que a multidão em Olímpia também **assistia sem participar** dos Jogos. Não se verificava essa função secamente catalítica. Em Roma, terminada a luta dos gladiadores, o Povo saía pelas **vomitórias**. Em Bizâncio, recolhidos os carros sem que houvesse motim, o público deixava as arquibancadas. Presentemente, findo o jogo que, candidamente denominam "Olímpico", os **torcedores** vão embora, retomam sua vida, discutindo as peripécias. Nos campos da Élide a solução era inteiramente diversa. A assistência transportava-se para um local longe de suas cidades e acampava ao longo do rio Alfeu, dando inteira e total atenção aos Jogos de sete dias. Frequentava os templos antes e depois das disputas. Não havia outro motivo dispersando o interesse ou perturbando o entusiasmo, desviando-o para os problemas do cotidiano. Era um retiro, cidade improvisada, nascida exclusivamente para acompanhar a batalha. Obrigava a uma concentração psicológica impossível num estádio moderno, perto da vida diária, retomada ao encerrar-se o prélio. Assistimos hoje a **um** Jogo. No meu tempo, assistíamos **aos** Jogos Olímpicos, todos, integrais, sucessivos ao correr da semana completa. A influência religiosa era permanente nas orações, sacrifícios, desfiles propiciatórios e mesmo, convém não esquecer, a visão imediata dos templos e dos altares externos, onde fumegavam as vítimas. Ao anoitecer os recintos sagrados substituíam o clamor dos aplausos, no silêncio e compostura dos ofícios a Zeus, Apolo, Hércules, Pélope. Imagine o Povo frequentador do **foot-ball** compelido a ir, antes e depois, orar numa igreja! Mudaria a feição receptiva da comoção lúdica. Era indispensável libertar-se do sentimento religioso para a expansão plena da **torcida**. A coexistência seria inadmissível. Pois, professor, esse era o ambiente normal em Olímpia...

– Nesse ponto, estou de acordo. O Tempo muda, e nós com ele. Pois, vamos manter o **nosso** e não o Tempo dos outros, desaparecidos em poeira tumular. Para os Jogos, falta-nos o Tempo cenário, condicionando a Mentalidade, Compreensão, Solidariedade. O senhor não viu, num dos "Jogos Olímpicos" de alguns anos, o **Mayor** de Wimbledon, a cidade dos campeonatos de **lawn tennis**[243] na Inglaterra, acender o cigarro no "Facho Olímpico?" A flama vinda da Grécia em corrida de revezamento? Não haverá atitude mais típica, no plano do **Tempo mudado**!

– Essa finalidade dos Jogos Olímpicos era o supremo interesse grego. As épocas mais convulsas e torvas não lhes obstavam a efetuação. Em 480, Xerxes, comandando a preamar do Mundo persa, esmagara Leônidas nas Termópilas, alagava de destroços a Fócida, rumando Atenas que ia arrasar. Perguntou pelo Povo Grego. Estava nos Jogos Olímpicos. E que pretendem ganhar com esses Jogos? Uma coroa de folhas de oliveira! Xerxes não podia compreender. Persas, assírios, medas, babilônios, não conceberiam tanto esforço para prêmio tão reduzido. Eram escravos da limitação econômica, da Cobiça retribuidora. O prêmio material é uma melancólica decadência. Viverão os simbólicos. Por isso, ainda hoje, as condecorações significam muito mais que as moedas. Qual a tua compensação, tendo a coroa olímpica? Responde o espartano: "Terei o direito de bater-me ao lado do rei!" É lógica contemporânea, professor? Aos 14 anos, idade de ginásio, todos os rapazes helenos sonhavam com essa coroa. Dois séculos depois do Cristo, flamejava ainda a esperança triunfal. É possível objetivo nos presentes Colégios e Universidades? Não se concebe mais o esporte sendo um complemento, uma fase educacional, um exercício devotado para melhoria física, em serviço da pátria! Todos são motivos de recreação popular. Depois da exibição, esgota-se o interesse. O leão contratou a força e a águia alugou as asas. Preparávamo-nos para resistir ao Tempo e não para ajudá-lo a passar!

– Compreendo muito bem, professor! O senhor defende a presença dos Jogos Olímpicos no Mundo ocidental como uma elevação sobre a tragédia niveladora do domínio materialista. Apenas, estranho essa utilização de nomes esgotados e mortos em formas novas e vivas. Por que uma desaparecida cidade da Grécia dará batismo a esses Jogos? Antigamente

---

243 O senhor não viu, num dos "Jogos Olímpicos" de alguns anos, o **Prefeito** de Wimbledon, a cidade dos campeonatos de **tênis de campo** na Inglaterra (...).

seria lógica formal. Hoje é confirmação de pobreza inspirativa. Não existe uma grande cidade na Europa ou na América capaz de impor o nome a esses Jogos, Internacionais, Universais, Cosmopolitas? Sei, sei muito bem e aí reside minha alegria de velho grego, de ancião beócio. Os senhores, tão orgulhosos de suas máquinas, indústrias, arranha-céus, sofrem a lembrança inarredável do Passado milenar, insubstituível quando se verifica ascensão, elevação, sublimação ao Cotidiano reinante. Sem avião, não deixam a triste horizontalidade terrestre. Nos atos da Inteligência especulativa, na Filosofia do plano metafísico, não conseguem dispensar o tablado grego e é sobre esses velhíssimos suportes que se desenvolve a acrobacia logomáquica das doutrinas, alucinante labirinto conduzindo ao Nada! Vedando as fontes da Grécia e suas colônias, os senhores morrerão de sede filosófica. O Deus Progresso lhes concede unicamente quanto se refira ao culto da Utilidade fisiológica. Mesmo assim, professor, a ruína do Pártenon tem dimensões emocionais incomportáveis no **Empire State Building**. A visão da pequena Acrópole dissipa a imponência das cidades tentaculares. A razão é que a Velocidade, símbolo da Angústia, não gera a Beleza! Os senhores estão saudosos dela. Mas, **God did not create hurry**[244], Deus não criou a Pressa, e vivem todos sob seu pálio anginoide. Doze séculos de Jogos Olímpicos fixaram o tipo grego, Apolo, Aquiles, Hermes, Perseu, Hipólito. A fecundação leva o desejo de reproduzir nos filhos aquelas linhas airosas e naturais, na legitimidade da consonância muscular. O ideal atlético está ao alcance de seus olhos, nos modelos de mármore que o Tempo respeitou. Foi, realmente, o troféu olímpico para uma Raça harmoniosa, eterna na evocação da Agilidade, Força, Equilíbrio, Graça sem afetação de feminidade, Energia sem arrogância, Poder sem brutalidade.

– Entendo seu argumento, professor. Vai compreender-me. A Grécia clássica, tradicional, continente incluindo Eubeia e Peloponeso, caberia, folgadamente, no seu Rio Grande do Norte, com pouco mais de 52 mil quilômetros quadrados. Estava dividida em reinos independentes, soberanos, autárquicos, insignificantes em território, valorosos em arrojo guerreiro. O idioma, praticamente, era o mesmo. Variações prosodiais. A História, sabe o senhor: alianças, Ligas, campanhas incessantes, vizinhos inimigos, com tradições imemoriais de rancor e vingança, herança de Deuses e semideuses. Os Jogos Olímpicos suspendiam todas as guerras, adiavam os rompimentos de hostilidades, garantindo trânsito entre adversários. Quem se dirigia à Élide. Olímpia era hóspede de Zeus, encarregado de punir a

---

[244] **Deus não criou a Pressa**, conforme tradução do próprio Câmara Cascudo.

violência sacrílega sobre um viajante. Em Olímpia a multidão se compunha de amigos, neutros, contendores, que tinham deixado as armas ou as empunhariam depois dos Jogos. Foi possível na Europa? O senhor sabe, melhor do que eu, se tem sido eficaz o processo de aproximação internacional através dos campeonatos de **foot-ball**. Se esses Jogos deixam vestígios afetuosos e cordiais nos países visitados. Excuso-me analisar. A Grécia, pulverizada em reinos, tinha uma unidade religiosa e cultural. Unidade abrangendo todas as classes sociais. A arquitetura dos templos, no plano característico dos módulos proporcionais, era a mesma dos edifícios oficiais e particulares. Uma catedral não tem relação alguma, nesse ângulo, com a cidade. O inglês John Ruskin dizia da separação residencial entre Deus e seus devotos. Há, nos europeus e americanos, um teatro para cada nível da sociedade moderna, distinto no enredo e aparato cênico, exceto havendo intenção doutrinária comunicante. Roma foi a criadora dessa distância. Não a tivemos na Grécia. Os nossos grandes trágicos, ainda insuperáveis, os logógrafos, iniciadores da História, Poetas e Cantores, eram os mesmos para todos. O anfiteatro era único para as representações. Ésquilo, Sófocles, Eurípedes, escreveram para todos os gregos sem distinção, talqualmente Aristófanes os fazia rir. A cultura mais alta fazia-se entender, indistintamente, nas cidades helênicas. Os nossos filósofos falavam nos pórticos e jardins, vozes ao alcance de qualquer ouvido. Não havia produção privativa, especial, reservada, **copyright by the king**, **ad usum Delphini**[245], para um determinado grupo social. Os gregos assistiam a tudo, aplaudindo ou vaiando os autores, negando ou concedendo prêmios. O professor lê em Plínio, o Moço, a insistência das leituras de História e Poesia em Roma, mas entre convidados, amigos, familiares. Heródoto leu os nove livros de sua *História* na Olimpíada de 445, para o auditório comum que seguia os Jogos. Experimente leitura semelhante no **Maracanã**... Os Poetas gregos tinham ácidos dissolventes para as pedras do ódio na lembrança dos **Grandes do Mundo**. O espartano Lisandro, na guerra do Peloponeso, tomou Atenas em 405, condenando-a à destruição absoluta. No banquete da vitória, um cantor da Foceia entoou os versos iniciais do primeiro coro da *Electra* de Eurípedes, já morto. Os generais espartanos comoveram-se até as lágrimas. E Atenas foi poupada. Seria os alemães evitarem o bombardeio de Coventry, porque ali vivera Lady Godiva, can-

---

245 Não havia produção privativa, especial, reservada, **para uso do Delfim**, **herdeiro do rei** (...) – expressão usada para denominar qualquer obra ou edição que seja fruto de um corte ou de censura que objetive determinado fim, por exemplo, didático ou moralista.

tada por Tennyson, ou os Aliados pouparem Weimar, homenageando a lembrança de Goethe... Pois sim. John Ruskin afirma: **O que amamos decide o que somos**. Divididos na política, claramente expressa no radical **pólis**, a cidade, tivemos a unidade na valorização intelectual, Teatro, Poesia, História, Música, Estatuária, Arquitetura. Os Jogos Olímpicos constituíam base e cúpula desse sistema. Daí a importância pinacular, decisiva, indiscutível. Se o professor atende a esse raciocínio, verificará a impossibilidade da sobrevivência dos Jogos Olímpicos, sob esse nome divino. Como iria eu, **Píndaro**, cantar a **Copa do Mundo**, se todos os elementos formadores não alcançam minha emoção, entendimento, entusiasmo?...

– Professor, estamos no seu hotel!...

É a voz cansada do **chauffeur**. Desço, agradecendo. O automóvel conduzirá o meu amigo a outro ponto da cidade. Pela portinhola aperto sua mão, macia e saudosa das sete cordas da lira tebana...

21
Felipe II. A Fidelidade da Catástrofe

*E*mbaixada de Espanha em Paris, **boulevard** de Courcelles, 34, **au temps jadis**[246]. Recepção pelo aniversário natalício de Afonso XIII, Rei de Espanha, de Castela, de Leão, de Aragão, das duas Sicílias, Jerusalém, Navarra, Granada, Toledo, Valência, Galícia, Maiorca, Minorca, Sevilha, Sardenha, Córdoba, Córsega, Múrcia, Jaén, Algarve, Algezira, Gibraltar, Ilhas Canárias, Índias Orientais e Ocidentais, Índia e Continente Oceânico, arquiduque d'Áustria, duque de Borgonha, de Brabant e de Milão, conde de Habsburgo, de Flandres, do Tirol e de Barcelona, senhor de Biscaia e Molina etc., etc. O vento de maio sacudia o pavilhão ouro rubro, acolhendo **Le tout-Paris**[247], político, cultural, mundano, econômico. Marmóreos Ministros de Estado. Embaixadores reluzentes. Jornalistas radiosos. Glórias astrais. **Maîtres estelares. Hidalgos** imponentes[248]. Sorrisos. Vênias. Etiqueta. **Bufê** suficiente e discreto. Encalhei entre o inglês **old style**, um **Oxford blue**, e um parisiense agudo, candidato derrotado ao **habit vert**, incontinamente irônico pelo desequilíbrio estético no Quai Conti[249]. **Vous savez ces choses-là... Confidencia anedotas alusivas e clandestinas. Les Académiciens ne lisent jamais les livres des candidats. Les élections sont purement politiques. La coterie. Pas le mérite!**[250] Eu nada sabia mas, para o ex-futuro imortal, a eleição era interesse universal.

---

246 Embaixada de Espanha em Paris, **bulevar** de Courcelles, 34, **no tempo de outrora**.

247 O vento de maio sacudia o pavilhão ouro rubro, acolhendo **a elite parisiense**, político, cultural, mundano, econômico.

248 **Mestres estelares. Fidalgos** imponentes.

249 Encalhei entre o inglês **antigo**, um **dicionário Oxford**, e um parisiense agudo, candidato derrotado ao **fardão** [de cor verde, dos integrantes da Academia Francesa], incontinamente irônico pelo desequilíbrio estético no Quai Conti [endereço do Instituto de França].

250 O senhor sabe como são essas coisas... Confidencia anedotas alusivas e clandestinas. Os acadêmicos jamais leem os livros dos candidatos. As eleições são puramente políticas. Prevalecem os interesses da panelinha, não o mérito!

Meu sucesso foi pedir um bom **conhaque** espanhol, recusando o banal **champagne** onipresente. Formou-se um grupo entusiasta de aderentes ao qual **el Embajador**[251] emprestou cordial apoio participante.

Ficamos numa pequena sala ornada de móveis antigos. Numa cadeira de couro, espaldar com grandes tachas amarelas, hirto, em vertical aprumada como se presidisse um capítulo da Ordem de Calatrava, sentava-se um velho, grisalho, barba e bigodes alongando a face pálida e grave, olhar duro de quem vira Flandres ou comandara galeão da Frota do Ouro. Lembrava-me modelo de Antonio Moro, Ticiano, Juan Pantoja de la Cruz. Figura severa e nobre de **Castela la Vieja**. Não aceitou o conhaque, erguendo o copo de xerez. Conversamos sobre o Riff, touros, **Siglo de Oro**, o Escorial e Felipe II, o Rei imutável, a hemofilia do príncipe das Astúrias. O nosso **Capitán de los Tercios**[252] concedia atenção displicente. Como, exceto eu, os demais eram espanhóis, comecei perguntando a terra de cada um, fatalmente provocando o refrão motejador. Cordobês? Falso e cortês! Navarro? Nem de barro! Sevilla? **Ojo que ve, mano que pilla!** ¿Madrid? ¡**Entrar y salir**! O velho proclamou-se de Valladolid, concluindo, entre risos: ¿**quién sale de Valladolid, adónde irá a vivir?**[253] Em Paris, certamente. Um Secretário, de Murcia, **antes marrano que murciano**, levou-me a ver na biblioteca álbuns, enciclopédias, cadernos artísticos. Preferi terminar o meu **puro** folheando aquela documentação surpreendente de palácios, igrejas, castelos.

O meu veterano de Breda e Nordlingen reapareceu, mergulhando numa **maple**, olhando a rua úmida pela vidraça embaçada. Depois de bater os dedos, uns contra os outros, dirigiu-me a palavra, vagarosa, como se a ditasse a um escrevente hemiplégico.

– Resido há muitos anos na França. Sou um velho fidalgo espanhol cujo nome é de citação dispensável. Um homem do seu tempo, país e raça, não poderia compreender o **Demônio do Meio Dia**, carrasco do Escorial, maciço como a Guadarrama, impiedoso e sádico, sombrio, déspota opressor de toda a Cultura.

Quase impossível vê-lo com os olhos da Realidade. A Realidade de outrora e não a contemporânea. Sei que posso falar-lhe. Está habituado aos

---

251 (...) o **Embaixador** emprestou cordial apoio participante.

252 Conversamos sobre o Riff, touros, **Século de Ouro** (...). O nosso **Capitão dos Terços** concedia atenção displicente – "Tercios" era designação de um tipo de unidade militar dos exércitos da Península Ibérica, entre os séculos XVI e XVIII.

253 **Olho que vê, mão que pilha! Madri? Entrar e sair!** O velho proclamou-se de Valhadolide, concluindo, entre risos: **Quem sai de Valhadolide, onde viverá?**

assombros. Sou, justamente, esse **Felipe II**, que exaltou, filho de Carlos V, neto de D. Manuel de Portugal. D. João III era irmão de minha Mãe e meu sogro. Por isso fui também, legitimamente, o décimo-oitavo Rei de Portugal.

– Fui como todos os que têm um rumo, um roteiro indiscutido pelo caminhante. Como quem segue a estrada escolhida. Quem viaja em caminho reto lutará com as tentações dos atalhos e das variantes. Pretextos de ganhar tempo, contornar obstáculos, evitar perdições. Ficará com essa outra topografia no cérebro, perturbando o ritmo da marcha. Ninguém, presentemente, considera **certa** a estrada onde viaja. Desconfia do itinerário. Está sempre consultando, inquirindo, ansioso pela ratificação, pela concordância, enfim pela **certeza** alheia, pela convicção dos outros. Eu **sabia** minha certeza e não mudei de direção. De 1555 a 1598, a rota foi inflexível. Aí está **meu crime** para as virtudes julgadoras de agora, profissionais de labirintos, devotos de aranhóis, discípulos de Dédalo. O **processo** da História Antiga é vivido pela sensibilidade moderna. O ancião foi rapaz mas o rapaz não pode **sentir** o ancião, na distância da Idade. Compara-o num plano subalterno. Daí, professor, acreditar eu na História que descreve e jamais na História que julga. Julga pela legislação contemporânea, dentro da própria mentalidade, arestos inaplicáveis aos delitos centenários. Concordo que a conceituação do Crime é a mesma de milênios. Mas não a pena. Caim é um criminoso mas Deus deixou-o praticamente impune. O Senhor não compreenderá.

– Compreender não é solidariedade nem integração doutrinária. O professor pode compreender o imperador Tibério ou a rainha Cleópatra, justificando-lhes as atitudes sem o apoio do afeto. O advogado, artífice da justificação, não é cúmplice do réu que defende. Deve-se examinar os homens do século XVI mas não compará-los com os do séculos XIX ou XX, gente de matéria plástica, modelada pelo cotidiano. Ninguém, nessa hora do Mundo, possui uma Convicção, uma Certeza, uma Fé, determinante e não apenas suficiente para a devoção. Existe, sim, a capacidade da transigência, adaptação, ajustamento, renunciando aos profundos desígnios e lentamente abatendo a torre da Personalidade mental. Explicam que essa incessante e sucessiva acomodação é imposta pela Necessidade. A Necessidade é um ventre sem limites de repleção. Nem paladar, nem preferência, espécie de Saturno não distinguindo entre a carne dos filhos e a pedra, oferecida à sua gula. O Homem perdeu o heroísmo da Sinceridade. Não é mais coerente e legítimo ante o Pavor total pela Opinião Pública, que ele mesmo sugere e ajuda a manter. Todos esperam tudo pela Intimidação. Não é a Angústia a égide do Mundo moderno, mas o domínio pertence ao deus **Fobos,** o Medo, que Teseu adorou antes de combater as Amazonas, Alexandre Magno na véspera de Arbelas, e Agamênon esculpiu no seu escudo. Muitas vezes o ato heroico é uma prévia homenagem a Fobos. Evitar sua presença. Há quem se mate, com o Medo de morrer. Os velhos deuses respeitavam o **Destino**. O Homem venera o Medo. Fui um ateu para esse culto, herege à sua doutrina, rebelde às suas Ordenações. Tive uma fé e defendi-a até o derradeiro minuto em que fui Rei! Mesmo em cinquenta e três dias de agonia.

Dionísio considerava heréticos os abstêmios. Eu fui o Demônio para os Anjos caídos em poder do Instinto. Escreveu um meu fiel, mais de trezentos anos após: **En aquel duelo terrible entre Cristo y Belial, España bajó sola a la arena**[254]. Foi bater-se, comigo à frente, como meu Pai dera exemplo. Muito dificilmente alguém ouvirá a frase paterna aos príncipes alemães que ofereciam ajuda contra o turco em troca da liberdade religiosa: **Yo no quiero reinos tan caros como ésos, ni con esa condición quiero Alemania, Francia, España e Itália, sino a Jesús Crucificado!**[255] Rejeitava os Impérios para não adorar ao Diabo. Há dois séculos que essa resposta é uma agressão, um fanatismo parvo, uma pilhéria hipócrita para rir! O homem deseja ardentemente colonizar a Lua mas não manter a Deus em su'alma. Alma é uma reação neuropsíquica. Poderia Felipe II prevê-la nessa dimensão?

– Ah! professor... ¡**Santiago y cierra, España!**[256] Eu e o espanhol éramos uma unidade viva, palpitante, fiel. Povo de teólogos e soldados, conquistadores e místicos, ali nasceram Dominicanos e Jesuítas, Pedro de Alcântara e Tereza de Jesus! Sustentamos o Concílio de Trento, disciplinador e dogmático! O espanhol discordante era uma insignificância numérica e o heterodoxo jamais adquiriu valia apreciável. É lógico lembrar que ainda hoje,

---

254 Naquele terrível duelo entre Cristo e Belial, a Espanha caiu sozinha na arena – citação de texto da obra *Historia de los heterodoxos españoles* (1880-1882), de Marcelino Menéndez y Pelayo.

255 Eu não quero reinos tão caros como esses, nem com essa condição quero Alemanha, França, Espanha e Itália, senão a Jesus Crucificado! – citação de texto da mesma obra referida na nota anterior.

256 ¡**Santiago y cierra, España**! – Frase da tradição cultural espanhola baseada em um grito de guerra pronunciado pelas tropas de la Corona de Castilla, na Reconquista, antes de cada ofensiva. O significado da frase é invocar o apóstolo Santiago, patrono da Espanha, assim como a orden militar **cierra**, que em termos militares significa "travar combate" ou "acometer". O vocativo Espanha faz referência ao destinatário da frase: as tropas espanholas. Depois da Reconquista, esta expressão foi utilizada pelos **Tercios** da infantaria espanhola.

pelo Mundo inteiro, matam e morrem os homens por uma ideia política. Batíamo-nos antigamente por um ideal divino. Acreditávamos! Aí está o problema insolúvel para aqueles que o Senhor denomina **Sociólogos**, ou psicólogos do social. Presentemente, professor, enumerar-se-ão correligionários, cúmplices, associados, camaradas, lutando por uma Vida **melhor**. Que seja essa **melhoria**, sabe Deus, mas parece unânime no rumo da Digestão e do Comando. Relativamente às crenças, ao Sobrenatural, **a lo divino**[257], nada provoca movimento coletivo, espada e sangue, como era normal e comum no tempo em que conquistávamos a permanência de Deus com armas na mão, contra os que desejavam uma divindade de intervenção oportuna, conforme as **necessidades** da matéria organizada. O essencial, para o historiador, é negar a solidariedade de España ao seu Deus e ao seu Rei. Era, bem sei, a rara atitude de César em serviço de Deus, quando a tendência obstinada é situar o esforço de Deus pela conservação de César! Nenhuma inteligência humana concebe a Europa, e decorrentemente Ásia, África, América, se meu Pai não se recolhesse a Yuste, ou eu vencesse a tempestade, erguida pela convergência dos elementos delirantes. Qual seria a paisagem do Mundo e as consequências de tranquilidade e trabalho até nossos dias, liberto desde então dos demônios inumeráveis da Revolta e do Ódio, plagiando na Terra a insubmissão de Lúcifer nas alturas do Céu!

– Não sou senão um assunto de História sem prescrição jurídica. Minha intervenção na França auspiciou bibliotecas. O Papa Sixto V excomungara Henrique III. Gregório XIV ao **Béarnais**, então um **maître** huguenote, oferecendo-me a coroa de França. Desejei-a oferecer a minha filha Isabel Clara, proclamada pelos Estados Gerais de 1593, sobrinha de Francisco II, Carlos IX, Henrique III. Minha terceira esposa, Isabel de Valois, era irmã desses monarcas. O **usus** era o **Jus sanguinis** e não o **Jus soli**[258]. O duque d'Anjou era Rei da Polônia e sucedeu no trono de França a Carlos IX. Ninguém discutiu essa recuperação de nacionalidade pelo mero ato de presença. A excomunhão papal, excluindo os direitos, anulava os vínculos de obediência e fidelidade dos súditos para com um Soberano inutilizado pela maldição do Sumo Pontífice. Teológica, canonicamente, a coroa da França estava vaga. Minha Filha era Valois e o **Béarnais**, Bourbon. Henrique III, destituído pela Bula de Sixto V, possuía a faculdade de dispor da França, designando seu sucessor? Houve uma conquista pela simpatia heroica do

---

257 Relativamente às crenças, ao Sobrenatural, **ao divino** (...).
258 O **uso** era o **direito de sangue** e não o **direito de território**.

Béarnais. Ele seria um Rei nominal, honorário, **in partibus**²⁵⁹, se não fosse o primeiro general da França. E se não sobreviesse a abjuração de Saint-Dénis. A Espanha podia pretender a realeza para uma sua Infanta, pelo **Jus sanguinis**, como meu bisneto seria sucedido por um príncipe da casa de França, em direito testamentário. Mas Carlos II não estava excomungado. Era um Rei autêntico. Podia testar, no interesse do Reino. Recordo a **legitimidade** de Guilherme III, stadhouder da Holanda, Stuart pela mãe, tornando-se Rei da Inglaterra, morrendo holandês no palácio de Kensington. Os franceses dizem bem: **Si tu veux avancer, sois politique**²⁶⁰. A Política e a Lógica, professor, são aliadas fortuitas e precárias...

– Essas imagens dissipam-se no túmulo, professor! Escorial, Aranjuez, construções em Sevilha e Valladolid, foram formas materiais de trabalho aos olhos de todos. Há quem prefira outros esforços, destinados a menor número de participações; a *Poliglota* de Anvers, a biblioteca de San Lorenzo, a descrição topográfica de Espanha, o mapa geodésico de Esquivel, o primeiro antes de todos no Mundo, a Academia de Matemáticas com Jaime de Herrera, os trabalhos arquivistas de Ambrósio de Morales, a fauna e a flora do México, de Francisco Hernández, a contemporaneidade de Luís Vives e de Cervantes de Saavedra, tipógrafos, impressores, pintores, escultores, toreutas, todas as Artes convergentes para o esplendor arquitetural, com a simpatia recompensadora do Rei... unicamente preocupado em devastação e massacre...

– Já dizia o verso bem antes: ¡**Culpa fué del tiempo y no de España!**²⁶¹ Não culpa do Tempo irresponsável, mas das mentalidades que nele existiram. Uma época na História é uma construção de todas as energias coletivas. Pela orientação, aplauso, silêncio, omissão, inércia, abandono, indiferença, todos colaboram na obra comum. Babilônia e Roma, Nínive e Londres, Ecbátana e Paris, foram tenacidades humanas e não realizações da seiva vegetal. Foram quanto conseguiram ser na superfície do solo, em esperança e vontade. Uma vida humana quando responsável por milhões de vidas não se transfigura em potência sobrenatural. O homem guia será julgado dentro das contingências e surpresas naturais. A onipotência terrestre não alcança a perfectibilidade funcional. Sobre o trono está um corpo que se cobrirá de úlceras, crispado de dor. Não foi, entretanto, por **pouca fé** que deixei de caminhar sobre as águas ferozes do Atlântico e do Mar do Norte. Os **outros** é que não tiveram a Fé até a ressurreição...

---

259 Ele seria um Rei nominal, honorário, **naquelas regiões** (...).
260 Os franceses dizem bem: **Se quer prosperar, seja político**.
261 **A culpa foi do tempo e não da Espanha!**

– Não! Sixto V não me constituiu Campeão do Catolicismo contra os cismáticos da Europa, como Gregório XIII não faria D. Sebastião de Portugal, filho de minha irmã, **Capitão de Deus**, mandando-o sucumbir em Alcácer Quibir. Fomos **consciências** da Fé, mantendo no próprio impulso de energia íntima o modelo da ação realizadora. Possuí, por dom de Deus, a substância intelectual para a efetuação, independente da aprovação, excitação, solidarismo exterior. Compreendia o sentimento interior de **convicção** como o anúncio da **certeza**. Agia como se ouvisse a expressão ovacional de toda a Espanha. Para empregar um recurso atual, professor, nem todos os aparelhos de rádio **sintonizam** a potência dessas emissões espanholas, entre 1555 e 1598. Foram virilidades inadmissíveis para o que um espanhol contemporâneo disse ser **el eunuquismo de entedimiento**[262]. Não poderei incluir-me no figurino dos **Chefes de Estado**, guardando o governo como um posto de **gol** no **foot-ball** das Oportunidades...

Um mordomo aparece para avisar-nos ser meia-noite. Hora de beber pela saúde do Rei de Espanha. Junto ao reposteiro espesso, o **Viejo señor**[263] acena-me a prioridade da passagem. Numa curvatura, obedeço.

Não o verei mais...

---

262 (...) **o eunuquismo do entendimento** – com o sentido de "falta de firmeza", expressão de Marcelino Menéndez Pelayo em *Historia de dos heterodoxos españole* (1880-1882).
263 Junto ao reposteiro espesso, o **Velho senhor** acena-me a prioridade da passagem.

22
JEAN-JACQUES ROUSSEAU. A INSTRUÇÃO
DESEDUCA...

Deve realizar-se algum Congresso aqui por perto. Os hotéis tranquilos ao redor do lago, **Bon Séjour, Mon Repos, Sans Souci**[264], estão povoados por senhoras e senhores azafamados e sorridentes, com cartões de celofane no peito, permutando folhetos e saudações. Pela manhã sobem para os possantes mastodontes reluzentes e desaparecem. Ao crepúsculo repletam o salão com rumores cordiais, exclamações, curvaturas, em grupos festivos ou pose isolada, para as inevitáveis fotografias. Nos dias **livres** reaparecem carregando todos os cacarecos que a indústria local lhes empurra como **souvenirs**[265]. Nunca me esqueço de um soberbo Anubis de pedra, comprado com alvoroço no Cairo, peça milenar, autêntica, preciosa, verificada ter sido feita numa série em New York. Amo ficar na minha poltrona no fim do saguão, olhando esse entreato da **Vanity fair**[266]. Debatem educação ou as perturbadoras e ondulantes **Ciências Sociais**?

Demoro, às vezes, no parque, olhando a face azul do lago imóvel. Hoje, noto um velhinho baixo e magro, de capote escuro, curvando-se cada instante para arrancar ervas do grande relvado, olhando-as com uma pequena lupa. Do bolso do casacão saíam galhinhos verdes. Voltamos, casualmente juntos, para o hotel. Detivemo-nos na imensa porta envidraçada porque os congressistas chegavam, galgando os degraus de mármore, com sutis miradas circunjacentes, verificando o efeito da presença.

---

264 Os hotéis tranquilos ao redor do lago, **Boa Temporada, Meu Descanso, Sem Preocupação** (...).

265 (...) os cacarecos que a indústria local lhes empurra como **lembranças**.

266 **Vanity fair** – revista americana sobre cultura pop, moda e política.

Atravessei o **hall**, reocupando a cadeira habitual. O velhinho veio, lento e grave, sentar-se, vizinho, calçando as luvas de lã. A entrada estava borbulhando. Espetei um olhar interrogador no meu botânico. Voltou o rosto liso, branco, com dois olhos castanhos de coruja fatigada, e encolheu os ombros, num gesto francês, displicente e comum. Batendo de leve as mãos, uma no dorso da outra, começou a falar, quase sem olhar-me.

– **Entretien**[267] de **relações sociais** no plano educacional, promovido por um Círculo Universal com essa predileção. Vaidade e tolice! Procuram valorizar a Educação Pública e nenhum atenta para a própria. Trave no olho do vizinho. Tanto mais o Mundo se animaliza em ferocidade, ganância, avidez pelo acúmulo de recursos dispensáveis, mais finge preocupar-se com a disciplina moral alheia. Coroaram como Deuses a Velocidade, o Ouro, o **Vale-Tudo**, forma de acesso social, a Deselegância nas maneiras, a Banalidade no cotidiano, a Luxúria na inspiração, o Grotesco nas Artes Plásticas, e aqui estão clamando pela Decência, Bons-Modos, Polidez, Serenidade, Beleza, entidades que destruíram em cem anos de brutalidade, sadismo, indiferença por tudo que representava o Belo em sua legitimidade, o Útil em sua essência, a Graça em sua pureza. **Quosque tandem?**[268] Já nem falam em Civilização, porque a ignoram, mas fazem apoteoses às Culturas, fórmulas aquisitivas e não criadoras para o ajustamento humano. Amam tudo quanto perderam. Construíram um assombroso maquinário, movido pelo salário da Angústia. Mataram a Deusa Alegria pelo culto ao dragão Progresso. Envenenaram todas as fontes da Tranquilidade e da Resignação Feliz. Já em 1750 provei que a Ciência e as Artes corrompiam os Costumes, contribuindo poderosamente para a Inquietação...

– Falo com monsieur **Jean-Jacques Rousseau**?

– Ele mesmo! Terei em 1978[269] dois séculos de observação, liberdade, poderes de deslocação e penetração espiritual, desconhecidos nos meus sessenta e seis anos mortais. Recorda minha vida melancólica, errante, infeliz? Fui um hóspede na terra, intruso na Sociedade, inatual no Tempo. Sentimental, lírico, vendo os motivos do Sacrifício jubiloso, da Dedicação instintiva, como sustentáculos harmoniosos para a Felicidade Social, construí palácios para o Entendimento, Compreensão Mútua, Cordialidade Basilar, e esses recintos foram ocupados pela Ostentação, Orgulho, Cinismo, Ambição. Preguei a existência da Divindade moral, suprema

---

267 – **Manutenção** de relações sociais no plano educacional (...).

268 **Até quando, afinal?**

269 N. R.: A primeira edição de *Prelúdio e Fuga do Real* é de 1974.

reguladora da Conduta pelos imperativos da Consciência. Ensinei a Educação lógica, legítima, decorrente da lição da Natureza, eterna e sábia; a formação do Caráter na vigilância doméstica, o império da Mãe, que não conheci. Demonstrei a necessidade vital no compromisso diário, honesto, contínuo das obrigações, consequência sagrada de um Contrato natural e tácito, fundamentos das relações humanas pelo liame inviolável da Reciprocidade. Os Homens, iguais e livres, com direitos pessoais assegurados, constituem o Povo, **le peuple est seul souverain**. Era o mesmo Povo que Voltaire dizia **sot et barbare**, precisando apenas de **un joug, un aiguillon et du foin**[270]. Fui o apóstolo do Afeto e da Amizade. Haveria, eu próprio, de ser a negativa do meu Evangelho, o primeiro apóstata da minha Religião do Amor. Mas é evidente ter sido eu a égide dos Direitos do Homem, semeador democrático, primeiro-motor do Socialismo. Mas, ironia do exemplo! Batendo-me pelo Lar, a Mãe insubstituível, **point de mère, point d'enfant**, mandei para a dolorosa promiscuidade dos **enfants trouvés**[271] meus seis filhos, sem carinho, sem assistência, sem remorsos! Devoto da Deusa Amizade, rompi com todos os meus amigos, aos quais denominei a **Coterie Hollbachique** – Voltaire, Diderot, Grimm, Saint-Lambert, Hume, que me agasalhara na Inglaterra. Ensinei que **tout est bien sortant des mains de l'auteur des choses, tout dégénére entre les mains de l'homme**[272], e fui o Pai da Revolução Francesa, onde a igualdade real verificava-se no patíbulo da guilhotina. Meus livros eram a Bíblia de Robespierre. Republicano, democrata, cidadão de Genebra, Protestante, abri caminho para o Diretório, Consulado, Império, banho de sangue na Europa, povoando-a de sombras, fome e desespero! Missionário da Aproximação, semeei a Discórdia nas Nações e a Desconfiança nas almas, o fermento da incessante rebeldia, distância intransponível para a fecunda Colaboração Universal. Estive com mulheres espirituais, sensíveis, românticas, e fui unir-me a Tereza Lavasseur, primária e rude, embora meu apoio

---

270 (...) o povo é o único soberano. Era o mesmo Povo que Voltaire dizia **estúpido e bárbaro**, precisando apenas de **jugo, ferrão e feno**. – citação de "Lettre à M. Tabareau" (A Ferney, 3 février 1/69), *Œuvres de Voltaire* (1885): "A l'égard du peuple, il sera toujours sot et barbare [...]. Ce sont des bœufs auxquels il faut un joug, un aiguillon et du foin".

271 (...) batendo-me pelo Lar, a Mãe insubstituível, **se não há mãe, não há filho**, mandei para a dolorosa promiscuidade dos **enjeitados** meus seis filhos (...).

272 Ensinei que **tudo é bom ao sair das mãos do Autor das coisas, tudo degenera nas mãos do homem** (...). – citação de Rousseau em *Emile ou de l'éducation* (1762). Edição brasileira: ROUSSEAU, Jean-Jacques. *Emílio ou Da Educação*. Tradução de Roberto Leal Ferreira. São Paulo: Martins Fontes, 2004.

à fraqueza do corpo e do espírito, desassossegado e tímido. Pensava, como diria depois Bonald: **C'est trop de deux esprits dans une maison!**[273] Voz contra o Egoísmo, fui misantropo, **vieux avant l'âge**[274], hipocondríaco, arredio, enfermo do Rancor, permanente Tristeza, Suspeitas, Dúvidas, Enfado, esperando o Mal, descrente da Lealdade, Desinteresse, Solidarismo, dos Homens! Vivi fugindo aos que me adoravam, convencido que tinham no coração um ninho de víboras. Acreditei em Deus. Nunca deixei de orar a Deus. Fi-lo na manhã da minha última jornada, quando o Sol nascia. Meus livros determinaram uma reação, um ressurgimento no sentimento religioso, zombado cruelmente pelos Enciclopedistas. Amei as flores, os pássaros, as frutas silvestres, remar nos lagos, a luz matutina. As imagens da Honra, Dever, Honestidade, Respeito, tiveram impulso, intensidade e vigor no que escrevi. Orando, afirmava não reverenciar a um Deus impessoal, difuso e confuso na indecisa Natureza. Entretanto, denunciavam-me ateu! Mas não me fingi moribundo para confessar-me e comungar e, em 1769, alistar-me na Ordem Terceira de São Francisco, assinando-me: **Frère François, capucin indigne!**, com a mesma pena do **Ecrasons l´Infâme!** Não construí igrejas, **Deo Erexit Voltaire**[275], como está em Ferney. Não fui castelão pomposo, fartamente rico, avarento, fiscal implacável dos rendimentos agrários. Nunca fui proprietário. Sucumbi num pequenino pavilhão de empréstimo, hóspede de três meses do meu amigo Marquês René de Girardin. Não fui historiógrafo de Luís XV em Versailles nem **Chambellan**[276] de Frederico II em Potsdam!...

Acreditei na Inspiração que ditava minhas páginas. Não fiz rir. Fiz pensar. Não fui, em épocas tumultuosas, **le grand démolisseur**[277], ao mesmo viver de cortesão amável e serviçal louvador. Respeitando suas defesas aos injustiçados, Voltaire foi um plantador de ruínas... Sem mim, diga-se a verdade inegável, não nasceria o Romantismo, exaltação do Sentimento em dimensões insuspeitadas e envolventes. Fiz da Natureza real um personagem vivo para a Emoção. Valorizei o Homem, revelando as fontes íntimas

---

273 **É demais, dois espíritos na mesma casa!** – citação de Louis de Bonald em *Pensées sur divers sujets* (1817): "A un homme d'esprit, il ne faut qu'une femme de sens; c'est trop de deux esprits dans une Maison".

274 Voz contra o Egoísmo, fui misantropo, **velho antes do tempo** (...).

275 **Irmão Francisco, capuchinho indigno!**, com a mesma pena do **Esmaguemos o Infame!** Não construí igrejas, **Voltaire construiu a Deus**, como está em Ferney.

276 Não fui historiógrafo de Luís XV em Versailles nem **camerista** de Frederico II em Potsdam!...

277 Não fui, em épocas tumultuosas, **o grande demolidor** (...).

do Pensamento criador. Napoleão, visitando-me o cenotáfio em Ermenonville, disse que somente Deus saberia se teria sido mais útil ele e eu não havermos existido. Não me arrependo de haver vivido. Resisto ainda... Até certo ponto, posso repetir, como o Papa Gregório VII: "Amei a Justiça, odiei a Iniquidade, por isso morro no exílio!"

– Sim, sei, o professor sabe a minha história. É Literatura, Filosofia, Educação, Ciência Política. *Les Confessions* e *Rêveries du promeneur solitaire*, escritos nos tempos derradeiros, foram livros de gerações. Era quase impossível ignorá-los. **Tempus fugit**... Mas, permita-me, **revenons à nos moutons**[278], a esse Congresso para o trânsito do Homem ao Homem, estradas cobertas de cardos, espinhos e lama, produção espontânea do Egoísmo e do Interesse. Educar é dirigir. Instruem apenas. Instrução não é Educação. Uma destina-se à memória e outra à mentalidade, ao raciocínio, guieiro do Comportamento. Onde estão as cátedras da Moral, das regras do Bem--Viver no Mundo? O Estado declara-se leigo, denunciando a exclusividade de uma Moral religiosa. Se o Estado possui o direito de Ensinar, decorrentemente inclui o dever de ministrar a Moral. Ensina, curiosamente, os Códigos repressores das infrações morais sem que positive o cimento dessas legislações. O Estado só se preocupa com as violações e omissões do Direito. Como um médico pesquisando enfermidades. Mas existe a Higiene, a Eugenia, a Terapêutica preventiva, a Dietética. O Estado pune quem pisa o caminho errado mas não precisa os limites exatos da estrada real. O itinerário do que-se-pode-fazer. Ensinam uma Ciência, dividida no troco miúdo das **técnicas**, destinada unicamente à conquista e conjugação dos verbos auxiliares. Aprenda para ser rico! Intimamente, é a raiz autotrófica dessa Educação às avessas. Todos se queixam da ausência lamentável de maneiras corteses, gestos, os modos na convivência. Mas, onde essa velhíssima Etiqueta é matéria de **curriculum** escolar? No lar? Mas os pais, presentemente, têm tempo para esse curso? E onde aprenderam eles? Há milhares e milhares de especializações **educacionais**, exceto a que se destine à Boa Educação! Outrora, professor, era um dos primeiros cuidados para a formação dos jovens. Os ricos, fidalgos, mandavam os filhos para a Corte, aprender a Cortesia no palácio do Rei. Os pais humildes enviavam para as famílias abastadas, onde havia relações, festas, cerimônia. Para os Conventos, de trato aristocrático, iam as futuras damas e donzelas. Apenas

---

278 *As Confissões* e *Devaneios do caminhante solitário*, escritos nos tempos derradeiros, foram livros de gerações. Era quase impossível ignorá-los. **O tempo foge**... Mas, permita-me, **voltemos à vaca fria**, a esse Congresso (...).

os homens do campo limitavam-se a recordar os preceitos, herdados de geração em geração, no seio doméstico. Quando o Progresso chegou, não houve mais ocasião para essa ensinança. Não se quis **perder Tempo** com ela. **Enrichissez-vous!**[279] Hoje, tudo quanto rapazes e moças sabem, nesse particular, é fruto de observação pessoal, desejo próprio, vontade insopitável de **educar-se**, estabelecendo a diferença funcional entre **Homem Instruído** e **Homem Educado**, que não são sinônimos. John Ruskin, em 1860, sugeria a criação de escolas para os hábitos de Cortesia na Inglaterra. Professores famosos foram modelos de péssima Educação. O mesmo ocorreu noutras expressões altíssimas. No comum, a impressão é que a Etiqueta é constrangedora. Antinatural. Opressiva como um ataque de angina. Deve ser porque evita a espontaneidade dos maus modos, a liberdade da má-criação, a soberania cafajestal e molecória. Esses estados seriam os naturais, normais, congênitos, sem a presença disciplinar da Etiqueta. Já reparou na significação humilhante da frase amável: **Fique à vontade... sem-cerimônia... como se estivesse em casa!** O nosso antigo **en bonne façon** não correspondia ao **sans façon** atual[280]. Na Inglaterra diz-se que nasce um **Gentleman** da **Genteelness**[281]. O Rei pode criar um Duque mas não um **Gentleman**. Se a Sociedade não tem **maneiras**, como exigi-las aos seus componentes? E como instituí-las se desconhece os padrões? Compreendo que se convencione estabelecer uma forma **nova** de Polidez, mesmo diametralmente oposta à verdadeira, dando-a como oficial e regular. Mas ainda sobrevive um fermento na lembrança coletiva e, mesmo sem querer, achamos certos modos **mal-educados**, embora comuns. O mal-educado é apenas, etimologicamente, o mau dirigido, como um automóvel, novo e lindo, com um mau volante. Não há nada bem-feito, estando errado.

– Não, professor, não concordo que as danças movimentadas, em trejeitos e cacoetes, a música disfônica, irregular, guinchadeira, influam para esses costumes. Pode-se dançar esses delírios-tremens, essas epilepsias rítmicas, esses acessos histéricos cadenciados, e retomar a boa-educação, natural e cortês depois da crise... Africanos e polinésios têm bailados assim dinâmicos e são irrepreensíveis na dignidade protocolar. Nem o traje sumário tem o poder de projeção transformadora. Nem o esporte. Tudo está na mente, no patrimônio vivo das ordenações pragmáticas, constantes e claras na Inteligência. É justamente uma das tarefas da Educação levar à vitalicie-

---

279 Enriquecei!
280 O nosso antigo **à boa maneira** não correspondia ao **sem-cerimônia** atual.
281 Na Inglaterra diz-se que nasce um **Cavalheiro** da **Gentileza**.

dade funcional essa noção prática do Bom-Gosto nas maneiras e gestos. Um rapaz pode simular instrução mas é incapaz de fingir-se **educado**. Não tem de onde retirar o exemplo. Cheque sem fundo. Para a conversa, jornal, revista de figuras, rádio, televisão, fornecem material degustativo. Essas fontes são ineficazes quando se trata de Educação. E, o senhor já deve ter ouvido e lido esses elementos como fatores de Educação, pertencendo unicamente à Instrução. Essa é a confusão fundamental e trágica. Instruem sem Educar. E reúnem-se em congresso para consagrar essa lamentável balbúrdia. **Confusion worse confounded**[282], dizia o poeta Milton. Não há outra finalidade lógica nem possibilidade de outro resultado, dispondo esses fatores disparatados. Falam, inevitavelmente, em reforma, atualização, aparelhagem da Educação quando não existe a menor ligação com essa Deusa. É a Instrução quem vai receber esses benefícios.

— A desintegração atômica, a vacina contra moléstias outrora incuráveis, a astronáutica, são esplendores eruditos da Instrução. Reivindico para ela os direitos de propriedade. A Educação é o comportamento, consciência moral, equilíbrio estável no domínio da Convivência. É de aplicação única e exclusivamente sobre a Sociedade, sobre os Homens, **human beings as creatures of society**[283], como afirma a minha recente colega Ruth Benedict, definindo a Antropologia. Quem faz o vinho é a Instrução. A Educação ensina a beber...

— Sou Homem do século XVIII e não do Paleolítico. Não posso prestar depoimento sobre a origem da Educação. Tento apenas deduções. O Homem aprendeu formas de obter alimentos, abrigo, agasalho. Viu caçar, pescar, combater, amar. Ouviu indicações dos mais velhos do grupo. Ensino oral que reuniu ao prático de suas observações. A Instrução é a inicial. A Educação, **ducere**, guiar, conduzir, orientar, deve ser posterior. Veio da Experiência, do processo natural de seleção entre os melhores, o melhor no plano do rendimento útil, da defesa, do resguardo físico. Mentalmente, foi nascendo um acervo de avisos, notícias, informações, aplicáveis às necessidades materiais. Era a Experiência e a Memória. Nascera a Sabedoria, a Sofia grega, a Sapiência romana. O filósofo Afranius, mestre de Aulo Gélio, não lhe dá outra definição: **filiam esse usus et memo-**

---

282 **Uma confusão redobrada** – verso do livro II de *Paradise Lost* (*O Paraíso perdido*, 1667).

283 (...) **seres humanos como criaturas da sociedade,** como afirma a minha recente colega Ruth Benedict (...) – alusão ao livro *Patterns of Culture* (1934): *Padrões de Cultura*. Edição em Português: BENEDICT, Ruth. *Padrões de Cultura*. Tradução de Alberto Candeias. Lisboa: Livros do Brasil, 1983.

riae[284]. É a instrução conduzida pela Educação. A primeira prepara o atleta e a segunda dirige a luta pela lembrança dos prélios anteriores, evitando falhas, erros, perigos, anotados no Tempo. Binômio xifópago, aliança inseparável, as duas pernas para a marcha normal do Homem. Naturalmente, rolando os séculos, as jurisdições confundiram-se mas restou à Educação, privativamente, a função do Deus Jano, duas faces, voltadas para o Passado e vendo o Presente. Como o Homem já não estava nas épocas pré ou proto-históricas, impôs-se a limitação do Comportamento como acomodação indispensável ao grupo, agora sociedade organizada. Essa limitação pertence à Educação dar-lhe rumos normativos, facilitando aproximações e permanências pacíficas. Situou-se como um marco de fronteira, uma Deusa Término, separando as duas imensas fases humanas. Limita os dois campos. Para trás, a História sem Tempo e sem Lei. Para diante, a História Universal. A Etiqueta, Protocolo, Pragmática, regulamentação de modos, gestos, maneiras, conteúdos do exercício humano entre seus semelhantes, é a Civilização. Instrução, a mais superior possível, a mais incrivelmente **técnica**, não melhora nem doa mentalidade alguma. Arma com a superioridade moderna o arremesso dos gorilas. Caráter, honestidade, brio, polidez, não dependem de cultura nenhuma. O que ainda nos defende é a chama, humilde e teimosa, da voz doméstica, a figura da Mãe, o vulto do Pai, a recordação dos Antepassados, a vaga impressão que os atos sujos cobrem de lixo a face dos Mortos familiares. Nada, absolutamente nada, fará recuar o Monstro senão o gládio de prata de Minerva, imortal nos dois Dióscuros luminosos, Instrução e Educação! Uma Instrução ausente de Educação é uma escola de gladiadores, viveiro de habilidades irracionais, uma excitação saudosista ao Paleolítico. **Education ou bien dressage?**[285]

Passam pelo salão quase deserto as notas graves de uma escala. O mestre da Ermitage ergue-se, despe o capote, dobra-o no braço.

– A Instrução manda-me jantar e a Educação avisa-me ser prudente fazê-lo antes dos congressistas!...

Sem sorrir, com breve vênia, dirigiu-se ao balcão do **concierge**[286].

---

284 O filósofo Afranius, mestre de Aulo Gélio, não lhe dá outra definição: **é filha do uso e da memória**.
285 **Educação ou adestramento?**
286 Sem sorrir, com breve vênia, dirigiu-se ao balcão do **zelador**.

23
Pangloss. O Mundo está melhor

— *P*angloss, professor, tenho a honra de saudá-lo:
Quarenta e cinco anos presumíveis, sadios, robustos, lépidos. Regular de altura, pele rosada e limpa, cabelos a nevar-se, bigode, barba pontuda no queixo, como o Richelieu de Rigaud. O jaquetão cinzento-escuro caía-lhe bem. Camisa azulada, com listas de prata. Gravata estreita, pérola engastada em ônix. Olhos azuis, joviais e luminosos.
— **Pangloss**, companheiro-mestre de **Candide** no romance de Voltaire?
— Em pessoa, professor, Pangloss, devoto impenitente do Otimismo, afirmando o moto de Leibniz, aliás, pertencente a Santo Tomás de Aquino, **tout est pour le mieux dans le meilleur des mondes possibles**[287]. Na época o cenário mais predispunha às tragédias que às apoteoses, Guerra dos Sete Anos, terremotos de Lisboa e Marrocos, fome, turbulência, angústia, povos entregues ao arbítrio dos Reis. Tornei-me, desde 1759, a figura mestra da fidelidade obstinada e cômica do Bem-Estar sugerido pela Imaginação, antirrealista, como agradava ao mestre Voltaire. Não lhe era possível ridicularizar Leibniz, matemático, diplomata, filósofo, teólogo, jurisconsulto, historiador, filólogo, bibliotecário e conselheiro do Duque de Brunswick-Luneburgo, Barão do Império, membro da Academia das Ciências de Paris, com elogio de Fontenelle, um dos espíritos mais universais do século. Inatacável. De mais a mais havia vivido em Paris e frequentado Versalhes sob Luís XIV. Voltaire assestou as baterias da galhofa para o sistema, sem mencionar a paternidade, encarnando-o em mim. E não conseguiu desmontar o cavaleiro. Nem mesmo subalternizar-me. Saí do romance ao par e

---

[287] (...) tudo acontece da melhor maneira no melhor dos mundos possíveis – frase irônica da personagem Dr. Panglos, de *Candide, ou l'Optimisme* [*Cândido ou O Otimismo*] (1759), de Voltaire.

nível do meu rival, **le savant** Martin, para quem **tout est mal**[288]. E havia o reforço local de Fénelon, otimismo relativo e sensível. *Candide* apareceu quarenta e três anos depois da morte de Leibniz.

– Mas o Otimismo está em dolorosa minoria neste Mundo, **monsieur Pangloss**!

– Ingratidão, professor, cegueira e má-fé, falta de observação e de justiça no julgamento do aspecto social. O século XVIII teria alguns elementos para negá-lo; o século XIX, menos parte; a presente centúria não tem razão alguma em contrário. Deveria ser o Século do Otimismo Integral. É uma obstinação ao Erro, como afirmar que o Sol gira em torno da Terra. Mestre Voltaire não podia aceitar o Otimismo de Leibniz. Seria uma arma contra os Enciclopedistas, contra sua obra pessoal e querida. Nenhuma revolução se propaga concordando que tudo está bem e no melhor dos Mundos possíveis. É tirar a espada da mão atacante. O *Candide* é, intrinsecamente, uma sátira política. Jamais uma crítica filosófica. Voltaire desdenhou, de propósito, analisar o **possible**[289], relativamente ao futuro. Em época alguma da História, por mais convulsa, violenta e aterradora, o Mal esteve superior ao Bem. Não haveria sobrevivência. Os maus sempre constituíram expressão minoritária. Um domínio do Mal seria o despovoamento da Terra, inversão do equilíbrio social, extermínio religioso, noite sem dia. O Mal não tem sistema, doutrina, organização. É, invariavelmente, relativo na conceituação daqueles que o combatem, que o consideram adversário do Bem. Os grandes soberanos guerreiros, massacradores de povos, insaciáveis de sangue e de saque, foram ídolos, égides aclamadas pelos seus sequazes. Os gauleses não podiam admirar Júlio César. Era um Mal. Os romanos olhavam noutro prisma. Aníbal para Cartago. O Otimismo inclui formalmente **l'effort vers le mieux**. Mestre Voltaire não poderia admiti-lo, com o **il est perfectible**[290]. Recusando-o, afirmava o **absoluto**, doutrina concreta, definitiva, imóvel. Essa posição ocorre unicamente na fase teológica das Religiões, o Dogma. O Otimismo não pretendeu o critério dogmático. O pensamento de Leibniz era suficientemente nítido nesse particular, **dans le meilleur des mondes possibles**[291]. Cada época da História tem o **seu** Mundo, suficiente aos contemporâneos. Não sendo suficiente, não resistiria

---

288 Saí do romance ao par e nível do meu rival, **o erudito** Martin, para quem **tudo vai mal**.

289 Voltaire desdenhou, de propósito, analisar o **possível**, relativamente ao futuro.

290 O Otimismo inclui formalmente **o esforço na busca do melhor**. Mestre Voltaire não poderia admiti-lo, com o **ele é perfectível**.

291 (...) **no melhor dos mundos possíveis**.

à marcha dos fenômenos sociais. Desapareceria, como morreram civilizações e raças, documentadas em ruínas, destroços, vestígios comprovadores de uma existência coletiva incompleta, insuficiente, má. O Mundo era **perfeito** para Sócrates, Platão, os estoicos, os filósofos de Alexandria, no plano da ordenação **finita**, apta às necessidades humanas. Fenelon, como Leibniz, não negava a presença do Mal nas formas mais complexas, mas o Bem era-lhe superior. O verdadeiro Mal consiste na ausência do Bem equivalente. Proclamando a onipotência do Mal, do Sofrimento, a condenação da Humanidade ao destino da Dor, negamos a Bondade e mesmo a onisciência de Deus. A potência do Sumo-Bem é incompatível com a soberania do Mal. Schopenhauer e Hartmann são dois hereges...

— **Monsieur** Pangloss, não entendo Filosofia. É um exercício mental acima de minha percepção. Não tenho memória para reter-lhe a nomenclatura, fundamento da expressão comunicante e funcional. Só posso acompanhá-la examinando os efeitos sem perquirir as causas. O Bem e o Mal, tornados sistemas, não me interessam. Essencial é a norma para a conduta pessoal. Há mais de seiscentos anos que a Filosofia mantém professores, ocupa estudantes, mas não consola ninguém. Explicar **princípios** é programa para a "Academia dos Seletos". Regra de uso, deu a trovista Lilinha Fernandes:

>Se o Bem não podes fazer,
>o Mal não faças também,
>que o Bem já fez sem saber,
>quem não faz Mal a ninguém.

Mas essa conclusão não atinge a medula do Otimismo...
— Concordo, professor, que a quase totalidade dos filósofos decompõe a luz dizendo explicá-la. Desarticulam e tisnam a Deusa Clareza, afirmando expô-la. Malabaristas no vácuo. Mas, é intuitivo que o Mal só exista para valorizar, destacar, sentirmos a superioridade do Bem. Como Sócrates quando se libertou da guilheta. É uma lição do "Anjo da Escola". Decorre da Perfeição Divina o mundo melhor, nascido de suas mãos. Deus é **obrigado a escolher o melhor**...
— **Monsieur** Pangloss, dizia o brasileiro Eduardo Prado que Deus perde muito posto em Retórica. O Mundo em que vivemos é o melhor porque não conhecemos outro. Em qualquer paragem da Terra um Homem concordando com Leibniz deve estar num hospício de alienados ou clínica de psicopatas.

– Professor, sua casa e família são conservadas e mantidas pelo senhor num plano de previsão de assistência, antecipada e carinhosa. O senhor exerce a missão indispensável à sua Inteligência e ao seu Amor, sem improvisar ou deixar de atender às necessidades fundamentais e lógicas do seu grupo. Não é crível esquecer-se o senhor das coisas essenciais e que são devidas aos entes confiados aos seus cuidados e criados pela sua vontade. Assim Deus, na sua **Harmonie préétablie**[292] não nos exilaria na Terra para a sádica recreação do Mal. O nosso é o Mundo melhor, escreveu Santo Tomás de Aquino, quinhentos anos antes de Leibniz. E a própria **vontade** de Deus é subordinada à Razão. A Razão aprovaria um Mundo incompleto e desditoso para acolher o Homem, criado **livremente** pela Divindade? Mais de cem anos anterior a Santo Tomás, Pedro Abelardo era "otimista", definindo a **Trindade** como o **Ser que pode** o que **quer** e **quer** o que **sabe ser o melhor**. Possível uma obra inferior a esse Poder, essa Vontade, essa Sabedoria, em graus supremos?

– **Monsieur** Pangloss, não discuto a ortodoxia católica da frase. Santo Tomás era credencial bastante se Leibniz não possuísse os direitos de publicidade. Neste Tempo presente examina-se o fato ocorrente e não como deveria apresentar-se. Este é o melhor dos Mundos, realmente, lealmente, verdadeiramente?

– Estou convencido da afirmativa. Tenho notado que os pessimistas **técnicos** acertam um décimo por cento nas suas profecias, com base experimental. O Mundo atual está mais de trinta vezes mais povoado que no meu Tempo. A média vital alcança 62 anos. Em 1795 morria-se geralmente entre 25 e 35. Os clássicos flagelos estão derrotados, febre amarela, malária, difteria, bubônica, tuberculose, lepra, cólera-morbo. A Cirurgia faz milagres de salvação. À Fisiologia pouco resta de escuro. Todos os diagnósticos **técnicos** anunciavam a mortandade de dois quintos da população da Terra pela invasão da Fome. Gente demais, alimentos de menos. Desproporção clamorosa. Onde está a Fome assolando o Mundo, professor? Assistência social, multiplicação de escolas, seriação universitária, igualdade civil da mulher, circulação econômica, transportes, aposentadoria, férias remuneradas, difusão cultural, ensino na intensidade útil, rádios, televisão, cinema, imprensa universal, circulante, preamar literário, garantias de defesa individual, pesquisa científica atordoante, esplendor industrial, motor atômico, astronáutica, combate à Dor, campanha dos abrigos, vilas operárias... Acho pouco? Sabe de modelo melhor? Naturalmente os beneficiados não estão satisfeitos. Querem mais. Pão e circo. Também há quem culpe a Sorte ou

---

292 Assim Deus, na sua **harmonia preestabelecida** (...).

Injustiça Social do que deve à Preguiça, amamentando as Virtudes da Inércia. Luta contra o frio, o abandono, a desnutrição, as moléstias carenciais, a mortalidade infantil, são outras conquistas...

— Vitórias fisiológicas, direito à repleção e ao calor. E por que insatisfação, anseio, desajustamento, no meio do melhor Mundo?

— O Mundo espiritual, moral, é muito mais impressionante de elevação, solidarismo, interesse humano. A verdade, professor, é que os nossos problemas mais imperiosos nascem do Espírito e não da digestão. A tendência é alimentar uma Tristeza como a um papagaio, ensinando-a a falar, discorrer, sugerir, transformando-a em obsessão, mania, neurose. O panorama verídico é vivo, arejado, promissor. As Nações dominadoras de africanos, asiáticos, polinésios, encolheram as garras e esses povos organizaram-se em Estados Soberanos. Seus delegados, pretos, amarelos, bronzeados, sentam-se, igual para igual, nos plenários da ONU. Em 1867 um inglês não precisava aprender a nadar porque as esquadras de Sua Majestade cobriam os mares. China do **Filho do Céu**. Turquia de Habdul Hamid. O Homem comendo arroz devia ser escravo do comedor de carne. Continuam comendo arroz e os carnívoros tiraram o pé de cima deles e para sempre. Onde estão os **coloniais**, os subdesenvolvidos, vendendo a vontade pelo demônio Progresso? No meu Tempo, reinava Luís XV, **le Bien Aimé**, e a amável condessa Du Barry. E Vincennes, a Bastilha, as **lettres de cachet**[293]. Voltaire, para escrever, morava em Ferney, na Suíça. Era o francês mais famoso. Parlamento discutindo, oposições votando, jornal debatendo, liberdade indagadora, eram sonhos impossíveis em 1759. Como se vivia na Rússia nos Bálcãs, pela Ásia Central? Sei, ainda existem peculato, gatunagem administrativa, indolência burocrática remunerada, simulação produtora, brutalidade policial, o Salário correndo a pé atrás do preço, de avião, delírio do lucro, urticária da ganância, usufruto das vantagens, mentira jornalística, hipocrisia, sucessos efêmeros e rendosos da Lesma sobre a Águia, do Urubu sobre o Canário, da Habilidade contra a Inteligência... Sei, mas são convulsões espasmódicas da fera moribunda. Há, diga-se, uma colaboração genérica e excitadora para o diabo da Velocidade. Máquinas que engolem o Tempo, multiplicando a produção, sugerem o contágio nos Espíritos. Enriquecer mais rápido, depressa, depressa, não posso esperar, **perder Tempo**. Tempo é dinheiro mas dinheiro não é Tempo. Percentagem assom-

---

[293] No meu Tempo, reinava Luís XV, **o Bem Amado**, e a amável condessa Du Barry. E Vincennes, a Bastilha, as **lettres de cachet** [ordens de prisão ou de exílio sumário, assinadas pelo rei].

brosa de inutilidades indispensáveis. Tóxicos, ácidos, dissolventes, aperitivos, estimulantes, digestivos. Culpa do Mundo, que é ótimo, ou da Velocidade, que se apossou das Almas?

— Lembro ainda, professor, que o Tempo passado possuía Beleza, Elevação, Valor, Alegria, Gênio. Falar nas **trevas** da Idade Média ou nas **épocas ominosas** é arroto de Jumentalidade doutoral. Essas plantas que nos dão sombra, flor e fruto, foram plantadas e cuidadas pelos nossos antecessores. São de crescimento lento mas contínuo. Tudo é Sequência, Continuação, Herança. Um Ser vem de outro. Um esforço prolonga o impulso inicial até a Realização. **Omne vivum ex vivo**[294]. Defunto não fecunda. Quem fecunda é a Vida e esta veio de milênios. **Inventar** é encontrar, aperfeiçoar o achado. Nenhuma dessas apregoadas **Realizações** saiu inteira e completa da cabeça do Gênio. Processo de soma de parcelas úteis, mínimas, preciosas. Paciência, intuição, tenacidade. O Homem é que não é digno do que possui. Anda como menino em casa de brinquedos, querendo todos os jogos e sem olhar o que lhe pertence. Só ambiciona o alheio ou ainda no mostruário. Se o Homem fosse **sapiens** quanto é **faber**, valorizaria o possuído, fruto do Tempo nas suas mãos sempre ansiosas e vazias.

— Aí está a frase clássica! Declínio, falência, **Untergang, decadency**[295], do Ocidente, da Civilização, das Culturas! Tudo continua crescendo, sob leis conhecidas ou ignoradas. As Culturas não morrem, professor, dissolvem-se, dando fermento, viabilidade às suas sucessoras. Existe é um processo seletivo nesse aproveitamento, às vezes insusceptível à nossa percepção. Quando a Itália e a França eram grupos, tribos, aglomerados hostis, desdenhosos da convivência, exceto na aliança para a pilhagem, cada **função** julgar-se-ia **organismo** autônomo e soberano. O professor recordará as guerras de Roma na península e as campanhas de Júlio César nas Gálias, enfim a História inicial da Europa. Esses povos, na fase de transição, vencidos e subjugados, considerar-se-iam decadentes e crepusculares. Estavam apenas iniciando outro ciclo no ritmo da ascensão. Não há decadência nenhuma na Ciência porque um sábio morre ou uma nação sucumbe, momentaneamente. O entardecer é antecedente do novo dia.

— Indispensável e alegria do trabalho, esperança inabalável no Êxito, colaboração unânime e fervorosa em toda a colmeia. Esse é o **meu Entendimento**. O seu amigo Machado de Assis, ainda em 1880, pela voz de Quincas Borba afirmava a Brás Cubas **que Pangloss, o caluniado Pangloss,**

---

294 Todo ser vivo advém de outro ser vivo.
295 Untergang, em alemão: **queda, ruína, decadência**.

não era tão tolo como o supôs Voltaire. O essencial é manter a Vida em derredor de nós. **Il faut cultiver notre jardin**...²⁹⁶

Sem desmanchar o sorriso, despediu-se.

Fui podar as trepadeiras no quintal.

---

296 **É preciso cultivar nosso jardim**... – com esta frase/preceito, Voltaire conclui o *Candide*.

24
MIDAS. RITO, NÃO CASTIGO

— Midas, rei da Frígia, lindo, forte e feliz reino na Ásia Menor. Contava da embocadura do Meandro à do Partenicus, ao longo do Egeu, Propontida e Mar Negro. Os Frígios descobriram a têmpera dos metais. Os reis chamavam-se Midas e Górdio. Não lembram Górdio? O primeiro prendeu a charrua com um nó que não podia ser desfeito. O oráculo prometia o império da Ásia a quem o desmanchasse. Alexandre Magno cortou-o com a espada. Górdium era nossa capital sobre o Sangário. Na colina, resplandecia o templo de Zeus. Hécuba, a derradeira rainha de Troia, era uma princesa frígia.

— Minha história é tão popular que dispensa evocação. Quem ignora as orelhas de burro de Midas, o rei que transformava em ouro tudo quanto tocasse? Fora mercê de Dionísio, cujo culto divulgara na região. Não podendo alimentar-me, supliquei ao Deus, como maior prêmio, restituir-me os dons anteriores de simples mortal. Banhei-me no rio Pactolo, daí em diante rolando as águas sobre pepitas áureas. Quem não sabe o episódio do barbeiro, condenado a guardar segredo sobre o tamanho das minhas orelhas e que confiou o caso a uma cavidade, recobrindo-a de terra? Nasceram no local uns juncos e, ao passar do vento, murmuravam: **O rei Midas tem orelhas de asno!**

— Lendas, professor, mentirosas flores da imaginação popular, sempre anônima e sempre satírica. Fui soberano de posses opulentas e a explicação daqueles que viviam fora da intimidade do rei era fazê-lo mudar em ouro quanto passasse por suas mãos. Novas riquezas significariam levar mochos a Minerva. Regalo inútil ante a abundância do destinatário. Nós tínhamos todos os metais. Nossas moedas são o orgulho dos colecionadores felizes.

— O ponto mais alto da minha fama foi o voto contra Apolo e em favor de Pan. Preferir um sátiro, caprípede, torto, peludo, horrendo, com chifres e cauda curta, ao próprio Apolo, Deus olímpico, Pai das musas, criador da Música, supremo artista, divino na espécie, pareceu a todos o máximo ultraje à Verdade, ao Bom-Gosto, e mesmo ao equilíbrio auditivo. Ninguém, até hoje, compreendeu. Fiquei sendo o símbolo do julgador alucinado, inimigo da Evidência, contra todas as leis da percepção artística. **Voir continuellement les arts jugés par des Midas**[297], gemia Voltaire. O velho Arouet entendia de tudo, rebelado e atrevido, mas entrou no inconsciente rebanho da ignorância concordante. Fora a opinião de Ovídio nas *Metamorfoses*, louvando meu castigo, tão justo na equivalência da inacreditável ousadia. Todos os clássicos, românticos, modernos, entoam a mesma cantiga, errada e milenar.

– Lembro-me muito bem do concurso na planície da Lídia. Pan, modulando árias campestres, ingênuas e doces melodias de pastores, soprando a flauta de bambu de sete tubos, reforçada com cera de abelhas. Apolo, com a lira imortal, ferida pelo plectro cintilante, a cabeça com os louros do Parnasso, vestido de púrpura. Témolo, o juiz, concedeu-lhe a vitória. Eu, protestei. Pan era o vencedor, com a legitimidade da inspiração espontânea, bárbara e natural. Grita a tradição que Apolo fez-me crescer o pavilhão auditivo numa extensão desmedida. O burro é o único vivente que não entende o som musical. As imensas orelhas captam todos os sons, menos os musicais. Minhas orelhas denunciariam, pelo eterno Tempo, o tamanho da surdez intelectual.

– Chamo sua atenção, professor, para o fato de Pan ser uma criatura divina, filho de Hermes e da ninfa Dríope. Apolo, punindo-me, enfrentaria Hermes e o meu patrono Dionísio, o Baco dos romanos fiéis. Nada ocorreu nem poderia ter ocorrido. O prélio limitou-se ao mau-humor de Apolo e à surpresa do ancião Témolo, apaixonado pelos Deuses e inevitável requerente de favores intermináveis. Continuei com as orelhas anteriores ao concurso e à manifestação do meu gosto pessoal.

– Tinha credenciais para a decisão. A Frígia é terra musical. Possuíamos as flautas de bambu e barro, glorificadas pelos músicos. O "modo" frígio era afinação, escala, técnica de acompanhamento e canto, uma das preferências do imortal Píndaro. O rei Midas podia e sabia escolher.

– A confusão, professor, é que, no momento, eu usava orelhas de burro como alto sacerdote do culto ctoniano, ao qual o burro pertence

---

297 **Ver continuamente as artes julgadas por uns Midas**, gemia Voltaire – Citação de trecho de *Lettre de M. de Voltaire et de M. D'Alembert*, carta de 16 out. 1765 (*Œuvres completes de Voltaire*: Correspondance particulière, 1817): "Il ya des choses bien humiliantes daus l'espèce humaine; mais il n'y en a point de plus honteuse que de **voir continuellement les arts jugés par des Midas**".

como deificação das nascentes. Idêntico cerimonial em Micenas e Creta. Um grupo de eruditos tem exposto, indiscutível e documentadamente, a razão das orelhas asininas, não uma sentença de Apolo mas ornamento da minha tiara pontifical. Sábios do valor de Lehmann-Nitsche, William Crook, A. B. Cook, W. Gruppe, com bibliografia excelente, comprovaram o direito de pôr na cabeça a coroa ritual, com orelhas de burro, sem que fosse o sacerdote-rei confundido com o quadrúpede. Tínhamos o culto da Terra, das forças telúricas, criadoras de tudo. Recordo, professor, os capacetes guerreiros enfeitados de cornos, asas, meias-luas, caudas de cavalo, dragões, águias, leões, significando amuletos religiosos, propiciatórios do êxito militar. O pseudo **veredictum** de Apolo é uma fábula espirituosa, mito sugestivo e sem consistência, uma pilhéria mitológica. **La credulité fait sa renommée**[298]. A Etnografia encarregou-se de provar que as minhas orelhas enormes, pendentes da tiara, não simbolizavam a Ignorância mas eram atributos primaciais de uma religião primitiva e com áreas desmarcadas de prestígio, influência e domínio. O burro era um dos animais dedicados a Pan, Príapo, à potência fecundadora. Há, confesso, uma minoria erudita obstinada na versão literal. O professor sabe que se os eruditos estivessem de acordo, acabar-se-ia a erudição.

— Naturalmente os sábios ingleses e alemães jamais se encontraram comigo, desconhecendo, evidentemente, as razões íntimas do meu protesto. Pan contra Apolo. Quero confidenciá-las por o senhor ser amigo da nossa luminosa e complexa Antiguidade. Não haverá um etnógrafo ou folclorista capaz de discordância e desapoio. Todos votariam como votei, na planície da Lídia... Tendo o direito humano e lógico de discordar, de ter opinião, de não seguir o exemplo alheio, de não imitar Templo, promovendo-a a oráculo ou jurisprudência de tribunal inapelável, decidira-me por Pan contra Apolo, escolhendo a solfa da sirinx de sete tubos de bambu contra a lira faiscante do Pai das Musas. Votei pela música popular, bravia e simples, em face da composição sacra, convencional e sistemática dos cânones inarredáveis e fixos da escola divina. Pan e Apolo já se haviam enfrentado. Em Megalópoles estava a evocação dos dois, flauta contra lira, recebendo oferendas e votos. Não era despropósito eleger Pan quando ele estava, ao lado de Apolo, numa disputa permitida pelos Deuses e motivo de veneração no Peloponeso, em plena Arcádia, pátria de Pan, na terra grega e não na Ásia Menor. A sentença, tivesse ela existi-

---

298 O pseudo **veredito** de Apolo é uma fábula espirituosa, mito sugestivo e sem consistência, uma pilhéria mitológica. **A credulidade faz sua fama.**

do, decorreria dessa compreensão simpática por uma Arte do Povo ante uma técnica dos Deuses. Votei pelo Folclore contra a Cultura Oficial, dogmática, universal, imposta pela legislação, regida pelos regulamentos, guiada pelos estatutos, fiscalização, vigilância do Estado, substituto do Olimpo.

Tinha ou não tinha razão?

25
SHYLOCK. DO INTERESSE BASAL

*F*aço as pazes com a estrada-de-ferro. Tantos anos de abandono! Espanta-me o heroísmo de trocar pouco mais de centena de minutos por dezenas de horas balançadas. Estou, porém, farto de viajar amarrado como saguim. Comer de bandeja, feito paralítico. Ver a Terra coberta de nuvens como se morasse na órbita lunar. Agora olho a paisagem na perspectiva humana e não ornitológica. Estamos no mesmo nível visual e comum. Passam aldeias coloridas, cidades tradicionais, rios sonoros, nomes de História, castelos, recordadores e medievais, vigiando nas eminências. Posso levantar-me, caminhar, deitar-me horizontal no vagão-leito. Retomo a perdida condição de viajante e não mais corpo transportado pelo ar, com pavor e rapidez.

Os passageiros permitem-me um **short course** de Etnografia **in anima nobile**[299], nos trajes, vozes, gesticulação, atitudes. Estou, camonianamente, **num solitário andar por entre a gente**. Sinto-me estrangeiro quando tenho sido, por vocação, nacional. Há, infalíveis, um americano tirando fotografias e dois velhos fingindo dormir. Uma musa de Rollinat toma notas e um inglês lê, sem pausa, a mesma página. Um preto limpa os vidros do binóculo, olha-o, e recomeça a interminável tarefa de limpá-lo. Às vezes atravessa um soldado, sério, seco, majestoso, procurando um dragão escondido. Um padre abre um livro deixando cair retalhos de jornais, apanhados com paciência. Guarda-os no volume, reabre-o e torna a reunir a papelada, novamente espalhada. Um francês, inquieto, superior, olhos irônicos, ar de finório, dá-me a impressão de que vai fazer uma revelação. Abre a boca e tosse. Passada a tosse, recompõe o ar espertalhão e volta a tossir. Uma matrona, branca, loura, bloco de gelatina com duas safiras pálidas, boceja

---

299 Os passageiros permitem-me um **curso breve** de Etnografia **no ser humano** (...).

há duas horas lentas. Uma mocinha de calças vermelhas e blusão dourado, boina negra, vem, de cinco em cinco minutos, passar a cabeça pela janela, decepcionando-se de não ver quem esperava. Na extremidade, um cego de óculos escuros não retirou do ouvido um pequenino rádio, cujo programa somente ele está ouvindo, povoando-lhe a solidão. Penso em Camões, **a comprida maginação os olhos me adormece**. E rumo ao restaurante.

Sento-me na segunda mesa, com um janelão acompanhando o **filme policolor** que a Natureza está projetando no espaço luminoso. Faço o pedido. Diante de mim está um surpreendente modelo de judeu clássico. Magro, ombros curvos, nariz de papagaio, olhos próximos, miúdos e perspicazes, queixo coberto de barba curta, áspera, encardida, bigode ralo, queimado, solto sobre o lábio desdenhoso e fino, óculos orlados de tartaruga, redondos, grandes, faiscantes, os **Quevedos** que Montesquieu dizia inseparáveis dos espanhóis do séc. XVII. No mais, limpo, decente, natural. A mão ossuda, dedos ornados de anéis de ouro fosco, segura um copo de leite. Não me vê. Ofereço, num gesto, meu pão, queijo, **torrones**, vinho tinto. Recusa sorrindo. Insisto, estendendo o prato. Mastiga um torrão e algum queijo. Deixa que lance vinho no seu copo sem leite. Nem uma palavra entre nós. Olha-me, como procurando identificar-me. Bebe o meu vinho e pousa o copo. Com voz macia, clara, tranquila, inicia o convívio.

– **Eveinu Xalom aleixêm!**[300] professor, boas tardes! Não esperava vê-lo. Mas um encontro para sua amizade aos mortos-que-vivem. Sou o velho **Shylock**, Shylock **the Jew**, o que exigiu **the pound of Flesh**[301] do peito de Antonio, *The Merchant of Venice*, aí por 1594. Essa história da libra de carne num cristão vivo já era secular no Oriente quando Veneza estava despovoada em suas ilhas, no meio das lagunas do Adriático. É o episódio do Cádi de Edessa, na Mesopotâmia setentrional, trazido para Europa no anedotário dos Cruzados. Ainda a contam em Orfa, seu nome atual, onde a vítima fora um muçulmano. Há um sem-número de variantes e personagens, Príncipes, Papas, Reis. O senhor publicou uma pesquisa sobre o assunto, já ligado a um motivo do Brasil, não é verdade? Não se tratará, evidentemente, das origens do tema vulgarizado por Shakespeare, mas da figura, a figura repugnante, sórdida, famélica, impiedosa, do judeu usurá-

---

300 Canção pupular em hebraico, cujo sentido é "anúncio de paz".

301 Shylock **the Jew**: personagem judeu que empresta dinheiro ao seu rival cristão, Antonio, na peça *O Mercador de Veneza* (escrita entre 1596 e 1598 por William Shakespeare). A expressão **the pound of Flesh** foi criada por Shakespeare e significa, literalmente, "libra de carne" (uma linguagem figurada, como se o devedor tivesse que pagar a sua dívida com a própria carne).

rio, sem alma, sem ternura, sem alegria, devoto do Ouro, escravo do Interesse... Shakespeare podia dar um modelo inglês mas foi procurá-lo em Veneza. O documentário britânico, nesse particular, é o mais rico do Mundo, denunciado pelos idealistas da **Merry England**[302]. É a pátria da Economia, do Domínio Colonial até bem pouco tempo, do Comércio Universal, de **sir** John Hawkins, iniciador da indústria negreira, do poderoso **guinéu** que o **sovereign**[303] substituiu. Londres orgulhava-se de Lombard Street, perto do Banco da Inglaterra, desde o século XV sem a **Old Jewry**[304], mas a sede dos banqueiros criadores dos empréstimos internacionais, credores de Nações, proprietários do Câmbio. O velho Shylock é uma sombra tímida ante esses Soberanos que, até anos atrás, davam chuva e bom tempo sem orar a **Saint Swithin**[305]. O sangue lombardo contagiou todo **cockney**, nascido ao alcance do sino da **Bow Church**.[306]

— Não, não estou criticando mas lembrando as passadas glórias, os antecedentes inegáveis. Devemos à Grã-Bretanha a oficialização do "papel-moeda". Criaram a moeda **mercadoria**. Não troca mais ágio, lucro, vantagem.

— Sim, a Usura, condenada por Deus e indispensável aos Homens! Que é a Usura, professor? Rendimento do Capital circulante, patrimônio acumulado pela obstinação e gênio do trabalhador mental. Usura vem de **usus**, particípio passado de **uti**, útil, o que serve. É uma frutificação mais abundante que o rendimento regular, sem que deixe de ser normal. Tão normal que existe. Diremos Usura, abuso do uso. Incrível a existência anterior do material que a ela se prende. Necessidade de haver uma relativa riqueza disponível. E a valorização é a Procura, fonte da Usura. Não será, evidentemente, o Usurário o valorizador da Usura mas aqueles que dela necessitam. O fundamento da Obrigação é a mútua concordância das partes. Dizer-se que só poderá constituir vínculo obrigacional o objeto **lícito**, é novidade astuciosa nos Códigos Civis recentes. Lícito é o **permitido**, autorizado pela licença social. Vender Homens era lícito. O tráfico das

---

302 (...) denunciado pelos idealistas da **Feliz Inglaterra**.

303 (...) do poderoso **guinéu** que o **soberano** substituiu – guinéu e soberano: duas moedas inglesas.

304 **Old Jewry** – nome de uma rua de Londres. Era conhecida como uma região habitada por judeus.

305 (...) sem orar a **Saint Swithin** – santo padroeiro da "Winchester Cathedral", cuja festa acontece no dia 15 de julho (*St. Swithin's Day*).

306 O sangue lombardo contagiou todo **cockney**, nascido ao alcance do sino da **Bow Church** – "Cockney": termo que se refere a quem habita no leste de Londres; "Bow Church": A "Igreja de Bow", construída em 1311 para o povo de Bow e Old Ford.

mulheres era lícito. Já não são porque outros interesses determinaram óbice legal. É lícito vender armamentos para um povo massacrar outros. Estuda-se a melhoria da bomba atômica como não se pesquisa o aperfeiçoamento alimentar. Era lícito queimar uma criatura humana para castigá-la de pensar de outro modo. Tivemos as chamadas Guerras Religiosas, povoando a Europa, Ásia e África, de cadáveres. **Amai-vos uns aos outros!** Eram lícitas. O Pai podia vender ou matar o Filho. Lícito. Irmão casar com Irmã. Ontem, direito divino. Hoje, incesto criminoso. Freud imaginou fundamentar toda a sua arquitetura do recalque erótico nesse convencional **horror ao Incesto**. Nem pensou nos Egípcios e Incas, incapazes desses escrúpulos mas encantados com a função tradicional. Hoje oferecemos a Deus orações, incenso, flores. Outrora era lícito sacrificar-lhes vidas humanas e animais. Como e por que esses processos oblativos modificaram-se? Proveito dos Deuses ou intenção utilitária dos devotos? Conhece alguma interpretação mais confusa e complexa que a hermenêutica da frase: **Dai a Deus o que é de Deus e a César o que é de César?** Alguns Papas negavam todos os direitos a César. Estavam convencidos da licitude dessa doutrina. Os Imperadores alemães pensavam justamente às avessas. O Estado criou-se para defender o Indivíduo ou o indivíduo é uma criação do Estado? Na USA o capital é o Homem. Na URSS é o Estado. Deixou de haver Capital, Rendimento, Usura? A concepção do **lícito** depende da legislação estatal. Não acha que o Patriotismo é uma Usura da Cidadania, uma **plus valia** da Cidade? O meu amigo Montaigne dizia que **la difficulté donne prix aux choses**[307]. Eis aí a razão desse jardim de roseiras e cactos.

– Esse saldo que o trabalho permitiu reunir-se explica a História do Mundo. Os Reinos não poderiam viver eternamente pelo assalto e saque, roubando as coisas alheias, escravizando e matando. É um ciclo na existência coletiva como nós tivemos na conquista de Canaã, voltando do Egito, sem terras e de espada na mão. Quanto a Terra produziu e os rebanhos geraram, foram a nossa sobrevivência. As estradas da guerra eram cruéis e duras. O Mundo viveu pelos caminhos da permuta comercial, gado, ferro, tecido, cerâmica, seda, perfumes, ornamentos, alargando fronteiras pelas rodas, passo de animais, sopro de vento nas velas. O resto é sangue, fogo, ruínas. As Repúblicas de mercadores eram pacíficas, comunicantes, democráticas. Os Impérios conquistadores foram... o que o senhor sabe muito bem. Podia-se guerrear pela posse do mercado, mas a

---

307 Não acha que o Patriotismo é uma Usura da Cidadania, uma **mais valia** da Cidade? O meu amigo Montaigne dizia que **a dificuldade valoriza as coisas**.

normalidade exige clima tranquilo, acordo, segurança nas vias de percurso. Espada não dá fruto. O acampamento é sempre transitório. A Feira é uma constante em fecundidade e proveito. As relações permanentes nasceram desses trânsitos, caravanas, comboios, mantendo as vidas incontáveis que a Guerra dissiparia. Naturalmente a concorrência irrita o produtor que recorre ao soldado para afastar o rival. Assim foram as Guerras Grandes, inclusive as de 1914 e 1939. A explicação em contrário é disfarce político, escondendo a Verdade sob véus sedutores e falsos.

– Sim, voltando um pouco ao meu caso. A Moeda funcionando como mercadoria fundamentou o desenvolvimento do Mundo atual. Determinou a convenção do Crédito. Graças a ele, o Deus Progresso multiplicou seu domínio e uniformizou os ambientes. Graças a ele nada se deteve do que, materialmente, tinha começado, sacudindo o marasmo das regiões subdesenvolvidas. Foram exportadores de ouro, tornado semente e adubo. Convém não aliar aos banqueiros a culpa da má aplicação ou do peculato, que se tornou indústria nacional em certos países. No meu caso. Cabe ao devedor o ônus contratual. E ao banqueiro? Riscos inumeráveis, desde a insolvência ao foro especial, reivindicado à última hora para adiar a satisfação creditória. Se os navios de Antônio chegassem, nada exigiria. E tudo perdi por ter o devedor assinado, com seu punho, a doação da libra de carne. Crueldade de judeu e esperteza de cristão, antevisando o dolo, na evidência da lei, ignorada por mim. Era a hora da minha vingança pelos ultrajes suportados. Mas judeu só tem o direito a perder. Os Mouros e nós, escravos na Europa, fomos exemplos singulares. **Do Mouro o couro e do judeu o ouro!** A imagem não é nossa. É uma conclusão popular cristã. Em Roma o devedor não tinha direito ao próprio cadáver.

– A Grécia não pôde manter o seu Mundo. Espalhou-se e as Colônias foram adversas à unidade helênica. Roma dominou pelas legiões, butins, cupidez insaciável dos governadores togados. Depois, a Loba era defendida pelos mercenários. **Pas d'argent? Pas de Suisse!**[308] Ensinara aos "Bárbaros" o segredo do Êxito. O cidadão romano queria unicamente ser funcionário do Império. No mais, Plebe, Pão e Circo. Não havia Povo. As coisas criadas da Força terminam por ela. Quem nasce do dente do dragão, morre mordendo e roncando. A Paz Romana fora o intercâmbio, a rede da redistribuição benéfica. A Paz é um fenômeno digestivo.

– Sim, a Usura! **Iterum ecce**...[309] Na História da Escravidão culpamos o comprador, intermediário, financiador, negreiro, mas nem uma palavra ao

---

308 Não há dinheiro? Não há Suíça!

309 – Sim, a Usura! **Eis aqui novamente**...

vendedor. Rei, Pais, famílias, traficando com os vencidos, capturados, filhos, a troco de aguardente, panos, armas, ouro, cavalos, enfeites, manilhas de latão. O Progresso caminha sobre a Usura fundamental. O esplendor do comércio inglês na Era Vitoriana, o **Made in England** irresistível, baseava--se em ter a Deus nos lares e o Diabo no escritório central de Londres. **Make money, John, honestly if you can, but make money!**[310] A consciência ficava em casa, retomada ao regresso, rico e sem fígados. Dinheiro não tem cheiro, dizia o imperador Vespasiano, deduzindo de impostos e não de transações. **Mind your own business... That is my own business**[311], notará que **Business** está no lugar de **Life**. Não lembra Walter Bagehot no elogio à **Lombard Street**?[312] A História da Usura lógica, profunda, medular, patriótica e mesmo idealista, está na História do Banco da Inglaterra. É imagem **Whig** e não **Tory**[313], desde Guilherme III. Sem o Banco, voltaria James II imposto pela França, o Pretendente estaria coroado, Napoleão reinaria no Mundo! Onde teria a Inglaterra recursos para opor-se à onipotência do **Petit Caporal**[314], senhor da Europa depois de Austerlitz? Foi o Banco da Inglaterra quem derrotou l'**Empereur** fazendo-o viajar no **Belerofonte**[315] e ir morrer na confortável Santa Helena. Não senhor, jamais desmereço a coragem, obstinação, intrepidez inglesa, desde a Revolução Francesa. Mas, veja que valeu o trabalho, pela obtenção dos despojos. Grandes juros territoriais pagaram a resistência da **Old England**[316]. Pôde avançar as fronteiras por todos os continentes. Mas o comércio consolidou, garantiu, fez frutificar esses benefícios de Waterloo. Quando digo Comércio, penso também nos seus corolários imediatos, o dinheiro mais acessível e tornado indispensável, provocando sua obtenção angustiada. Hipervalorizando-o.

---

310 Ganhe dinheiro, John, honestamente se você puder, mas ganhe dinheiro!

311 Tome conta da sua própria vida... Esta é a minha vida, notará que **Negócio** está no lugar de **Vida**.

312 **Lombard Street**: Avenida famosa da cidade de São Francisco, na Califórnia. Referência ao clássico *Lombard Street*, obra publicada em 1873 pelo economista e jornalista inglês Walter Bagehot, editor de *The Economist*.

313 **Whig**; **Tory**: duas facções políticas na Inglaterra: Torysm e Whiggism. Os "Tories" defendem a monarquia e são criadores da frase "Deus, o Rei e o país". Já os "Whigs" defendem o Parlamento em oposição ao Rei.

314 **Petit Caporal**: Napoleão I.

315 Foi o Banco da Inglaterra quem derrotou o **Imperador**, fazendo-o viajar no **Belerofonte** – O *Bellerophon* foi o barco de guerra que, em 1815, conduziu Napoleão até o seu embarque no navio *Northumberland* com destino à ilha de Sant Helena.

316 Grandes juros territoriais pagaram a resistência da **Velha Inglaterra**.

Ao lado do industrial produtor, do negociante fazendo a movimentação, milhões de interesses abriram campo à urgência da moeda, empréstimo, Usura, decorrente. Usura, ganho abusivo do Capital? Mas observe, professor, que o judeu prestamista não utilizava seu ouro para regalo próprio, rega-bofe, satisfação dos instintos. Era avarento, severo em cima do cofre-forte inútil, como fonte de compensação pessoal. Foi sempre o depositário, o guarda-mor dos recursos para uso externo e distante. A sua recompensa era íntima, recôndita, mental. Amava, como um paralítico ama bailarinas, vendo o longínquo bailado de suas libras girando pelo Mundo, e trazendo outras, que dançariam também.

— O frugal não entende o glutão, o bebedor ao abstêmio, o sensual ao ascético. A compreensão da finalidade fica nos limites da preferência. Luís IX como julgaria a Luís XI? Froissart a Taine? Sir John Falstaff a Francesco Bernardone? Cleo de Merode a Teresa de Jesus? Em cada uma dessas virtudes ou vícios há júbilos, volúpias, indenizações sublimadoras da fidelidade devocional. O arcano de um Usurário é tão impenetrável como o êxtase de um Místico. O mendigo roendo a côdea dura de pão ao sol de São Marcos teria alegrias diversas, mas tão legítimas quanto as minhas, atravessando o Grande Canal, numa gôndola discreta, com meus sacos de **zecchinos de ouro**[317]. O antílope sangrento valerá ao leão quanto uma cereja madura ao rouxinol. Queremos, infalivelmente, padronizar pelas nossas as emoções alheias. O peixe trocaria a sua mobilidade pela girafa? Digo para mim: **Não julgueis, porque quem te julgará não será tu mesmo, juiz nato!** Assim, a sordidez, obscuridade, exagerada poupança do judeu onzenário, são acessórios negativos para o observador e elementos de satisfação habitual para ele. **Nolite judicare**[318], advertem os sacerdotes, julgadores perpétuos. O problema reside, pois, no julgamento e na comparação. O Doge deve ser feliz. Shylock deve ser desgraçado. Seria o inverso, para quem lembrasse a História de Veneza, mas olhavam a minha samarra enodoada e suja e a faiscante dalmática dogaresa. Esse é o Mal que Lúcifer legou aos Homens, caindo do Céu onde comparara o seu com o estado de Deus. Antes do cotejo, era um Anjo feliz.

— A Usura é um crime na hora do pagamento dos juros! No cruel momento de cumprir o contrato, *le quart d'heure de Rabelais*[319]. Antes, é a Esperança de resolver problemas com o auxílio do nobre amigo israelita!

---

317 **Zecchinos de ouro** – moeda de ouro cunhada pela República de Veneza e usada a partir do ano 1284.

318 **Não julgueis**, advertem os sacerdotes, julgadores perpétuos.

319 "le quart d'heure de Rabelais": Literalmente, "o quarto de hora de Rabelais": **a hora de pagar a conta**. *O quarto de hora de Rabelais*: peça de Júlio Verne, 1848.

Ainda hoje, nessas ocasiões, tem o devedor saudades do Santo Ofício, punidor do herege correligionário de Caifás. Esses empréstimos empurravam a pequena riqueza doméstica nas sucessivas soluções ocasionais da pecúnia faltante. Mantinha o pequeno luxo, a pequena gala, a meia ostentação. Libertavam os modestos da maior inveja aos potentados porque possibilitavam o colar ostentoso, o gibão de veludo, a saia de seda que se arrastaria no mármore na manhã de festa. O que Veneza trazia do Oriente escoava-se nesse segredo aquisitivo, o empréstimo do judeu silencioso. Assim em Florença, em Siena, em Gênova, em Pisa. O judeu era uma denúncia de ouro e um pregão de crédito, **credere**[320], acreditar na honra dos outros.

– É uma verdade! Toda a gente reprova o que não pode, não deve ou não tem a ousadia de praticar. Empréstimos a juros módicos! Onde existiu? O Estado não resolveu o assunto mas oficializou a tragédia das Casas de Penhor, dinheiro sobre a entrega de utilidades familiares. Não arrancou a carência dos necessitados das garras dos Avarentos, mesmo com os suportes das garantias suplementares, endosso, aval. A Usura é a sobretaxa da Oportunidade proveitosa, o dinheiro imediato, pronto, duplicado pela presteza. Quem dá de pressa, dá duas vezes. Se tudo tem o seu preço, é natural que a disponibilidade financeira, na hora exata, mereça equivalência fiduciária. Os pais deram vida, atenção e cuidados à prole até a maioridade. Vêm os filhos casados e abençoam os netos. A gratidão dos jovens ao casal decrépito não será uma doce forma de Usura, ressarcimento do tempo-capital, empregado na infância?

– Desinteresse e Gratuidade não existem, funcionalmente. Natureza e Sociedade ignoram-nas. Aqueles espantosos eremitas e anacoretas, vivendo no deserto ou no silêncio de miséria dos cenóbios, na mais completa renúncia ao Mundo, não pleiteavam Recompensas – e que Recompensas! – no Reino do Céu? A subalternidade terrestre implica equivalências deslumbrantes no Paraíso. Quem **dá** ao Pobre, **empresta** a Deus. Nem a Esmola pode ser desinteressada! Pergunto se a recomendação: **nem ouro e nem prata nos teus alforges**, tem merecido clara obediência na hierarquia eclesiástica. Os nossos Colonna, Farnese, Médici, no trono pontifício, foram Príncipes faustosos e não religiosos frugais. E a indicação da escolha partira do Espírito Santo...

– Sim, ouvi o argumento. Os frutos são dons gratuitos! É a forma da multiplicação pelas sementes, conduzidas na polpa apetecível. A gula ani-

---

320 (...) **acreditar** – conforme traduz o próprio autor.

mal prolonga as espécies vegetais. O fruto não tem outro objetivo. Abandona o galho para sobreviver na família. Mesmo a cor e o perfume das flores conservam a missão suprema de atrair os veículos disseminadores do pólen fecundante. Continuar-se é viver! O canto das aves, a luz dos pirilampos, a coloração das penas, pelos, peles, são apelos, recursos, chamadas, ao sexo reprodutor. Na proporção que subimos a escada zoológica, variamos os processos da sedução geradora. Ritmo de andar, trajes, aromas, pormenores e requintes, ameigamento da entonação verbal, carícias, gestos e olhares insinuantes, são gratuitos e desinteressados ou fórmulas intencionais e premeditadas da fixação amorosa? Nem a Graça é gratuita, porque decorre do intuito redentor... Quando o Evangelho alude ao que **será dado em acréscimo**, denuncia a Usura misericordiosa. O lógico era a suficiência e não a demasia, mesmo da parte do Senhor, que é Justiça perfeita. No ponto de partida, a Reciprocidade é base fundamental na lei da Convivência. Elas por elas! Uma mão lava a outra. **Manus manum lavat**[321].

— A Usura não é crueldade mas o preço do benefício oportuno. Os juros? Esses respondem pela quantia material do empréstimo, na sua limitação exata, visível, computável. O que excede, ajusta-se à dimensão da Carência. Quem concorda com a Usura é porque a justifica. O senhor, nos bons hotéis, não paga a **taxa de urgência**, querendo ter sua roupa no mesmo dia da entrega? A Usura é a **taxa de urgência** nas áreas prestamistas. A **satisfação** imediata à **necessidade**. É patrimônio do Espírito Humano o ganho aumentado, e ninguém está contente com o salário contratado. Nem mesmo os **técnicos** da indolência remunerada. Não recorda as varas de álamo, aveleira e castanheiro, descascadas em riscas, dando **Usura** do rebanho de Labão ao meu avô Jacob? O engenho colhe pela astúcia os frutos além das barreiras do pacto. Nem o patriarca Jacob, nem este seu neto Shylock estão possessos dos Demônios mas iluminados pela Inteligência **útil**. Nós não fizemos o Mundo e nem mesmo as leis que nos regem na intimidade do desejo natural.

— Ah! professor... Todo **interesse** coletivo é financeiro. As relações internacionais são movimentações econômicas, acordo, equilíbrio, reforço. Justamente o que se universalizou no Mundo foi a noção da Moeda, valendo **garantia** e não apenas possibilidade de compras. Os financistas são os apóstolos da fraternidade humana. Os **entendimentos** econômicos são fórmulas pacificantes. A Moeda deveria ostentar o lema **Ubique pax**[322]. O

---

321 **Uma mão lava a outra** – conforme traduz o próprio autor.
322 A Moeda deveria ostentar o lema **Paz em qualquer lugar**.

recurso às guerras ultrapassa, inevitavelmente, a finalidade prevista no plano político. Determina problemas maiores, mas a Experiência o resolverá, exercitada pela Angústia. O senhor deve ter notado que a Guerra vai adquirindo aspecto funcional de **anormalidade, exceção, anacronismo**, fora da compreensão popular. Há cem anos era normal, comum, natural, por todos explicada como uma lógica fatal entre os povos. Esse clima desvalorizador das Guerras devemos aos interesses pela circulação tranquila dos capitais. Outra explicação é pura retórica... Dinheiro amansa.

O comboio percorre um vale extenso, verde, semeado pelo casario incessante. Zona rural, rica, fecunda, trabalhada. Olho pela janela. Vamos atravessando os arredores de uma cidade que se estende na planície e cobre de edifícios uma colina. As torres apontam o Céu de cobalto e cinza.

– É Irun, professor! **Il y a toujours des Pyrénées**...[323]

---

323 Os Pirineus ainda existem...

26
Heine. Temperamento e Mentalidade

Há dois dias que não chove nem cessa de chover. Das nuvens baixas e sujas desce um nevoeiro gelado, denso, incessante e negro. A iluminação das ruas está parcialmente acesa. O Bar do velho hotel é um recanto adorável, com o teto de madeira apainelada em torneios e brasões, móveis escuros, balcão estreito sem tamboretes para consumação solitária, luz indireta, abundante e doce. O aquecimento funciona mas o centro de interesse é a grande lareira de pedra, ornada de mogno, onde as chamas amarelas se contorcem na dança do fogo. Junto ao balcão está uma mesa com jornais, revistas, livrinhos de bolso, inclusive versos. O leitor vai fielmente repor o que retirou do mostruário, sem torná-lo imprestável, amassado, roto, cortadas as notícias de interesse. Revistas e livros não são **socializados** na afetada distração, habitual e gatuna. A porta giratória, de vidros foscos, dá passagem aos fregueses, maciços, vermelhos, serenos. Despem o sobretudo com os cristais de gelo nas ombreiras, metem luvas e cachecol no amplo bolsão, esfregam as sapatorras no capacho e vêm ocupar o lugar de sempre. Raro, agora na Europa, o aperto de mão. Batida nas costas, ombros, deltoides, amável empurrão no pescoço substituem. Refugio-me, logo depois do jantar, valendo o meu almoço no Brasil, numa extremidade do banco almofadado, saboreando um **digestivo** e fumando devagar. A figura sugestiva é um velho imponente, seco, alto, hirto, enxuto, cabeça e face raspadas, que encontro quando chego e deixo ao sair, tomando a sua **Kirschwasser**[324] e roendo um arenque fumado, com o brilho do curvo monóculo na órbita direita, inamovível. Falta-lhe apenas o ornamental colback dos "Hussardos da Morte", a caveira de prata sobre os dois ossos em cruz, no crânio longo, nascido para esse uso. Pertence a uma das Famílias

---

324 (...) tomando a sua **Aguardente de cereja** (...).

Reais que o tufão de 1918 sacudiu dos incontáveis reinos e grão-ducados da Imperial Alemanha. Se o Kronprinz[325] não estivesse longe, julgaria vê-lo. Não lê. Não conversa. Não se move. Fuma cigarros demorados em piteira comprida. Vez por vez, saúdam-no com brusco baixar de cabeça e batida de calcanhares. O homenageado finge erguer-se, numa vênia suficiente e eficaz. Pensará num verso de Hoffmann von Fallersleben, que todo velho alemão sabia, **Treue Liebe bis zum Grabe**[326], fiel Amor até a Morte! É uma Vida imóvel no Passado. Saudoso. Inconformado. Sozinho. Uma "Alteza" na planície deste Bar, democrático e comum. Pela tarde a temperatura desceu. Chuva, nevoeiro, frio. O avião de carreira cancelou o voo. **Schweinewetter!**[327] tempo de porcos, diz-me o gerente. Em Paris seria **un temps de chien**[328]. **Tempo veramente brutto**, ouviria em Roma. Promete-se viagem antes do meio-dia seguinte. No **hall** há poderosos sonolentos, proprietários eventuais das melhores poltronas. No Bar, continua ou já está o **Hochgeboren**[329] de monóculo, olhando sua aguardente de cerejas, e uma anchova salgada. Os **habituais** bebem **quentes**. Peço frios, salada de batatas e um vinho do Reno. Junto, um homem pálido, magro, de nariz semita, lábios grossos de zombaria e dor, cabeleira poética, aquece no côncavo das mãos o seu bojudo copo de conhaque, olhando sem ver. Tenho a impressão do falso reconhecimento. Não associo seu físico com a imagem instintiva que a memória me traz. Parece-me vê-lo imóvel, paralítico, desfigurado pelo sofrimento, dizendo frases de humor. Espeto o palito numa fatia de fiambre, mostro o pão preto, a manteiga provocante, e ofereço. Estira um sorriso, com um clarão nos olhos castanhos, estende a mão esguia, aceita e come presunto, pão, rodelas de batatas. Ergue o copo ovóide: **Prosit!**[330] Inclino o meu vinho do Reno, que Musset se orgulhava de ter nas taças francesas. Afinidades etílicas, átomos em gancho, conspiram na convergência simpática. O meu comensal fala sem desmanchar o sorriso. E o diálogo principia...

– Vejo que me reconheceu! **Heinrich Heine!** Os mortos têm sempre saúde. Minha espinha dorsal comporta-se como um soldado prussiano,

---

325 Se o **Príncipe herdeiro** não estivesse longe, julgaria vê-lo.

326 Pensará num verso de Hoffmann von Fallersleben, que todo velho alemão sabia, **fiel Amor até a Morte!** (tradução de Câmara Cascudo) – verso inicial do poema "Mein Vaterland": "Minha patria" (1839).

327 **Tempo desagradável!** – Schweinewetter (Schweine: porcos; Wetter: tempo).

328 Em Paris seria **um tempo detestável**.

329 Hochgeboren: **Nobre; descendente de nobres**.

330 **Saúde!** – fórmula usada para brindar.

disciplinada, obediente, jubilosa ao dever funcional. Creio que é por já não existir. Admira-se de me ver nas regiões vítimas de ironia e sarcasmo, sem pausa e piedade? Pois, vivo emocionalmente entre a gente que motivou minha sátira infalível, figuras do *Atta Troll*[331], das viagens, poemas, cartas, pilhérias com ponta de florete, Goettingen, o que resta de Berlim, Bonn, a minha Dusseldorf, Munique, Hamburgo da deusa Harmonia, o Reno. Faço outro curso universitário no plano comparativo entre Imaginação e Realismo, **Dichtung und Wahrheit**[332], diria o conselheiro Goethe, que Eckermann não conseguiu fazer natural, acolhedor e simples. Sim, já não tenho o prestígio do moribundo, a sugestão comovedora do risonho esqueleto, a evocação das dores fulgurantes que sacudiam admirações como o *Reisebilder* ou o *Romanzero*[333]. Falta-me o **Matratzengruft**[334], meu túmulo de colchões, e a certeza de que Deus me perdoaria por ser a sua profissão. Fui uma herança espirituosa, a tortura subjugada e rindo em vez do trejeito doloroso. Fiz poemas quando deveria unicamente gritar e lamentar-me. Um pouco além de Scarron...

— Não posso ter inveja, vaidade, orgulho. São decorações que apodrecem no cadáver. Mas, quantas frases, conclusões, imagens minhas, correm Mundo com outras paternidades! Fui expressão legítima de temperamento pessoal. Não imitei. Não temi. Não acompanhei a ninguém, levando a ponta do manto triunfal. Não fui francês porque era alemão, judeu renano. Não era bem alemão por ser uma exceção discordante no rebanho "intelectual" onde o conselheiro Goethe tronava em semideus, benevolente e superior. Fui bem a minha época, na mentalidade mais íntima, profunda, incomprimível, sem dissolver-me nas médias aclamadas pela submissão e concordância remuneradas. Wieland, Klopstock, Lessing, Schiller, Schlegel, Herder, Fichte, não me deslumbraram, como ocorreu a eles próprios, numa gravitação mútua de atração e repulsão sucessivas, começando pelo patriarca de Weimar, caudatário do duque. Não lembro minha situação de imobilidade e pobreza, onze anos de martírio em Paris, cabeça erguida, tranquilo e tenaz. Disse num poema que os Hohenzollern descendiam do

---

331 *Atta Troll*: Ein Sommernachtstraum (1847): **Atta Troll**: sonho de uma noite de verão poema satírico de Heine.

332 (...) **Poesia e Verdade** (...).

333 *Reisebilder* (1830-1831): **Quadros de viagem** – título de narrativas de viagem de Heine; *Romanzero* (1851): **Romanceiro**.

334 **Túmulo feito de colchões** – referência aos últimos anos de vida, tempo que passou de cama, paralisado e doente de sífilis. Matratzengruft (Matrazen: colchões; Gruft: túmulo).

coito de uma mulher com um cavalo, demonstrada a gênese na grosseria, na linguagem, o rincho em vez do riso, os pensamentos de estrebaria, a insípida avidez, **en tout et partout une bête**[335], os Reis da Prússia! Faria o mesmo Voltaire? É verdade. Admirei Napoleão, defendendo sua França do assalto de Madame de Staël, suíça limitada aos vales mentais. Nascera sob o Consulado e findei o ciclo no Império de Napoleão III. O Napoleão francês, notadamente o Primeiro Cônsul, fora uma sedução irresistível para nós, alemães meninos e rapazes. Era agitação, bravura, conquista, esperança, material precioso para a nossa fogueira espiritual, que Goethe apagou no suicídio de Werther, e outros foram encontrar morrendo de espada na mão, batendo-se contra o antigo Ídolo. Os franceses e nós fomos **ennemis intimes**[336], inseparáveis no campo cultural, guerreiro, político, numa aproximação milenar de interesses intransferíveis. Napoleão conquistou-me como conquistou a Beethoven, outro revoltado. Viajei em hora oportuna, oferecida pelo deus Kairós. Não bebia cerveja em caneca de louça. Não fumava cachimbo branco. Não gostava de **saurkraut**, dita em Paris **choucroute**[337]. Não possuía os vícios que Montaigne afirmava **legítimos**. A geração imediata amou entorpecentes, narcóticos, paraísos artificiais, cultivando as flores do Mal. Ainda vivi pela impulsão do próprio Espírito, ouvindo a melodia divina de Glück, Mozart, Haydn, detestando a música hemorroidal de Meyerbeer. Ainda em mim resistiu o perfume do século XVIII, encantamento da frase hábil, clara, fina, harmoniosa. A caveira não nos seduzia. Fui geração nascida em plena Revolução Francesa, gerada ao som dos tambores da expansão doutrinária. Pense um pouco nos nascidos depois das guerras grandes de 1918 e 1945. Creio na sutil influência desnorteante de fluidos sobreviventes aos incêndios, bombardeios, morticínios. O senhor é relativamente feliz porque os rapazes e moças do seu país sofrem a envolvência da sugestão e nunca o determinismo do contato. Sofrem ou gozam pelas emanações puramente mentais. Imitam. Acompanham. Solidarizam-se. Como uma **vahine** do Taiti e uma **girl**[338] de Los Angeles imitam-se reciprocamente, sem imposição lógica...

— É uma pergunta curiosa e rara, professor, esta que me faz. Para que me libertasse da declaração, da retórica, do gongorismo contagiante, da

---

335 (...) **em tudo e por tudo, uma besta**, os Reis da Prússia!
336 Os franceses e nós fomos **inimigos íntimos** (...).
337 Não gostava de **chucrute**, dita em Paris **choucroute**.
338 Como uma **garota típica do Taiti** e uma **garota** de Los Angeles imitam-se reciprocamente (...).

eloquência política, deduzo ter sido uma ação constante do meu inconformismo religioso e da minha deliciosa incapacidade de fiar na roca sem fim dos filósofos alemães. Seria tão possível para mim como ler o poeta Gustave Pfizer sem dormir ou admirar Nikolaus Becker, cujo poema indigestou o próprio rio Reno[339]. O *Intermezzo* é um depoimento. *Germânia* é outro[340]. Ambos irresponsíveis pela fidelidade espiritual.

– Não e não! Sempre amei Alemanha, motivo lírico, profundo, sincero como o amor à minha Mãe. Não confundi Alemanha com as **ideias** dominantes na minha pátria. Veja no *Tambor Legrand* o que eu pensava das ideias, **Gedanke, Weltanschauunge**[341], daquele Tempo. O Rei, ministros, pensadores, conselheiros áulicos, poetas, panfletários, oradores, papagaios, gralhas, não tiveram o segredo de conduzir-me pela ponta do nariz. Poderia entusiasmar-me sem que jamais fosse à devoção genuflectória. Daí, Heine, mau alemão. Cantei toda a graça, delicadeza, sentimento, esparsa poesia indefinível de suas lendas, tradições orais de incomparável Beleza. Foi a minha **mièvrerie**[342], de que não me penitencio, por ser o elemento básico, sensível e telúrico, da alma alemã. Elfos, ondinas, princesas mortas que visitam cavaleiros vivos na noite encantada, canção do Amor Fiel, florestas verdes, rios azuis, estrelas de ouro, imagens do Harz, Nossa Senhora de Kevlaar, venerada em Colônia, sinos de prata, bandeiras de seda, os que sofrem, sonham, desejam, Demônios, frades enamorados, ratos vorazes que não acreditam na existência dos gatos nem na imortalidade d'alma, castelãs, carvoeiros, menestréis, paladinos, Lorelei cantando no alto de um rochedo do Reno, não constituirão a eternidade alemã? Quem divulgou a Terra e a Gente como eu, ainda hoje vigilante e amoroso desses mitos sedutores?

– Sim, fui a Weimar, outubro de 1824, a pé, ver Goethe, tão enleado, confuso e tímido, que lhe falei de ameixas em vez do que decorara no silêncio do caminho. Depois atinei que Goethe era invariavelmente o conselheiro Áulico, incapaz de humanizar-se vendo o Herói ou o Santo, a Grécia que não fosse motivo de recriação literária, e produziria através dos

---

339 Referência ao poema heróico *Rheinlied* (1840) de Nikolaus Becker – Rheinlied: **Canção do Reno.**

340 Alusões a *Tragödien nebst einem lyrischen Intermezzo* (**Tragédias com um intermezzo lírico**, 1823) e a *Deutschland, ein Wintermärchen* (**Alemanha, um conto de inverno**, 1844).

341 *Le Tambour Legrand,* 1826 – Gedanke: **pensamento**; Weltanschauungen: **concepções de mundo.**

342 Foi a minha **pieguice** (...).

canais **competentes**, inflexível, meticuloso, calculado, vacinando-se contra a Emoção, à parte a balada de Thule e a canção de Mignon, ramo de flores no meio de álamos, carvalhos e choupos. Era natural que não me compreendesse como não compreendera Schubert, e nas suas conversas com o paciente Eckermann, uma vez aludisse, ao passar, ao meu lamentável dissídio com Platen, com o **Espiritualismo alemão**. Platen era uma nebulosa sem a mais longínqua possibilidade de gerar a mais pequenina estrela. Goethe custodiava seu turiferário. O barão Platen queria fixar regras, leis, dogmas para a Beleza, promulgar ordenações para o livre trânsito do Espírito, atualizar os trágicos gregos, deixando o sistema ósseo, enforcar o Romantismo, imitando os poetas da Pérsia, de joelhos no **Divam** de Weimar. O senhor leu alguma coisa de Platen? Não? Ninguém leu. Goethe surpreendia-se não me deparando entre os fâmulos de Platen. **Voilà**[343].

– Quando residi, 1828, em Munich, um meu criado vendo-me sempre a ditar, informou aos que lhe perguntavam que espécie de gente era o seu amo: **Meu amo é um Ditador!** Muito intimamente, defendi o meu território humano de qualquer dominação estrangeira. Sadio, ou na fase da **Moribondage**[344], fui eu mesmo. Um Homem pobre, exilado, solitário, estorcendo-se com as brasas do inferno ao longo da espinha, intoxicado de morfina, não vício mas sedativo, vendo paralisar-se, uma a uma, as funções essenciais ao movimento e à comunicação, guardei minha fronteira, até os 57 anos sofridos, no quartinho da rua Matignon, na Paris imperial de 1856. Mas, sempre alemão. Inaturalizável.

– Fui judeu sem Sinagoga e luterano sem fé. Em 1851 escrevi a um amigo ter voltado à **humble croyance en Dieu du pauvre homme**[345]. Recusei assistência religiosa de todos os cultos de Paris. Deus era suficiente, eterno e único, imortal como a minha alma. A convivência na **Burschenchaft**[346] mantivera-me em oposição ardente à propaganda católica. Verdade é que sempre acreditei em Deus e desacreditei dos seus funcionários, encarregados do acesso litúrgico. O ambiente universitário em Bonn, Goettingen, Berlim, não convergia para nenhuma Religião revelada. Os debates filosóficos, herméticos e cabalísticos, seduziam alguns estudantes vadios ou opacos, mas, até certo ponto, como presentemente, a Incredulidade era a garantia da independência científica. Diga-se também que jamais tive atra-

---

343 **Aí está**.
344 Sadio, ou na fase da **enfermidade grave**, fui eu mesmo.
345 Em 1851 escrevi a um amigo ter voltado à **humilde crença do pobre homem em Deus**.
346 A convivência na **Sociedade de estudantes** mantivera-me (...).

ção para as pesquisas em profundidade no campo teológico, minucioso, exaustivo, soporífero. Essa inconformidade, ou melhor, desajustamento com as Religiões oficiais, permitia a liberdade literária, ilimitada e folgazã. A Incredulidade era o aval da Indagação, arredada a barreira, ou escada, da Fé. Isso ofereceu a nós, alemães, a impermeabilidade contra a verdadeira Abstração, diversa das cabriolas no espaço especulativo, que sempre constituiu nosso patrimônio. A Vida, melodia, vibração, sensibilidade, escondeu-se no Povo. A gravidade **científica**, agora correspondendo ao pedantismo **técnico**, diz conhecer itinerário e canto das aves porque examinou um ovo. Melancolia, como naquela gravura de Dürer. **Kirschwasser** ou **Branntwein**?[347] O paladar já não distingue sabores. A finalidade é embriagar-se, entorpecer-se, evadir-se. As flores desse jardim são de papel pintado, sem o desinteressado perfume emocional. No meu Tempo, dissera à Europa povoada de espectro e Tartufos. Hoje são, o **Herr Knapgeist** e o **Herr Glasscherbe**[348], Senhor Espírito Curto e Senhor Caco de Vidro, pacóvios ou agressivos, nesse interminável **Wartezeit**[349], um Tempo de Espera, não se sabe de que, mas ninguém deseja a Continuidade. Nada definitivo, permanente, real. Tanto pior, melhor. Já sabe meu temperamento. **Ich sage, was ich denke**[350], digo o que penso...

– Literatura? Que Literatura? Não há. Romancistas e poetas são psicólogos, analistas, anatomistas, microscopistas. Não há Verdade, Vida positiva, Legitimidade, Normalidade fiel, mas relatório gráfico de pressão arterial, temperatura, eletrocardiograma, pulsação, metabolismo basal. Fugiram do Real, evitando a Natureza. Parece que cada escritor tem um irmão siamês, sósia, um **Doppelgänger**[351], que se encarrega de ampliar, transfigurando no plano trágico, todas as visões do justo cotidiano. Continuo vivo porque fixei a Vida que era vivida pela mentalidade do meu Tempo. Por isso Nietzsche, o feroz Nietzsche, considerou-me, tantas décadas depois, **um acontecimento europeu**, ao lado de Goethe, Schopenhauer e Hegel. Os outros eram **nacionais**. Os temas aproveitados não são expostos mas exaltados. Mais brinquedos, **mehr Spielzeuge**[352], para desmanchar e ver, pelo

---

347 **Aguardente de cereja** ou **Aguardente?**
348 **Senhor Espírito Curto** e **Senhor Caco de Vidro** – "knapp": escasso, insuficiente; "Geist": espírito; Glasscherbe: Caco de vidro.
349 Wartezeit: um **Tempo de espera**, conforme a tradução do próprio Cascudo.
350 **Eu digo o que eu penso**, conforme a tradução do próprio Cascudo.
351 Doppelgänger: **sósia**, como já indica o autor na frase.
352 **Mais brinquedos**, como traduz o próprio Câmara Cascudo.

lado de dentro. Infantilismo sádico e curiosidade destruidora. Creio que Schiller já tinha razão em 1801, quando disse que o Mundo pertencia ao **Narrenkönig**[353], o Rei dos Doidos! Apenas, o Rei dos Doidos está dirigindo o Manicômio e promoveu-se a Psiquiatra. As leis básicas de Credibilidade e Viabilidade desapareceram na obra literária contemporânea. A **jalousie du métier** envenena a simpatia letrada. Esse tempo medonho de ventania e chuva, **schreckliches Wetter**[354], não é, intimamente, verídico, como era a **inspiração** na minha época. É uma reação pessoal de desajustamento. Doutra parte, os escritores não trabalham para a Cultura mas para a Publicidade. Servem ao público iguarias que eles próprios propagaram. Muito triste, professor, esse cenário. Que Deus nos proteja a todos, **über Alles in der Welt!**[355]

Bebeu, lento, o cognac. Era o terceiro. E numa curvatura gentil, deixou-me, caminhando sem rumor para o saguão.

---

353 Narrenkönig: **Rei dos tolos** (Rei dos doidos).

354 A **inveja do ofício** envenena a simpatia letrada. Esse tempo medonho de ventania e chuva, **tempo horrível** (...).

355 Que Deus nos proteja a todos, **acima de tudo no mundo!**

27

Nicéforo. No princípio era o Sonho!

Choveu toda a noite e o vale circunjacente amanheceu sob o manto do nevoeiro imóvel e denso. O Hotel, com suas galerias envidraçadas, a iluminação faiscante logo às primeiras horas da tarde, sugere um dirigível de alumínio, imóvel sobre a planície lunar. Todas as lareiras crepitam e os adoradores do fogo estendem as mãos, num gesto ritual de súplica. É apenas decoração porque o aquecimento moderno funciona perfeitamente. As **chaises longues**[356] provocam a preguiça confortável da semi-imobilidade.

Tenho, desde dias, dois assistentes cordiais em horários alternados. Uma escritora inglesa, alta, possante, esculpida em queijo de cabra, olhos doces de lago escocês, afetuosa e simples, embora lembrando a *Megera de Haarlem*, de Franz Hals. Escreve pressurosamente tudo quanto lhe digo como informações preciosas. Da literatura brasileira leu apenas resumos chochos, sem sumo, aroma e sabor. O outro é um alemão da Baviera, sacerdote católico, professor de Sociologia, ou melhor, de História das Organizações Sociais. É comprido, seco, cabeça de mamão-macho, óculos escuros destacando-lhe a face glabra e lívida de vampiro aposentado. Depois de cada frase aperta os lábios, como proibindo a sequência verbal. Quase erudito, cerimonioso como um Chanceler, é, entretanto, de convívio agradável e com um leve toque de ternura. Ofereceu-me um horrendo pedaço de bolo de nozes, sobrevivência do farnel bávaro. Gosto mais de entendê-lo do que de ouvi-lo. Lamenta os Hohenstaufen terem perdido o sul de Itália, abrindo sinal aos príncipes de Aragão e de Anjou. Não parece sentir necessidade do latitudinarismo conciliar que mais enrijece que amacia a insubmissão herética. Saudades dos Papas Gregório VII e Inocêncio III. Há, para ele, muita concordância, renúncia, condescendência, lembrando Luís

---

356 As **espreguiçadeiras** provocam a preguiça confortável da semi-imobilidade.

XVI. É um derradeiro Gibelino, devoto de Dante Alighieri, pondo tantos Papas no Inferno e Purgatório e ao imperador Henrique VII no Paraíso. Conhece bem a Alemanha e parte da Itália onde, anualmente, vai dar cursos. O doloroso erro norte-americano é a incessante padronização das ideias e a teima em conclusões obsoletas, crendo que todas as Repúblicas são democráticas e todos os Reinos despóticos. Diz que a Incredulidade é uma religião. É homem de Fé, maciça, hereditária, teutônica. Suas restrições limitam-se à essência humana da **Ecclesia**. No plano dogmático é severo, disciplinado, fiel, **bis zum Bittern Ende**[357], até o amargo fim.

Hoje estou sozinho. O padre professor deve atravessar o Passo de Brenner, rumo de Itália, e a escritora inglesa foi assistir a festas em Interlaken e vale de Grindelwald, bailados regionais e concurso de **ranz des vaches**[358], convencionalmente autênticos. A chuva voltou a cair, silenciosa e pálida. Como Antero do Quental, fumo e cismo. Termino adormecendo. Vejo minha mulher, a casa, o cenário habitual, tão longe de mim!

Desperto e verifico ter um vizinho na **chaise-longue** ao lado. É magro, de capote folgado, **cachecol** de onde emerge uma cabeça de criança inquieta, coroada de cabelos de prata. A face morena, lisa, é sadia e simpática, orlada pela seda branca da barba, inteira e quadrada. Os olhos negros perscrutam o vale brumoso, molhado pela neblina, clara e mansa. Tem uma voz ciciada, doce, como melodia em surdina.

– O Sonho levou-o para longe, não é verdade? Uma breve evasão consoladora. Sim, fiquei alguns anos estudando o assunto. Era um processo de informação sobrenatural, como presentemente. A ciumenta Ciência explica ao seu modo, em fórmulas sucessivas e provisórias, e o Povo mantém o velho crédito milenar, inderrogável e, para mim, o verdadeiro. Há uns onze séculos divulguei uma relação de Sonhos e a significação correspondente, ainda hoje populares. Ampliei a *Interpretação dos Sonhos*, de Artemidoro de Daldis, segundo século de Era Cristã, e que o professor deve ter lido na versão francesa de Dumoulin. Sou **Nicéforo**, e fui Patriarca de Alexandria, uma das capitais da Inteligência, do esforço letrado, da pesquisa filosófica, da valorização intelectual do Mundo. Na época, era superior a Atenas, Éfeso, Antioquia. Para Alexandria convergiam as águas

---

357 Suas restrições limitam-se à essência humana da **Assembleia**. No plano dogmático é severo, disciplinado, fiel, **até o amargo fim** (conforme a tradução de Cascudo).

358 (...) **ranz des vaches** – canção, de versos improvisados, com a qual os vaqueiros dos Alpes suíços chamam o gado que foi para o pasto. Sob a forma de canto, sem palavras, o "ranz des vaches" é semelhante ao aboio nordestino.

de todas as fontes da Sabedoria. Guardávamos os autores gregos e os livros sábios da Ásia Menor, as sementes do Egito hermético, sendo o ninho da Patrística e da Polemática cristã. De Alexandria, os árabes receberam Platão e Aristóteles, expondo-os na Europa, de Espanha muçulmana, ainda quando vivia a ortodoxa Constantinopla imperial.

– Não tenho necessidade de recordar-lhe as toneladas de livros que o Sonho tem provocado aos investigadores, alguns tão desnorteados como caranguejos no cio. Dos fins do século passado para a metade do atual, foi a vez da **explicação**. Do *World of Dreams*[359], de Havelock Ellis, aos estudos exaustivos de Sigmund Freud, cada qual olha um ângulo preferido, fazendo convergir para ele todo o material escolhido, bem ajustado e permitindo as conclusões comprovantes da proposição. Os exemplos desajustados foram, prudentemente, excluídos. Assim nascem as Doutrinas, edifícios obedientes ao projeto anterior inalterável. Os elementos em contrário ficam na classe dos **ignorados**. Há fatos adversos? Pior para os fatos! No rio São Francisco, no seu país, quando as formigas abandonam os velhos formigueiros é porque vai haver enchente inevitável. Às vezes as formigas emigram e o rio não muda o volume. Não houve a prevista inundação. Nesse caso a culpa é do rio, porque o instinto das formigas não podia enganá-las. **Così va il Mondo!**[360] Freud é mais recente e compendiou muita notícia. Naturalmente na Arca de Noé tiveram ingresso os animais compatíveis e não os julgados anormais, muito embora também fossem naturais. Todo Sistema é uma seleção de Concordância. A credulidade humana é função psíquica, inseparável das "experiências", no plano da conclusão doutrinária, independendo da nossa Lógica, contemporânea e transformista. Durante milênios, o Sonho foi uma mensagem divina, aviso premonitório, indicação terapêutica, solução problemática, ordenação salvadora. Possuiu formulários, liturgias, códices, sacerdotes. Não há Religião sem a colaboração onírica. Êxtases, arrebatamentos, alucinações, são Sonhos. Assim os Deuses comunicavam aos devotos as decisões, consultas, receitas, visões futuras, nessa miraculosa telepatia indecifrável. Os **transes** são Sonhos, sequência temática alheia à elaboração volitiva. Todas as criaturas humanas, e mesmo os animais, são visitados pelos Sonhos, na multidão dos Tempos, raças, idiomas, níveis das Culturas. Sonha um norte americano no alto do Empire State Building na Fifth Avenue em Nova Iorque, e um negrinho pigmeu no meio da floresta de Ituri no Congo; o sacerdote cal-

---

359 *Mundo dos Sonhos* (1911).

360 **Assim vai o Mundo!**

deu no Etemenanki de Babilônia e o indígena tupi na planície amazônica, para quem o Sonho é a deusa Kerpimanha; o faraó em Memfis, como o baniwa no Rio Negro brasileiro, vendo Anabaneri, portadora dessa missão misteriosa; em Nínive, a Roma assíria, e no Rio de Janeiro, rodeando a Guanabara, desfigurada de arranha-céus, templos prosaicos, possantes zigurates do deus Progresso. Tudo quanto lhe disse é de fácil verificação visual em qualquer biblioteca...

– Não é bem esse ponto que desejo conversar. O que o velho Freud denominou **Traumerreger**[361], o estimulante provocador do Sonho, é e será sempre uma incógnita para a curiosidade dos Homens. Não é possível estabelecer uma sistemática, uma classificação morfológica no Imponderável, para o que vemos dormindo, vemos e participamos sem a antepreparação psicológica. Estou, evidentemente, afastando o Sonho hipnótico, provocado, sugerido, guiado. O Sonho telepático permanecerá no quadro das hipóteses, dadas como **interpretações** suficientes pelos nossos cientistas, Teseus sem fio de Ariadne no labirinto da vida cerebral, quando o corpo adormeceu, deixando-a desperta, criando ou recebendo imagens perturbantes. Essa fase está tão adiantada nos finais do século XX como estava no século IX, quando fui Patriarca em Alexandria. Malabarismo, agilidade, prestidigitação intelectual, bastante para certas assistências, graves ou parvas, e mesmo constituindo orgulho para o artista das habilidades verbais. Havelock Ellis e Freud, e demais séquito rutilante, conheciam dezenas e dezenas de Sonhos insusceptíveis de acomodação na tábua dos esquemas expostos em livro e cátedra. Evitaram o exame atrapalhador, como numa assembleia de animais expulsaram o morcego porque voava, tinha mãos, não tinha bico e dava de mamar aos filhos. Não sabiam onde situar o esquisito quiróptero...

– O Sonho é a velocidade inicial da Metafísica. O revelador da Alma. O impulso irresistível para a projeção no Sobrenatural. A visão noturna do Firmamento, a ronda cintilante das Constelações, o fulgor do Sol, a doce claridade lunar nas curiosas mutações da forma, o ímpeto, fragor e violência dos meteoros, determinariam uma impressão surpreendente que o ciclo frequentativo estabeleceria alguma intimidade pela repetição, fixação e regularidade das reaparições. Se o Temor foi a origem dos Deuses, o Trovão imporia o primeiro culto da reverência apaziguadora. É o elemento mais difuso no Mundo como essência divina, mas não constituiu, real-

---

361 O que o velho Freud denominou "Traumerreger": **estímulo provocador do sonho**, relacionado ao desejo, na teoria freudiana.

mente, senão atributo e não função personalizadora, Tor, Tesube, Tupã. Se o Homem temeu, já possuía vida interior susceptível da individualização sobre-humana e a sugestão dos recursos disponíveis para a conquista do Nume, gestos, oferendas, gritos, no ritual aliciante da Súplica. Mas recorde, professor, que o Hálito, o Sopro respiratório, denunciando a Morte em sua cessação, impôs a primeira imagem vital e a origem da Alma. E mesmo a comunicação criadora da Vida na exalação de Deus! O corpo modelou-se do limo da terra mas a Vida começou pelo sopro da Divindade. Deixar de respirar é abandonar a Vida. Os quatro evangelistas evitam o vocábulo **Morte** quando se referem a Jesus Cristo no Gólgota. *Marcos* e *Lucas*, expiravit. *Mateus*, emisit spiritum. *João*, tradidet spiritum[362]. Fenômenos da mecânica respiratória. Assim, pela insistência do fôlego, os povoadores do **inferno** e **purgatório** na *Divina Comédia,* identificavam que Dante Alighieri não sofrera o derradeiro trânsito. Creio que a observação primeira não ocorreria no tumulto do convívio cotidiano, dispersador das atenções do Homem, ou do pré-Homem, pelo múltiplo interesse da luta pelo alimento, abrigo e defesa, mas da audição instintiva do ritmo do Sono. No fundo da gruta, aqueles que por último adormecessem, ouviriam a cadência tranquila da respiração dos companheiros que repousavam, dando-lhes a presença visível na imobilidade física. Estavam, ao mesmo tempo, ausentes e próximos.

– Imagino o assombro do primeiro Sonho! Imóvel, inerme e inerte, abandonado pela matilha vigilante dos Sentidos, o Homem viajara, ouvira, falara, vira, caçara, combatera, amara, sem que deixasse o solo da caverna protetora! Todos o viam dormir e ele estava longe, vivendo essa espantosa aventura inexplicável. Narraria a participação fabulosa. Constituiria um estranho depoimento de imaginação e veracidade. Vivera e agira com todos os sentidos funcionalmente inúteis. Deveria ser uma impressão mágica, permissão extraterrena, privilégio incomum. Um chefe pigmeu de Ituri, em 1930, no antigo Congo Belga, perguntou ao famoso caçador do Quênia, John A. Hunter, se os **brancos** sonhavam. Ouvindo a afirmativa, respondeu, surpreendido: Pensei que éramos o único povo capaz de sonhar! E dão a esses pigmeus a honra do mais baixo primarismo cultural no Mundo!... Ante o testemunho de todos que o viram dormindo, dava o sonhador a confidência da viagem positiva e real, com fisionomias e paisagens comuns ou entre ignoradas gentes e regiões, não pressentidas ao ambiente normal. O Sonho iniciaria a todos na exatidão daquele transporte estático. Cada um

---

[362] *Marcos e Lucas,* expirou. *Mateus,* deu o último suspiro. *João,* entregou o espírito.

teria o que evocar do passeio fora dos limites do Entendimento e da Verificação grupal. O Sono ficou sendo a posição da Morte. O Sono eterno. Jesus Cristo ressuscitou os Mortos mandando que acordassem porque apenas dormiam. Assim a jovem Tabita, o filho da viúva de Nain, Lázaro, da Betânia. Cemitério vale dizer **dormitório**. Era uma tradição clássica que fazia de Hipnos, o Sono, irmão de Tanatos, a Morte. Não lembra Hamlet? **To die, to sleep, no more!**[363]

– O Sonho evidenciou ao pré-Homem a existência de uma ação em que ele se reconhecia agente, com a independência do organismo caracterizante entre os semelhantes. Demonstrou a dispensabilidade do corpo para um exercício sensível, claro ou confuso, mas dentro de sua percepção, sem que nenhuma parcela material colaborasse na realização, exceto a função pulmonar. Fê-lo **ver** a sua figura, inteira e lógica, na conformação vulgar, desempenhando relações e atos humanos sem ligação e dependência com o quieto invólucro carnal, adormecido e distante. Deixara o corpo, mantendo a Forma. Esse pormenor, unicamente constatável no Sonho, iria prefigurar, na existência teológica, o aspecto dos Espíritos sem carne. Valorização sobrenatural da forma humana sem os atributos orgânicos. O Sonho revelou e consagrou a existência autárquica do Espírito. Não necessitava do auxílio material daquela complicada aparelhagem para viver e sentir, recordando fases e trechos dos sucessos quando despertado, podendo comunicá-los aos companheiros. Meditando nessa dedução formal do Sonho com inicial metafísica, folguei constatando a opinião de Du Prel, que considerou o acesso natural da Mente Humana à especulação filosófica durante o Sono, pelo Sonho, e não na vida desperta, pelo limitado e falaz Raciocínio. W. Heinrich Roscher defendeu, com erudição documental, a origem dos Demônios, Mitos e Lendas do Pavor opressivo, provir do Pesadelo, dos Efialtes, diabos de assombros, que só se aproximam de nós durante o Sonho, na tenebrosa forma de monstros complexos, disformes, angustiantes. Sem a disciplina organizadora da Vontade, o Espírito vagueia ao sabor delirante do ilogismo, da anarquia episodial, do enredo vivido no Sonho, cujos processos de criação motivadora, recriação, convergência, desenvolvimento ampliador, independem de todas as leis do Raciocínio, do Equilíbrio e da Gravidade. Por isso os Sonhos não têm um final e tudo é possível em sua apresentação fantástica.

– Continuo convencido que o Sono e o acordar, o Sonho e sua reminiscência, deram aos primeiros seres humanos a verificada **consciência** de

---

[363] **Morrer, dormir, não mais!** – trecho do famoso solilóquio de Hamlet, "to be or not to be" (ser ou não ser). Este solilóquio é repleto de verbos no infinitivo.

uma potência espiritual, desprovida de órgãos mas não de sensibilidade e relativa memoralização, liberta do corpo, defesa funcional da Entidade que lhe repetia, no plano confuso do Sonho, o vulto fisicamente inconfundível. Se esse **duplo**, tão idêntico ao modelo imoto no Sono, sentia e agia, consequentemente deveria receber reforço para que não ficasse cativo e subjugado pelas forças adversas, indecisas, informes, temerosas. O cadáver, no Sono permanente, recebeu, desde o Paleolítico, os elementos materiais indispensáveis para continuar a viver por intermédio do Espírito, da Alma, alento de Deus, no nível da outra Existência, antevista, praticamente, no Sonho. Todas as Superstições, ainda contemporâneas e resistentes pelo Mundo inteiro, têm o Sono como uma evasão da Alma, havendo cautelas, providências, precauções, para o seu regresso normal e fácil, reincorporando-se ao dormente, a fim de despertá-lo. Essa dicotomia funcional, autônoma e harmônica, foi uma lição expositiva do Sonho. Se o Homem não sonhasse, dificilmente compreenderia a dualidade existencial, fisiológica e anímica. Seria o longo resultado de laboriosas lucubrações, milenarmente acima de suas faculdades de Abstração compreensiva.

– Perfeitamente! Os astros deveriam constituir centros de interesses poderosos, como também a tempestade, o raio incendiador de florestas, o explodir plutônico, a neve, uma aurora boreal iluminando o Céu da noite. Mas os movimentos do próprio organismo seriam mais decisivos, impressionantes, perturbadores pela proximidade e efeito direto. O sangue, cuja perda enfraquece, extenua e extingue o movimento, daria imagem profunda. Assim, os pré-Homens pintavam de vermelho os ossos descarnados, numa associação evocativa à cor sanguínea, tentando a volta da circulação ressuscitadora pela força da atração analógica. Foi a primeira cor empregada pelo Homem e ainda é a mais popular no Mundo. Mas o Sonho obrigá-los-ia a uma sensação mais assombrosa, tenaz e alta, pela sua mesma grandeza incompreensível. Era no seu próprio corpo que se verificava a separação, agente e movente, de duas personalidades, com o mesmo feitio.

– Mas no Sonho há um matiz de irrealidade advertindo-nos do ambiente invulgar. Uma possível sequência de ações alheias ao determinismo de nossas possibilidades diárias. Sempre algo que ultrapassa o sabido limite do Cotidiano normal. As atitudes durante o Sonho parecem naturais e anormais. Um tanto **fora de foco**. Voltando à vida diária, a visão do habitual confronta-se com a lembrança das peripécias sonhadas, de improvável reajustamento. A impressão do sonhador, entretanto, é que existe, materialmente, um outro Mundo onde as mesmas criaturas para ele transportadas pelo Sono, poderiam continuar a viver sem alteração na conduta, linguagem e soluções psicológicas. O Sonho tem sua Lógica, para nós natural quando sujeitos ao seu domínio. Em alguns casos encontramos, no Sonho, pessoas que nunca havíamos visto, recantos e perspectivas acima das nossas recordações. É, no mínimo, um outro plano do convívio humano. Vezes as imagens persistem muitos dias na memória, provocando uma leve saudade por aquele simulacro de aproximação. Passam figuras femininas despertando desejos. Antipatias com demorados rancores, risíveis pela insubsistência positiva. Um complexo de Narciso e Endimião. Sublimações imprevistas e decepções amarguradas. Um outro nível, povoado de normalidades e esquisitices. Não lhe parece possível que esse contato, incorporal ou não mas fictício, tenha sido a vaga percepção de uma outra existência coletiva, semelhante mas alheia à vida consuetudinária? Uma existência onde os Vivos não têm substância concreta? O Sonho não constituiria uma preparação para a sobrevivência ao Além-Túmulo? Por que o Homem de Neandertal, que ainda não era **humano**, sepultava seus mortos com armas e víveres, um depósito previdente junto à tumba? O fato de cavar um fosso para enterrar um cadáver, recobrindo-o de barro e pedras, defesa contra a profanação, é, irrespondivelmente, uma denúncia de Culto, de crença numa outra Vida. Indispensável que o morto possuísse armas? Mas não seria o defunto o agente utilizador do instrumental bélico ou sinergético. Seria, inquestionavelmente, o Espírito que outrora animava aquele corpo sepultado. Atina, professor, com os processos que levaram o Homem Musteriano a essas conclusões do Sobrenatural, excluindo o Sonho? Não creio possível uma **revelação** naquele derradeiro estágio interglacial do Baixo Paleolítico... Não cito o Homem de Cro-Magnon, nosso antepassado do Aurignacense, mas o semimacacão musteriano, que não deixou herdeiros conhecidos... Também não podemos negar que eles dormissem e sonhassem. A maneira de sepultar seus mortos, homens, mulheres, crianças, a indústria lítica, respondem pela vivência psíquica. Não lhe parece evidente?

– Como o Tempo, o Sonho, mensagem dos Deuses, foi uma presença assombrosa e banal pela evidência, fazendo surgir os seus tradutores, os onirocríticos, que entendiam o recado enigmático. O senhor não pode descrer da contemporaneidade porque, no Brasil, existe a função normal e popular de decifrar os Sonhos, **palpites** para o **jogo do bicho**, invencível "constante" nacional. E um sem-número de orações, dirigidas aos Santos e à Nossa Senhora, com resposta privativa através dos Sonhos. Sim. O *Antigo Testamento* está cheio de Sonhos, proibidos e permitidos. Sei muito bem que **o profeta ou sonhador de Sonhos morrerá**, na sentença do *Deuteronômio*

(13.5), mas aludia ao que propagasse contrariedades à Lei. Outrora, pelos países latinos, recomendava-se reflexão dizendo-se: **ponha uma noite no meio**, ou **vá conversar com os travesseiros**, equivalendo dormir, pensar serenamente, adiando a solução urgente. O Sonho era a Paz e, também, como a Noite, a **Boa Conselheira**, a serena **Eufroné**. Resta-nos o verbo **considerar**, vindo de **cum sideris**, com as estrelas, os astros, o silêncio meditativo da Noite de cismas. E, ainda no seu país, professor, vive uma despedida feminina e gentil: **Durma bem e sonhe comigo!** Um lindo voto, digno de epigrama grego em leve ânfora. Enfim, passamos o Tempo, fazendo **la philosophie de ceux qui n'ont pas de l'esprit philosophique**[364], mas alegria aprazível e natural do debate amistoso.

– Tenho pensado nesse seu argumento. Sucede que os investigadores do Espírito, fenômenos ou ocorrências psíquicas, são todos reverentes, submissos e humildes devotos da deusa Incredulidade. **Quod volumus, facile credimus**[365]. O Sonho fica sendo um produto da química cerebral, ou da mecânica intelectual inconsciente. As imagens, distantes e diversas, reúnem-se num centro sensível, como os detritos convergem no movimento das correntes circulares, para um ponto morto no seio dos torvelinhos. Revelam-se pela intensidade presencial. Como só notamos a pulga quando ela nos morde. Fixam o **foco** mas fecham a atenção à extensão desmesurada da **franja**, metafísica, social, teológica, religiosa. Nenhum desses Mestres, de tão larga acuidade, inteligência e labor, acompanha o Sonho quando ele assume a função reveladora do extranormal, isto é, evidenciando-se fora da **experiência** ou da **repetição** deliberada. Assim, conta-nos Deodoro da Sicília, Ísis aconselhava seus devotos adormecidos. Os nossos Mestres são uma espécie de Napoleão jamais citando Leipzig ou Waterloo. Sempre Austerlitz. Nunca a imagem de Santa Helena, a ilha do pouso final e trágico. Não querem confessar o **Improvocável** e o **Indemonstrável**. Mas, professor, as coisas inexplicáveis não precisam da nossa credulidade para viver. Vivem, sem autorização científica. Depois que Adão deixou o Éden, convenceu-se de ser semelhante aos Deuses, talqualmente a Serpente prometera à mãe Eva. E uma moléstia incurável esse **explicacionismo** humano. Somente **existe** o que conheço e compreendo. O Sonho segue sendo o mais próximo de todos os nossos mistérios domésticos, imediatos, impas-

---

364 Enfim, passamos o Tempo, fazendo **a filosofia daqueles que não possuem espírito filosófico** (...).

365 **Acreditamos facilmente naquilo que desejamos**.

síveis. Foi **in somnis**[366] que os Deuses falaram aos primeiros Homens, diz-nos Lucrécio. E continuam...

O diálogo interrompia-se de pausas e sorrisos tranquilos. Nicéforo, Patriarca de Alexandria, acomodou-se, cerrando as pálpebras, tão vividas no Mundo, viajando para o que Havelock Ellis dizia ser **an archaic world of vast emotions**[367], no silêncio, bruma, melancolia da tarde lenta...

---

366 Foi **em sonhos** que os Deuses falaram aos primeiros Homens, diz-nos Lucrécio.

367 (...) viajando para o que Havelock Ellis dizia ser **um mundo arcaico de emoções vastas** (...) – citação do estudo "The stuff that dreams are meade of", publicado na revista *Popular Science Monthly* (abril, 1899): "The interest of such a task is twofold. It not only reveals to us **an archaic world of vast emotions** and imperfect thoughts". Citado também por Sigmund Freud em *Dream psychology: psychoanalysis for beginners* (1920).

28
Michel Eyquem de Montaigne.
Catecismo cético

*D*emora prevista de quinze minutos mas estamos uma hora nesse aeroporto, movimentado e banal. Cansei-me de ver as pilhas de **pocket books**[368] e revistas publicitárias de carnes provocantes e jovens. Viajantes chegaram e partiram. Outros atravessam o salão, rumo à cidade. E eu fico olhando o parque catita, o Céu pardo, com esse frio de outono bem-educado, cumprindo o anúncio meteorológico. O alto-falante derramou o vozeirão informador. Fui ao balcão. Há um ligeiro defeito no rádio e devemos continuar o voo num aparelho próximo a chegar. "Umas duas horas, não?" O rapaz da Agência sorri, concordando. Nos aviões de passageiro o defeito é sempre na instalação do rádio. Os motores são infalíveis. "O senhor chegará às 22 horas!", consola-me o rapaz, com sua cara de Cassandra interina. No final, há um sofá onde poderei fumar o charuto pacificador. Sentei-me, plagiando as forjas de Vulcano. Vai e vem, indiferente e natural, um velho vigoroso, baixo, pele de marfim escondido, olhos claros, piscos, próximos, frios, nariz longo, bigode espalhado, ralo, descolorido, sobre lábio grosso e firme. Tira o chapéu de feltro e vejo o crânio calvo, socrático, redondo como um limão enrugado. Olha com notável desdém para os livros, jornais, vitrinas com falsas e tentadoras **lembranças** locais e que são de toda parte. Professor aposentado, universitário Emérito, passeando o tédio. Ficaria anos e anos sonhando com essa situação que o enfada e esvazia. Na gola do paletó, uma roseta de seda, avisando um

---

368 Cansei-me de ver as pilhas de **livros de bolso** e revistas publicitárias de carnes provocantes e jovens.

décoré[369]. Acomoda-se no mesmo banco acolchoado, riscando-me olhar desconfiado e curioso. Sinto, um raciocínio teimoso, implacável, cortês, verrumador, silencioso, sereno, ouvindo sem concordar, falando baixo, pensando alto, incapaz de tambor, trombeta, gaita. Saudoso do que não conheceu, do passado ideal, feito à nossa imagem e semelhança; desajustado do cotidiano nivelador. Vejo-o no meio da biblioteca, solitário, insaciável. Convivência sem conivência. Amigos letrados e cerimoniosos. A intimidade é um **déshabillé**[370]. Relações antigas, discretas, com assiduidade intermitente. Solucionando os problemas na sugestão fiel do professor **Moi--Même**[371]. Assim como Erasmo de Roterdã, o morno Descartes, o glacial Calvino. Deve conversar em ritmo de confidência. Sem a asfixia analítica de Proust. Quanto pode uma imaginação desocupada!...

Deve sentir minha impaciência imóvel, que é a mais insofrida. Pergunta se não gosto de viajar. É justamente o que não estou fazendo. Viajar e ler num clima idôneo e lógico. Sossego, ausência de urros-motores e uivos-automóveis. Viajar, deslocando-me, e não naquele ponto morto que não é parte-nenhuma, mas corredor de passagem. As rugas passam, sucessivas e breves na face amarela, como marolas num lago manso. Creio que está sorrindo. Diz ser o seu caso. Ama viajar e adora ler na sua livraria quieta, dentro da torre silenciosa, longe do Cotidiano. "Como Montaigne!", digo.

– Sou Michel Eyquem de Montaigne, gascão de Périgueux! Bem sei quem é o senhor. Identifiquei-o. Traduziu e anotou o meu *Cannibales*[372], dando-me a prioridade na intenção **americanista**, no plano etnográfico. Conversei com três patrícios seus tupinambás em 1562, acompanhando o rei Carlos IX a Rouen. Estavam livres de toda a nossa angústia e queriam dar-lhes uma alma europeia inquieta, insaciável, dolorosa. Sugeri que nada receberiam na equivalência à sua felicidade suficiente. É ainda o aspecto atual, não é verdade? Dizem que, daquela conversa tupinambá, nasceu o *Homem da Natureza* de Rousseau, e começou a gerar-se a Revolução Francesa. **Fortis imaginatio generat casum**... Para mim **les ans me font leçon**

---

369 Na gola do paletó, uma roseta de seda, avisando um **condecorado**.

370 A intimidade é um **deshabillé** (roupa luxuosa feminina, de uso doméstico).

371 Solucionando os problemas na sugestão fiel do professor **Eu Mesmo**.

372 Câmara Cascudo traduziu para o Português o capítulo XXX – "Des cannibales" – do Livro I de *Les Essais* (1580): "Montaigne e o índio Brasileiro". *Cadernos da Hora Presente*, Rio de Janeiro, n. 6, jan. 1940. Separata. 48p.

mas não ocorre aos demais e sim o conselho da *Stultitia*[373], de Erasmo: "A Vida é assim, quanto mais loucura se lhe põe, mais se vive!" A Sabedoria será saber calar-se. **Res est magna tacere**[374], de Martial. Para que comentar o impenetrável? Não, nada direi de mim porque o senhor já leu bastante e faço aos meus biógrafos e exegetas, cujo nome é **Legião**, a graça de não modificar-lhes as conclusões diagnosticais à minha pessoa. Respeito a visão pessoal mesmo míope e daltônica. O depoimento dos Mortos é contrariável e cômodo. Não se defendem e concordam pelo silêncio. Gostariam que eu tivesse as virtudes que lhes faltam, emprestando-me, gentilmente, suas omissões morais. Ver-me-iam melhor de couraça, matando e morrendo dentro da *Satyre Ménippée*[375]. Deixei todos os ossos para a recomposição do esqueleto letrado. Não fiz o recenseamento das imagens porque Noé não fez a estatística dos seus hóspedes na Arca. Há quem espere, em França, pelas **Memórias** de Jesus Cristo, como Santo Agostinho escreveu as *Confissões*. Não lendo essa confidência, **Nullus esse Deus, inane coelum!** Fazem **cette profession d'ignorance des choses qu'illes sçavent mieulx que nous**[376].

– Tive uma vida clara e simples e uma imaginação difusa e complexa. Meu bisavô, Ramon Eyquem, comprou Montaigne, perto de Bergerac, em 1477. Aí nasceram e morreram os Montaignes. Meu avô, Grimon, jurado e **Prévot** em Bordeaux, onde abandonou os negócios, e meu Pai, Pierre, o melhor dos pais, fazendo as guerras de Itália com Francisco I, **Maire**[377] de Bordeaux, casou com Antoinette de Lopez, dos Lopez de Toulouse, raça de judeus d'Espanha, teimosos e doces. Falei latim antes do francês, graças

---

373 **A forte imaginação produz o fato...** Para mim **os anos me ensinam** mas não ocorre aos demais e sim o conselho da **Estultícia**, de Erasmo (...) – refere-se a *Laus Stultitiae*: O *Elogio da Loucura*, 1509.

374 **A Sabedoria será saber calar-se**, de Martial – conforme a tradução do próprio Cascudo. Marcus Valerius Martialis: poeta epigramático latino, **autor de** *Epigrammata*.

375 **Sátira Menipeia** – referência a *Satyre Ménippée De La Vertu Du Catholicon D'Espagne Et De La Tenue Des Estats De Paris* (1594, de Anônimo), panfleto que criticava as guerras religiosas na França da segunda metade do século XVI e a crise de sucessao da monarquia após a morte de François de Valois em 1584.

376 Não lendo essa confidência, **Deus nao existe, o céu é vazio!** Fazem essa aparente ignorância das coisas que elas conhecem melhor do que nós – *Ensaios*. Livro II, capítulo XV. A grafia das citações de Montaigne foi uniformizada tomando por base o texto estabelecido por Pierre Villey: *Les Essais*. 3ᵉ édition corrigée. Paris: Presses Universitaires de France, 1999. (Quadrige; 94; 95; 96).

377 Meu avô, Grimon, jurado e **Preboste** em Bordeaux (...) e meu Pai (...), **Prefeito** de Bordeaux (...).

ao velho alemão Horstanus, mestre nosso hóspede. Depois, dos seis aos treze anos, fiquei no Colégio de Guyènne[378], em Bordeaux, com o português André de Gouveia, o maior diretor de França, ouvindo Gronchi, Guerente, Buchanan (este nosso hóspede em 1541, como refugiado), Muret, lendo humanidades, sem método, quase sem livros, sem gramática, sem regras, sem chicote nem lágrimas. Essa acessibilidade ao latim explica sua literatura tão abundante nos *Essais,* decorrência e não ostentação. **Il fault musser ma foiblesse soubs ces grands crédits**[379]. Viveram os romanos com a naturalidade da respiração. Fundamentavam conclusões, reforçando raciocínios e razões. Fui mau **grego** e bom **latino**. Era a chave para as fechaduras poéticas, políticas, teológicas, históricas. As citações não supriam deficiência mas afirmavam aproximação proveitosa e letrada com os Antigos, um certificado de boa companhia prestigiosa. Deixei bem nítido que o recheio latino não substituía a medula pessoal. Fui fazer Direito em Toulouse, terra materna, mais velha que a loba de Roma, Universidade secular. Meu Pai adquirira o cargo de conselheiro na recém-criada **Cour des Aides**[380] em Périgueux, no ano de 1534. Fez-me substituí-lo em 1554, com 21 anos. Três anos depois dissolveram a Cour de Périgueux e passamos a adjuntos do Parlamento de Bordeaux, incorporados em 1561. Servi treze anos. Em 1570 vendi o cargo a Florimond de Raimond. Estava casado com uma filha de colega do Parlamento, Françoise de La Chassaigne, e sem filhos. Vieram seis, partindo desta data, explicados pela relativa desocupação em Montaigne. Françoise, fastigiosa e fastidiosa, permitiu-se ao luxo de ser minha viúva 25 anos. Minha filha Léonor seria a única sobrevivente, débil e valetudinária, compleição **tardive, mince et molle**[381]. Faleceu antes da mãe, com 45 anos. Casara com François de La Tour, pai de minha neta Françoise. A representação dos Montaignes está na família dos condes de Segur. Uma viagem pela Suíça, Alemanha, Itália, de junho de 1580 a novembro do ano seguinte, valeu curso de extensão universitária. Surpreendeu-me a eleição para **Maire**[382] de Bordeaux, mandada aceitar pelo rei Henrique III. Era cavaleiro da Ordem de São Miguel, disputada

---

378 Depois, dos seis aos treze anos, fiquei no Colégio de **Guiana** (...).

379 **Preciso esconder minha fraqueza sob essas grandes reputações** – tradução de Sérgio Milliet em *Ensaios*. 2. ed. São Paulo: Abril Cultural, 1980, p. 192. (Os Pensadores).

380 Meu Pai adquirira o cargo de conselheiro na recém-criada **Corte dos Auxílios** em Périgueux, no ano de 1534.

381 (...) compleição **morosa, franzina e apática**.

382 Surpreendeu-me a eleição para **Prefeito** de Bordeaux...

como mulher bonita, pelo rei Carlos IX, e Camareiro do Rei de Navarra, o meu amigo bearnês. Reeleito para o triênio, larguei as funções em 1585. Contam ter sido o pavor da peste bordelesa mas Montaigne não estava imune do contágio e escrevi as preocupações, determinando a autoexclusão. Fiquei na minha livraria, terceiro andar da torre, contando a Capela, à direita da entrada do castelo tranquilo, relendo, escrevendo, refazendo os *Essais,* garrafa com a confidência, atirada ao torvelinho daquelas águas amargas. **Talis vita, finis ita**[383]. Deixaria pronta a terceira edição, com o III livro, circulando três anos depois da minha partida, vigiada pela querida Melle Jars de Gournay, **fille d'alliance**[384], conhecida no lamacento Paris de 1580, e que iniciaria as detestáveis **actualizações** de minha grafia e forma estilística. Uma vida em linha reta mas não em voz alta...

– Nós não nos conhecemos, ou ainda, não coincidem as nossas com as proporções deparadas em nós pelos outros. Os meus *Essais* mereceram mais intérpretes que capítulos nele contidos. Não tive comentadores mas colaboradores. As soluções fixadas, diluídas nos estudos cordiais, parecem barro úmido nas mãos alheias. Modificam, arranjam, redispõem, remodelam. O vulto, decorrentemente, vai mudando de contornos na sucessão dos expositores. Posso dizer em francês um reparo de Sócrates: **Il n'y a rien en moy de ce qu'ils disent**. Repito o que disse, olhando velhos retratos: **C'est moy, et ce n'est plus moy!**[385] Deduzem existir um Pascal em cada cristão, de **même qu'il y a un Montaigne dans chaque homme purement naturel**[386]. Muito difícil essa incorporação sentimental. O modelo é confuso, cambiante, incolor. O Montaigne que alcançou o século XX é estoico, cético, indeciso como o burro de Buridan, incapaz de afirmativas, definições, lealdade mental. Não amou. Não odiou. Não se decidiu. Não votou por Cristo nem por Barrabás. Assistiu ao espetáculo. Testemunhou, sem que desse depoimento. Sua observação é comunicada em reticências, disfarces, esgares incaracterísticos para o verismo fisionômico. Tão recatado e pudico que ocultou a nudez da Verdade sob o espesso gabão da Ironia e da Prudência escamoteadora, tímida e suspicaz. O admirador de Brutus, Sêneca, Catão, sobretudo dos perfis de Plutarco, só soube balbuciar a frase cautelosa de Simão Bar-Jonas: **Não conheço esse homem!**

---

383 Tal vida, tal morte.

384 (...) vigiada pela querida **Mademoiselle** Jars de Gournay, **filha por aliança** (...).

385 **Não existe em mim nada do que eles dizem**. Repito o que disse, olhando velhos retratos: Sou eu e já não sou eu!

386 Deduzem existir um Pascal em cada cristão, **do mesmo modo que há um Montaigne dentro de cada homem puramente natural.**

– Nasci, batizei-me, casei e vivi sob a égide do Catolicismo. Em maio de 1562 o Parlamento de Paris exigira de todos os seus membros o juramento de adesão ao formulário católico, redigido pela Sorbonne em 1543. Estava em Paris e não era obrigado a jurar. Fui, espontaneamente, prestá-lo em junho. Cinismo! Jamais deixei de comemorar a Páscoa. Em 1581, fi-lo em Loreto, devotamente, deixando uma placa votiva de minha peregrinação. Burla! Nos *Essais*, LVI do 1º livro, faço inteira profissão de Fé que qualquer teólogo proclamaria ortodoxa e qualquer censor daria o **nihil obstat**[387]; obediência à Igreja **na qual nasci e na qual morrerei**! Hipocrisia! Em 13 de setembro de 1592, assistindo a Missa no meu quarto de enfermo, na elevação da Hóstia, ajoelho-me no leito, juntando as mãos, e assim rendi o Espírito a quem m'o dera. Farsa! Os meus psicanalistas conseguiram de mim o milagre da Simulação, desinteressada e contínua. Nem na hora da Morte fora sincero! Qual seria a recompensa desses 59 anos e meio de Dissimulação imperturbável? Qual o impositivo categórico de manter-me católico ou tornar-me protestante, como o meu irmão Thomas de Beauregard? Havia na França clima heroico e retribuidor para ambas as preferências. Compreendi o Imperador Juliano, dito Apóstata, **un tres-grand homme et rare**, que não tivera a Fé no coração mas por **l'obéissence des lois**[388], restituindo-se à Verdade quando obteve o Poder. Não tive essa pronunciação da Justiça. Serei não a Fé **improvada**, mas **improvável**! Sei muito bem, professor, que a solução não foi inteiramente sugerida pela minha Vida mas pelo Espírito, situação, estado psíquico, dos meus analistas. O que somos, vemos! O romancista vê a Sociedade através do seu temperamento e a escolha do enredo e personagens é uma confissão espiritual ineludível. Normalmente o escritor é um simples secretário do seu sistema nervoso. De um modo geral, expus o problema no meu XIV, do 1º livro: **O Bem e o Mal só o são, as mais das vezes, pela ideia que deles temos!** Todos nós sabemos que é mais fácil descer que subir. Notadamente o **facilis descensus Averni**[389], de Virgílio, porque os caminhos para o inferno são múltiplos e confortáveis. Plutão ou Satanás não me viram cumprir os seus preceitos jubilosos. Desnorteante, para os meus amigos contemporâneos,

---

387 (...) o **nada impede** – expressão com que a autoridade eclesiástica, o bispo, autorizava a publicação de uma obra.

388 Compreendi o imperador Juliano (...), **um homem imenso e raro**, que não tivera a Fé no coração mas **pela obediência das leis**, restituindo-se à Verdade quando obteve o Poder.

389 **É fácil a descida do Averno** – *Eneida*, VI.126 – referência ao mitológico lago do mundo subterrâneo consagrado a Plutão.

a normalidade da minha existência e a forma nítida e ágil com que a transmito nos *Essais*, as minhas **Nuits Périgourdines**[390], espécie mais frondosa e confidente que as **Florestas** e **Silvas** espanholas, e menos intencionalmente didática que as *Noctium Atticarum*[391], de Aulo Gélio. Essa porta aberta à intimidade leitora, que não percebeu o sentido discreto do fraternal aviso, capacitou-a a não utilizar os móveis oferecidos para o uso lógico mas criticar-lhes a feitura e disposição na sala receptora. Parecem-lhes a confidência incompleta por não ser auricular, e a tonalidade amena e fácil, diz-se eivada de certa **amabilis insania**[392], burlando a veracidade ou legitimidade conceitual. Depois de alguém ganhar, mesmo gratuitamente, a fama de sutil, toda banalidade possuirá dimensões surpreendentes. O chamado "Espírito Superior" está na obrigação inevitável de prolatar sentença original, diferente, acima ou abaixo mas nunca no nível comum. Não deve concluir como toda a gente, sob pena de denunciar raciocínio igual aos demais viventes, entidades inferiores às alturas sapientes. Essa atitude, de perpétua exceção sentencial, garante-lhe a citação admirativa ou galhofeira do público, mas também um lugar destacado no **podium**[393] olímpico. Previ esse desajustamento no meu LIV, 1º livro, *Das vãs sutilezas*, antecipando que as **inteligências superiores** não se agradariam dos *Essais*, recorrendo a uma estonteante hermenêutica cirúrgica. Uma razão é que eles atentam assuntos não-populares, fronteiros às curiosidades da especulação intelectual. A dificuldade de um título para o meu esforço reside na transparência da exposição, ao lado da repetida zombaria à douta terminologia professoral, desnecessária, verbosa, artificial. O Homem **magistral** é atraído pelo continente e enojado pelo prosaísmo do conteúdo, talqualmente exponho. Creio que somente o Padre Malebranche apodou-me **pedante insolente**, quando tantos críticos desamam o **desencantador** dos temas graves. Fui um desmanchador de equações psicológicas sem aparelhagem algébrica. **Dies irae!** Boileau diria que **le vrai peut quelquefois n'être pas vraisemblable**[394]. No meu caso, como vê, não é a Verdade, é a Fé...

---

390 ( ) as minhas **Noites de Périgueux** (...).

391 **Das noites áticas** – Aulus Gellius (125 a.C.-180 a.C). Edição brasileira: *Noites Áticas*. Tradução de José Rodrigues Seabra Filho. Londrina: EDUEL - Editora da Universidade Estadual de Londrina, 2010.

392 (...) diz-se eivada de certa **suave loucura**, burlando a veracidade ou legitimidade conceitual.

393 (...) um lugar destacado no **lugar de honra nos espetáculos**.

394 **Dia de ira!** Boileau diria que **às vezes, o verdadeiro pode não ser verossímil** – citação de Nicolas Boileau-Despréaux em *L'Art Poétique* (*A arte poética*, 1674).

– Sim. É outra acusação sinuosa e constante. Fui católico, namorando a Reforma, à qual não tive a coragem de filiar-me, como meu irmão Beauregard. Toda a minha vida política desmente essa lenda. Eduquei-me num ambiente de fidelidade ao Rei. O Rei era a Religião Católica, funcionalmente. Meu Pai fora soldado de Francisco I, batendo-se na Itália, **Maire de Bordeaux sob Henrique II**, já fumegando as guerras religiosas que ainda as deixei flamejantes. Meu avô Grimon, **prevôt** em 1503, com Luís XII. Meu tio, **sieur** de Busseguet fora também Conselheiro no Parlamento. Uma continuidade familiar **au service du Roi de France**[395]. Em 1559, 1561 a 1563, frequentei a Corte, servindo a Henrique II, Francisco II, Carlos IX, acompanhando-o ao assédio de Rouen. Fora, com Henrique II, a Bar-le--Duc. Com o duque de Montpensier ao Bas-Poitou, retomar Fontenay-le--Comte aos luteranos. Exerci missões confidenciais para a pacificação, sempre falando pelo Rei de França. Ainda Henrique III manda-me aceitar o governo municipal de Bordeaux. A reeleição comprova o desempenho eficaz. Carlos IX dera-me o colar de São Miguel. Os Montaignes ostentavam brasão d'armas. O senhor sabe que o Protestantismo lutou pela liberdade religiosa mas a aristocracia dos adeptos incluía no programa capacidade jurisdicional, domínio administrativo, que depois obtiveram, em menor extensão, pelo edito de Nantes. Era um partido político a um tempo civil e teológico, mais afeito ao uso das armas em pleno arremesso predatório, que à disputa das distinções casuísticas, como ocorreria ao Jansenismo. O Rei era um Chefe Católico, ungido de Deus. Quando terminei os estudos no colégio de Guyènne, Martinho Lutero falecia, deixando a herança do dilúvio comunicante. Os huguenotes eram candidatos à sucessão de altos encargos junto ao Rei. Em 1588, indo a Paris, os partidários da Santa Liga atiraram-me na Bastilha, durante 24 horas mortais. Não se tratava de matiz luterano mas da minha parcialidade a Henrique III, um ano antes do seu assassinato. Compareci aos Estados Gerais, nesse ano, Chartres, Rouen, Blois, entre os gentis-homens do Rei.

– Sim, fui Camareiro de Henrique de Bourbon, Rei de Navarra, o futuro Henrique IV de França. Foi em 1577, cinco anos depois do São Bartolomeu. Henrique III e os príncipes luteranos acordaram o tratado de Bergerac, novembro desse 1577, liberdade de culto, funções exercidas pelos protestantes na Corte, juízes especiais. Era uma aproximação ate-

---

[395] Meu Pai fora (...) **Prefeito** de Bordeaux sob Henrique II (...). Meu avô Grimon, **Preboste** em 1503, com Luís XII. Meu tio, **senhor** de Busseguet fora também Conselheiro no Parlamento. Uma continuidade familiar **a serviço do Rei da França**.

nuando a projeção dominadora dos Guises. Foi, para mim, uma distinção do bearnês, a um fidalgo do Rei. Em 1572, quando houve o 24 de agosto, em Paris, trabalhava eu calmamente em Montaigne, polindo os *Essais*. Já tivera o colar de São Miguel e dois anos depois combatia os protestantes em Fontenay-le-Comte. Onde a conivência, onde existe coerência? Depois do tratado de Bergerac, o Rei de Navarra não comprometia católicos outorgando-lhes mercês honoríficas. Explicam-se assim as visitas de 1584 e 1587 que ele me fez em Montaigne. É preciso recordar que, desde 1581, eu possuía a **Romanam Civitatem**...[396]

– É indispensável evocar o ambiente vivido naquele tempo. Conheci seis Reis de França e a Igreja Católica teve treze Papas. Em setembro de 1592, quando Deus encerrou meu ciclo terreno, o Rei legítimo era huguenote, excomungado pelo Sumo Pontífice, e Paris continuava rebelde. As **nouvelletez**[397] de Lutero governavam cidades e mesmo províncias francesas, insubmissas ao seu Soberano e seguindo leis estranhas aos Tribunais Regulares. O Papa Gregório XIV oferecera a coroa de França a Felipe II de Espanha, o que não faria Sixto V. O documento pontifical fora queimado na praça pública pela mão do carrasco juramentado, com aplausos da maioria do clero, nobreza e povo. Clemente VIII desfez essa tragédia, absolvendo e reconhecendo Henrique IV, Rei de França, sagrado em Chartres. Eu já me libertara das leis humanas. Antes, fora o duelo de Francisco I com Carlos V, arrastando os dois povos a uma campanha sem fim e sem proveito. O Imperador entrou para um convento e o filho Felipe II continuou a campanha, queimando sangue e ouro. Depois, mandava lenha para que não se extinguisse a fogueira das lutas fratricidas em França. Tudo em mim era reação a essa loucura. Temperamento, mentalidade, leituras, distanciavam-me desse entusiasmo de esgotamento e suicídio. Não sabia glorificar as façanhas católicas do conde de Montluc e as luteranas do barão des Adrets, matadores em nome do respectivo Deus. Pela primeira vez na história do Mundo, Castor e Pólux eram inimigos...

– Os Homens do meu tempo, Erasmo, Calvino, des Perières, Marot, Ronsard, Rabelais, Dolet, os Bellay, foram de provada coragem e pouca confiança na comunicação individual. Estudavam, expunham, explicavam,

---

396 É preciso recordar que, desde 1581, eu possuía a **Cidadania Romana**...

397 As **novidades** de Lutero governavam (...) – No capítulo XII do Livro II ("Apologie de Raimond de Sebonde", *Les Essais*) Montaigne faz referência ao avanço das ideias de Lutero, às quais se opõe reivindicando as "antigas crenças": "(...) les nouvelletez de Luther commençoient d'entrer en credit, et esbranler en beaucoup de lieux nostre ancienne creance".

os outros, o temário exterior. Permaneciam incógnitos, discretos, prudentes. O mais combustível, com uma **santé bouillante**[398], frade e doutor em Medicina, François Rabelais, guardou silêncio e cuidado de sua errante pessoa. Chateaubriand fez-me descendente de Rabelais, como se eu pertencesse à dinastia de Molière e La Fontaine. Seríamos, no máximo, paralelas, encontrando-nos no Paraíso, depois do perdão de Deus. Somente um francês diria Rabelais **Homero Bufão**, equivalendo Pantagruel a Aquiles, Grandgousier a Príamo, o Paládio a *Dive Bouteille*[399]. Eu estava na Corte quando o Concílio de Trento encerrou seus trabalhos. Fui, de todos, o único a constituir-se assunto do próprio livro e sem a sedução das "Memórias" belicosas ou gentis, oferecendo-me ao exame de corpo-inteiro, eu e meus cálculos biliares, incluindo defeitos e erros que o Padre Malebranche julgou pretexto de autoelogio. Possuí todos os vícios e superstições do meu Povo, **Regardons à Terre**[400], amando o lavrador em sua naturalidade, sem deformá-lo em literatura. Não tive a devoção da Notoriedade: **Dieu me garde d'estre homme de bien selon la description que je voy faire tous les jours par honneur, à chacun de soy. J'ay mes loix et ma court, pour juger de moy! Je me sers rarement des advis d'autruy. Les raisons estrangeres peuvent servir à m'appuyer, mais peu à me destourner, afeito continuamente a m'establir et contenir tout en moy!**[401] **Chacun regarde devant soy; moy, je regarde dedans moy, je n'ay affaire qu'à moy!**[402] Deparou essas afirmativas noutra voz em França? E sem arrependimento, remorso, sonho modificador: **Si j'avois à revivre, je revivrois comme j'ay vescu: ny je ne pleins le passé, ny je ne crains l'advenir!**[403] **La foule me repoulse à moy! Sem deslumbramentos. Nos folies**

---

398 O mais combustível, com uma **saúde fervorosa** (...).

399 **Divina Botelha**: o vinho – em *Le Cinquième Livre* (1564), Rabelais celebra a famosa botelha na forma de um caligrama onde se encontra uma ode ao deus Baco.

400 **Olhemos a terra** – Referência ao capítulo XII do Livro III ("De la Physionomie", *Les Essais*): "Regardons à terre, les pauvres gens que nous y voyons...", em que o ensaísta "olha para baixo", para os pobres, em atitude de respeito.

401 Deus me preserve de ser um homem de bem como esses que eu vejo diariamente assim qualificados. Para julgar os meus [atos], tenho leis e tribunal próprios. Não costumo recorrer aos outros. As razões alheias podem servir para confirmar minha decisão; nunca me fazem voltar atrás, afeito continuamente a **guardar para mim mesmo o fruto de minhas reflexões** – tradução de Sérgio Milliet em *Ensaios* (1980, p. 369). Citação de trechos do cap. II do Livro III ("Du repentir", *Les Essais*).

402 **Todos olham para a frente; eu olho para dentro de mim: não lido senão comigo** – Citação de trecho do cap. XVII do Livro II ("De la presumption", *Les Essais*).

403 **Se tivesse de voltar a viver, viveria como vivi; não lamento o passado e não temo o futuro** – tradução de Sérgio Milliet em *Ensaios* (1980, p. 373). Citação de trechos do cap. II do Livro III ("Du repentir", *Les Essais*).

ne me font pas rire, ce sont nos sapiences! Assim Jesus Cristo olhou a ciência do Mundo. Inseparável dos livros. **C'est la meilleure munition que j'avais trouvé à cet humain voyage!**[404] Abro meus *Essais* como ninguém ousou: **C'est icy un livre de bonne foy, lecteur!**[405] Dirigia-me, como no coro dos Anjos, aos Homens de boa vontade, ao Entendimento claro e natural, sem que previsse **ces vertus couardes et mineuses, nées de nos imperfections**[406], destinadas a julgar-me, e a julgá-lo, professor, na pureza das melhores intenções. Ninguém acredita senão no que é capaz. Deus levará para o Céu, Lúcifer, Caim e Judas, ensina Escoto Erígena, restituindo-lhes a dignidade perdida na Rebelião, Fratricídio e Felonia. Para a Justiça Humana, unicamente Satanás rebelou-se, Caim matou e Judas traiu. Todos nós somos uns querubins em potencial, fiéis aos Dez Mandamentos e jamais capituláveis nos Códigos Penais. Assim, todos procuram ansiosamente revelar o que não pensei, lendo o que escrevi. Sei que é a Angústia, os diabinhos azuis, a responsável por essa insatisfação íntima, esse desajustamento mental, essa potência inconsciente, modeladora da incredulidade. A Verdade, absurda, incrível, integral, é que **Je suis moy mesme la matière de mon livre!**[407] Fiz o que o velho Freud jamais atreveu-se a praticar: constituir-se objeto para a sua psicanálise. Ele seria implacável, minucioso, inesgotável... com os clientes! Pessoalmente, estaria liberto de todas as enfermidades mentais e comuns ao resto da Humanidade. Veja o impecável equilíbrio da sua **autobiografia**, comparando-a com as *Confissões* de Jean-Jacques Rousseau, um ex-futuro consulente de sua clínica psiquiátrica. **Oh, Profundeza**!, como dizia Santo Agostinho!...

– É outro defeito que apontam nos *Essais*, suicídios, torturas, massacres, estoicismos, resistências à dor física, tragédias sociais, repúdio de todos os Direitos. A quase totalidade do material utilizável era produto

---

404 **A multidão impele-me a fechar-me em mim mesmo! Sem deslumbramentos. Não são nossas loucuras que me fazem rir, são o que consideram sabedoria. Assim Jesus Cristo (...) Constituem a melhor provisão que pude obter para essa viagem que é a vida!** – tradução de Sérgio Milliet em *Ensaios* (1980, p. 376). Citação de trechos do cap. III do Livro III ("De trois commerces", *Les Essais*).

405 **Eis aqui, leitor, um livro de boa fé** – tradução de Sérgio Milliet em *Ensaios* (1980, p. 7)

406 (...) sem que previsse **essas virtudes timoratas nascidas de nossas imperfeições** – tradução de Sérgio Milliet em *Ensaios* (1980, p. 385). Citação de trecho do cap. V do Livro III ("Sur des vers de Virgile", *Les Essais*).

407 A Verdade, absurda, incrível, integral, é que **sou eu mesmo a matéria deste livro** – tradução de Sérgio Milliet em *Ensaios* (1980, p. 7). Citação de trecho de "Au Lecteur" (*Les Essais*).

clássico greco-latino, Plutarco, meu *Breviário*, Sêneca, Cícero, de pouca simpatia, **un chapelet de citations,** alcunha-me o amável Brunetière, depois de batizar-me **le plus grand pillard**[408]. Um anatomista proibido de recorrer ao cadáver estudado. A finalidade não era exposição sádica ou masoquista mas um exemplário dos recursos pessoais de virilidade moral ante a possível Adversidade imediata. Lembrar o que houve para criaturas como nós. Não aconselhava aquelas soluções mas denunciava as ocultas reservas de altivez, desassombro, intrepidez, nas horas cruéis da injustiça vitoriosa. Nós atravessávamos uma paisagem eriçada de forcas, espadas, fogueiras punitivas. O professor não compreenderá o horror de uma cidade saqueada, incendiada, revolvida pela violência inimiga. As vidas de uma população, de todos os sexos, profissões, idades, entregues ao arbítrio do Vencedor onipotente, decidindo em última entrância, do destino de cada vítima sem crime, mandando-as ao suplício, à orgia, à humilhação degradante. O século XVI ressuscitou aflições do século V. Não recorda o versinho de Jean de Léry, meu contemporâneo e que vivera no Rio de Janeiro de Villegagnon?

> Riez Pharaon,
> Achab, Néron,
> Hérodes aussi;
> Votre barbarie
> Est ensevelie
> Par ce fait ici![409]

– Existe uma biblioteca sobre essa fase, correspondendo ao meu viver, de Francisco I a Henrique IV. Mas, depois de 1590, senti o verso que Malherbe faria: **La nuit est déjà proche à qui passe midi!**[410] Caía no céu de Montaigne o inevitável crepúsculo. Dediquei-me unicamente ao que desejava sobreviver. A edição que o senhor menciona partiu da de 1595, impressa em Paris. Sem orgulho, jamais possuído, sou um seu contemporâneo.

---

408 (...) **um rosário de citações,** alcunha-me o amável Brunetière, depois de batizar-me o **maior saqueador.**

409 Ride, Faraó, / Nero e Achab, / Herodes também; / A vossa barbárie / É suplantada / Por este fato! – citação de "XV. Comment les Américains traitent leurs prisonniers pris en guerre, et les cérémonies qu'ils observent tant à les tuer qu'à les manger" (Jean de Léry. *Histoire d'un Voyage fait en la terre du Brésil*, 1578).

410 **A noite já se aproxima para quem passa do meio-dia!** – último verso do poema "Sur le mariage du roi et de la reine" (*Stances*, 1615), de François de Malherbe.

Não no volume que se reedita mas no meu Espírito que se prolonga, na atualização sobrenatural, dada a imutabilidade dos problemas humanos. O aparato livresco não apagou a veracidade nos *Essais*. Antes e depois de mim, quantos indicados à imortalidade pereceram no Esquecimento! Quanto mármore dissipou-se em poeira! Sou anterior à Academia Francesa, fundamento da glória sem noite. Quantos **imortais** sucumbiram na cinza do Olvido! De minha **Sinceridade legítima** recordo essa frase do *Essais* (II, XIX): **En ce debat par lequel la France est à present agitée de guerres civiles, le meilleur et le plus sain party est sans doubte celuy qui maintient et la Religion et la Police ancienne du pays**[411]. Não haverá definição mais firme, leal e clara, não é verdade?

– Professor? O seu avião chegou. Estamos levando a bagagem...
– **Adieux et merci, mon lecteur de bonne foy!**[412]

---

[411] Nesse conflito que leva a França à guerra civil, o melhor partido, o mais justo, é sem dúvida o que tem como objetivo a manutenção da religião e do governo que existiam antes da perturbação da ordem – tradução de Sérgio Milliet em *Ensaios* (1980, p. 306). Citação de trecho do cap. XIX do Livro II ("De la liberté de conscience", *Les Essais*).

[412] Adeus e obrigado, meu leitor de boa fé!

29
MENIPO. CINISMO EM PAUTA

Tenho a honra de assistir a uma sessão plenária da **ONU**, alojada na imensa e soberba colmeia de East River, digníssima dos possíveis sete milhões de abelhas residenciais. Mais de cem países estão presentes em delegações eficientes e Embaixadores incomparáveis. Sonho de séculos, essa multidão eminente, falando ombro a ombro com os antigos dominadores soberanos, emociona-me sua realidade indiscutível. As ex-colônias e protetorados votam ao lado dos velhos possuidores europeus. Verdade é que a extensão poderosa dessas Nações senhoriais desapareceu, reduzida a frações mínimas. Os Mundos negros e muçulmanos impressionam pela inquieta vivacidade simpática e desconfiada de quem ainda não se acostumou a ser dono de casa. A USA e a URSS, com suas sabidas e secretas áreas de influência, são os legítimos centros de interesse. O resto é paisagem complementar. O palácio fervilha, sonoro e magistral, nos enxames funcionais, ininterruptamente atarefados, não em elaborar mel mas a encher papéis de utilíssimas letras, indispensáveis ao equilíbrio do Mundo. Tenho a mais fervorosa admiração por esse exército de abnegadas damas e devotados servidores, em missão jamais suficientemente retribuída em recompensas públicas e privadas. Creio, comovido e fiel, que não têm tempo senão para o trabalho, dada a superior brevidade e gentil displicência com que se dignam responder, em síntese feliz, às humildes perguntas dos seres ignavos, ignorantes das tarefas de sobrenatural interesse para a face da Terra. Ao lado desses núcleos essenciais de laborioso sacrifício pessoal, voam as revoadas de comissões, subcomissões, visitantes, observadores, inspetores, em permanente exercício de benemerência insuperável. A mecânica administrativa, dividida e subdividida, atende a todos os reclamos do Direito Internacional em surpreendente exibição de atividades lógicas, desde o poder do Conselho Permanente até a decisão do **Veto**, extintor das iniciativas, mesmo com prévia maioria. Os **vetos** são reservados às Altas Representações de países aos quais devemos o direito de viver, jurídica e biologicamente. Como fui professor de Direito Internacional Público numa Universidade Federal no Brasil, vibro de justo júbilo pelo que via, ouvia e lera. A ONU valoriza o Espírito Humano no seu alto sonho de compreensão harmoniosa entre os Homens, sempre de má-vontade. Nada lhe falta para o divino programa da União, desde o Saber expositivo à Força convencedora.

O nativo brasileiro, audaz e sereno, que, tímida e suficientemente iniciou-me nos meandros augustos daquela basílica ao Solidarismo terrestre, saudando as abelhas corteses cujos olhares valiam ferroadas, justo reproche à violação do santuário, deixou-me, entre abraços, nos mármores da saída.

No restaurante do hotel que me abriga, ingiro as amostras da cozinha universal, tão universal que não é de parte alguma. Quase sempre fica diante de minha mesa ocasional um velho magro, moreno-claro, rosto largo e longo, com cabeleira, barba e bigodes grisalhos, confusos e unânimes na densa vegetação capilar que parece orgulhá-lo. Deglute, lendo caderninhos escuros de notas e, vez por outra, interrompendo a mastigação para aumentá-las. Tenho a impressão que me olha sempre que não faço o mesmo para ele.

Encontrei-o no **hall** da **ONU Building**[413]. Um capote alvadio, o chapéu fofo, indumentária decente e banal, cheirando a Quinta Avenida ou a Rua Quarenta e Dois. A barba não me permitiu ver o sorriso, denunciado nos olhos cinzentos e joviais. Felicitou-me pelo tempo dado à visita e voltamos juntos, no mesmo táxi. Falou ao **chauffeur** num idioma melodioso e viril. O motorista, minimudo, respondeu, fluente, o rosto iluminado, como deparando irmão perdido. Não sei como identificara a nacionalidade do **cinesíforo**, falando-lhe grego. Incrível que este recusasse pagamento e ainda gastasse um bom minuto na permuta afetuosa de frases, ante o tédio do porteiro, imponente e fardado. Refeição comum. Carneiro guisado, ervilhas e batatas. Pão para ele. Arroz para mim, por não haver farinha de mandioca. Pêssegos da Califórnia. Café penitencial. Charuto em tubo de vidro, lindo e péssimo. Conversa nas poltronas, sem ver a monotonia vertical e quadrada dos arranha-céus invasores.

– Esse traje, trescalando a cotidiano ianque, não oculta o velho Menipo, fenício, escravo que se alforriou e, manejando pecúlio, quase

---

413 Encontrei-o no **corredor** do **edifício da ONU**.

enriqueceu, estudando a ganância em si e nos outros, sendo usurário. Lenda injuriosa diz que me enforquei por ter perdido a pecúnia. Quanto escrevi, desmente essa balela insubsistente, criada cem anos depois da minha viagem convencional. Curioso é dizer-lhe que criei o gênero **Menipeia**, sátira em prosa e verso onde a clareza, agilidade, alegria maliciosa, disfarçam e amenizam a virulência ácida. Fora, então, um filósofo Cínico, como Antístenes, Crates, Diógenes. Não posso continuar usando minha capa esfarrapada, meu bisaco com ervilhas secas e restos dos **festins de Hécate**, abandonados nas encruzilhadas, e o bastão resistente, de mendigo malcriado, com que desancava atrevidos, ignorantes e parvos. Por que me suicidaria, conforme invenção letrada? O Cínico é um liberto de quanto preocupa e justifica o desespero humano. Mata-se quem entrega ao Mundo o direito da Vida.

– Não sei bem, professor, a origem do nosso nome escolar. **Kunikôs, Kuôn, Kunôs, Kinôs**, o Cão, o primeiro e o mais humano dos animais, aquele que iniciou a servidão, apiedando-se do Homem. O primeiro escravo possuído, fiel, natural, jubiloso. Antes dele, nenhum outro, incluindo o próprio semelhante humano, servira sem recompensa e sem fim. Em livro vulgar de Filosofia, mais anedótico que amistoso à Sabedoria, o senhor verá que Antístenes, nosso patriarca moral, discutia publicamente em Cinosarga, bairro de Atenas, onde havia um ginásio e se erguia altar de Héracles, nosso padrinho. Ainda o prefixo **cão**, localizando o debate dos Cínicos, seus devotos. Creio esse o batismo. Crates prelecionava num pórtico, **stoi**, provindo **estoicos**, para seus discípulos.

– É uma verdade melancólica. Cínico, Cinismo, valem justamente o inverso do que pregávamos; mais ainda, do exemplo exposto por nós, os verdadeiros mestres da Ciência do Social, da apreciação realística no plano do Convívio, do critério mais puro do Espírito, independente das imposições criadas pelo interesse material e falso. O Cínico presente é o mentiroso imperturbável, o ladrão tranquilo, o peculatário risonho, o símbolo mais autêntico da Falsidade, da Simulação, Hipocrisia. Ora, Antístenes fora discípulo de Sócrates e Crates foi o mestre de Zenão, pai do Estoicismo. Que fizeram Estoicos e Cínicos ao Mundo? Que lhe devem esses professores sem memória e esses povos sem lembrança? Lutamos contra a Superstição, a Desigualdade entre os Homens, a Riqueza opressiva, o Orgulho despótico, a Arrogância dominadora; contra a avidez insaciável do estômago e a pompa afastadora dos semelhantes. Afrontamos tudo e todos para evidenciar que éramos os mesmos, vindos do Mistério e irremediavelmente condenados ao cadáver insensível. Preparamos, nos fundamentos da mesma

Vida Vivida, a união compreensiva de todos os Entes, destinados à existência comum! Batemo-nos contra a Mentira, a Artificialidade, a Injustiça, a Vaidade. Afrontávamos, a todos os momentos, homens e mulheres, merecedores dos nossos reparos em voz alta, direta, fosse qual fosse a reação pessoal, agressiva em gesto ou palavra. Nos banquetes ou nas ágoras não mudávamos a linguagem. Não acreditávamos nos inocentes profissionais, nos desinteresses autoproclamados, na honestidade considerada virtude excepcional. Fomos os Homens sem medo e sem mácula do Egoísmo. Foram nossos títulos prioritários na convivência coletiva.

– Não entro nesse assunto, professor, a nossa influência igualitária, a nossa exposição fraternal, a nossa oposição incansável às crenças populares do Pavor e do Lucro sacerdotal, no espírito dos pregadores cristãos. Séculos antes de Jesus Cristo, mais de quinhentos anos, éramos muito do que Ele ensinaria. A guerra ao Vício do Ouro, a ostentação, não distava das nossas apóstrofes preferidas. Ele entregou a César quanto seria do patrimônio material do Mundo. Nós também ignorávamos Plutus e Mamon. Gritávamos que todos tinham os mesmos direitos, conquistados na condição de seres humanos, filhos de mulher, destinados ao túmulo, apesar de todas as diferenças durante a viagem na Vida. Todas as Religiões, atingindo a maioridade, negam reconhecer o amparo das doutrinas auxiliares em sua juventude. Para elas, aparece o momento trágico e lógico em que dizem: **Não conheço essas Ideias!** repetindo o **Não conheço esse Homem!**, de Simão Bar-Jonas. O antecedente é sempre molesto ao antecedido, quando vitorioso. É uma lição do Cotidiano. Não há relógio que cite o relojoeiro. Pertence à natureza mecânica dos relógios humanos, trabalhando com impulso alheio.

– Temos essa certeza, professor! Fomos superiores aos Sofistas e aos Estoicos. Não fique surpreendido. Eles foram mestres n'outros processos da Sabedoria. Os Sofistas, nascidos de Górgias, opulentos pelas lições caríssimas, exercitavam o jogo dialético, pirotecnia verbal para aturdir, deslumbrar, confundir. Ninguém se convence com sofismas. Ficavam indecisos, tontos, raciocínio anterior em estado de confusão, os seus assistentes. Punham eles abaixo o abrigo, deixando-os expostos ao sol e à chuva da Perplexidade. O Estoico, como o eremita no deserto da Tebaída, cuidava da própria salvação. **Abstém-te e tolera!** A Física, as especulações anímicas não estavam ao alcance popular. Foram Ministros de Estado, mestres de Reis, conselheiros, ganhando muito bem. Uma das acusações no processo de Sócrates foi o alto preço de suas aulas. Veja o escravo Epicteto, Sêneca, professor de Nero, Marco Aurélio, Imperador Romano. Nunca um Cínico admitiu essa subalternidade remunerada e faustosa. Pobres, famintos, rasgados, insolentes, dando e recebendo pauladas, atravessaram os tempos com independência feroz. Acredita que um Sofista ou Estoico desse a Alexandre Magno a resposta de Diógenes? Fomos o elemento de pregação diária junto ao Povo, com o contato imediato, gratuito, real. É um engano, professor! Sócrates perguntava a todos, mas ensinava aos favoritos. Muitos os ouvidos e raros os ouvintes. Basta reler os *Diálogos* de Platão, para ver o ambiente da preleção socrática. Detestava o que Cícero diria **deformis et incondita turba**[414], nosso cenário natural. Nós, elegendo Hércules nosso padroeiro, aceitávamos a Vida como uma batalha sucessiva, sem pausa, contra todos os monstros da floresta, campo e montanha sociais. Combatemos sempre... Creio que o nome atual de **cínico**, apodo vergonhoso de infâmia formal, foi uma vingança dos castigados pela contundência da nossa voz e bastão! Estoicos e Sofistas **toleravam**. Nós éramos subversivos, indisciplinados, insubmissos. Repúnhamos nas justas dimensões tudo quanto a Bajulação ampliara no ritmo da Lisonja. Um pensador daqui, Emerson, pedia que lhe mostrassem um Homem que tivesse agido sem tornar-se escravo e vítima da própria Ação. Foi o nosso caso psicológico. Éramos temperamentalmente desajustados com a Lógica do Ouro e do Mando. Verifico, entretanto, que os Sofistas ganharam a campanha. Desmoralizaram nosso título funcional e relegaram o Estoicismo para a classe das neuroses. Os homens d'agora sabem abster-se, colaborando. Por isso é possível a contemporaneidade de Napoleão e Goethe. Época sem Santos e com faculdades de Teologia. Pirâmides de Gizé, guardando múmias de papagaios, essa concepção do Progresso!

– Concordo que a nossa apresentação em Luciano de Samósata é pouco simpática. Trata-me com excepcional carinho no *Diálogo dos Mortos*, mas é feroz com a maioria dos "representados". A fama que lhe chegou aos ouvidos ainda mantinha meu nome em bom lugar. Lembre-se que ele escreveu quase quinhentos anos depois de nós. Devia-me o modelo dos seus *Diálogos* famosos, pelo meu *Diálogo dos Deuses*. Entendeu mais a Tradição pejorativa e burlesca, de caráter anônimo, que a Veracidade das antigas ocorrências, pela Grécia, Ásia Menor, Alexandria. Nenhum de nós possuiu Platão ou Xenofante para guardar, ampliando amorosamente, nossos dizeres e disputas, imaginárias ou reais. Em maioria fomos traduzidos através de adversários ensopados de rancor, céticos e Sofistas. Quando havia necessidade de expressar tolices ou impertinências, figuravam um **cínico** proferindo-as, para resposta completa e feliz. Ao inverso, Platão

---

414 Detestava o que Cícero diria **a multidão informe e desordenada**, nosso cenário natural.

utilizou o nome de Sócrates nos *Diálogos* e na *Politeia,* defendendo suas conclusões com o prestígio socrático. A bandeira cobria o contrabando porque Sócrates nada escreveu. Tudo quanto combatia ou discordava, punha mestre Platão na boca de Retóricos ou Sofistas, para cômoda e fácil distribuição. Imagine a imparcialidade dos Gigantes e Titães escrevendo, no fundo do Tártaro, a história de Zeus!

— Não, professor, não somos inoportunos, desatuais e desaparecidos. Agimos em ondas microcurtas com interrupções na sintonia. Há uma magnífica percentagem de companheiros dignos de Atenas, dos pórticos e alamedas, **Cínicos** legítimos, limpos, sinceros, sem, entretanto, contrabalançar a esmagadora maioria dos **Cínicos**, na acepção coerente da vulgaridade útil. Os fiéis ao Cão não mentem, não traem, não fingem. Guardam, vigilantes e rosnadores, a Vida em sua possível pureza. Sem muita lama, cinza, lodo...

— Tenho pensado nessa interpretação do **Cinismo**... Não será uma poderosa autodefesa à sensibilidade íntima, revoltada e palpitante contra a exigência econômica ou a vocação da riqueza, obrigando o Homem a essa **técnica** sorridente para o masoquismo rendoso e contemporâneo? Tendo que adaptar o conselho estoico da Abstenção e Tolerância ao **tâchez de comprendre**[415] de Renan; trate de compreender, ajeitar-se, ajustar-se, nem por isso a flama interior da Moral se extingue. É preciso, prudentemente, ocultá-la no sorriso defensivo, ilusão da tranquilidade impossível. É a fórmula de parecer venturoso, uma sugestão para os que veem e um hábito tonificador ao seu **usuário**. Não dizem, no seu país, **defender-se**, na acepção de lutar pela Vida? Imagem maravilhosa, professor. Não a tivemos na Grécia. Sócrates inspiraria um **Diálogo** encantador a Platão. Ou vice-versa.

— O problema do **Cinismo** está no entendimento de intenção real. No *Górgias*, de Platão, há muito alicerce para esse edifício. O nosso era o Cinismo moral, especulativo, filosófico, unicamente espiritual, atinente à equação metafísica personalíssima. Esse outro Cinismo é método de convivência social, adaptação às saliências emergentes e súbitas; uma solução da nova Moral Prática, imposta pelo realismo moderno de um **struggle for life**[416] que já não seleciona espécies para a sobrevivência, mas indivíduos para a permanência cotidiana. Para nós, o Cinismo dissipava as dificuldades da **presença** no Mundo pela abolição heroica de que se preconizara **Necessidades**. Era um regresso à natureza, à naturalidade do Cão! Esse

---

415 Tendo que adaptar o conselho estoico da Abstenção e Tolerância ao **trate de compreender** de Renan (...).

416 (...) imposta pelo realismo moderno de uma **luta pela vida** (...).

Cinismo presente, aperfeiçoado, é instrumento vital de custódia no embate das concorrências, evitando o esmagamento no ângulo da convergência financeira disputadora. É uma esgrima silenciosa, cauta, serena, trazendo o combatente **coberto** pela ágil movimentação da lâmina invisível com que se guarda. O nosso era resolução íntima. Esse é prática de experiência e memória para o segredo vitorioso de um rumo no tráfego, através da multidão que se desloca no mesmo sentido. O nosso era **renúncia**. Esse, é **conquista**. Desapareceram as nossas formas agrestes e rudes, substituídas por um formalismo gentil, mesureiro, dobrado em vênias concordantes mas inflexível na deliberação obstinada do Êxito. Nós manejávamos o bastão. Eles, a verruma. Essa hipocrisia, na essência, como diria o duque de La Rochefoucauld, é uma homenagem do Vício à Virtude. Elogio, aplauso, saudação. Antístenes, Crates, Diógenes, eu, fomos esplendores incomportáveis de agressividade, mau-humor, ferocidade ascética. Esse outro cinismo é, antes de tudo, Boa Educação, Cortesia, Gentileza. Mas, **les affaires sont les affaires**[417]. Que há de comum, de ligação, de consequência, entre esses dois **Cinismos**, dois picos diferenciais e longínquos na mesma infindável cordilheira humana?

O **groom**[418], vestido de verde, botões reluzentes, passeia pelo **hall**, voltando para cada grupo a lousa com uma frase escrita a giz. Para diante de nós, e lemos: **Professor Menipo. Telephone. Cabin 17**.

O velho **Cínico** ergue-se, bate-me no ombro, cordial:

– Voltarei a vê-lo, professor...

Não mais o vi...

---

417 Mas, **negócio é negócio**.

418 groom – em inglês arcaico, "a male servant": **um servo masculino**.

30
Judas de Kerioth. A culpa feliz

Finalmente voa o avião sobre a branca cordilheira dos "cúmulos". Minutos antes, os quatro motores do jato faziam vibrar o arcabouço metálico, vencendo a turbulência, tentando a horizontalidade distante nas nuvens imensas que guardavam o Céu. Elimino o pavor primário que me dera saudades dos sólidos carros de bois, gementes e vagarosos. Posso olhar meu vizinho de poltrona que, durante a fase agônica, não cessou de escrever num caderno estreito e negro, amparado na imensa bolsa de couro. Esconde o lápis, mete o caderno na bolsa, aperta as fivelas, pondo-a no piso. É um homem sem idade, magro, vestido de escuro, a estrela salomônica na lapela do paletó. A testa saliente, o nariz de cimitarra, o queixo em gôndola, sugerem uma máscara **basaneé**[419], em ouro e sapoti, lisa e seca, posta, convexa, no apoio delgado de um pescoço de cordoveias inquietas. O cabelo, inexplicavelmente negro, começa no vértice do delta, abrindo reentrâncias, exibindo a pele amarela de pergaminho imemorial. Os olhos, sem cor, afiam-se no espesso cristal dos óculos. Demora, fitando-me, e da boca sem lábios parte a inesperada saudação cordial: **Xalom**!

– Não, o senhor não me conhece. Nunca me viu. Sabe, entretanto, e muito bem, a minha história, a história imóvel do meu comportamento em Jerusalém, na noite de 13 do Nissan de 3794, quase há vinte séculos. Uma oportunidade excelente para ouvir-me o episódio de eterna permanência. Sou **Iehudad Ben Shimon**, Judas, filho de Simão, de Kerioth, uma linda aldeia rodeada de palmeiras ao sul de Judá, além do Hebrón. Dizem-na presentemente Kurietein ou Keretein. Sou o Cariota, Iscariotes, companheiro que vendeu o Messias por trinta dinheiros de prata, pouco mais de cem centavos brasileiros. Delito sem prescrição, mas pude redimi-lo com a vida mortal.

---
419 A testa saliente, o nariz de cimitarra, o queixo em gôndola, sugerem uma máscara **trigueira** (...).

Antes do Traído, o Traidor morreu. O salário da culpa pagou Hakeldama, cemitério para estrangeiros. Não utilizara as moedas sedutoras. O mau discípulo saiu do Mundo precedendo ao Mestre. Nenhum proveito material para o criminoso. Entreguei um Homem ao suplício e o **Nalah Amavete**, o Anjo da Morte, levou-me antes dele. Para as autoridades do Templo cumprira meu dever, apontando um **mesith**, sedutor que se pregoava **Messias**, enviado por Iavé. Foi o que me garantiu o Sumo Sacerdote Josef Kaiafá e, mais ainda, o todo-poderoso Hanan, filho de Seth, Anás, seu sogro, verdadeiro responsável pela tragédia do Gólgota. Enfim, as mãos dos trinta dinheiros, a boca que o beijou no jardim de Getsémani, ao pé do monte das Oliveiras, puniram-se na forca, armada numa figueira sem frutos, naquele triste abril.

– Não sei se todos os traidores, perjuros e apóstatas, antes e depois de mim, puniram-se voluntariamente com o suicídio, qualquer estudioso de Psicologia demonstrará, mais ou menos inteligivelmente, o meu **estado** de espírito empurrando-me para a solução do autossacrifício, denúncia inegável do total desajustamento com o ambiente normal e ortodoxo de Jerusalém, no geral, Sinagoga e Sinedrim, no particular. Quem se matou foi o cristão arrependido e não o fariseu fanático. Não esqueça que eu era de Judá, e os demais Apóstolos, galileus, pescadores ao derredor do lago de Tiberíades, exceto Simão o Cananeu, e Levi, chamado Mateus, publicano, ou seja, cobrador de impostos em Cafarnaum. Os Discípulos só deixaram de ser inferiores e rústicos depois que o Espírito Santo desceu sobre eles. Fiquei encarregado de receber os recursos financeiros e satisfazer os débitos. Os meus companheiros não entendiam coisa nenhuma do assunto. É óbvio que me insurgisse contra prodigalidades que teriam aplicação mais útil em benefício da comunidade. Unguentos, bálsamos, perfumes, nos pés do Mestre, seriam oblações, mas nós precisávamos comer e beber. Pão, peixe, vinho, sal, não eram gratuidades, fora da divina intervenção do Messias. Os Apóstolos praticavam a economia de pescadores, a mera suficiência diária, sem previsão do amanhã. Viajávamos e nem sempre poderíamos contar com uma hospitalidade generosa. O desacordo entre nós partia da mesma animosidade, obscura e tenaz, que existe entre o Secretário da Fazenda e os funcionários públicos. Mentalidades opostas, ainda hoje. Como não escrevi o meu Evangelho, não assumindo paternidade naquele divulgado pelos Cainitas do século II, ignorarão sempre a conduta miúda, humana, rixenta, dos meus companheiros, desde a Galileia. Os Apóstolos eram homens iguais aos que vivem atualmente. Pedro negou três vezes. Tomé não acreditou na Ressurreição. Filipe queria ser o primeiro no Reino dos Céus. Os ausentes não têm razão e eu sou um Ausente Profissional. **Les absents ont toujours tort**[420], dizem os franceses. Convém ainda ressaltar, professor, a vida de pescadores em Cafarnaum e Genezaré, permutas em espécie, comparando-se com uma demora em Jerusalém, cidade de 50.000 habitantes, habituados à circulação metálica. O nosso Rabi jamais pegou numa única moeda. Nem mesmo pagando o tributo de César, com a estáter, retirada das guelras de um peixe. Todos estavam fiéis aos costumes tradicionais da hospedagem gratuita, alimento e enxerga. Sempre evitei as questões por dívidas, incompreensível precaução para os dois filhos de Zebedeu. O próprio Senhor, na parte que nele havia de galileu, não sentia meu cuidado. Ia contrário à sua pregação do Providencialismo, que minha ignorância despercebia. Hoje, a tal Psicanálise explica essa lenta formação de despeito e rancor, nascendo da falta de apoio por parte do Rabi, fazendo-me um tanto estranho ao sentimento despreocupado, livre e alegre, dos Discípulos. Um vagaroso processo de intoxicação amarga e ressentida. A quase totalidade dos meus conterrâneos não sentiria o abandono à Realidade, ensinado pelo Messias, **não andeis inquietos, dizendo: que comeremos, que beberemos, com que nos vestiremos? Não vos inquieteis pelo dia de amanhã, porque o dia de amanhã cuidará de si mesmo!** Ainda hoje julgamos imprevisão, descuido, leviandade.

– Ainda hoje pergunto a mim mesmo porque conduzi a escolta do Templo a prender o Mestre em Getsémani. Creio ter sido uma compensação vingativa à subalternidade da minha situação, deprimida pelo desprezo dos galileus. Queria fazê-los sofrer, arrebatando-lhes o Rabi. Ficariam tontos, desnorteados, errantes. Corpo sem cabeça.

– Não! Mil vezes não! Não o entreguei à Morte mas à Humilhação! A palavra do Messias era sediciosa para a Sinagoga e o Sinedrim. Afirmava-se "Filho de Deus!". Derrubaria e reergueria o Templo de Davi em três dias. Artigo de Morte, sabia eu. Mas haveria a impossibilidade da aplicação penal. O prisioneiro era entidade acima das leis repressoras. Não operaria jurisdição punitiva sobre ele. Acompanhava-o desde Cafarnaum, com os primeiros fiéis. Vira-o em todos os milagres. Andara sobre as ondas revoltas do lago. Apaziguara a tempestade. Restituíra audição aos surdos, luz aos cegos, movimento aos paralíticos. Multiplicara pão e peixes. Expulsara Demônios, curara enfermos. Ressuscitara os Mortos! A prisão constituiria obstáculo material para ele? Voltaria à liberdade desde o momento que quisesse. Quem retirara Lázaro do túmulo de Betânia tinha poder para sair

---

420 **Os ausentes nunca têm razão**, dizem os franceses.

de uma prisão de Jerusalém. Não podia haver outra dedução. Passara pelo meio da multidão hostil em Nazaré, impotente para detê-lo. Deixaria a prisão que não o poderia imobilizar. Era o Messias, com todos os poderes do Eterno! Eu previa que Sansão romperia as cordas dos filisteus. Confiava na sua força porque fora testemunha de ações miraculosas. A oportunidade era invejável. Vingar-me-ia do abandono fraterno e faria o Mestre publicamente dominador. Ambivalência. As trinta moedas de prata valeriam um desgraçado prêmio à minha sublimação, alegria efêmera de cupidez lamentável.

– Não sei, professor, das razões teológicas. Exerço outras atividades. Ninguém jamais provará que a Predestinação não exclua a Responsabilidade. Seria acusar ao Onipotente por um Crime de Omissão. Desobediência de Eva no Éden. Livre trânsito para a serpente persuasiva. A venda de José por seus irmãos, revelando as rotas egípcias às necessidades de Israel. O cativeiro de Babilônia, afervorando a disciplina religiosa dos Profetas. Desde o princípio de todos os Tempos estava previsto que um homem de Kerioth trairia o Filho de Deus. Por que não fui obstado na minha fraqueza, detido pelos Apóstolos, depois da denúncia na hora da Ceia? Por que o meu Pecado foi superior à Virtude do Mestre, reduzindo-o a uma vítima indefesa e padecente? Lembra-se do suor de sangue em Getsémani? **Meu pai, faça-se a tua vontade e não a minha!** Cumpria a missão dolorosa. Eu fora o desgraçado mas inevitável algoz, anunciado pela Eternidade, como um oráculo predissera a Édipo o parricídio e o incesto. E as Fúrias o absolveram na cerimônia da Purificação. Não posso eximir-me da Culpa, mas esses argumentos são atenuantes lógicas, irrecusáveis e claras.

– Sim, fui um semideus para os **judaístas**, uma seita gnóstica e antinomista do século II, ramo dos **Cainitas**, devotos de Caim. Os doutores da Igreja, Irineu e Tertuliano, foram contemporâneos e naturalmente adversários desses Judaístas que tiveram representantes no século XVI, merecendo a página comovida de Anatole France no *Jardin d'Epicure*[421]. No dilúvio dos chamados **evangelhos apócrifos**, foi popular e vulgar, naquele tempo, um *Evangelho de Judas de Kerioth*. Não leu? Creio estar nas coleções de Fabricius, Thilo, Giles, e mencionado no *Dicionário dos Apócrifos,* do abade Migne. Provava-se a indispensabilidade da minha felonia para o mistério da Redenção! Sem Judas Ben Simão não haveria Calvário e sem Calvário a culpa de Adão não estaria redimida. Alguém deveria sacrificar a reputação, tornar-se criminoso eterno, esplendor do opróbrio, provocar a paixão e morte do Messias, para a salvação da Humanidade. Sem o meu crime não

---

421 *Jardim de Epicuro* (1894).

haveria Igreja e Purgatório, a esperança do Céu para os pecadores. Seriam todos vassalos de Belzebu!

– Não posso queixar-me do esquecimento humano. Tenho sido um motivo estimulador da criação literária. Como deixei poucos vestígios na areia israelita, procuram suprir essa ausência com a imaginação mais desvairada, inconsequente, atordoadora. Publicam romances, poemas, memórias, diários, confidências, razões e segredos de Judas! A variedade das interpretações é alucinante. Teria eu sido amante de Maria de Mágdala e a traição fora um gesto de ciúmes pela sua preferência ao Rabi. Dei desfalque na **caixa** apostólica e o ato visava libertar-me do **balanço**, verificador do furto. Esse ângulo financeiro tem apaixonado muitos **técnicos** em logomaquias eloquentes e mentirosas. Uma versão sugestiva, como conclusão de inglês da rainha Vitória, é a de John Ruskin, **Sir Oracle**, do *Blackwood's Magazine*, no *Crown of Wild Olive*[422], em 1866. Vamos lembrá-la: "Somos temerariamente injustos com o Iscariotes, crendo-o mais perverso que a própria Perversidade. Judas não era senão um vulgar, avarento de dinheiro, e como seriam todos os avarentos, não compreendia ao Cristo. Não poderia aquilatar seu valor e sua grandeza. Não queria que o matassem. Foi presa do horror mais terrível ao saber que Cristo havia sido condenado à morte. Atirou fora de si as moedas e se enforcou. Quantos, segundo vossa opinião, dos nossos atuais caçadores de dinheiro, teriam feito o mesmo, qualquer que fosse o condenado à morte? Mas Judas era vulgar, torpe, egoísta e ladrão, e com a mão sempre posta no bolso dos pobres, não se inquietando com eles. Não compreendia Cristo mas acreditava n'Ele, muito mais que a maior parte de nós. Havia-o visto fazer milagres. Julgava-o bastante forte para libertar-se sozinho, crendo poder sair dessa aventura com seus pequenos benefícios. Cristo libertar-se-ia de tudo aquilo sem grandes dificuldades, e ele conservaria seus trinta dinheiros. Esse é o raciocínio de todos os caçadores de dinheiro por todo o Universo. Não odeiam ao Cristo mas não podem compreendê-lo. Não se preocupam com Ele. Nada veem de benefícios em sua missão, mas, em todo caso, tiram seu proveito, venha de onde vier!" Esse é o julgamento comum. Somente alguns teólogos e pregadores encontram nas trinta moedas de prata o fundamento unitário da minha conduta. Mas, presentemente, o interesse dogmático, casuístico, sobre a minha pessoa, está muito vago e tortuito. Mesmo a motivação popular no sábado da Aleluia está desaparecendo, em melancólico declínio...

---

422 *The Crown of Wild Olive* (1866): **A coroa de oliveira brava** – John Ruskin foi prestigiado crítico de arte com o título de **Sir Oracle**, sendo colaborador da revista britânica *Blackwood's Magazine* (1817-1980).

— O meu *Evangelho* proclamava outras revelações. Fora um **iniciado**, possuindo a explicação da **Gnose**, Suprema Sabedoria, ciência secreta, reservada, hermética. Sabia da necessidade da Redenção pelo sacrifício do **Enviado**, cujo sangue lavaria as manchas da **queda** de Adão. Fria e deliberadamente, ofereci-me em holocausto, queimando Vida e Nome em auxílio de todos os Homens, presentes e futuros, condenados à Perdição das Almas. Aplicara-me, por antecipação, a razão de Caifás: **Antes sucumba um homem do que pereça um Povo!** Os outros Discípulos ignoravam a Verdade assombrosa. Eu fora, imutavelmente, o **designado** para a função expiatória de **ovelha negra**, assegurando o pacto da Libertação. Daí o impulso da automolação antes da tarde do Crucifixo entre Dimas e Gestas. Arrependimento ou antevisão teofânica? Os Gnósticos afirmavam a legitimidade da minha missão, embora sob os aspectos brutais e primários da apostasia cruel, mas destinada a uma elevação apoteótica do **Filho do Homem!** Era a predestinação. Fora predestinado a ser o liame de sangue entre a Potência e a Ação do Verbo. É a doutrina do doutor Martinho Lutero, *Do Servo Arbitrio,* 1525, que ele afirmava **expressão imutável da verdade divina**. Também de Calvino. Três séculos antes de Cristo, o estoico Crisipo pregara semelhantemente em Atenas. Todas as coisas são necessariamente submetidas, subordinadas ao Destino, por uma lei soberana, inevitável.

— *Os Evangelhos Apócrifos* são depoimentos de crendices populares, imagens vulgares e queridas na inteligência coletiva de certas regiões. Documento oral de uma Religião, a **Paradósia**, enfim. Na seleção dos Evangelhos, ditos **canônicos**, prevaleceu interesse político, apologético, já num plano superior de conquista intelectual. Os **apócrifos** eram a cultura anônima, a lenda, a explicação tradicional, o que se dizia de boca em boca. Imagine que no *Evangelho de Barnabé,* registado por Fabricius, o Messias ascende aos Céus sem a Paixão. Eu, Judas de Kerioth, é que fui crucificado. Prenderam-me e condenaram-me pensando ser o Mestre, graças à minha semelhança fisionômica com Ele! Para desmanchar esse efeito consagrador, o *Evangelho de Bartolomeu,* citado por Jerônimo, informa que o Salvador indo para o Reino dos Céus levara as almas mais pecadoras: três, Ele não perdoou, deixando-as por aqui mesmo: **Caim, Herodes e eu!** Havia quem pensasse assim no quarto século da nossa Era... Escoto Erígena promete-me a salvação final!

— Com todos os recursos para a investigação psicológica, professor, ignoramos sempre o processo complexo, radicular, convergente, presidindo a formação das nossas ideias, atos em potencial. Os elementos mais vivos são mais sensíveis na atuação mas não seriam os mais poderosos na obscuridade do subconsciente, constituindo os legítimos impulsores da ação material.

— Assim, de princípios humildes ou tenebrosos, precipita-se o encadeamento de atitudes, com repercussões no Tempo. O moto de Hobbes: **Todo ato tem uma razão suficiente**, não implica no conhecimento pessoal dessa razão. Creio que o **ato consciente** é uma conversão pedagógica. Desconhecemos, em alta percentagem, as potências orientadoras e criadoras das nossas atitudes. Sentimos as que rolam na superfície. Ondas, mas não as correntes submarinas, provocadoras dos climas, fauna, flora, ecúmeno. As nossas faculdades de observação têm limites visíveis. Depois mergulham, ou remergulham, na penumbra ou treva da indistinção, sempre atuante e despercebida em sua intensidade influenciadora. Outra seria a História do Mundo se Sextus Tarquínio não estuprasse Lucrécia, casada com Tarquínio Colatino, ano 510 antes do Cristo. O punhal da suicida, convenientemente exposto, matou a Realeza em Roma. Podia existir outro motivo exaltador para a revolução mas, como nenhuma causa, o cadáver da jovem violada sacudiu o Povo na ira fervorosa e bélica. Os romanos não faziam segredo desse trágico entreato haver determinado a universal glória. Sextus Tarquínio desaçaimara a Loba, querendo unicamente possuir uma mulher nova e bonita. O assassino da jovem Maria Goretti, na sua ânsia sexual, iluminou um culto à dignidade amorosa das meninas-moças. Quem encontrasse o cameleiro Maomé, analfabeto e sonolento, vigiando o rebanho da viúva Kadija, suporia ver o maior conquistador de Reinos do século VII? Quem olhasse, na Escola Militar de Brienne, aquele jovem solitário, pálido, silencioso, previa o maior destino humano do século XIX?

— Minha impressão da crítica? Tudo quanto disserem de mim, evangelistas, teólogos, historiadores, é opinião humana, desprovida da Verdade, que eu próprio desconheço, e saberá apenas o Rabi Onisciente. Pode meu nome excitá-los com a mesma convulsão partidária, no sentido diametralmente contrário, que animava os adeptos judaístas. Para um Imortal, o julgamento dos Homens é um sussurro de cigarra, ao longe e sem Anacreonte. Uma luzinha que treme na noite, vista do alto do avião. **Ne quid nimis**[423], como diria Pôncio Pilatos.

— Lembrou bem! Os Judas da Semana Santa são testemunhos emocionais da Fé no espírito popular. Vingança incontida da multidão ao deicida. O senhor sabe que rasgar, queimar, destruir bonecos de palha, pano, capim, é cerimônia muito anterior à minha existência, notadamente pela

---

423 **Nada além disso**, como diria Pôncio Pilatos.

Europa. Dei nome pela convergência e vulgaridade do renome individual. É um assunto estudado até à saciedade. Infelizmente, tudo passa sobre a Terra. O julgamento, forca, testamento, queima dos Judas, estão raros cada ano... Tão poucos, quando eram tantos!... Lamento esse decesso no culto anônimo e sincero. Quanto à sua significação íntima, medular, inconsciente, é uma autodefesa, pregoando o exemplo de um único Traidor na história do Mundo. Antes e depois, não houve mais nem um! Queimam o Judas inutilizando o insinuante recalque que vive nas memórias naturais. Todos nós sabemos que existiram, existem, existirão sempre os Judas universais e polimórficos, invencíveis e nunca se aproximando das forcas. Um poeta do seu país, Bastos Tigre, há tantos anos, poetava afirmando que, um Judas no Sábado da Aleluia é para a ideia de que foi o derradeiro Traidor. Mas vivem tantos...

>   Tantos que na Terra inteira,
>   E mais além, certamente,
>   Não haveria figueira,
>   Que bastasse a tanta gente!

Notamos que o avião corre na pista do aeroporto. Judas Ben Simão apanha a bolsa, sorri, despede-se.

– **Xalom!**...

E rumou à escada, saudando a aeromoça.

31
Henrique IV. Elogio do Rei

Há três dias inteiros olho devagar essa Catedral acolhedora e soberba. Setecentos anos de presença viva na terra de França. Nos dois primeiros dias estudo o pórtico real com suas 719 esculturas, das 1.800 existentes. Anjos, Santos, Patriarcas, Rainhas e Reis, testificam a espantosa veracidade das Profecias. Os dois campanários alongam para o Céu os perfis vigilantes, na imponência dos 122 metros de pedra cinzelada. O do Norte, **le neuf**, é uma elegância feminina, requintada, ornamental. O do Sul, **le vieux**, é simples, possante, austero, viril. **Nef** d'Amiens, **Façade** de Reims, **Clocher** de Chartres[424]. Surpreendem-me os 5.000 personagens que parecem viver na luminosidade policolor dos vitrais, datando do século XIII. Saúdo a **Vierge du Pilier**[425], haloada de luzes, a face grave, o rosto moreno, escuro como a Nossa Senhora Aparecida, Padroeira do Brasil! Lembro-me de não haver deparado nenhum Santo fingindo negro pela África, oriental e ocidental, como as Nossas Senhoras do Rosário, madrinhas dos escravos brasileiros, às quais emprestavam sua cor. Visito a cripta, santuário subterrâneo dos Druidas, dedicado a uma **Virgini Pariturae**, séculos antes de a Virgem Mãe ser concebida. Aqui está a **Notre Dame de Sous-Terre**, atraindo romarias, sentada, hirta, impassível, séria, com o Menino-Deus nos joelhos. É também uma **Vierge Noire**[426]. A imagem é recente. O modelo original foi destruído em 1793 pela delirante ronda dos **sans-culottes**, defendendo a

---

424 O do Norte, **o novo**, é uma elegância feminina, requintada, ornamental. O do Sul, **o velho**, é simples, possante, austero, viril. **Nave** d'Amiens, **fachada** de Reims, **campanário** de Chartres.

425 Saúdo a **Virgem do Pilar** (...).

426 (...) dedicado a uma **Virgem Parturiente**, séculos antes de a Virgem Mãe ser concebida. Aqui está a **Nossa Senhora de Debaixo da Terra** (...). É também uma **Virgem Negra**.

Liberdade, **Liberté chérie!**...[427]

Essa é a quinta igreja erguida sobre o templo dos Druidas. Arrasada pelos romanos, aquitanos do chefe Hunald, normandos de Hasting e de Richard, seu duque. O governador romano abateu o primeiro templo, degolando os fiéis cristãos, inclusive sua filha Modesta. Atirou os corpos numa gruta, dita, simbolicamente, dos **Saints-Forts**[428]. Esse edifício, o quinto, foi consagrado em 1260, na presença de Luís IX, Rei de França, e que está nos altares católicos do Mundo. Nessa cripta ajoelhou-se a História da França.

Por esse meio a catedral sofreu incêndios implacáveis e a visita sideralizante dos meteoros.

Na pequena praça fronteira, varrida pela obstinação dos ventos do Beauce, descanso numa cadeira de **brasserie**[429], mastigando **patê** e sorvendo um vinho rosado e consolador, remirando a solidão pomposa do primeiro oratório que a França doou à Nossa Senhora. Já em 1898, Joris-Karl Huysmans desolava-se: **Et au-dessus de la ville indifférente, la cathédrale seule veillait, demandait grâce, pour l'indésir de souffrances, pour l'inertie de la foi**...[430]

Hoje, nada posso fazer, vagando pela catedral. Pela manhã, vários ônibus despejaram bandos turísticos, ávidos, inquietos, caçadores de **souvenirs**, olhando com a curiosidade igual à esfinge de Gizé, a Acrópole de Atenas, um aqueduto romano ou a torre Eiffel. Com a mesma valorização maquinal, os desenhos madalenianos da gruta de Altamira, a Vênus de Milo e uma complicação abstracionista. Não vieram **ver** mas **fotografar** a catedral de sete séculos. Ela será uma lembrança como as demais lembranças nesse **livre de la route**[431], que é uma cabeça turística. Sem relevo. Sem destaque. Sem emoção. Só é possível ver bem o que se ama. Para as catedrais europeias é indispensável olhar através das pupilas da Fé, com o aparato supletivo do Entendimento real. O turista em Angola, na Espanha, na Bélgica, no Brasil, tem a mesma fisionomia, fácil, tranquila, amável, apressada, com a suficiên-

---

427 O modelo original foi destruído em 1793 pela delirante ronda dos **sans-culottes**, defendendo a Liberdade, **Liberdade querida!**... – sans-culottes: revolucionários republicanos mais ardorosos, durante a Revolução Francesa.

428 Atirou os corpos numa gruta, dita, simbolicamente, dos **Santos-Fortes**.

429 (...) descanso numa cadeira de **cervejaria** (...).

430 Já em 1898, Joris-Karl Huysmans desolava-se: **E acima da cidade indiferente, apenas a catedral velava, pedia misericórdia pelo indesejo de sofrimentos, pela inércia da fé**... – trecho do romance *La Cathédrale*.

431 Ela será uma lembrança como as demais lembranças nesse **diário de viagem**, que é uma cabeça turística.

cia **técnica** de um mata-borrão. Hoje a catedral é uma cidade interdita para meus olhos forasteiros e devotos. As notas que tomei a Guillaume Doyen (1786), quando ainda existia a primitiva Notre Dame de Sous-Terre, ao padre Bulteau (1850), as exaltações verbais de J. K. Huysmans, do ano em que nasci, de Karl Baedeker, dormitam no meu apartamento, aguardando o **Adeste fideles**[432] movimentador. Instalo-me na **brasserie** para fumar um **cigarro** inglês, daqueles que Verlaine denominava **inabordables**, resignar-me a um lacônico **petit-déjeuner**[433], monacal e folclórico, olhando a catedral onde não existe uma única sepultura. Nem Reis, Bispos ou Santos esperam a ressurreição nos limites terrenos dessa igreja senhorial.

Na mesa próxima bebe seu vinho um francês sólido, **carré**[434], largas espáduas, mãos fortes, rosto de saúde jubilosa, orlado de barba grisalha em ponta, bigode grosso de mosqueteiro, cabeleira anelada, olhos de comando e simpatia. O nariz maciço dá-lhe um ar Bourbon. Respira bom humor, força tranquila, confiança pessoal. Tenho a impressão de havê-lo visto mil vezes. Num leve timbre malicioso, pergunta-me porque não fui hoje à catedral. Ouve, sorridente, a explicação, dada no mesmo tom.

– **Ventre-saint-gris**! Tem razão! Essa espécie burlesca de **dévotionnettes** não se ajusta bem ao silêncio do exame artístico. Amanhã a catedral estará com as **vieilles filles**[435] habituais.

Indago tratar-se de quem julgo que seja. Confirma, abrindo caminho ao bigode para o copo. Saudação e vênia. Começa o diálogo milagroso.

– Venho sempre aqui rever a catedral. Pau, Saint-Denis, Paris, não sugerem emoções semelhantes. Aqui fui sagrado Rei de França, na indiscutível legitimidade da unção. Foi o momento supremo da vida mortal. Antes e depois, antepreparação e consequências. As frases realmente ditas ou atribuídas defendem-me a permanência na memória francesa. **Ralliez--vous à mon panache blanc! Quartier aux Français! Regardez-moi mourir! Paris vaut bien une messe! Mettre la poule au pot tous les dimanches!**[436] O que disse nas batalhas, nas conversas, nas confidências, até a punhalada

---

432 (...) aguardando o **Vinde ó fieis** movimentador.

433 Instalo-me na **cervejaria** para fumar um cigarro inglês, daqueles que Verlaine denominava **inabordáveis**, resignar-me a um lacônico **desjejum** (...).

434 Na mesa próxima bebe seu vinho um francês sólido, **largo** (...).

435 **Sangue de Cristo!** Tem razão! Essa espécie burlesca de **devotas** não se ajusta bem ao silêncio do exame artístico. Amanhã a catedral estará com as **solteironas** habituais.

436 **Juntem-se ao meu penacho branco! Clemência para os franceses! Vejam como eu morro! Paris vale bem uma missa! Comer galinha guisada todos os domingos!**

de Ravaillac, intoxicado de ódio pela diária absorção de mentiras digeríveis. Nada tenho a negar ou arrepender-me. Fui francês integral, autêntico, com a naturalidade do sangue, com as virtudes da raça sem os disfarces do temor covarde, com destemor, arrebatamento espontâneo, coragem sem orgulho, interesse pelo contato popular, pronto para bater-me e morrer, amando a vida, o vinho, a mulher, quanto valorizasse meu temperamento. Sei dessas restrições sábias. Acusar um francês de amar o bom vinho e uma mulher bonita é acusá-lo de ser francês! Creio que o senhor tem razão. Fui o Rei de França que conquistou a Terra e a Gente sem modificação de espírito íntimo, da constituição moral. **Le seul le Roi dont le peuple ait gardé la mémoire**[437], escreveram no pedestal de minha estátua, no Pont Neuf, em Paris. O Rei de Navarra, o Rei de Yvetot, o Rei de França, foram a mesma entidade de alma e corpo. Para que recordar o que é patrimônio de historiadores? Minha conversão apagou o incêndio. Sully era huguenote e meu indispensável. Reconstruí as ruínas. Nunca a França possuiu maior esperança na realização do seu destino. O momento em que ia agir fora das fronteiras era aquele. Meu Filho e o seu Cardeal encontraram outra perspectiva. A hora mudara. O esforço multiplicou-se com menor resultado. A Oportunidade morrera.

– Não passaria ao exterior deixando a França esgotada e fraca. Estava farta e com todos os recursos de expansão. Os Homens, excelentes. Os capitães, famosos. As melhores armas. O ouro aguardando aplicação segura. O Rei não amolecera nos amores e salões do Louvre. Comandara, pessoalmente, todas as campanhas. Meu neto presidiu a História. Eu a fiz, com espada e tenacidade, do pobre príncipe navarro ao general da Fontaine-Française e Amiens, já Rei de França. Sim. Fui o Rei de maior anedotário, de aproximação humana, de intimidade com o Povo, documentos de simplicidade, compreensão, tolerância, alegria. Não planejara guerras de publicidade nominal ou sentimentais. Vencedor, a França forte, teríamos os Estados Unidos da Europa, uma assembleia de deputados de Reinos e Repúblicas, regulando a Paz, evitando a Guerra. Tal foi quanto Ravaillac extinguiu em 1610. Não ignoro a reabilitação dessas figuras. Conhece alguma causa sórdida sem advogado eloquente? A situação da França, quando atravessei a rua Ferronnerie, era de recuperação miraculosa. Por que não tomei Paris? Deveria poupar o rebanho sem dizimá-lo. Preferi a fórmula de Felipe da Macedônia, o burro carregado de ouro. Contentei-me em dizer

---

437 O único rei cuja memória o povo conservou, escreveram no pedestal de minha estátua, **na Ponte Nova**, em Paris.

galhofas e fazer rir. Perdoei ao duque de Mayenne, **un Roi de Paris**[438] e Napoleão fuzilou o duque de Enghien. Desarmei os Guises. O Primeiro Cônsul foi Imperador. Aí está a diferença nos processos defensivos...

– Singular pergunta o senhor me faz!... Sabe, antecipadamente, a resposta. Nasci e vivi **en Roi**[439], na verdadeira acepção do vocábulo: comandando, pondo a vida antes dos outros em frente à Necessidade. Foi minha voz em Fontaine-Française: **Messieurs, faites comme vous m'allez voir faire!**[440] Não estava dirigindo do gabinete e animando pelas proclamações. O Rei é o exemplo, o alvo natural, a primeira velocidade, base de sustentação, cúpula de defesa, do seu Povo. Tenho o direito **d'être Royaliste**. O imperador da Áustria, Joseph II, dizia: **c'est mon métier**[441]. Não sou **Royaliste** por ter sido Rei. Fosse o menor gentilhomem pensaria semelhantemente, com meus 57 anos de experiência e quase 360 de observação!... A Realeza não é uma profissão. É um Sacramento social, juramento de dedicação sem horário e sem recompensa porque nada existe acima do Rei senão Deus. Não posso aceitar esse seu argumento, professor. Corpo não escolhe cabeça. Nasce com ela. Escolhe-se esposa mas não se escolhe, elege, aclama, Pai ou Mãe! Os Reis que foram Chefes **naturais** receberam a missão. Os demais, exerceram uma profissão, vitalícia ou temporária, mandato delegatório, responsabilidade limitada, promessa de bem servir. O Pai não assina esse pacto ao nascer do filho. É implícito, lógico, congênito. O Tutor, Curador, sim. Seria um contrato de guia aos alpinistas. Terminada a ascensão, voltados à planície, **Bon voyage, monsieur, au revoir!**[442] Lembra-se da resposta de Nosso Senhor Jesus Cristo a Pilatos que lhe perguntou se ele era Rei? **Eu para isso nasci!**... Há quem tenha sido Rei havendo nascido para condutor de diligências, maquinista, **chauffeur**. Não têm a **consciência** do Sacramento. Não sentem o sentido do Sacrifício. Não aceitam a Responsabilidade que Deus lhes entregou para sempre. A evidência precisa ser demonstrada? "É, pois, fastidioso, querer provar coisas evidentíssimas", escreveu Dante Alighieri no seu *De Monarchia*[443], XIV. O esplendor

---

438 Perdoei ao duque de Mayenne, **um Rei de Paris** e Napoleão fuzilou o duque de Enghien.

439 Nasci e vivi **como Rei**, na verdadeira acepção do vocábulo (...).

440 Foi minha voz em Fontaine-Française: **Senhores, façam como vão me ver fazer!**

441 Tenho o direito **de ser Realista**. O imperador da Áustria, Joseph II, dizia: **é meu ofício**.

442 Terminada a ascensão, voltados à planície, **Boa viagem, senhor, até à vista!**

443 (...) escreveu Dante Alighieri no seu **A Monarquia** – escrito possivelmente entre 1310 e 1314.

da Grécia diluiu-se por faltar a espinha dorsal da Monarquia. O Império explicou Roma. A História da França é a herança de quarenta Reis. O Povo e o Rei não podem ser divididos. Constituem a Nação. Certamente o mau Rei não desmoraliza a Realeza mas a si próprio. Os Papas indignos não afetaram o Pontificado nem um regimento fujão ao perigo enodoa o Exército. Não aludo aos Judas monárquicos mas ao Regímen, orgânico, coerente, natural! É a Família que, no Tempo, especializou-se para a problemática administrativa. Uma fixação de capacidades que o exercício torna excelente na normalidade instintiva. Nas Democracias, quando o Aprendiz está se tornando Mestre é despedido e substituído por outro Aprendiz. Nessa sucessão de Aprendizagem consagra-se a Improvisação, a Experiência, a Casualidade, sem a maturidade da previsão em que o Tempo é o denominador comum. O Rei é cercado pelos corpos consultivos, especializados na diversidade do reclamo público, na convergência harmoniosa e funcional da Natureza. O Rei, no vértice do ângulo, sem os vínculos eleitorais, sem os liames partidários, sem a tão falhada mística do **correligionário**, vê a totalidade da Nação que trabalha e produz. É, como nenhum outro, o fiscal executivo da Lei cuja omissão criminará seu nome e dinastia. Falo do Reino em que o Rei é responsável, herói ou réu. Quando ele passa a **irresponsável**, embora **sagrado**, o Regímen é uma triste burla de cerimonial e vacuidade. Mas é inevitável que o Rei **viva** o seu Reino, organicamente, e não o Reino mera paisagem para o retrato do Rei, imóvel, fardado em grande gala. Sim, sei! É o mais comum e vulgar dos argumentos em contrário. A tendência universal é expulsar o Rei. A escolha do Povo é a eleição coletiva para um guia provisório, de mandato improrrogável. As duas figuras são inconfundíveis. Quando um Chefe realiza o movimento **libertador**, na vitória vem o pavor da concorrência, o pesadelo da competição. Os norte-americanos, inimigos dos Reis, quiseram fazer de George Washington um Rei! Ele recusou porque sabia a extensão desse Nome mágico. A turbulência de um Povo que nascia de rebelião e guerra não se ajustaria à disciplina paternal de uma Coroa, forjada pelo Êxito. Não se improvisa um Rei. É uma herança de capitalizações expressivas, de demonstrações prévias de mando, de provas públicas de capacidade. Há milênios morreu Samuel para sagrar um Rei, retirado da guarda do rebanho. Não se substitui o Rei. Extingue-se o Regímen. A lição da História é que o primeiro Rei já fora indicado pelo merecimento dos seus avós. Nasceu com a terra, com o solo da Pátria. Rei de França. França compreendia todos os Franceses nas dimensões do Passado e do Porvir. Por isso tínhamos a Unção, que não dava, intrinsecamente, a Coroa, mas expunha a todos a proclamação da Legitimidade. O Direito, o Dever de ser... O senhor Ernesto Renan disse a Legitimidade o oitavo Sacramento! Ele que não acreditava em nenhum! Não, professor, a tendência humana não é a disciplina, a coesão, o solidarismo. É a divisão, o parcelamento, a multiplicação. O calor da Ambição faz dilatar os corpos até o índice do desequilíbrio. Lembro a assombrosa visão das **especializações** atuais. A cada década, separam-se de um núcleo algumas dúzias! Pergunto se o Mundo melhorou em Tranquilidade, Segurança e Crédito moral, com o alucinante número das **especializações** nas Ciências do Social? A força basilar, íntima, contida e perene n'alma humana não é a Igualdade – é o amor pelo Comando, Direção, Domínio. Pregam a Igualdade como o melhor e mais rápido acesso à Chefia desses **iguais** que passam a ser subalternos. Uma Autoridade é impossível entre seres funcionalmente iguais. Em todas as Revoluções, antes e depois de mim, a grande e terrível batalha, implacável e furiosa, é entre os ardentes partidários do Governo recém-instalado. Os antigos adversários, vencidos, desiludidos, desarmados de esperança, não inspiram problemas, dificuldades, suspeitas. Não viu o apocalipse da Revolução Francesa, para não falar nas outras? Todas as Revoluções, para os Revolucionários, têm apenas duas idades fatais: **l'âge divin**, e depois **l'âge ingrat!**...[444] Divina, quando na angústia lírica do sonho conspirador da Redenção! Ingrata, na premiação do esforço colaborante. Quem não julga, intimamente, o sucesso alheio como um acaso da sorte e jamais ato de justiça lógica? Quem não pensa, mesmo aplaudindo a posse correligionária: **devia ter sido eu!** O senhor acredita que os Homens mudaram de 1610 para o presente ano? Cada vez mais o número de Reis diminui. Mas são apenas Reis sem poder, sem iniciativa, sem ação legisferante, sem intervenção positiva. Sancionam, promulgam, assinam, responsáveis pela atitude alheia. Os Reis que perdem a ação direta da autoridade suprimem a mística da Veneração. Defendem a Coroa pela Tradição, pelo Respeito, pelo Costume. Esses elementos não consolidam trono, tornados motivos de sentimento ou de afeto pela pessoa do Rei. São os mais ilusórios dos recursos porque são despidos de renovação que somente a Ação promoveria. Estão depostos, em potencial. Mas, professor, na mesma proporção em que os Reis se afastam da Popularidade, esta devora seus ídolos. O Rei é uma permanência, uma continuidade, uma vertical, e não uma intermitência de prestígio momentâneo. Anulá-lo é abrir a porta d'água ao nivelamento infecundo da inundação sob pretexto de irrigar a Terra. Para organizar o

---

[444] (...) **a idade divina** e depois **a idade ingrata!**...

País, dispô-lo em órgãos úteis, recorrem, infalivelmente, à Força disciplinadora para a estabilidade do Executivo. Contra este, desde que se afirma, combatem os suplentes, os candidatos **in fieri**, os sucessores **in pectore**[445]. Todas as vezes que a "livre manifestação" atira aos montes de pólvora popular os archotes da propaganda eleitoral, a Nação flameja e para enfrentar o incêndio reforça-se o Poder a um Homem e este governa como um Rei porque o Legislativo não deve criar obstáculos à Ordem, abalando aquele que a encarna e defende. Não estou citando fatos contemporâneos. Mas o professor, que é contemporâneo, sabe que o Comando Único é a suprema solução **técnica** na preparação do sucesso militar, da objetivação irrecusável. O que é, vez por outra, comum, é a escolha de quem seja aparentemente menos sólido, menos pessoal, menos perigoso. Assim, em 1585, os cardeais elegeram Félix Peretti, fraco, doente, trêmulo, insuspeitando que seria o potente Sixto V. Assim, em 1918, os Aliados varreram Hohenzollerns e Habsburgos, abrindo caminho a Adolf Hitler, hábil exaltador do recalque nacional. Entregaram os Bálcãs ao Comunismo. O senhor sabe que, das nove Musas, Clio substituiu Cassandra na profissão melancólica de falar aos surdos. Ninguém relembra a História. Histórias... O interesse vence, irresistível. Assim, desapareci em serviço da França, abatido em favor das minorias contrariadas. Parece, pelo exposto, um tanto **ex studio contra tempore**[446], mas a unanimidade doutrinária não prova sua excelência. As células nobres são em número inferior às musculares. Nos Governos modernos quem dirige não é a Ação mas a Palavra, a Promessa, a Esperança aliciante. Lord Beaconsfield, há cem anos, afirmara: **the world is governed by words**! O meu neto Luís XV não podia ter dito o **après moi, le déluge**[447], divisa parlamentarista. A outra legislatura que se encarregue de fazer a Arca e salvar os náufragos. O Rei é sempre um contemporâneo. O Dilúvio o atingirá ou ao filho, sangue do seu sangue.

– Grande razão, professor. Passou o **tempo do Rei**! Os Povos **emancipados** não podem ter Monarquia. A Realeza não desapareceu, entretanto, senão em sua essência mística, superior, imortal, ungindo seu representante. Divide-se nos **Poderes Competentes**, renováveis e contrários à Unidade, selecionados pelo Voto, dedo de Deus consagrador da Perfeição administrativa. A cabeça do Estado deve ser substituída, **constitucionalmente**, por

---

445 (...) os candidatos **em potencial**, os sucessores **prediletos**.
446 Parece, pelo exposto, um tanto **do esforço contra o tempo** (...).
447 Lord Beaconsfield, há cem anos, afirmara: **o mundo é governado pelas palavras**! O meu neto Luís XV não podia ter dito o **depois de mim, o dilúvio**, divisa parlamentarista.

outra, indicada pelo buliçoso anonimato do turbilhão eleitoral. O Rei morreu! Viva o Presidente! Essa Humanidade acreditou, como Eva, na insinuação da serpente bíblica: **Sereis semelhantes aos Reis!** O veneno para a alucinação é a promessa da Liberdade. Conhece alguma Revolução, cristalizada em subsequente ditadura, que não haja começado a marcha chamejante prometendo a Liberdade! Liberdade! Liberdade? O defensor dos Direitos do Povo dita, posteriormente, o Código dos Deveres para com sua benemerência devocional. **O tirano nasce entre os cortesãos do Povo!** Ensinou Platão 392 anos antes de Cristo, no VIII livro da sua *República*, aliás, *Politeia*. Liberdade é a condição indispensável à suficiência pessoal e normal do Homem. O espaço vital para sua atividade produtora. A **outra**, gritada à multidão convulsa nos comícios, nasce e morre ali mesmo. Com **ela** nada se faria, desde que a Revolução tivesse êxito. Sempre foi e será assim. Os meus amigos calvinistas morriam por **ela** e sabemos como Calvino a instalou em Genebra. Depois de 1610, o senhor, ex-professor de História, poderá recordar a odisseia da inalterável credulidade humana.

– Velhos contos sempre atuais! Convencionou-se o Artificial **técnico** contra o Natural **legítimo**. A **ONU**, por exemplo, não é um conjunto de anjos mas de Homens, dentro do temperamento e do raciocínio contemporâneos. Nenhuma previsão e nenhuma lógica afastá-los-ão desse determinismo psicológico. Orienta suas soluções contra o Rei. Acredita, coitada!, que o Mundo ideal será uma assembleia deliberante. O Círculo em vez do Triângulo. Todas as decepções passam despercebidas como advertência ao Futuro. A **ONU** não tem memória. A Igreja Católica deveria ser governada por um Papa eleito por quinquênio e simples presidente do Sacro Colégio, renovado pelo terço, como os Senados. Só lhes é possível compreender a Democracia com a pluralidade executiva e a direção temporária. Cada dedo será um cérebro. Um Rei é adversário do Progresso! Podemos dizer como Platão, "Contrário à Natureza, sim, é o costume oposto, que hoje se observa" (*Politeia*, V). Essa **ONU** conserva, todavia, um atributo Real, uma decisão contra a corrente, ato pessoal anulador do ato majoritário, um ditame autocrático contra a democracia plenária: o **Veto**! Essas euforias rumorosas convergindo para a maioria ou unanimidades apoteóticas são, às vezes, atitudes normais de excitação febril, delírio entusiástico, solidarismo efêmero, conquistado pela eloquência intencional ou o interesse contagiante, mas inteiramente contrárias à Justiça serena e natural, verificável depois que as ondas aquietam a agitação desniveladora. Não há congresso de Sábios ou concílio de **Técnicos** sem essas rajadas imprevistas e bruscas de infantilismo comunicante. O Veto, reminiscência do Rei, funciona, às vezes, como o breque freador da loucura veloz. Sei, professor, que já existem processos anuladores do Veto na **ONU**. Expõem-se ao perigo da deliberação sem apelo e sem atenuante, dessa vez alcançando as áreas universais porque a **ONU** é um Senado do Mundo.

— Esse seu argumento jurídico, professor, é inoperante na realidade. O Rei era Chefe Natural do Povo. Nascia com a missão de governá-lo. Toda a população, analfabeta e letrada, sabia-lhe o nome e os direitos da antecedência secular consagradora. Era um patrimônio na memória popular. **Un Dieu, une Loi, un Roi**! Era, já disse, a **continuidade**, pecado mortal contemporâneo. Dizia-se **le Roi ne meurt pas**.[448] No processo eleitoral, onde se aprega a soberania do cidadão, é uma minoria que delibera, escolhe e aclama o Rei temporário. Compare o número de eleitores com o volume da população e verá a pequenina percentagem que dará o Chefe à Coletividade. Advirta-se que, nas disputas eleitorais, o vencedor sai entre os vários candidatos disputantes e a vitória caberá numa proporção mínima, quanto à relação demográfica. Essa maioria proporcional, realmente fração do cômputo eletivo, sagrará o Chefe para zonas jurisdicionais que não participaram do nome escolhido pelos seus respectivos eleitores. Votaram noutras entidades. A pequena maioria, relativa aos demais coeficientes, estabelece a autoridade legítima do novo Executivo. A vontade dos que votaram contra nada significa, democraticamente. Deverão obediência a quem haviam recusado solidariedade. Que valeriam os três mil franceses que em 1804 votaram pela República contra o Império? 3.500.000 votaram a favor! Lei do Número e não da capacidade mental de cada um. O Rei tinha por si o liame sucessivo, a legitimidade hereditária. Mas Napoleão III, imperador eleito em 1852, utilizaria nos decretos a fórmula prestigiosa, com apêndice complementar "legista": **Par la grâce de Dieu et la volonté nationale, Empereur des Français!**[449] Proclamava a igualdade originária do Poder entre Deus e o Povo. O Povo votando valia Deus. **A graça de Deus** e a **vontade nacional** eram equivalentes, idênticas em potência, irmãs em substância. **Ventre-saint-gris**! uma doutrina que faria sucesso, essa colaboração decisiva de Deus e de Adão na escolha de um Chefe vitalício! A surpresa, professor, é que o Poder é unitário, indivisível, substancial em sua origem. Não pode ter duas fontes, dois pais, duas mães. Vem de Deus ou vem do Povo. Excluem-se,

---

448 **Um Deus, uma Lei, um Rei**! Era, já disse, a continuidade, pecado mortal contemporâneo. Dizia-se **O Rei não morre**.

449 **Pela graça de Deus e pela vontade da nação, Imperador dos Franceses**!

medularmente. **Hurlaient de se trouver ensemble**[450]. O Homem deve, obrigatoriamente, escolher a origem patrocinadora do **seu** Poder, isto é, da **sua função**: Deus ou o Povo. Não pode reuni-los. Queira ou não, governar é uma missão divina. Uma tácita delegação de Deus, expressa na consagração dos Reis, visível na efetividade comum do comando. O ato da **posse**, comum, burocrático, banal, é realmente um **sacramento** civil. Um compromisso à Nação confiada no seu devotamento. Uma proclamação de responsabilidade. Mas, como governar os ingovernáveis? Rei possui, intrinsecamente, o conteúdo vocacional, **Rex**, **Regis**, **Regem**[451], o regedor, o regente, a norma, a conduta, o rumo.

– O Rei reina mas não governa. Certamente o cérebro, elaborador do pensamento guiador, precisa de órgãos realizadores da ação exterior, plantadores do fato. A administração era a imensa orquestra regida pelo Rei. Cada participante tinha a **consciência** no manejo do instrumento entregue à sua perícia. Mas se o naipe da percussão anseia em ser dos sopros e estes da bancada das cordas, onde coesão, unidade, harmonia? A Democracia defende o direito do Bombo passar ao Violino. Teremos mau Bombo antes do violinista efetivar-se. Por isso, ao que tenho observado, a disfonia administrativa é a execução lógica da melhor partitura, posta na estante do Regente. Ninguém, como no meu tempo, confia, acredita, espera no Tempo. Todos adiantam o relógio para a hora do sucesso pessoal. Um poeta da sua raça, professor, disse: **O fraco Rei faz fraca a forte gente**! Rei e Gente enfraquecem na ausência da Confiança, da Fé, da Disciplina, as únicas vitaminas do Patriotismo. O que se verificou foi o inverso das leis de Darwin. As células musculares, em maior número, dominaram as cerebrais, diminutas e sensíveis. Não houve sobrevivência para o mais forte mas para a espécie mais numerosa.

– Bem sei! O Tempo muda e agora outros são os problemas. Ilusão das ilusões, professor! Não há problema novo mas modalidades, decorrências, projeções de problemas velhos. Os problemas **novos** são inventados, imaginados, explicados pelos interessados na criação de funções **técnicas**, encarregadas de resolvê-los. Os alemães dizem: "Novo Governo, Velhas Necessidades", **Neue Führung, alte Nöte**[452]. Simples tabu, protetor e fecundo. No seu país deve ser diferente, aqui da Europa... O crescimento da população e o aperfeiçoamento da produção requerem atenções óbvias,

---

450 Contrastavam pelo fato de estarem juntos.
451 **Rex**, **Regis**, **Regem**: formas da palavra **rei** em latim.
452 **Novo Governo, Velhas Necessidades** – de acordo com a tradução de Câmara Cascudo.

acompanhando-lhes a intensidade vital. O Rei, sem a imposição política e o interesse reeletivo, pode atender a esses aspectos na veracidade positiva da eficácia, criando a Utilidade essencial e examinando, dura e matematicamente, os projetos suplementares, acessórios, destinados ao pormenor, à minúcia, a chamada "assistência", quase sempre mais viva aos "assistentes" que aos "assistidos". O verticalismo monárquico sempre foi apoiado na base do imenso triângulo popular. Dizem ainda em Portugal: **O Rei castiga mas é Pai!**, **Olho do Rei é como o Sol**. E o grito de socorro era o **Aqui d'El Rei!** O Rei deveria acudir ao seu Povo por ser essa a sua missão medular. O desaparecimento do Rei é a improvisação de outras dinastias, dinastias de Partidos, grupos, facções, correligionários e adversários, fórmulas abstratas aos olhos do Rei. Incompreensíveis e impossíveis, para ele, como o foram para mim, quando reinei...

— Conheço esses fatos, verídicos e lamentáveis. Defendo o Regime e fórmula monárquica. Não defendo a figura do Rei sem fé, sem consciência, sem memória moral. Difícil sua personalização. Mais difícil ainda, diante da precariedade humana, alguém tornar-se Santo! E continuamos tendo canonizados em todos os séculos. O meu longínquo descendente, o conde de Chambord, não quis ser Henrique V. As razões recônditas eram as mais altas e nobres. Não seria um Rei! Aquele Louis Veuillot dizia: **On veut faire du Comte de Chambord un Roi élu... J'aime mieux qu'il ne revienne jamais que de régner ainsi!** Monseigneur Hulst, ao contrário, orava: **Mon Dieu, daignez ouvrir les yeux de M. le Comte de Chambord ou daignez les lui fermer!**[453] Melhor que os cerrasse Príncipe que os tivesse para chorar, sendo Rei. Enfim, sem o Rei todos têm o direito de substituí-lo!

— Não senhor! A Realeza legítima nunca se afastou do Povo. Havia aproximação e convívio comuns. Quem distanciou a figura do poder do ambiente popular, erguendo as muralhas da Pompa, do Protocolo afastador, da reverência bem longe, não foi Luís XIV em Versalhes, foi Napoleão nas Tuileries. Para o Rei era indispensável o amor do seu Povo. O Governo moderno apoia-se nas Câmaras Legislativas. O Rei lê os projetos que fará leis. Não vê o Povo a que se destina a legislação. O Povo é o seu Deputado. A Nação é o conjunto dos seus eleitos. O êxito é a votação majoritária. A lei do número é uma lei antibiológica. Mas uma maioria parlamentar é uma legitimidade jurídica. É o **apoiado** da população unânime.

---

[453] Querem fazer do Conde de Chambord um rei eleito. Eu prefiro que ele jamais retorne, a ter de reinar dessa maneira! Monseigneur Hulst, ao contrário, orava: **Meu Deus, dignai-vos abrir os olhos do Sr. Conde de Chambord, ou dignai-vos fechá-los!**

> Dans la gendarmerie,
> Quand un gendarme rit,
> Tous les gendarmes rient,
> Dans la gendarmerie![454]

Ignoro o mecanismo dessa seleção, possivelmente impecável. Mas, constitui a separação funcional entre o Povo e o seu Rei. **That is the question!**[455] Um Rei funcionário público, mesmo meticuloso e prudente, não é Rei! A nossa doutrina prefixava o rumo: **La Royauté consiste presque toute en l'action!**[456] Que ação? Guerras, paradas, edifícios, festas? Vigilância! Ação preventiva. Celeiros, antes das vacas magras. Armas, antes de ser agredido. Saber ver, ouvir, agir. Poder-se-ia anunciar, realmente: **Messieurs, le Roi!**[457]

– Está o senhor enganado! Os auxiliares do Rei não eram unicamente recrutados na Nobreza. O número, infinitamente maior, pertenceu à mediania econômica, desde a Guerra dos Cem Anos com a Inglaterra. A informação para os antigos Reis, de minha época e conhecimento, era mais autêntica, imediata, direta. Os inquéritos e comissões de investigação são formas precárias para o apuramento da veracidade. Tanto mais órgãos, menos função. É o que tenho aprendido, olhando o Mundo e a Vida. Se o Homem tivesse dois cérebros pensaria dez vezes menos. Um dos animais rudimentares, lento e rústico, depressa eliminado na evolução biológica, foi o Stegosaurio, com três cérebros semi-inúteis para suas trinta toneladas de carne bruta. Presentemente, os **canais competentes** dispersam, perturbam e retardam a circulação dos recursos que deveriam acelerar. A rede distribuidora não cessa de ampliar-se nas minuciosas subdivisões. O senhor dirá de sua eficiência... Essa faculdade desagregatória do mecanismo administrativo apenas demonstra a pouca consistência de sua substância funcional e não a apregoada **plasticidade**. A Lógica não é um atributo ligado ao **interesse público**, no plano burocrático. E como, atualmente, concebe-se essa imagem desmarcada e brumosa do **interesse público**, senão através dos que proclamam sua existência e urgência remediadora? Os velhos Reis de França puderam ver esse problema e atendê-lo, contra fidalgos, negociantes, judeus de ouro e homens de espada. Por quê? O Rei

---

[454] Na gendarmaria, / Quando um gendarme ri, / Todos os gendarmes riem, / Na gendarmaria!

[455] Essa é a questão!

[456] A realeza consiste, quase toda, na ação!

[457] Poder-se-ia anunciar, realmente: **Senhores, o Rei!**

era a unidade! A vigilância insone do Pastor. É natural, repito, que se promova seu desaparecimento, mesmo desses últimos exibidos na jaula ou gaiola de ouro, recreio dos olhos e não esperança de auxílio. **Tempus fugit**...[458] Não podemos deter essa angústia de dilaceração e ruptura, esse ódio ao estável, ao concreto, ao fundamental! Não tem lido a interpretação psicanalista provando o rancor contra o Pai e a fome erótica pela Mãe? Não inventaram um festim cujo cardápio é a carne paterna, sacrificado à rivalidade dos filhos rebelados? A propaganda viável não se inicia pelo soldado contra o general, o aluno contra o professor, o porteiro contra o Ministro de Estado? Como a figura do Rei, a mais antiga expressão de Ordem, Ritmo, tranquilidade e sequência social, poderia permanecer incólume ao vagalhão, à ventania, às iras siderais do raio?

>Démolissons
>Tant que nous pourrons!
>Après nous verrons
>Ce que nous ferons![459]

– Os Direitos e Deveres do Homem alcançariam sua plenitude dentro da marcha normal do Mundo. Simples confrontação entre os séculos XIII e XVII. Imagine-se os subsequentes. A Igualdade, dogma cristão, afirmava-se nas eleições dos Papas. A navegação, reaproximando as regiões longínquas e a mercancia, as guerras, a ascensão financeira, revelaram novas categorias sociais sem óbices para a mais alta colaboração junto ao Rei. Os direitos legítimos, inerentes à personalidade, são a garantia ao trabalho, proteção à propriedade privada, defesa contra a violência, física ou moral, garantias de liberdade de locomoção, tranquilidade, descanso. Ao princípio os auxiliares do Rei saíam das famílias que o cercavam. Depois, alargando-se o território, houve aproveitamento daqueles que se evidenciavam mais capazes. A guerra fazia a Nobreza. À navegação, comercial e de corso, impuseram outra. A burguesia determinou seus valores. Veio a nobreza da Toga. O **gentilhomme Campagnard**[460]. Cada Reinado dourava novos brasões. Nenhum posto ficou sendo privativo de um grupo. Mas ninguém provará que a participação ao Poder seja um direito **natural**, como os demais. Tivemos, com o mito da igualdade social, o impulso acessivo pela simpatia, preferência, exalta-

---
458 O tempo foge...
459 **Vamos demolir** / Enquanto podemos! / Depois nós veremos / O que vamos fazer!
460 O **fidalgo Camponês**.

ção grupal, independente de credenciais justificativas da execução prática posterior. O Povo, antes, elegia seus Bispos, como elegeria os Deputados. Não precisava o novo prelado ser presbítero. Seria depois de usar mitra e báculo. Foi uma luta para a Igreja terminar esse abuso e disciplinar a escolha do sacerdócio. Semelhantemente, o Povo escolhia, livremente, seus santos, levando-os aos altares sem anuência papal. Outra campanha para regularizar esse processo aclamativo de canonização. O voto popular, expulso das Igrejas onde fazia Bispos e Santos, refugiou-se no governo, sagrando legistas e responsáveis pelas regras normativas da Nação, no plano jurídico. Outrora essa participação obedecia ao Tempo, numa sucessão de cargos, valendo concursos de habilitação. Hoje, no impulso do elevador eleitoral, vai-se à curul legislativa e às culminâncias da administração, com ou sem aptidões específicas. No mínimo, professor, a lei vai depender desse voto. Lei para todo o Povo. **Pessima respublica, plurimae leges**[461]. Creio que no Brasil só existem leis indispensáveis e úteis. Sem a fiscalização do Rei, cada um repete o lema de São Estanislau Kostka, **ad maiora natus sum!**[462] E toma o elevador porque subir pela escada, degrau a degrau, perde muito tempo. A luta pelo ingresso na cabina do elevador, com capacidade limitada em cada legislatura, tornou-se famosa e cruel. Falo aqui da Europa. Em sua terra não devem existir esses costumes, porque seus conterrâneos estão vendo os nossos, visivelmente reprováveis.

– Desde o princípio de todos os tempos da Eternidade existe o Reino do Céu! Para a dignidade de Jesus Cristo, do Espírito Santo, de Nossa Senhora, da infinita população dos anjos, arcanjos e querubins, os Santos e Santas, havendo regime mais compatível com a Sabedoria Suprema, crê que o próprio Deus não teria **evoluído** para a perfeição administrativa nos celestiais domínios? Entretanto, continua, imutável, a divina monarquia, expressa no Reino do Céu!...

Nos últimos períodos falara calçando as luvas.
Levantou-se, erguendo o copo.
– **Salut! Compère!**[463]
Quando me reaprumei, depois da reverência, Henrique IV havia desaparecido...

---

461 Quanto mais leis, pior é a república. – citação de Tacitus (55-120 d.C.).

462 (...) **nasci para as coisas mais elevadas!**

463 Salve, compadre!

32
Caím. A Verdade de cada um...

— Caim é o primeiro homem nascido na Terra, provocando à sua Mãe as dores do parto. O primeiro a ter a cicatriz umbilical. Também o primeiro homicida no gênero humano, iniciado por seus pais. Matou o irmão Abel por inveja. Toda essa história está no *Gênesis*, 4.1-24, confusa, negaceante, incompleta.

Caim é lavrador e **Abel**, pastor. Ofertaram ambos ao Senhor as oblatas do esforço, fruto do suor humano, produtos de plantio, ovelha, gordura. **Iavé** atentou para Abel e desprezou **Caim**. A oferenda era ritual e sincera. Não constam antecedentes reprováveis do filho mais velho de **Adão**. O **Senhor** poderia aceitar as ofertas com igual agrado. Por que não usou a justiça comum, no mínimo na equidade espontânea, instintiva a quem recebe homenagens idênticas? **Caim** surpreendeu-se do irregular julgamento. O **Senhor** ainda repreende-o, ameaça-o, inexplicavelmente. **Se não fizerdes bem, o pecado jaz à porta.** Não havia, até então, pecado algum. Encontram-se os irmãos no campo e Abel foi abatido pela mão fraterna. Era mais velho, mais forte, e com a força da indignação, valendo arma poderosa. **Furor arma ministrat**[464]. Se **Caim** não amasse Iavé não sofreria com o seu repúdio. O Senhor amaldiçoou o matador: **Maldito és tu... fugitivo e vagabundo serás na terra.**

A lei de Moisés, inspirada pelo mesmo Iavé, mandaria matar **Caim** imediatamente (*Êxodo*, 21.11). Essa lei estava no espírito do Senhor porque decretou a proibição de sacrificar-se o assassino: **Qualquer que matar Caim sete vezes será castigado.** Quem mataria **Caim**, solteiro, e Abel sem filhos? O criminoso proclamara sua culpa na plena extensão angustiada.

Não cumpriu a sentença divina. Em vez de fugir, errando pelos desertos, perseguido pelo Remorso, vai residir em **Nod**, a leste do **Éden**, onde

---
464 O furor fornece as armas.

funda a cidade de **Enoch**, em louvor do filho. Não se sabe onde **Caim** deparou mulher para criar os netos de **Eva**, orgulhando-se de laboriosa geração. Enoque gerou Irad. Irad gerou Meujael. Meujael gerou Metusael. Metusael gerou Lamech. Este, possuindo duas esposas, Ada e Zila, abençoa Jabal, senhor de rebanhos e tendas, e Jubal, mestre dos mestres de harpa e órgão, vindos de Ada. De Zila, nascem Naama e Tubalcaim, patrono dos artífices do cobre e ferro, o primeiro que manejou a forja e conheceu dos metais. Quinto neto de **Caim**, usava-lhe o nome em sufixo, denunciador da lembrança ancestral. Os filhos do sangue de **Caim** não se envergonharam dele.

E Giotto esculpiu-os na catedral de Florença, descritos por John Ruskin.

Singular posição jurídica. Crime praticamente impune. Mas o 13, do capítulo 21 do *Êxodo,* estatuía, depois do 12, que mandava matar quem ferisse de morte: "Porém se lhe não armou ciladas, mas Deus o fez encontrar nas suas mãos, ordenar-te-ei um lugar para onde ele fugirá". Esse lugar de homízio foi **Nod**, com permissão tácita de criar a cidade de **Enoch**. Quando **Caim** matou Abel estaria solteiro e, fundando **Enoch**, está casado. Onde, quando e com quem casou, é segredo de **Iavé**.

O fundamento da liberação de **Caim** é esse 21.12 do *Êxodo,* ordenação mosaica, atenuante despercebida pelos exagetas. Refugir-se-á em lugar de segurança aquele que mata a quem **Deus o fez encontrar nas suas mãos**. Sem felonia e crueldade, deduz-se. No *Gênesis* não se cogitaria do *Êxodo* mas o Senhor é onisciente. **Caim** capitulou-se na exceção atenuativa. No nosso Código Penal, art. 121, **Caim** teria de seis a vinte anos de prisão. Ou mais, examinando-se as possíveis agravantes de hora e local, motivação e superioridade em armas. O refúgio de **Nod** responde aos quesitos para o conselho de sentença brasileiro.

Já se vê que aquele **Caim** do *La Conscience*, de Victor Hugo, **échevelé, livide au milieu des tempêtes**[465], é delírio poético sem fundamento no *Pentateuco*. **Caim** trabalhava e repousava na sua cidade de **Enoch**. E mais errada ainda a personalização alquebrada, senil, faminta e suja, fixada pelo pintor Cormon, **Caïn et sa Race Maudite de Dieu**[466]. O **Senhor** não repudiou a descendência de **Caim**, vendo-a na quinta geração tranquila. Engano de **monsieur** Fernand Cormon, com o seu *Caïm*, 1880, que está no museu do Luxemburgo.

---

465 Já se vê que aquele Caim do **A Consciência**, de Victor Hugo, **desgrenhado, lívido em meio às tempestades**, é delírio poético sem fundamento no *Pentateuco* – "A Consciência": poema épico publicado em *La légende des siècles* (A lenda dos séculos, 1859).

466 (...) **Caim e sua raça maldita por Deus** – o quadro *Caïn* (1880), de Fernand-Anne Piestre (Fernand Cormon) pretence à coleção do *Musée d'Orsay* (Paris).

Sugestivo e misterioso, pela precocidade, o ódio de **Caim** pela lamentável desatenção do **Senhor**. Num rapaz, vivendo com o irmão na solidão demográfica, sem ambiente influenciador no plano da supremacia pessoal, não seria crível a doutrina do padre Lamennais naquele milênio: **L'homme aspire à commander, à être le premier partout et toujours**[467]. Não havia tempo para cimentar-se o orgulho do destaque e o complexo da superioridade. Tivera-o Lúcifer, mas era substância imaterial, acima da Morte. Não compreendo a maravilhosa percepção de **Caim**, alcançando o infinito retribuidor das bênçãos do **Senhor**. Devia, simplesmente, cumprir o seu dever do culto, oferecendo primícias da colheita. Era quanto lhe competia fazer. A preferência de **Iavé** pela gordura do gado (*Levítico*, 3.16), constante da oferta de Abel, não significaria humilhação ao primogênito, tendo satisfeito a missão religiosa da reverência. Freud diria que **Caim** não possuía antecedentes justificadores do recalque, determinando a explosão fratricida.

Um professor alemão, Wenner Moser, em janeiro de 1903, dava uma interpretação inesperada à origem do crime. Nada de ofertas ao **Senhor**. Fora a disputa por uma mulher, uma donzela, desejada pelos dois irmãos. Os verbetes do *Gênesis* constituem substituição à narrativa popular quando do registo. Seria uma filha de Eva, talvez gêmea de Abel, como Tubalcain fora de Naama. Wenner Moser não aceita a primeira disputa na história do Mundo provindo da má aceitação de uma cerimônia litúrgica. Era impossível um fanatismo tão aceso e torvo e uma devoção assim ciumenta e feroz em fase primária de convivência reduzida e simples. E o Senhor, cumprindo sua própria legislação, embora futura porque Passado, Presente e Futuro são uma única unidade para Ele, respeitaria a distinção oblacional do mais velho dos irmãos, jamais subalternizando-a ao mais novo, caso virgem em toda a *Bíblia*. Lembremos Jacob comprando a Esaú o direito de primogenitura (*Gênesis*, 25.31-33). A paixão do sexo explicaria melhor a violência da reação fraterna.

Caim não estaria com os nervos fatigados pela vida moderna para um envenenamento fulminante de rancor e raiva, o recalque filtrando as toxinas cerebrais, provocando a elaboração sublimadora na desafronta criminosa. A Psicanálise examinaria como o espírito de **Caim** se perturbou e sofreu com a decisão de **Iavé**, esperadamente justo, preferindo o irmão,

---

[467] **O homem almeja comandar, ser o primeiro, em toda parte e sempre** – citação de F. de La Mennais (Félicité Robert de Lamennais), em *Essai sur l'indifférence em matiere de religion* (1817-1823): "L'homme est naturellement dominé par l'orgueil: il veut être élevé, distingué, honoré; il aspire à commander, à être le premier partout et toujours".

movendo-lhe a contração fisionômica da ira. **Por que te iraste? E por que descaiu o teu semblante?** Saberia o **Senhor** as razões profundas da decepção e da cólera, antes que **Caim** fizesse a confissão, dispensável a quem lia nas almas os pensamentos recônditos.

Flávio Josefo, sem fontes conhecidas, faz de **Caim** um futuro chefe de salteadores, esquecendo-se de informar quais seriam esses asseclas depredadores. Como o **Senhor** pôs em **Caim** um sinal para afastá-lo da morte, houve quem explicasse tê-lo enegrecido. **Caim** e não **Cam**, o filho de Noé, seria o patriarca dos negros. Antecipação dispensável. No século II houve **cainita**, seita gnóstica que o elevara a padroeiro de todas as perversões adversas da Lógica Social. Há indignadas referências em Tertuliano, Irineu, Epifânio e Agostinho de Hipona. Os **cainitas** dissolveram-se no bojo social, salvando o princípio de que nada se cria e nada se perde na Natureza.

De qualquer ângulo, o registo da tragédia de **Caim** no *Gênesis* está longe de ser claro e nítido, parecendo interpolados os períodos essenciais para que o episódio tomasse o matiz da ortodoxia regular, a infalível justiça do **Senhor**, um tanto esdrúxula e original na espécie. As preterições e seleção preferencial, exaltação do favorito e prêmios de simpatia, ainda hoje são fontes perturbadoras do espírito juvenil, notadamente no âmbito escolar e doméstico.

Caim não foi apenas o primeiro criminoso. Foi também a primeira vítima do descaso psicológico.

Ardengo Soffici é mais radical: **Il primo vero uomo è Caino. Con lui arriva nel mondo la passione, il coraggio, la tragedia, la bellezza e la vita. Caino, padre di tutti i poeti, di tutti i violenti, – di tutti noi!** (*Giornale di Bordo*, Firenze, 1921)[468].

---

468 O primeiro homem verdadeiro é Caim. Juntos com ele chegam ao mundo a paixão, a coragem, a tragédia, a beleza e a vida. Caim, pai de todos os poetas, de todos os violentos – de todos nós! – a primeira edição de *Giornale di Bordo* é de 1915. Edição portuguesa: *Diário de Bordo*. Coimbra: Imprensa de Coimbra, 1966.

33
Luís de Camões. O mouro indispensável

Vou, quase todas as tardes, fumar o meu charuto na extremidade da ilha de Moçambique, apontada para o Sul. É um recanto silencioso e romântico onde há ruínas humildes de uma Capelinha que dizem preferida de São Francisco Xavier. A vegetação, de um verde úmido, compõe o cenário decorativo e rústico sob a presidência de uma árvore possante, talvez um mulembá, de copa imponente, ornado de longos filamentos, sacudidos pelos ventos do índico. O tronco é circundado por um banco de madeira.

Mousinho d'Albuquerque, Comissário Régio, aqui vinha cismar seus planos imperiais, depois de vencidos os teimosos namarrais e os vátuas agressivos do chefe Maguiguana, senhor das machambas de Gaza.

Esta é a **dura Moçambique** que abrigou, magoado e vencido, o bravio Luís de Camões. Foi o confortável exílio de Tomás Antônio Gonzaga, (1729--1807), casado com a rica mulatinha dona Julieta de Souza Mascarenhas, tranquilo, farto, influente, com descendência contemporânea, enquanto por ele chorava Marília de Dirceu, no soturno casarão de Vila Rica.

Há mulheres hindus de olhares líquidos e umbigo visível. Do miranete ouve-se a voz do muezzim chamando os **monhés** para a oração ritual. Um prédio afirma pertencer a Sua Alteza Aga Kan. Setenta riquexós, puxados por negros serenos, carregam brancas indolências comodistas.

Já visitei o continente, povoado de coqueirais, palácios, opulências em escombros que o matagal se assenhoriou. O Infantário de Cabeceiras ocupa o Palácio de Verão dos Governadores. Mossuril. Cabeceira Grande, onde há a primeira Igreja na África Oriental, 1524, dedicada a Nossa Senhora dos Remédios, com a pia batismal numa imensa concha marinha. Porta em relevo trabalhado. Foram domínio parcial do **pobre** degredado Tomás Antônio Gonzaga essas terras fecundas.

Leio o epitáfio de um seu neto, no lado direito do altar-mor, em ouro fosco, ao pé do segundo degrau:

> Esta campa encerra os restos mortaes de THOMAZ ANTONIO GONZAGA DE MAGALHÃES, filho de Adolpho João Pinto de Magalhães e de D. Anna Mascarenhas Gonzaga. Nasceu a 24 de outubro de 1829 e morreu em 18 de junho de 1855. P.N.A.M.

E nós, brasileiros, evocávamos o Inconfidente repudiado, faminto e triste, passeando nas praias solitárias. Pois sim...

Comi toritóri, a cocada brasileira, e matapá, filhó de mandioca com leite de coco. Francisco Xavier de Melo, pardo risonho, impassível e cortês, foi soldado de Mousinho d'Albuquerque. Mostra-me em Mossuril o improvisado sobrado onde o grande capitão oficiou ao governo de Lisboa: **Não pedi conselhos. Pedi reforços.** Quem realmente terminou a campanha, dominando os namarrais, foi Neutel de Abreu (1871-1945), Capitão-Mor da Macuana, cuja estátua saúdo em Nampula.

Ouvi o percutir de sete tipos de tambores na presença de Braimo Amade, régulo de Iamahomh. São os **ningone**, maior e menor, **junjo**, **junto**, **mussapada**, **mufanze**, **chaponta**. As pretas são retintas, sadias, bailando sem o assombroso reboleio de Luanda, vestidas de garridice policroma, lábios pintados de vermelho, turbantes lembrando as baianas, algumas com uma pequenina placa de ouro na asa do nariz. Cantam e falam o suáli, profundamente arabizado, e, depois do macua, a língua mais popular em Moçambique. Cust considera-a um dos doze idiomas mais importantes do Mundo.

Pisei respeitoso o Paço governamental, Palácio de São Paulo, antiga residência senhorial dos Jesuítas. Diante, na praça, está o bronze de Vasco da Gama, o descobridor em março de 1498, indo para a Índia. A terra pertencia ao árabe Muça N'Bique, padrinho do topônimo. Até 1898 foi a capital.

Quatro horas na grande fortaleza de São Sebastião, iniciada em 1557, castelo defensor da cidade, a maior construção militar da África Negra. Enamoro-me da linda Capela de Nossa Senhora do Baluarte, erguida em 1519 por Fernão Teles de Andrade, à sombra do imenso forte, olhando o oceano.

A ilha (três quilômetros quadrados) é uma joia de colorido, sugestão de beleza, documentando desde o século XVI, acentuadamente o XVIII, quase virgem da poluição turística. Nos breves aglomerados pobres os casebres são cobertos pela palha da palmeira macúti. Nacala, porto, na terra firme, lentamente apodera-se da função distributiva da insular Moçambique.

Ficará Cidade-Museu, estância ideal de cura de repouso, sem cassino jogador. Sem mutilação arquitetônica. Sem urros bestiais de automóveis e trovejante escapação de motores propagandistas. É uma paisagem acolhedora onde o Silêncio, tonificador e doce, restituirá ao Homem as calmas alegrias da Tranquilidade racional.

A presença mais viva para mim é Luís de Camões. Vindo de Goa ou de Sofala, ficou nesta ilha dois anos de tédio. Partiu para Lisboa, vendo o Tejo em abril de 1570. Dezessete anos de ausência.

Diogo do Couto depõe com ternura trágica: "Em Moçambique achamos aquele príncipe dos poetas do seu tempo, meu matalote e amigo Luís Camões, tão pobre que comia de amigos, e para se embarcar para o Reino lhe ajuntamos os amigos toda a roupa que houve mister e não faltou quem lhe desse de comer. E aquele inverno que esteve em Moçambique acabou de aperfeiçoar as suas *Lusíadas*" (*Década Outava da Ásia*, Lisboa, 1736).

Esse é o mais nobre brasão de Moçambique. Aqui, *Lusíadas* alcançou definitiva forma, os cantos revistos, relidos, fixada a seleção vocabular, declamadas as rimas concordantes, sentido o ritmo estrófico. A permanência na gruta de Macau é discutida e negada. Em Moçambique há o testemunho decisivo de um **amigo e matalote**, companheiro, atestando tarefa e padecer locais.

Ainda Diogo do Couto informa ter comentado em prosa quatro Cantos dos *Lusíadas*, perdidos para nós. Em Moçambique, Camões escreveu o *Parnasso*, que se extraviou. **De muita erudição, doutrina e filosofia**, conclui o historiador. Pelo menos não lhe recordará a **dura Moçambique** prisão humilhante, fome comum, denúncia aviltante. Onde recebeu esquecimento, opróbrio, repúdio, refere-se com galardão, à **ilha ilustríssima de Goa**, que merecia apodo cruel. Embarcou-se com o poema completo, esperando a publicação de 1572.

Hoje não ficarei sozinho no meu refúgio. Sentado, mirando o cinzento-azul do Índico, está um homem robusto, cinquentão de ombros largos, cabelo aparado, revolto, arruinado e grisalho, a mão forte. Olhando-me, vejo-lhe a face grave e firme, a barba cerrada, terminando em breve ponta, o grosso bigode descobrindo os lábios, o nariz aquilino, farejador, inquieto, a pálpebra direita caída sobre o olho. Falta-lhe a couraça luzente, a espada fidalga, a gola enroscada. É o fiel modelo que Fernando Gomes retratou em Lisboa de 1570, o mais antigo documento iconográfico de Luís de Camões.

Deu-me um rápido sorriso, lampejo do **Trinca-Fortes**. Tem a voz **alfacinha**, o claro timbre estremenho, de melodia disfônica, ressaltado pela gesticulação sacudida e brusca, inseparável e complementar. Súbitos **staccatos** meditativos. É a legitimidade da mímica portuguesa, linguagem expressiva e tumultuosa, autônoma ou supletiva da música verbal.

— Mar Índico! Amo rever essas águas que moveram minha vida e espírito. Rota da Índia, curva de Moçambique, rumo do Mar Roxo e da China, de Ceilão e das Molucas. Vasco da Gama, a presença de Portugal no Mundo asiano! O motivo fundamental lusíada, a verdadeira **maravilha fatal da nossa idade**! Minha paixão é o Mar. A batalha, o encontro do Homem com as solidões e cóleras oceânicas. É o destino de Portugal. Tudo mais é consequência. A paisagem teria a movimentação digna do Infinito. Povoei-a com a História lusitana ao derredor da viagem do Gama. Depois do Amor, só me sentia Poeta cantando o Mar. Exaltei o esforço humano em serviço da Raça, vencendo o Mar! Esse mural era agitado pelas sonoras tempestades inspiradoras. Agora, onde vivo, posso sentir a unidade do que fiz. *Lusíadas* foi escrito com água salgada, lágrimas de homem e espuma do Mar!

— Sim. Sim. *Lusíadas* valorizou a permanência da Índia? Ignoro. Minha intenção era a glória humana de Portugal. Expor quanto realizara no Mundo. Fui, como todos, embriagado pelos aromas do Oriente. E sofri como os demais as tentações e amarguras daquele Paraíso sem maçãs e com serpentes incontáveis, Inferno sem sentença, Purgatório dos crédulos! As compensações inacabáveis cobriram a poeira de um esqueleto, dissolvido nas ruínas inominadas. Renome? Fui soldado e marinheiro. Esperava escrever, ao lume da pátria lareira, as recordações assombrosas. Que me deram em vida, meu Rei e meu engenho? **Que exemplo a futuros escritores, a quem faz obras tão dignas de memória?** Desterro, fúria, incompreensão. Iguais a mim, foram sem conta os injustiçados, perseguidos, abandonados!

— Ilusão, engano, mentira. Já no meu tempo, a Índia falhara como negócio, recompensa, fortuna. D. João III desiludira-se dos proveitos, desviados pala ganância irreprimível. Veja quanto disseram os contemporâneos e testemunhas, Gaspar Correia, João de Barros, Damião de Góis, Diogo do Couto. Devastações. Incêndios. Feridades. A vã cobiça de mandar, ganhando sempre, contra justiça e verdade. Violências. Furtos. Crueldades. Ganhamos a Índia como Cavaleiros esforçados e a perdemos como mercadores viciosos, dizia Jorge Ferreira de Vasconcelos. Perdemos Liang Po, mercê de Lançarote Pereira. Chiu-Cheu, por causa de Aires Botelho de Souza. De uma feita, nas Molucas, faltando tesouros, apossaram-se das ossadas dos Reis defuntos, para que lhas resgatassem. Em 1600 a estátua de Vasco da Gama, pelas malversações do seu bisneto D. Francisco da Gama, era apedrejada em Goa. Nove Vice-Reis voltaram a Lisboa presos por abusos de jurisdição, concussões, ladroeiras. A fazenda do Rei foi o alvo dos saques. A Honestidade era pecado mortal no plano administrativo. A consciência ficava no Cabo da Boa Esperança, retomada ao regresso. Fui soldado e voltei mendigo. A Índia levou-nos vidas, sonhos, heroísmos, mas foi, realmente:

> Dura inquietação d'alma e da vida,
> fonte de desamparos e adultérios,
> sagaz consumidora conhecida
> de fazendas, de reinos e de impérios!

Origem de decepções, lutas, desatinos. Aquele fantasma de glória resplandecente trouxe a Portugal orfandade, dívidas, viuvez, divisão de lares, loucura de pobres, apreensões de Reis. Esgotou-nos o Povo e exauriu a Nobreza. A Índia foi preço de sangue. Quatro séculos de sacrifício. Não deixamos nossa língua, tradição, nossa mente, como na Terra Santa Cruz, **pouco sabida**. Os exemplos fiéis são exceções carinhosas. Ficamos pagando nossa presença, desde o Albuquerque terríbil e o Castro forte. Constituiu cenário para a coragem portuguesa. Qual a família que não deixou ossos na Índia? Que nos deu essa "Conquista"? Uma saudade de sua posse, angustiada e convulsa!

– Não. *Lusíadas* não cantou a Índia. Exaltou Portugal! Recorde o preço de Goa, de 1510 a 1961... O Índico poder-se-ia dizer **Mar Vermelho**. Vermelho pelo sangue lusitano, derramado para o Rei e frutificando em diversa e desvairada gente!

Mas, essa gente que matava sabia morrer de espada na mão. Quantas rebeliões e assaltos foram repelidos? Insurreições e motins de soldados sem pagas? Jamais houve pazes prolongadas até finais da última centúria. Vivia-se em Goa como o rei D. Sebastião em Alcácer-Quibir: **morrendo devagar**... E também espada à cinta, capa caída, barrete à banda, **arruando** pela Rua Direita, bebendo **orraca**, sumo fermentado da seiva de palmeira e, quando Deus queria, comendo:

> **Cousa nenhuma** de molho
> e **nada** feito em empada
> e **vento** de tigelada!

Assim vivi no tempo do doutor Garcia de Orta, luxo, miséria, luxúria, ausência de damas, fartura de mulheres na cidade **mãe de vilões ruins e madrasta de homens honrados**; Goa onde o governador Garcia de Sá oferecia de comer, diariamente, a oitocentos desocupados, e D. Luís de Mendanha meteu-se padre jesuíta, no Colégio da São Paulo, por ter caído do cavalo num jogo de canas no Terreiro do Vice-Rei. De como os cruzados desapareciam nos cofres arrecadadores, basta que fale o que tinha de calar o **Soldado Prático**, do meu matalote Diogo do Couto. Passara o tempo em que "os homens tinham por honra os meios per que ela se ganha, e não tratos per que se adquire fazenda", lá diz o João de Barros na terceira *Década*. Nenhuma terra nos custou tanto, em ouro e sangue...

– Aquela jornada para o Índico fora sedução onde a bravura, arrostando o mistério, escondia e disfarçava a máscara do fusco Interesse. A Índia tomou feição diversa e trágica quando as relações tentaram regular a rotina traficante. Por ela abandonamos África moura, nosso orgulho, Safim, Azamor, Alcácer-Ceguer, Arzila, deixados até 1550. Não mais era possível a dupla frente de exploração armada em guerra, Índia e África, que o Brasil complicou, exigindo recursos. A Índia seria uma campanha, atividade, finanças, alta proeza, jamais um sentimento, uma vocação, um destino histórico, uma predileção popular, como África. Tivera razão *O Velho do Restelo*:

> Deixas criar às portas o inimigo
> por ires buscar outro de tão longe.

Plantadas as quinas portuguesas no litoral agareno do Mediterrâneo, aí deveríamos ter ficado, resistindo de espada e lança, como faríamos na costa do Malabar, quatro séculos e meio. África era uma continuidade na ação lusitana, sequência no ritmo da expansão cristã. Não negra, mas moura. A História de Portugal lhe deveu o primeiro impulso, a razão do arranco destemeroso. Tudo se explica e começa pela expulsão maometana, a dura guerra pela independência religiosa e civil. Sem seu contato não se despertariam os ímpetos defensivos da Raça, afirmada na sucessão das campanhas incessantes. O mouro provocou a formação moral portuguesa. E haveria de ser o muçulmano o grande, obstinado e feroz inimigo no Oriente. Sem ele teríamos, em traços gerais, uma fisionomia visogoda, germânica, erguendo-se da base primária, informe e plástica. O sarraceno obrigou-nos a antecipar a marcha nas estradas da História. Deu-nos, pelo contágio pacífico e belicoso, o exercício usual de sua cultura, ainda uma permanente visível. Que nos trouxeram os povos da Índia, comparável aos elementos mouros possuídos desde o século VIII? Era essa a **Conquista** que o Povo Português amou e por ela se bateu, dando em oferenda Rei,

Príncipes, Bispos, Cavaleiros... Ainda estava eu em Goa, dezembro de 1562, quando houve o cerco de Mazagão. Todo Portugal se comoveu e abalou, solidário com a defensão. As Cortes de Lisboa, até fevereiro do ano seguinte, reuniram-se em deliberação unânime e devotada à tradição, antiga e fiel. E que decidiam? Abandonar a Índia, distante, improfícua, difícil, **que nada rende que com ela não se gaste**. Socorrer Mazagão com urgência e reforço capaz. África estava perto e muito prejudicial à Espanha a sua vizinhança, e convinha estender na terra moura o Império de Portugal! A sentença era formal: **Que não se larguem os lugares de África nem Mazagão!** Mas justa e mais conveniente a conquista de África que a da Índia. Era a voz do "Velho do Restelo", irresponsível na volição coletiva. Essa atração seria ao preto ou ao mouro? Veja na África do Índico e do Atlântico que é o árabe, o mouro, o valorizador, tratante, navegador, guerreiro, sultão. Ou sua influência, prolongando o domínio. Na Índia, o muçulmano teve sempre o poder na mão. Foi o nosso adversário, incansável e clássico. Suas filhas seriam a terra para a semente portuguesa. Afonso de Albuquerque indicava as mouras alvas e castas e não as gentias escuras e imorais, para futuras mães da Raça, mantenedora da Grei.

– Mouros! Mouras! Juntos estivemos 336 anos, e nunca ficamos distanciados do seu fascínio. Ficavam na Mouraria e no Paço, astrólogos e pilotos, com a sabedoria misteriosa, doutores das Estrelas, dos tesouros secretos, das mouras encantadas. Uma moura deu filho a Afonso III. O casto D. Sebastião teria desejado outra, filha do xerife de Tânger. Não falo de mim, que sou discreto cavaleiro... Molucas? **Enforquem-se Molucas e suas promessas**, como dizia Fernão Mendes Pinto.

Ah! vãs memórias, onde me levais?

– Não! Não! Recorde Ceuta em 1415. Lá está no Azurara. Quando se soube o destino da armada foi um sem-fim de júbilos, bênçãos, promessas. Apesar da peste, o povo de Lisboa gritava pela eminência dos montes a esperança da vitória. Não, meu Senhor! Tânger, em nada se parece. O Rei D. Duarte cedeu à teimosia do infante D. Henrique, mas nunca concordou. Nem fidalgos, mercadores, povo. O Papa Eugênio IV desaprovara. Seria aquela desgraça que nos deu o Infante Santo, o mísero D. Fernando, entregue à ferocidade pagã. Aí fica o Rui de Pina que tudo guardou daquele triste 1437. O povo não podia entender D. Henrique, severo, isolado, arredio, com as navegações, tentação ao Futuro. Ninguém poderia esperar quanto sucedeu. As caravelas partiam deixando saudades. Arrancar para África era uma alegria portuguesa que todos tinham no coração. Não lembra João Gomes da Silva no concelho de Torres Velhas? **Ruços, além!** Eram os **velhos** de Aljubarrota, irmanados com a mocidade da **Ínclita Geração, Altos Infantes**! Aires Gonçalves de Figueiredo revestiu couraça aos noventa anos. A rainha dona Felipa abençoou e armou os filhos na hora da morte em Odivelas. Nada ocorreu de semelhante para Tânger. Não havia unidade na opinião dos portugueses, como houve quando largaram para Ceuta, tão minha familiar depois! Entre Índia e África, a predileção lusitana fixara essa última. As Cortes de Leiria, em 1438, preferiram guardar Ceuta mesmo que o infante D. Fernando, refém, irmão do Rei, fosse torturado até a morte. As Cortes de Lisboa em 1562 mandavam abandonar a Índia para manter-se Mazagão! 147 anos depois da tomada de Ceuta...

– Então? Os tempos mudam os Homens. Com D. João III, o Contador da Guarda, João Roiz Castelo Branco, versejava para um amigo que se batia no Ultramar:

> Vós lá quebrantais as raias
> E as tranqueiras dos Mouros,
> E nós cá corremos touros
> E fazemos grandes maias.
> Não curamos de azagaias,
> Nem de armas mui luzidas,
> Mas gastamos nossas vidas
> Em capas, gibões e saias!

O **siso** da Índia seria para sustentar essas capas, gibões e saias... Sagres abriu nossas veias para o Mundo! Antes do Mediterrâneo ser o **nosso Mar** dos Romanos, fora dos fenícios, nossos povoadores. Pulando-o, aqui chegaram os Mouros, inimigos íntimos. **Non solum diversa sed adversa**[469].

– Sei quanto houve. Os **fumos indianos**, os cheiros da canela, o travo da pimenta, despovoaram o Reino das antigas tensões. O Papa Leão X quis deter D. Manuel. Verá na primeira *Década* do nosso Barros. A Índia fez o português **derramar-se**, molhando e Terra em sua extensão, sem fecundá-la. Para compensar o crime da chatinagem índica, tentam traduzir a história cruel como exemplário glorioso, comprimindo a Verdade com **aros de peneira**, como diria Frei Heitor Pinto. Os clarões das chamas deslumbram, mas não ponderamos quanto de carne portuguesa consumiram. O Mar povoou-se de naus perdidas e o fundo dos abismos forrou-se com os corpos náufragos. As especiarias derreteram o ouro e as joias com elas adquiridas, transmudadas em filigranas de miçanga e bordados de lantejoulas.

---

[469] Não apenas coisas diversas, mas adversas.

– Bem vos ouço, Senhor! Julgamos o sucedido porque o prever é divino. Nossa história africana, moura, perece com Mazagão sob D. José. Tínhamos desviado toda a energia lusitana para outros quadrantes. Inútil a razão contemporânea quando desaparecer a insistência portuguesa no Mediterrâneo e fomos dando volta à África, cativar os pretos e escambar o ouro da Mina ou a fortuita malagueta, depressa dissipada na valia do novo sabor. O argumento do **não podemos** é que, naquele tempo, era impossível dominar três continentes, como pretendíamos. O sinal guiava-nos para África moura e depois desceríamos para o correspondente Atlântico. Sei. A tarefa portuguesa era **mais do que prometia a força humana**. África, Índia, Brasil!... Mas queríamos ocupar, povoar, administrar esses povos sem fim. Entrepostos com fortalezas, soldados e capitães, avanço em potencial para o sertão, terra adentro. Impaciência de comando, de governo, de exploração contínua, de prêmios imediatos. Catequese oficial. Santo Ofício. Padroado. Centralização para multidões ainda esparsas sob o regime de soberanos múltiplos. Criar o Éden no caos. A missão lusitana seria o milagre diário na simples presença útil. Lutamos no Mundo para nele impor o único Piloto. Não era possível reinar porque estávamos demasiadamente dispersos. Menos resistência pela extensão exagerada dos nossos pavilhões. Só poderíamos viver num clima de heroísmo sobrenatural. A velocidade inicial seria Marrocos, missão de todos os Aviz. Esse núcleo daria outra direção à nossa Raça. Com as **colônias** oceânicas vieram as aves de prear. Tínhamos batido amontoado reunindo a caça para o **halali** intruso, que não tivera a tenacidade para o acesso e menos a paciência para a conquista dos terrenos idôneos. Não posso prever as soluções normativas do povo português sem os encargos da Índia, que 52 anos depois da posse lusitana já onerava as finanças do Reino, sem saldo algum à economia de quem a governava. É óbvio que bem diversa teria sido a aliança inglesa se não tivéssemos o Mundo colonial, herança dos nossos antepassados em navegação e conquista, coincidindo com os programas político-geográficos dos nossos aliados britânicos. O segredo do Poder era o domínio das comunicações. O valor da produção dependeria da circulação, sujeita a quem dominasse o Mar. Explicação do que se denominou "talassocracia". O melhor exemplo recente foi a Inglaterra. Apossou-se da Terra quando era senhora dos caminhos. Quem defendeu a tese do **Mare liberum**[470] não planejava, intimamente, senão o monopólio ou fiscalização do tráfico marítimo. O **direito de visita** é índice expressivo. O meu Direito é Deus, ou vice-versa. Entendei...

---

470 Quem defendeu a tese do **Mar livre** não planejava (...).

— Meu Senhor, é fácil julgar os Mortos. Eles não se defendem. D. Sebastião era um louco mas resumia a loucura de Portugal. Todos estavam de acordo, entusiasmados, jubilosos. O povo queria acompanhá-lo. O Papa Gregório XIII abençoou. Os recursos do Reino foram reunidos com alegria fervorosa. O Rei não mandava combater. Ia morrer, com 24 anos, puro como um Anjo, valente como um Paladino, nos areais marroquinos. Ninguém criou aquela decisão para o Rei, como ninguém influenciara a D. Nuno Álvares Pereira, o Santo Condestável. D. Sebastião personalizou Portugal inteiro. África! África! Aos Mouros! São Jorge! Íamos vê-lo voltar Imperador do Marrocos. Inspirou-me os derradeiros versos. Perdi o olho em Ceuta. Deveria ter deixado a vida em Alcácer-Quibir!

Não falara sentado mas andando e bracejando. Detendo-se, olhou a Capelinha e benzeu-se. Agitou a mão, cordial.

— Deus vos guarde!

E caminhou, entre árvores, na direção da Cidade...

34
Metternich. O último cocheiro

*I*ndependence Day de Krakatoa[471]. Recepção na Embaixada. Duas salas guardando cento e cinquenta tédios bem vestidos. Casacas, fardões, crachás, faixas, **chaînettes**[472], rigor nos trajes banais e caros. Exibição de pernas, decotes, reverências mecânicas e sorrisos exaustos. **Summer jackets**[473] circulam bebidas amarelas e pedacinhos de carne policolor. Na varanda dormitam algumas glórias catalépticas. Marcha circular e monótona de feras enjauladas. Curvaturas, acenos, mentiras fisionômicas. Cortesia verbal, oca e breve. Cansaço, lassidão, displicência. Os fotógrafos lampejam promessas publicitárias. Ar de inteligência. Regresso ao natural. O casal embaixador, à porta, saúda, incessante e tristemente. As **demoiselles**, sentadas, conversam em silêncio, abanando os penteados. Vez por vez, um **decoré** cumprimenta o espelho[474]. O Secretário de cabeleira merovíngia suspira. Nem apetite, nem curiosidade, nem alegria. Hábito, dever melancólico, satisfeito com indolência e fastio. Um diplomata entrou com urgência, curvou-se em 45 graus, e foi embora. Não dera uma única palavra. Um rei de indústria, maciço e rubro, solitário, concorda com ele mesmo. Não há um riso, uma frase alta, um rumor natural de gente viva. Saudações contínuas e distantes. Sussurro, vaguedade, sonolência. Nos umbrais do salão ficaram dois, da **carrière**[475], encalhados e mesureiros, cedendo ao outro o direito da passagem. Quem cede é o que terá a prioridade posses-

---

471 O Dia da Independência de Krakatoa.
472 Casacas, fardões, crachás, faixas, **cordões**, rigor nos trajes banais e caros.
473 **Jaquetas de verão** circulam bebidas amarelas e pedacinhos de carne policolor.
474 As **mocinhas**, sentadas, conversam em silêncio, abanando os penteados. Vez por vez, um **condecorado** cumprimenta o espelho.
475 Nos umbrais do salão ficaram dois, da **carreira** (...).

sória do batente. Sutilezas do decanato **in fieri**[476]. Precedência, em potencial.
Mais que diable allait-il faire à cette galère?[477]
Acesso pessoal de jumentalidade cordial.

Levo meu **whisky** e vou fumar no terraço. Devo esperar a vinda de um amigo a quem o Brasil financia a ausência. A pequena varanda do arranha-céu abriga meia dúzia de **Excelências**, fatigadas de preguiça remuneradíssima. Só conhecem a quem dependem. O resto da Humanidade é poeira vil do chão vulgar. Insusceptível de entender as altitudes. Ali estão, calados, soturnos, imponentes, fiscalizando uns aos outros, desconfiados **até o derradeiro bocejo do Mundo**, como dizia Fernão Mendes Pinto.

Noite agradável, e todas as estrelas compareceram ao firmamento, obedecendo ao Observatório Astronômico.

Na poltrona próxima está um velho tranquilo, perfil enérgico de comando persuasivo, olhos azuis, olhando sem ver. Evoca gravura de outrora, lembrança antiga do tempo morto. Distinção. Reserva. Alheamento. O **smoking** é moderno mas o usuário não me parece contemporâneo. Preferia vê-lo numa casaca verde, bordada a ouro, luzindo condecorações invejadas, em salão clássico, saudando e saudado.

Um fardão ainda moço atravessa a varanda pajeando duas pernas vestidas de seda. Tropeça nos pés do velho cismador. Não pede desculpas mas, ao sair, volta-se em duas curvaturas impecáveis. O velho sorri, recebendo a mensagem de escusas. Reproduzo o sorriso, prolongado nos lábios anciãos. **Liebenswürdigkeit**[478], amabilidade, murmura. Outros tempos, outros modos, sugiro.

– Há princípios inamovíveis, acima de qualquer época. Deveria excusar-se quando e onde pecou. Pertence à classe das fórmulas imutáveis, duzentos anos de inalienabilidade. Sejam o que são ou não sejam, diria o Padre Ricci, Geral dos Jesuítas, extintos no ano em que nasci. Aplico ao diplomata a cuja vida pertenci. Sou alemão, alemão do Reno, nascido em Coblentz, mas profissionalmente austríaco. Sim. Sou realmente esse Clemente Wenceslau Lotário Metternich-Vinneburg, príncipe do Sagrado Império, 86 anos de Europa, minha Pátria, até 1859 quando ador-

---

476 Sutilezas do decanato **iminente**.

477 **Mas que diabo ia ele fazer nessa galera?** – Fala da personagem Granger (Ato II, cena 2) na comédia *Le Pédant joué* (O pedante enganado, 1637), de Cyrano de Bergerac. Essa fala também é da personagem Géronte em *Les Fourberies de Scapin* (As artimanhas de Scapin ou As velhacarias de Scapin, 1671), de Molière.

478 **Amabilidade; gentileza**.

meci em Viena. Reinava Francisco José, ainda seu contemporâneo. O senhor deveria ser rapaz quando ele faleceu. Vem aqui sua frase, outros tempos, outros costumes. Concedo, em certa percentagem. Certos costumes serão eternos ou os **esquecidos** voltam para a horda.

– Ah! Concordo. Os Homens atuais, para valorizar o esforço, falam em novos problemas. Não há problema novo. São os do meu tempo, aumentados pela densidade da população e poderosos pelas atividades mecânicas, ocupando braços e sacudindo desejos. O Homem não muda pelo lado de dentro. Troca de roupa, quero dizer, de apresentação. Também os problemas...

– Sim. Foi uma vida bem vivida. Não se podia ser medíocre. A iniciativa era indispensável. De Napoleão, Primeiro Cônsul, à deposição de Luís Felipe, soprou o vento sobre as ondas que me libertaram de Ballhausplatz, rico fogareiro para as nádegas do meu sucessor Schwarzenberg. A população, no momento, não permitiu cumprir-se o mote em minha casa de Rennweg, **Parva domus magna quies**[479]. Fui, como o sr. disse, o último Cocheiro da Europa, anterior à era do automóvel coletivo. Trabalhei ainda no tempo em que cada corpo possuía uma cabeça, durante tanto quanto ele. Presentemente mandam os Briareus, mil cabeças, dois mil pares de braços, mas um único pé. Às vezes, nenhum. Movimentam-se imóveis, como cata-ventos. Por isso há mais vinhateiros que uvas, mais segadores que trigais, mais **técnicos** que produção.

– Certamente não irei evocar uma existência que é de utilidade pública na História Política. Há uma boa centena de livros de louvor e maldição ao redor do meu nome. Os apóstolos da Perfeição Social denunciam meu obstrucionismo, retardatário e cego. Quando a Revolução Francesa rebentou as comportas dos regimes administrativos, lutei para drenar em canais de irrigação a avalanche: Não se podia prever a catadupa utilizada em dínamos recriadores de energia. Sempre me recusei ser arrastado como cortiça nas águas vivas. Pretendia o equilíbrio e não o **status quo**[480]. O

---

[479] (...) **Casa pequena, quietude extrema** – inscrição latina gravada no frontispício no palácio do príncipe em Rennweg, Áustria. Em *Memoirs of Prince Metternich* (1773-1835) aparece o seguinte extrato de carta (2 de junho de 1821), cujo assunto é o retorno a Viena: "With the first sunbeams this morning I visited my villa, which has much improved in appearance. On the front of the villa I have had these words placed: *Parva domus, magna quies*. The first is true enough; the latter seems to me somewhat false". Fonte: METTERNICH, Richard Prince. *Memoirs of Prince Metternich*. Translated by Mrs. Alexander Napier. London: Richard Bentley & Son, 1880.

[480] (...) **o estado em que as coisas estavam** – o estado das coisas na sua atualidade.

Senhor sabe que o lodo só poderá vir à superfície e ser notado, se o ambiente líquido for revolvido. É o processo explicador de certas notoriedades, minhas coevas e posteriores. O enfermo sempre aprova mudança de remédio. É a justificação da popularidade revolucionária. Éramos ou não mais tranquilos, interiormente, no século XIX? Que lhe deram, de alegria e calma, o maquinário e a multidão doutrinária do XX? Em que paragem do Mundo não sobem as chamas da Insatisfação, Angústia, Revolta? Quem libertou os titães e gigantes que Zeus encadeara no abismo? Quem lhes satisfará o rancor de prisioneiros milenários? O Tártaro está vazio e o Olimpo também. Os deuses permanentes são opressivos. A insubmissão constituiu um dos Direitos do Homem. Ora, as sociedades são continuidades modificadas pelo próprio desenvolvimento, ampliando, especializando funções obscuras e desatendidas nos períodos iniciais de formação. Julgam, agora, antecipar as etapas, concedendo maioridade civil ao feto, dando esposa ao recém-nascido, admirando-se da infecundação. O crime do Mundo moderno é a independência do Tempo. Problema de frutos imaturos destinados à alimentação.

– Não se assuste. Depois de 1848 fiquei sentencioso, escritor de conselhos aos cegos e avisos aos surdos, como eu mesmo. Minha frase habitual ao Imperador Francisco José, quando me visitava, era repetir: **Não disse eu que Vossa Majestade estava enganado?** O meu Imperador seguiu enganando-se, até à hora da morte. Já se tem dito que o Passado é o **paraíso dos velhos**. O que não existe, senão em momentos, é o Presente. Tudo é Passado nas dimensões cronológicas. Não tenho responsabilidade da falta de memória de ninguém. Pensam, invariavelmente, que o seu problema é uma exceção nas ocorrências do Mundo. Esquecem a lição dos antecedentes. Um animal não repete a imprudência que o molestou. O Homem multiplica a reincidência até o desastre final. Os prudentes, lembrados, observadores, são sobrevivências de Cassandra. Da segunda metade do século XIX criou-se o mito da Maioria. Como se do volume numérico decorresse a capacidade racional do julgamento lógico. Desde que a decisão promanava dos plenários, o julgamento deixou de ser exame para reduzir-se a uma expressão de entusiasmo. Entusiasmo, sabe o Senhor, é um estado febril atordoante, empolgador, efêmero. Provocou o estatuto do **veto**, que a sua **ONU** manteve nos dias presentes. Psicologicamente, é um anacronismo delicioso! A decisão da **maioria** depender, para a execução, do voto solitário, único, decisivo. Um encanto, não é verdade? Acusam os ditadores com o **sim** e o **não** dos plebiscitos. Desde que o rebanho escolhe o itinerário das pastagens, o pastor é uma figura obsoleta, funcionalmente inútil. Às vezes o mais prestigioso conselheiro é o Lobo, mentor das ovelhas, tornado égide defensiva, desinteressado guardião daquelas vidas soberanas.

– Por favor, professor! Fui um anti-Richelieu porque estava, fielmente, em serviço da Áustria. Leio sociologia mas não acredito nos sociólogos. Cada um deles possui matemática pessoal, divergindo na soma dos fatores, atinando com outra componente. São os nossos profetas! Burlados pela verdade subsequente. O combate contra Áustria criou a unificação alemã sob o domínio da Prússia. Sonhava-se uma confederação, como fora o Sagrado Império, cauto e verdadeiro, dentro das realidades humanas. Por isso, enfrentei Napoleão-Imperador, fantasma absorvente. Eu, agindo, não teríamos Sadowa. Decorrentemente, não teríamos a França de 1870. Ingleses, franceses, depois norte-americanos, desfizeram Áustria. Áustria se não era a Paz, impossível Ideal, era o Equilíbrio sucessivo, oportuno, suficiente. O velho sonho imperial do Pan-eslavismo dos Romanov realizou-se com o Bolchevismo. Desapareceu Áustria, feliz pelos matrimônios, mas a vaga de sua presença deveria ser ocupada. E o foi. Justamente o inverso dos planos do Leopardo britânico, do Galo francês, da Águia **yankee**[481]. Não sei se os estadistas do século XX devem ser apodados de líricos e sentimentais, podendo acusar-me de frio, tenaz, impiedoso. Não fomos à China nem à África Negra sob o mito da expansão **civilizadora** e comercial dos apóstolos filantropos. Nosso interesse fixava-se no europeu. O nosso "Universo" era unicamente sob o signo ariano. Perdemos!... E, pergunto, quem ganhou?... Não, não digo que vivêssemos no Paraíso mas o **Progresso** político, a ação internacional, norteada sob outros desígnios, lembra o verso de Virgílio: **facilis descensus Averni**![482] Fácil é descer ao Inferno. Os caminhos são convidativos. Eram, pelo menos. Creio que atualmente o Demônio está mais exigente no acesso ao seu Reino. Indispensáveis, passaporte diplomático ou carta de chamada, para gente de menor gabarito. Os candidatos são multidões.

– Só invejamos o que não conhecemos. A Felicidade alheia é relativa à nossa ignorância. Não recorda Tácito? **Omne ignotum pro magnifico est!**[483] Está o Senhor no século da Pluritécnica. As guerras morreram? A Violência exilou-se? A vida humana é patrimônio sagrado? Nem mesmo a Antropofagia foi eliminada. Desapareceu a moeda de ouro. Evaporou-se o

---

481 (...) da Águia **yankee**: remete ao povo dos Estados Unidos.

482 **É fácil a descida do Averno** – *Eneida*, VI.126 – esta mesma citação já apareceu no capítulo 28 deste livro ("Michel Eyquem de Montaigne. Catecismo cético").

483 **Todo desconhecido é tido como magnifício** – citação de Tácito em *Agricola*.

clima da acomodação social. Todos os Senhores são hóspedes na profissão exercida. Querem outra, não mais útil ao geral mas rendosa ao particular. Nunca se exibiu tanta carne feminina e jamais os lares perigaram, como presentemente, no plano da estabilidade. Toda a gente quer ser feliz a custa da desgraça ou renúncia alheia. A leitura de jornais é uma dose diária de alucinação. Direitos! Jamais a ideia dos Deveres do Homem. O resultado é esse pandemônio comum e normal em que o Senhor vive e já se habituou. Convenhamos que o século XIX era incêndio. E este XX? Sacudido no eixo dos terremotos...

– Não nego termos vivido situação inesperada de reclamação e protesto. Todos os grupos regionais tendiam para a unidade "nacional". Países **novos**, como a Itália, que nunca existira, como se organizou e em tais limites. A Grécia, que jamais teria a herança do Nome. Depois do turbilhão napoleônico, o maremoto russo. Áustria alcançara o Mediterrâneo onde a Turquia perdera o domínio. Luís XV dizia ser sua política afastar a Rússia dos interesses europeus. Fui um dos valorizadores do Urso Branco, sem excitá-lo aos maiores apetites. Os Senhores teriam assombros semelhantes. A China, futuramente Índia, quando largar o Nirvana. No outro milênio, não veremos a desagregação dos países formados pela aglutinação? Estaremos juntos no século XXI para essa visão, agora inconcebível, como seria para mim a Soberania negra e moura pela África...

– A velocidade do anseio moderno não consente o exame do Passado real. Entender quanto realizaram os Homens responsáveis pelos Povos, salvaguardando-os deles mesmos, tentando a continuação grupal. Bajulam a Popularidade para o Poder e esse não se mantém com a Popularidade. Essa é a questão... A euforia da Propaganda não se continua na organização do Governo. Não se pode viajar com o mesmo galope em todas as estradas. Mesmo agora, curvas e aclives modificam a marcha do seu automóvel. Quem comanda o voo não é a asa nem o motor. É o estado atmosférico, modificável pelas leis naturais e não provocáveis pela argúcia dos Homens. Assim, na Política.

– Ah! o historiador!... Caçador de pequenos escândalos, preocupado, não com a Verdade mas na exibição interpretativa de um **novo ângulo**, inferiorizando os antecessores. Muito mais interessado em deparar uma amante que uma solução política. A carta privada e íntima é mais expressivo documento que a própria decisão, o ato público. Um **affaire de cœur**[484] é superior a uma campanha militar decisiva. As minhas atividades

---

484 Um **escândalo amoroso** é superior a uma campanha militar decisiva.

amorosas cobrem todas as cenas capitais de atitudes. Em junho de 1813, no Palácio Marcolini em Dresden, discuti oito horas com l'**Empereur**, insolente e bravio, não lhe apanhando o bicórnio arremessado ao tapete, dizendo-lhe, ao findar o duelo, o que jamais ouvira, antes de mim: **Sire, vous êtes perdu...**[485] Resistindo, Napoleão foi para Santa Helena e houve Sol na Europa. Hitler não ouviu essas palavras em Berchiesgaden. A tarefa normal **histórica** é identificar as minhas amantes e fazer-me coveiro da Liberdade, morta não se sabe por quem! Em 1836, ao norte-americano George Ticknor, professor de Harvard, disse-lhe: **Cem anos depois, ver-me-ão de outra maneira!** Seria equívoco?

– Somente vemos o Passado quando estamos no Presente, com distância para a perspectiva global. Napoleão seria evitado em 1799 e Adolfo Hitler em 1932. O **maior erro da História**, julho de 1914, fonte ainda abundante de todos os problemas do Mundo, evidenciou quanto o **individual** interesse dominou a **necessidade** coletiva nas horas supremas, pagas em toneladas de sangue. Nós, cem anos antes, éramos mais espertos e lógicos. Não oferecíamos argumentos para a propaganda inimiga. É verdade que Áustria deixou as fronteiras balcânicas e o Mediterrâneo mas os adversários retiraram-se de todas as Paragens da Terra. Perderam Ásia e África. Abandonarão, compulsoriamente, os recantos possuídos além dos territórios iniciais de sua História. Nesse século XX não há vitória nas guerras. Todos **perdem**. Waterloo, Maratona, Queroneia, não se repetirão, como soluções definitivas, abrindo outro ciclo à vida nacional.

– Não Senhor! Não critico as inteligências dos estadistas contemporâneos. Creio, apenas, que eles não pensam nem raciocinam pessoalmente. Consultam, aconselham-se, ouvem, demasiado. Esses debates, colóquios, entretimentos, ampliam, complicam, anoitecem as decisões. Os **órgãos consultivos** perturbam a unidade da ação, pulverizam a responsabilidade do comando. Hércules venceu a hidra de Lerna porque esta tinha muitas cabeças. Conhece resultados práticos, claros, reais, vindos de algum Congresso Internacional? Gostaria que tivesse assistido ao de Viena, novembro de 1814 a junho de 1815. De aproveitável e sem funestas consequências, tivemos as valsas...

Um **attaché de Presse**[486] da Embaixada de Tuamotu informa, gentilmente, que o meu amigo chegou e procura-me. Metternich estende a mão

---

485 (...) discuti oito horas com **o Imperador**, insolente e bravio (...) dizendo-lhe, ao findar o duelo, o que jamais ouvira, antes de mim: **Sire, estais perdido...** – Sire: forma de tratamento para reis "reinantes".

486 Um **assessor de Imprensa** (...).

num gesto lento. Sentado, acurva o busto numa saudação complacente. **Bien à vous, au revoir, monsieur...**[487]

Antes de deixar a varanda vejo-o como o encontrara, absorto, distante, olhando sem ver...

---

487 Todo seu, até à vista, senhor...

35
O escriba de Memfis. A Legitimidade artística

– *É* inútil tentar identificar-me! Conhece-me e conheço-o há muitos anos, olhando-me com renovada surpresa. **S'il était nécessaire de classer des chefs-d'œuvre, on le rangerait fort près du "Chêikh-el-beled"**, era, a meu respeito, a opinião de Maspero... Exatamente, **Le Scribe accroupi**[488], na velha sala do **Boi Ápis**, relíquias de Memfis, deparadas por Mariette, dispostas no Louvre. Mestre Maspero, amavelmente, elogia-me: **Il est le vrai scribe de carrière, vigoureux, bien portant, pourvu sans excès de la dose d'intelligence suffisant à l'exercice de son métier**. Ressalta que lhe comunicava **un peu d'attention allié à beaucoup d'ennui**[489]. Sentado, imóvel, atento, desde quando servi ao faraó Neferefrec, da quinta dinastia, como não entediar-me em quatro mil anos de vida? Maspero, apenas com sessenta, enojava-se em Paris. Não lhe seria possível reconhecer-me, de **smoking**, diante de um **whisky**, fumando um **corona**, comprado em Londres. A fisionomia é que não mudou, os grandes olhos curiosos, a face egípcia, livre de pelos, o riso discreto e contido, como compete a servidor de Soberano

---

488 Se fosse preciso classificar as obras-primas, ele seria colocado bem próximo do Cheik-el-beled, era, a meu respeito, a opinião de Maspero... Exatamente, O Escriba sentado (...) – Cheik-el-beled: estátua da V Dinastia egípcia (*Tupper Scrapbooks Collection*. Vol. 26: Lower Egypt, Pyramids, 1892-1893, Print Department, Boston Public Library.) Referência a Le Scribe accroupi: MASPERO, Gaston: *Le scribe accroupi* de Gizéh. In: *Essais sur l'art égyptien*. Paris: Guilmoto, 1912.

489 Ele é o verdadeiro escriba profissional: vigoroso, vendendo saúde, provido, sem excesso, da dose de inteligência suficiente para a prática de seu ofício. Ressalta que lhe comunicava um pouco de atenção aliado a muito tédio – citação de Gastón Maspero em *Histoire générale de l'art* (Egypte. Paris: Hachette, 1912).

imortal, filho de Deuses. Quem recorda Neferefrec, cujo nome era eterno como as águas do Nilo?

– Não, professor, não vou dar nenhum curso universitário. Não me consta interesse brasileiro pelo nosso **Antigo Império**, como dizem os arqueólogos. Sou um viajante sem compromissos contratuais, com um programa pessoal de verificação e confronto. Vendo-o, recordei a **salle d'Apis** onde, morfologicamente, resido, e lembrei-me dar-lhe **un petit brin de causerie**[490], sem fazer revelações desnorteantes aos egiptólogos, melhor sabendo Egito que esse escriba anônimo, humano quando o **Qaimit**, a terra negra do Egito, apenas alcançava a primeira catarata, em Assuam. Não ironizo. As pesquisas são superiores aos nossos conhecimentos quanto à extensão das cidades **très fouillées**[491]. Quanto à Vida, já não direi o mesmo. Empregam, sabiamente, o sistema da proporção, creio que útil na rearmação dos esqueletos. Um egípcio vivo, mesmo quando os persas chegaram, não se reajustará às dimensões espirituais pré-fixadas desde o século XIX. Nesse ângulo, professor, psicologia egípcia equivale a geografia no planeta Marte. A dedução científica independe da realidade marciana. E vice-versa. Desconfio estar desagradando os nossos mestres escavadores.

– Sabe o senhor muito bem da minha profissão porque, realmente é meu colega, embora com aparelhagem mecânica. É o mesmo, **scribere**[492] latino, escrevente, secretário, datilógrafo, copiando documentos ou fixando o ditado. Havia-os por toda a parte e Tempo. Não recordo quanto devemos a eles, sem nome próprio, salvando os nomes dignos da perpetuidade, os livros básicos do Mundo. Os nossos escribas egípcios estão espalhados pelos museus. Restam alguns no Cairo, como os companheiros Sadunimait ou Rahatpu, mau-humorados pela fadiga, esgotados na tarefa interminável, não podendo conservar olhar agradável ou sorriso sereno para os turistas visitantes. E cito o velho Ennana, nos finais da XIX[a]. dinastia, a do Ramsés II, autor do **Conto dos Dois Irmãos**, de renome imortal. Não teríamos o registo maquinal mas, letrados, melhorávamos o vocabulário dos superiores. De nós, saíram escritores, poetas, historiadores, pelo contato dos arquivos e a redação das viagens que nos era confiada, através de notas curtas ou euforia verbal dos navegadores. O conselho magistral,

---

490 Vendo-o, recordei a **sala de Ápis** onde, morfologicamente, resido, e lembrei-me dar-lhe **dois dedos de prosa** (...).

491 (...) aos nossos conhecimentos quanto à extensão das cidades **muito escavadas**.

492 É o mesmo, **escrever** latino, escrevente, secretário, datilógrafo, copiando documentos ou fixando o ditado.

ainda no **Novo Império**, era: **Procura ser escriba para dirigir o Mundo inteiro.** Esse **Mundo inteiro** era o Palácio do Rei, com o formigueiro servil, que lhes devem a **sua Bíblia**, o *Talmud* dos soferins. Esdras foi nosso confrade. De copistas, passaríamos a comentadores, intérpretes, mestres. Sem essa colaboração as paredes, muros, pilones, balaustradas, seriam nuas de relevos, hinos, dedicatórias, súplicas. Éramos o registo, a ordenação do material apologético, a reserva de incenso verbal, motivando o desenho exaltador. Quando o senhor encontrar um desses escribas, **accroupi** ou **agenouillé**[493], lembre-se dever-lhe muito mais que as solenes figuras majestosas, dominando os planos das batalhas ou do cerimonial. Escrevíamos, e o pouco que se penetra na alma egípcia é pela nossa mão.

– Tudo quanto pode ser visto no Egito, e conduzido para os museus estrangeiros, é parte insignificante do que se perdeu. As guerras depredantes, as pilhagens sistemáticas de Roma, o vandalismo árabe, o fanatismo dos cultos iconoclastas, revoltas, invasões, incêndios, massacres, dispersão destruidora do que se poderia retomar, séculos e séculos de obstinada devastação, os ladrões sacrílegos, a ignorância venal do felá, as exportações clandestinas, o apodrecimento, pelas inundações, de materiais leves, papiros, couros, argila, cera, gesso, terracota, tecidos, os frágeis, madeiras, marfim, pinturas, aniquilação nas imersões fluviais, amuletos, joias, estatuetas, roubadas e perdidas nos areais durante a perseguição ou jornada fugitiva! Pelo que se deparou na câmara mortuária do jovem Tutankamon, imagine-se o amontoado rutilante, disposto nos túmulos dos velhos e grandes Soberanos, com dezenas e dezenas de anos para o aumento do pecúlio inapreciável, reservado às múmias faraônicas! Tudo desapareceu. Durante quinze séculos as próprias notícias da passada existência foram ignoradas. Bem pouco resta para evidenciar a vivência de uma **Arte Popular**, defendida por Rougé, Mariette, Spiegelberg, ao lado das inflexíveis linhas do formalismo normal, alheia ao depósito nas **maisons d'éternité**[494]. O mundo material dos Vivos estuda-se no que permanece derredor dos Mortos. Os utensílios do cotidiano, os objetos indispensáveis à diuturnidade da vida familiar, não alcançaram a constatação contemporânea. Nem quanto seria utilizado no palácio do Rei, nas mansões dos ricos proprietários, gente do serviço do Faraó, militares e comerciantes, a multidão sacerdotal, os servos, operários, soldados, escravos, o que se modificou na parafernália doméstica, os olhos modernos não mereceram contemplar. As

---

493 Quando o senhor encontrar um desses escribas, **sentado ou ajoelhado** (...).

494 (...) alheia ao depósito nas **casas de eternidade**.

cidades do Egito não foram conservadas, em boa percentagem, como Pompeia pelas cinzas do Vesúvio. Muitos objetos jamais vistos em Roma puderam ser examinados em Pompeia. O Egito foi perecendo, arruinando-se pelo incessante e lento desmoronar dos Tempos e selvageria saqueadora dos homens. Junte-se a essa alcateia insaciável, a bestialidade dos **caçadores de tesouros**, enterrados pelas lendas. Jamais o temor religioso resguardou os monumentos sagrados dessa infrene ganância. Foi sempre assim pelo Mundo. Na Grécia, comemorando a batalha de Queroneia, onde a liberdade helena sucumbiu no assalto de Felipe da Macedônia e o futuro Alexandre Magno, ergueram o colossal leão de mármore lembrando o sacrifício de tebanos e atenienses. Veio o memorial de 320 antes de Cristo até princípios do século XIX, quando o fizeram saltar em pedaços, esperando encontrar um montão de ouro! Foi assim entre gregos que se batiam pela sua independência. Que esperar dos famintos felás, empurrados pelas mentiras?

– É a acusação clássica à Arte Egípcia: **impuissance incurable à s'affranchir des conventions archaïques!** Mas, professor, s'affranchir des conventions[495] seria abandonar os padrões básicos da nossa concepção artística. Essa **libertação** determinaria a renúncia às leis da própria natureza modeladora. Arte é Convenção. Formalismo. Limitação. Giotto deveria **s'affranchir**[496] e ser Velásquez, Memling evoluir para Rubens, Franz Hals constituir-se Delacroix! Lícipo será Rodin. Karnak, Luksor, Memfis, exibindo-se como a Acrópole, Babilônia, Nínive. **S'affranchir** era libertar o camelo de sua giba, o pássaro de suas cores, o leão de sua juba. Enfim, renunciar às características, às permanências, ao essencial. Defender essas **constantes**, continuar um estilo, uma forma, uma expressão fixada no Tempo, permitindo a autenticidade da identificação, denomina-se **impuissance**, esgotamento, impotência! Estávamos expostos aos ventos soltos de todas as influências do Mediterrâneo, do Índico, das culturas mais poderosas e dominadoras. Se os gregos, assírios e caldeus não puderam modificar as **convenções** do Egito, nem mesmo nos derradeiros períodos da nossa atividade artística, é porque a predileção, preferência, convicção egípcias, eram uma **consciência**, uma mentalidade norteadora da Inspiração, possuindo coesão, densidade, resistência suficiente para a autodefesa natural, através do Tempo! Um espanhol do **seu** tempo, professor, o sr. Ortega y Gasset, chamou-nos **pue-**

---

495 – É a acusação clássica à Arte Egípcia: **incapacidade incurável de se libertar das convenções arcaicas!** Mas, professor, **libertar-se das convenções** seria abandonar (...).

496 Giotto deveria **libertar-se** e ser Velásquez (...).

blo de funcionários![497] Como íamos desatender às normas e praxes do consuetudinário artístico? Toda obra mental é uma continuidade sob pena de nunca personalizar-se. As nebulosas denunciam a formação dos Mundos quando guardam contornos definidos no espaço. A Arte Egípcia revelou e trouxe o Egito ao século XX porque manteve uma fisionomia distinta e peculiar, da Núbia ao delta do Nilo. Não deixamos de ter movimento dentro dos nossos horizontes. Nenhum egiptólogo negará a evidência, dos inícios tinitas ao entardecer em Sais. Se o Egito é a **Arte da Permanência**, deve-se à constante vigilância de sua legitimidade. Arte Universal, professor, documentaria a História Natural e não a vida dos Homens. Resumo fiel de vocações instintivas, existiu somente dentro da Arca de Noé.

O Egito viveu sua Arte verdadeira. Viveu-a com suas pedreiras, sugestão decorativa dos lotos e papiros do Nilo, animais, bailados, campanhas, heroísmos e crueldades, os Reis combatendo ou orando, deuses e deusas, desconhecidos na totalidade do divino poder atuante, na simbologia alucinante das manifestações, imprevistas, súbitas, milenárias, originais, **monstruosas** para os que não foram egípcios. Tudo quanto nos sugeriu adoração, amor, admiração, entusiasmo, imobilizamos nos templos, palácios, túmulos, mastabas. Escultura de gigantes e de centímetros, desenhos, relevos, joias inimitáveis, foram reproduções incontáveis da observação realizadora. O mestre Maspero não disse que tínhamos **la fatalité de l'utile**?[498] Sonharia o esplendor da inutilidade rococó! Mas compreendia o encadeado das **gregas**, os meandros do labirinto, a confusão rítmica do arabesco.

– Naturalmente o **Progresso** abateu muita preciosidade em nome da **Utilidade**. Um engenheiro sugeriu a Mehemet-Ali derrubar a pirâmide de Kéops para obter abundante material de construção. As usinas de açúcar e plantios de algodão nos campos, a planificação urbanista, foram forças terríveis contra a presença histórica que os palácios e templos significavam. Também esvoaçou, ameaçador, o **espírito moderno**, ignorante, sádico, desdenhoso, citando a **técnica** como razão definitiva e suprema. O Egito, no conjunto urbano da renovação e conservação, não se desfigurou totalmente porque resistiu o fundamento inabalável de nossa fidelidade à fisionomia tradicional. Assim, salvamo-nos do **Nivelismo** monótono da servidão padronizada. Tivemos a felicidade de preferir os **sensatos** aos gênios. Por

---

497 (..) **pueblo de funcionários**: referência à obra *El espectador* – vol. VIII (1934) de Ortega y Gasset, onde se encontra o estudo "Pueblo de funcionarios": **povo de funcionários**.

498 O mestre Maspero não disse que tínhamos **a fatalidade do útil**?

isso as nossas velhas cidades não se mutilaram, como tantas outras, antigas e nobres, em ambas as margens do Mediterrâneo consagrador.

– Anonimato na criação artística? Os egípcios libertaram-se dessa oblação à **vanitas terrestris**, como os arquitetos da Idade Média, até os séculos XV e XVI, foram o que Renan apelidou: **cette foule silencieuse de figures sans nom!**[499] Anônimos, mas deixando as catedrais românicas e góticas. Que tenacidade indagadora para deparar-se a sigla rústica, identificando o artista... Pensavam eles que a obra revelaria o operário. Não podemos compará-los à epiléptica autopropaganda contemporânea. Não lembra o farol de Alexandria? Gnadian Sostrate planejou e construiu no IIIº século antes de Cristo. Na base constava unicamente o nome do Rei, Ptolomeu Filadelfo. Cada Soberano do Egito assumia a mentirosa autoria, substituindo placa sobre placa. Em 1302 um terremoto sacudiu a ilha de Faros e a coluna derruiu, espatifando os títulos votivos e falsos. Reapareceu, gravado no granito inicial, o nome de Gnadian Sostrate, na autenticidade do testemunho real. Esperara dez séculos! Os Mortos possuem o Tempo. Deixemos aos **efêmeros** a impaciência pela notoriedade.

– Essa é a sentença condenatória da Arte Egípcia! Está em todos os livros, desde a primeira metade do século XIX. Argumentação imutável. **Il y a des choses que tout le monde dit, parce qu'elles ont été dites une fois**[500], anotou Montesquieu. Dos mestres universitários às recordações dos viajantes vadios, a frase de pregão passou a **slogan**, insistente como um anúncio norte-americano. O Egito é a Terra dos Mortos. Arquitetura tumular. Reino das Múmias. Devoção ao Cadáver. **Tout est pour lui, tout converge vers lui!** Nesse **triste vallée d'éternel esclavage**[501], como nos batizou Renan, tivemos a Religião dos Defuntos, perfurando cordilheiras para sepulturas, erguendo montanhas para guardar féretros. O patrimônio artístico é um acervo necrófilo. **Le Mort lui-même prend la parole et raconte sa vie...**[502] Não há surpresa para mim ouvindo-o insistir nesse sinistro destino do Egito. Não preciso

---

499 Os egípcios libertaram-se dessa oblação à **vaidade terrena**, como os arquitetos da Idade Média, até os séculos XV e XVI, foram o que Renan apelidou: **essa multidão silenciosa de figuras sem nome!** – citação de Ernest Renan em *L'invention de l'art gothique*.

500 **Há coisas que todos dizem porque um dia foram ditas**, anotou Montesquieu – citação de *Considérations sur les causes de la grandeur des Romains et de leur décadence* (1721).

501 Tudo é para ele, tudo converge na sua direção! Nesse **triste vale de eterna escravidão** (...) – citação de Renan em "Les Antiquités égyptiennes et les Fouilles de M. Mariette, souvenirs de mon voyage en Egypte" (*Revue des Deux Mondes*, 1865).

502 O próprio Morto toma a palavra e conta sua vida... – citação da mesma fonte da nota anterior.

recordar ao professor o cerimonial dedicado aos Mortos e ao Espírito dos Antepassados, em todas as civilizações do Mundo. Suponhamos que nada existisse, nesse particular, fora do Egito. Seríamos os únicos necrólatras da Terra. Em vez de egoístas, céticos, materialistas, deviam-nos proclamar a ternura, gratidão, devotamento às vidas das quais proviamos. Frutos, não esquecemos a dedicação obscura das raízes. Era um título moral ao respeito estrangeiro, como a veneração aos Velhos, entre os espartanos. Esse amor, constante e fiel, estava na mentalidade de todos os egípcios. A dimensão dos túmulos, de humildes a suntuosos, não media a intensidade devocional. A decoração, graciosa, acolhedora, pacificante, de Sakkara, ou os desenhos terríficos de Biban-el-Moluk, não alteravam a essência litúrgica e doutrinal. Pirâmides, mastabas, covas anônimas, abertas nas rochas, tinham a mesma significação intencional das sepulturas ricas e pobres dos **campos-santos** cristãos. Mas a lógica dos exegetas críticos atinge ao ilógico. Alguns hipogeus em Denderah têm entradas ocultas ou dissimuladas, evitando a penetração indiscreta. Pelo interior, estavam ricos e totalmente decorados. Destinavam-se aos Mortos e não à exibição popular. Pois, esse pormenor é um elemento de reprovação europeia. O hipogeu deveria ser tão público, exposto e comum, como a **ágora** de Atenas! Uma **beth olam**, uma **domus aeterna**[503], assim ornamentada de estátuas, relevos admiráveis, utensílios vistosos, não deveria, de forma nenhuma, dedicar-se a um Morto, e sim à curiosidade de todos os transeuntes!

– Acreditávamos na **Ressurreição da carne**. O professor deve crer semelhantemente porque a **carnis resurrectionem**[504] é dogma de sua Religião, definido no ano de 325 no Concílio de Niceia, e faz parte do **Credo**, oração universal dos cristãos. Os Mortos dormem. É também sua crença, professor. Cemitério, **koimetérion**, vale dizer dormitório. Os Mortos despertam, ressuscitando. Cumprida a missão depois da Morte, o **Ba**, alma, custodiada pelo **Ka** animador, síntese consciente da força vital acompanhante, deveria reocupar o invólucro deixado na Terra na hora da viagem derradeira. Todo o aparato de nossa organização religiosa e social, servida pela Arte, era defender, guardar o corpo que o **Ba** abandonara para o julgamento de Osíris. Deveríamos manter o ambiente habitual e familiar em que o Morto vivera,

---

503 Uma **casa da eternidade**, uma **morada eterna** (...) – **beth olam**: possível alusão ao "Beth Olam Cemetery", cemitério dedicado aos judeus e localizado em Los Angeles, Estados Unidos.

504 **Ressurreição da carne** – de acordo com o sentido dado pelo autor no início do parágrafo.

porque tudo se animaria ao sopro divino da Ressurreição. Éramos unicamente os guardiões e conservadores da **casa da alma**, cuidando tê-la idônea e capaz de receber o seu legítimo senhor, regressando da jornada sobrenatural. Se o corpo se perdesse, **Ba** seria alma errante e temerosa, sem destino e sem função subsequente, desaparecida no perecimento da única matéria disposta a abrigá-la, agora para sempre. **Ka** não teria potência suficiente para uma reprodução física. Essa era a nossa lei... Estávamos em plena necrodulia ou vigiávamos a fulgurante volta do Espírito, para a eternidade da Vida? O guarda do palácio devota-se ao castelo vazio ou ao Rei ausente, que chegará, para a posse festiva? Que vale a sentinela? Guarda o edifício ou o direito de a autoridade ocupá-lo? Quando não há função **oficial**, desaparece a patrulha defensora. Fomos essa guarda, em seis mil anos de obediência. A múmia não era símbolo, como estandarte, coroa, trono. Era o complemento positivo à realização do ato mais alto e básico da nossa Fé. A Eucaristia é reproduzível, pela **consagração**. A reincorporação do **Ba** ao corpo era um milagre único para cada existência humana. Durante sessenta séculos foi a doutrina imutável. Como desfazer a incompreensão obstinada de sábios e parvos? Creio que Deus enlouqueceu a Sabedoria deste Mundo!

Os olhos continuam sorrindo na face persuasiva e grave. Atirou o que restava do **corona**[505] no cinzeiro de louça. Agradeceu-me atenção e tempo. Apanhou o chapéu escuro e o capote claro.

– Vou ao Brasil Central. Ver Brasília.

Saiu, saudando.

> El Auctor hace fin a la presente obra y
> demanda perdón si en algo de lo que
> ha dicho ha enojado o no bien dicho.[506]

Arcipreste de Talavera (1398-1470).

---

[505] Atirou o que restava do **Corona** (...) – corona: tipo de charuto que originalmente leva o selo da coroa real, considerado clássico e tido como padrão para os demais.

[506] O **Autor** dá fim à presente obra e / pede perdão se em algo do que / disse irritou ou não foi bem dito – citação do final da obra *Corbacho o Reprobación del amor mundano* (1438), de Alfonso Martínez de Toledo, Arcipreste de Talavera (**Arcebispo de Talavera**).

Bibliografia de Luís da Câmara Cascudo

LIVROS

Década de 1920

Alma patrícia. (Crítica literária)
   Natal: Atelier Typ. M. Victorino, 1921. 189p.
   Edição atual – 2. ed. Mossoró: ESAM, 1991. Coleção Mossoroense, série C, v. 743. 189p.

Histórias que o tempo leva... (Da História do Rio Grande do Norte)
   São Paulo: Monteiro Lobato & Co., 1924. 236p.
   Edição atual – Mossoró: ESAM, 1991. Coleção Mossoroense, série C, v. 757. 236p.

Joio. (Páginas de literatura e crítica)
   Natal: Off. Graf. d'A Imprensa, 1924. 176p.
   Edição atual – 2. ed. Mossoró: ESAM, 1991. Coleção Mossoroense, série C, v. 749. 176p.

López do Paraguay.
   Natal: Typ. d'A República, 1927. 114p.
   Edição atual – 2. ed. Mossoró: ESAM, 1995. Coleção Mossoroense, série C, v. 855. 114p.

Década de 1930

O homem americano e seus temas. (Tentativa de síntese)
   Natal: Imprensa Oficial, 1933. 71p.
   Edição atual – 2. ed. Mossoró: ESAM, 1992. 71p.

O Conde d'Eu.
   São Paulo: Companhia Editora Nacional, 1933. Brasiliana, 11. 166p.

Viajando o sertão.
  Natal: Imprensa Oficial, 1934. 52p.
  Edição atual – 4. ed. São Paulo: Global, 2009. 102p.

Em memória de Stradelli (1852-1926).
  Manaus: Livraria Clássica, 1936. 115p.
  Edição atual – 3. ed. revista. Manaus: Editora Valer e Governo do Estado do Amazonas, 2001. 132p.

O Doutor Barata – político, democrata e jornalista.
  Bahia: Imprensa Oficial do Estado, 1938. 68p.

O Marquês de Olinda e seu tempo (1793-1870).
  São Paulo: Editora Nacional, 1938. Brasiliana, 107. 348p.

Governo do Rio Grande do Norte. (Cronologia dos capitães-mores, presidentes provinciais, governadores republicanos e interventores federais, de 1897 a 1939)
  Natal: Livraria Cosmopolita, 1939. 234p.
  Edição atual – Mossoró: ESAM, 1989. Coleção Mossoroense, série C, v. DXXVI.

Vaqueiros e cantadores. (Folclore poético do sertão de Pernambuco, Paraíba, Rio Grande do Norte e Ceará)
  Porto Alegre: Globo, 1939. Biblioteca de Investigação e Cultura. 274p.
  Edição atual – São Paulo: Global, 2005. 357p.

DÉCADA DE 1940

Informação de História e Etnografia.
  Recife: Of. de Renda, Priori & Cia., 1940. 211p.
  Edição atual – Mossoró: ESAM, 1991. Coleção Mossoroense, série C, v. I-II. 211p.

Antologia do folclore brasileiro.
  São Paulo: Livraria Martins, 1944. 2v. 502p.
  Edição atual – 9. ed. São Paulo: Global, 2004. v. 1. 323p.
  Edição atual – 6. ed. São Paulo: Global, 2004. v. 2. 333p.

Os melhores contos populares de Portugal. Seleção e estudo.
  Rio de Janeiro: Dois Mundos Editora, 1944. Coleção Clássicos e Contemporâneos, 16. 277p.

Lendas Brasileiras. (21 Histórias criadas pela imaginação de nosso povo)
Rio de Janeiro: Leo Jerônimo Schidrowitz, 1945. Confraria dos Bibliófilos Brasileiros Cattleya Alba. 89p.
Edição atual – 9. ed. São Paulo: Global, 2005. 168p.

Contos tradicionais do Brasil. (Confronto e notas)
Rio de Janeiro: Americ-Edit, 1946. Col. Joaquim Nabuco, 8. 405p.
Edição atual – 13. ed. São Paulo: Global, 2004. 318p.

Geografia dos mitos brasileiros.
Rio de Janeiro: Livraria José Olympio Editora, 1947. Coleção Documentos Brasileiros, v. 52. 467p.
Edição atual – 3. ed. São Paulo: Global, 2002. 396p.

História da Cidade do Natal.
Natal: Edição da Prefeitura Municipal, 1947. 411p.
Edição atual – 4. ed. Natal, RN: EDUFRN, 2010. 692p. Coleção História Potiguar.

O homem de espanto.
Natal: Galhardo, 1947. 204p.

Os holandeses no Rio Grande do Norte.
Natal: Editora do Departamento de Educação, 1949. 72p.

Década de 1950

Anúbis e outros ensaios: mitologia e folclore.
Rio de Janeiro: Edições O Cruzeiro, 1951. 281p.
Edição atual – 2. ed. Rio de Janeiro: FUNARTE/INF: Achiamé; Natal: UFRN, 1983. 224p.

Meleagro: depoimento e pesquisa sobre a magia branca no Brasil.
Rio de Janeiro: Livraria Agir Editora, 1951. 196p.
Edição atual – 2. ed. Rio de Janeiro: Livraria Agir Editora, 1978. 208p.

História da Imperatriz Porcina. (Crônica de uma novela do século XVI, popular em Portugal e Brasil)
Lisboa: Edições de Álvaro Pinto, Revista Ocidente, 1952. 83p.

Literatura Oral no Brasil.
Rio de Janeiro: José Olympio Editora, 1952. Coleção Documentos Brasileiros, v. 6 da História da Literatura Brasileira. 465p.
Edição Atual – 2. ed. São Paulo: Global, 2006. 480p.

Em Sergipe d'El Rey.
Aracaju: Edição do Movimento Cultural de Sergipe, 1953. 106p.

Cinco livros do povo: introdução ao estudo da novelística no Brasil.
Rio de Janeiro: José Olympio Editora, 1953. Coleção Documentos Brasileiros, v. 72. 449p.
Edição Atual – 3. ed. (Fac-similada). João Pessoa: Editora Universitária UFPB, 1994. 449p.

Antologia de Pedro Velho de Albuquerque Maranhão.
Natal: Departamento de Imprensa, 1954. 250p.

Dicionário do Folclore Brasileiro.
Rio de Janeiro: Instituto Nacional do Livro, 1954. 660p.
Edição atual – 12. ed. São Paulo: Global, 2012. 756p.

História de um homem: João Severiano da Câmara.
Natal: Departamento de Imprensa, 1954. 138p.

Contos de encantamento.
Salvador: Editora Progresso, 1954. 124p.

Contos exemplares.
Salvador: Editora Progresso, 1954. 91p.

História do Rio Grande do Norte.
Rio de Janeiro: Ministério da Educação e Cultura, Serviço de Documentação, 1955. 524p.
Edição atual – Natal: Fundação José Augusto/Rio de Janeiro: Achiamé, 1984. 529p.

Notas e documentos para a História de Mossoró.
Natal: Departamento de Imprensa, 1955. Coleção Mossoroense, série C, 2.254p.
Edição atual – 5. ed. Mossoró: Fundação Vingt-un Rosado, 2010. 300p. Coleção Mossoroense, série C, v. 1.571.

Notícia histórica do município de Santana do Matos.
   Natal: Departamento de Imprensa, 1955. 139p.

Trinta "estórias" brasileiras.
   Porto: Editora Portucalense, 1955. 170p.

Geografia do Brasil holandês.
   Rio de Janeiro: José Olympio Editora, 1956. Coleção Doc. Bras., v. 79. 303p.

Tradições populares da pecuária nordestina.
   Rio de Janeiro: Serviço de Documentação Agrícola, 1956. Brasil. Doc. Vida Rural, 9. 78p.

Vida de Pedro Velho.
   Natal: Departamento de Imprensa, 1956. 140p.
   Edição atual – Natal: EDUFRN – Editora da UFRN, 2008. 170p. Coleção Câmara Cascudo: memória e biografias.

Jangada: uma pesquisa etnográfica.
   Rio de Janeiro: Ministério da Educação e Cultura, Serviço de Documentação, 1957. Coleção Vida Brasileira. 181p.
   Edição atual – 2. ed. São Paulo: Global, 2002. 170p.

Jangadeiros.
   Rio de Janeiro: Serviço de Documentação Agrícola, 1957. Brasil. Doc. Vida Rural, 11. 60p.

Superstições e costumes. (Pesquisas e notas de etnografia brasileira)
   Rio de Janeiro: Antunes, 1958. 260p.

Canto de muro: romance de costumes.
   Rio de Janeiro: José Olympio Editora, 1959. 266p.
   Edição atual – 4. ed. São Paulo: Global, 2006. 230p.

Rede de dormir: uma pesquisa etnográfica.
   Rio de Janeiro: Ministério da Educação e Cultura, Serviço de Documentação, 1959. Coleção Vida Brasileira, 16. 242p.
   Edição atual – 2. ed. São Paulo: Global, 2003. 231p.

DÉCADA DE 1960

Ateneu norte-rio-grandense: pesquisa e notas para sua história.
   Natal: Imprensa Oficial do Rio Grande do Norte, 1961. Coleção Juvenal Lamartine. 65p.

Vida breve de Auta de Souza, 1876-1901.
Recife: Imprensa Oficial, 1961. 156p.
Edição atual – Natal: EDUFRN – Editora da UFRN, 2008. 196p. Coleção Câmara Cascudo: memória e biografias.

Grande fabulário de Portugal e do Brasil. [Autores: Câmara Cascudo e Vieira de Almeida]
Lisboa: Fólio Edições Artísticas, 1961. 2v.

Dante Alighieri e a tradição popular no Brasil.
Porto Alegre: Pontifícia Universidade Católica do Rio Grande do Sul, 1963. 326p.
Edição atual – 2. ed. Natal: Fundação José Augusto, 1979. 326p.

Motivos da literatura oral da França no Brasil.
Recife: [s.ed.], 1964. 66p.

Dois ensaios de História: A intencionalidade do descobrimento do Brasil. O mais antigo marco de posse.
Natal: Imprensa Universitária do Rio Grande do Norte, 1965. 83p.

História da República no Rio Grande do Norte. Da propaganda à primeira eleição direta para governador.
Rio de Janeiro: Edições do Val, 1965. 306p.

Nosso amigo Castriciano, 1874-1947: reminiscências e notas.
Recife: Imprensa Universitária, 1965. 258p.
Edição atual – Natal: EDUFRN – Editora da UFRN, 2008. Coleção Câmara Cascudo: memória e biografias.

Made in Africa. (Pesquisas e notas)
Rio de Janeiro: Editora Civilização Brasileira, 1965. Perspectivas do Homem, 3. 193p.
Edição atual – 2. ed. São Paulo: Global, 2002. 185p.

Flor de romances trágicos.
Rio de Janeiro: Livraria Editora Cátedra, 1966. 188p.
Edição atual – Natal: Fundação José Augusto/Rio de Janeiro: Cátedra, 1982. 189p.

Voz de Nessus.
João Pessoa: Departamento Cultural da UFPB, 1966. 108p.

Folclore do Brasil. (Pesquisas e notas)
   Rio de Janeiro: Fundo de Cultura, 1967. 258p.
   Edição atual – 3. ed. São Paulo: Global, 2012. 232p.

Jerônimo Rosado (1861-1930): uma ação brasileira na província.
   Rio de Janeiro: Editora Pongetti, 1967. 220p.

Mouros, franceses e judeus (Três presenças no Brasil).
   Rio de Janeiro: Editora Letras e Artes, 1967. 154p.
   Edição atual – 3. ed. São Paulo: Global, 2001. 111p.

História da alimentação no Brasil.
   São Paulo: Companhia Editora Nacional, v. 1, 1967. 396p.; v. 2, 1968. 539p.
   Edição atual – 4. ed. São Paulo: Global, 2011. 954p.

Coisas que o povo diz.
   Rio de Janeiro: Edições Bloch, 1968. 206p.
   Edição atual – 2. ed. São Paulo: Global, 2009. 155p.

Nomes da Terra: história, geografia e toponímia do Rio Grande do Norte.
   Natal: Fundação José Augusto, 1968. 321p.
   Edição atual – Natal: Sebo Vermelho Edições, 2002. 321p.

O tempo e eu: confidências e proposições.
   Natal: Imprensa Universitária, 1968. 338p.
   Edição atual – Natal: EDUFRN – Editora da UFRN, 2008. Coleção Câmara Cascudo: memória.

Prelúdio da cachaça. (Etnografia, História e Sociologia da aguardente do Brasil)
   Rio de Janeiro: Instituto do Açúcar e do Álcool, 1968. 98p.
   Edição atual – 2. ed. São Paulo: Global, 2006. 86p.

Pequeno manual do doente aprendiz: notas e maginações.
   Natal: Imprensa Universitária, 1969. 109p.
   Edição atual – 3. ed. Natal: EDUFRN, 2010. 108p. Coleção Câmara Cascudo: memória.

A vaquejada nordestina e sua origem.
   Recife: Instituto Joaquim Nabuco de Pesquisas Sociais – IJNPS/MEC, 969. 60p.

Década de 1970

Gente viva.
Recife: Universidade Federal de Pernambuco, 1970. 189p.
Edição atual – 2. ed. Natal: EDUFRN, 2010. 222p. Coleção Câmara Cascudo: memória.

Locuções tradicionais do Brasil.
Recife: Editora Universitária, 1970. 237p.
Edição atual – São Paulo: Global, 2004. 332p.

Ensaios de Etnografia Brasileira: pesquisa na cultura popular do Brasil.
Rio de Janeiro: Instituto Nacional do Livro (INL), 1971. 194p.

Na ronda do tempo. (Diário de 1969)
Natal: Universitária, 1971. 168p.
Edição atual – 3. ed. Natal: EDUFRN, 2010. 198p. Coleção Câmara Cascudo: memória.

Sociologia do açúcar: pesquisa e dedução.
Rio de Janeiro: MIC, Serviço de Documentação do Instituto do Açúcar e do Álcool, 1971. Coleção Canavieira, 5. 478p.

Tradição, ciência do povo: pesquisas na cultura popular do Brasil.
São Paulo: Editora Perspectiva, 1971. 195p.
Edição atual – 2. ed. São Paulo: Global, 2013. 168p.

Ontem: maginações e notas de um professor de província.
Natal: Editora Universitária, 1972. 257p.
Edição atual – 3. ed. Natal: EDUFRN, 2010. 254p. Coleção Câmara Cascudo: memória.

Uma história da Assembleia Legislativa do Rio Grande do Norte: conclusões, pesquisas e documentários.
Natal: Fundação José Augusto, 1972. 487p.

Civilização e cultura: pesquisas e notas de etnografia geral.
Rio de Janeiro: José Olympio, 1973. 2v. 741p.
Edição atual – São Paulo: Global, 2004. 726p.

Movimento da Independência no Rio Grande do Norte.
Natal: Fundação José Augusto, 1973. 165p.

Prelúdio e fuga do real.
   Natal: Fundação José Augusto, 1974. 384p.

Religião no povo.
   João Pessoa: Imprensa Universitária, 1974. 194p.
   Edição atual – 2. ed. São Paulo: Global, 2011. 187p.

O livro das velhas figuras.
   Natal: Edições do IHGRN, Fundação José Augusto, 1974. v. 1. 156p.

Folclore.
   Recife: Secretaria de Educação e Cultura, 1975. 62p.

O livro das velhas figuras.
   Natal: Edições do IHGRN, Fundação José Augusto, 1976. v. 2. 170p.

História dos nossos gestos: uma pesquisa na mímica no Brasil.
   São Paulo: Edições Melhoramentos, 1976. 252p.
   Edição atual – 2. ed. São Paulo: Global, 2004. 277p.

O livro das velhas figuras.
   Natal: Edições do IHGRN, Fundação José Augusto, 1977. v. 3. 152p.

O Príncipe Maximiliano de Wied-Neuwied no Brasil (1815-1817).
   Rio de Janeiro: Editora Kosmos, 1977. 179p.

Antologia da alimentação no Brasil.
   Rio de Janeiro: Livros Técnicos e Científicos, 1977. 254p.
   Edição atual – 2. ed. São Paulo: Global, 2008. 304p.

Três ensaios franceses.
   Natal: Fundação José Augusto, 1977. 84p.

Contes traditionnels du Brésil. Alléguédé, Bernard [Tradução].
   Paris: G. P. Maisonneuve et Larose, 1978. 255p.

DÉCADA DE 1980

O livro das velhas figuras.
   Natal: Edições do IHGRN, Fundação José Augusto, 1980. v. 4. 164p.

Mossoró: região e cidade.
   Natal: Editora Universitária, 1980. Coleção Mossoroense, 103. 164p.
   Edição atual – 2. ed. Mossoró: ESAM, 1998. Coleção Mossoroense, série C, v. 999. 164p.

O livro das velhas figuras.
Natal: Edições do IHGRN, Fundação José Augusto, 1981. v. 5. 136p.

Superstição no Brasil. (Superstições e costumes, Anúbis e outros ensaios, Religião no povo)
Belo Horizonte: Itatiaia; São Paulo: EDUSP, 1985. Coleção Reconquista do Brasil. 443p.
Edição atual – 5. ed. São Paulo: Global, 2002. 496p.

O livro das velhas figuras.
Natal: Edições do IHGRN, Coojornal, 1989. v. 6. 140p.

Década de 1990

Notícia sobre dez municípios potiguares.
Mossoró: ESAM, 1998. Coleção Mossoroense, série C, v. 1.001. 55p.

Os compadres corcundas e outros contos brasileiros.
Rio de Janeiro: Ediouro, 1997. 123p. Leituras Fora de Série.

Década de 2000

O livro das velhas figuras.
Natal: Edições do IHGRN, Sebo Vermelho, 2002. v. 7. 260p.

O livro das velhas figuras.
Natal: Edições do IHGRN, EDUFRN – Editora da UFRN, 2002. v. 8. 138p.

O livro das velhas figuras.
Natal: Edições do IHGRN, EDUFRN – Editora da UFRN, 2005. v. 9. 208p.

Lendas brasileiras para jovens.
2. ed. São Paulo: Global, 2008. 126p.

Contos tradicionais do Brasil para jovens.
2. ed. São Paulo: Global, 2006. 125p.

No caminho do avião... Notas de reportagem aérea (1922-1933)
Natal: EDUFRN – Editora da UFRN, 2007. 84p.

O livro das velhas figuras.
Natal: Edições do IHGRN, Sebo Vermelho, 2008. v. 10. 193p.

A Casa de Cunhaú. (História e Genealogia)
Brasília: Edições do Senado Federal, v. 45, 2008. 182p.

Vaqueiros e cantadores para jovens.
São Paulo: Global, 2010. 142p.

EDIÇÕES TRADUZIDAS, ORGANIZADAS, COMPILADAS E ANOTADAS

Versos, de Lourival Açucena. [Organização e anotações]
Natal: Typ. d'A Imprensa, 1927. 93p.
Edição atual – 2. ed. Natal: Universitária, Coleção Resgate, 1986. 113p.

Viagens ao Nordeste do Brasil, de Henry Koster. [Tradução]
São Paulo: Editora Nacional, 1942.

Festas e tradições populares do Brasil, de Mello Moraes. [Revisão e notas]
Rio de Janeiro: Briguiet, 1946. 551p.

Os mitos amazônicos da tartaruga, de Charles Frederick Hartt. [Tradução e notas]
Recife: Arquivo Público Estadual, 1952. 69p.

Cantos populares do Brasil, de Sílvio Romero. [Anotações]
Rio de Janeiro: José Olympio Editora, 2v., 1954. Coleção Documentos Brasileiros, Folclore Brasileiro, 1. 711p.

Contos populares do Brasil, de Sílvio Romero. [Anotações]
Rio de Janeiro: José Olympio Editora, 1954. Coleção Documentos Brasileiros, Folclore Brasileiro, 2. 411p.

Poesia, de Domingos Caldas Barbosa. [Compilação]
Rio de Janeiro: Editora Agir, 1958. Coleção Nossos Clássicos, 16. 109p.

Poesia, de Antônio Nobre. [Compilação]
Rio de Janeiro: Editora Agir, 1959. Coleção Nossos Clássicos, 41. 103p.

Paliçadas e gases asfixiantes entre os indígenas da América do Sul, de Erland Nordenskiold. [Introdução e notas]
Rio de Janeiro: Biblioteca do Exército, 1961. 56p.

Os ciganos e cancioneiros dos ciganos, de Mello Moraes. [Revisão e notas]
Belo Horizonte: [s.ed.], 1981.

Opúsculos

Década de 1930

A intencionalidade no descobrimento do Brasil.
Natal: Imprensa Oficial, 1933. 30p.

O mais antigo marco colonial do Brasil.
Natal: Centro de Imprensa, 1934. 18p.

O brasão holandês do Rio Grande do Norte.
Natal: Imprensa Oficial, 1936.

Conversa sobre a hipoteca.
São Paulo: [s.ed.], 1936. (Apud Revista da Academia Norte-rio-grandense de Letras, v. 40, n. 28, dez. 1998.)

Os índios conheciam a propriedade privada?
São Paulo: [s.ed.], 1936. (Apud Revista da Academia Norte-rio-grandense de Letras, v. 40, n. 28, dez. 1998.)

Uma interpretação da couvade.
São Paulo: [s.ed.], 1936. (Apud Revista da Academia Norte-rio-grandense de Letras, v. 40, n. 28, dez. 1998.)

Notas para a história do Ateneu.
Natal: Instituto Histórico e Geográfico do Rio Grande do Norte, 1937. (Apud Revista da Academia Norte-rio-grandense de Letras, v. 40, n. 28, dez. 1998.)

Peixes no idioma Tupi.
Rio de Janeiro: [s.ed.], 1938. (Apud Revista da Academia Norte-rio--grandense de Letras, v. 40, n. 28, dez. 1998.)

Década de 1940

Montaigne e o índio brasileiro. [Tradução e notas do capítulo "Des caniballes" do Essais]
São Paulo: Cadernos da Hora Presente, 1940.

O Presidente parrudo.
  Natal: [s.ed.], 1941. (Apud Revista da Academia Norte-rio-grandense de Letras, v. 40, n. 28, dez. 1998.)

Sociedade Brasileira de Folk-lore.
  Natal: Oficinas do DEIP, 1942. 14p.

Simultaneidade de ciclos temáticos afro-brasileiros.
  Porto: [s.ed.], 1948. (Apud Revista da Academia Norte-rio-grandense de Letras, v. 40, n. 28, dez. 1998.)

Conferência (Tricentenário dos Guararapes). [separata]
  Revista do Arquivo Público, n. VI. Recife: Imprensa Oficial, 1949. 15p.

Consultando São João: pesquisa sobre a origem de algumas adivinhações.
  Natal: Departamento de Imprensa, 1949. Sociedade Brasileira de Folclore, 1. 22p.

Gorgoneion [separata]
  Revista "Homenaje a Don Luís de Hoyos Sainz", 1. Madrid: Valerá, 1949. 11p.

DÉCADA DE 1950

O símbolo jurídico do Pelourinho. [separata]
  Revista do Instituto Histórico e Geográfico do Rio Grande do Norte. Natal: [s.ed.], 1950. 21p.

O Folk-lore nos Autos Camoneanos.
  Natal: Departamento de Imprensa, 1950. 18p.

Conversa sobre direito internacional público.
  Natal: [s.ed.], 1951 (Apud Revista da Academia Norte-rio-grandense de Letras, v. 40, n. 28, dez. 1998.)

Atirei um limão verde.
  Porto: [s.ed.], 1951 (Apud Revista da Academia Norte-rio-grandense de Letras, v. 40, n. 28, dez. 1998.)

Os velhos entremezes circenses.
  Porto: [s.ed.], 1951 (Apud Revista da Academia Norte-rio-grandense de Letras, v. 40, n. 28, dez. 1998.)

Custódias com campainhas. [separata]
  Revista Oficial do Grêmio dos Industriais de Ourivesaria do Norte. Porto: Ourivesaria Portuguesa, 1951. Capítulo XI. 108p.

A mais antiga igreja do Seridó.
  Natal: [s.ed.], 1952 (Apud Revista da Academia Norte-rio-grandense de Letras, v. 40, n. 28, dez. 1998.)

Tradición de un cuento brasileño. [separata]
  Archivos Venezolanos de Folklore. Caracas: Universidade Central, 1952.

Com D. Quixote no folclore brasileiro. [separata]
  Revista de Dialectología y Tradiciones Populares. Madrid: C. Bermejo, 1952. 19p.

O poldrinho sertanejo e os filhos do vizir do Egito. [separata]
  Revista Bando, ano III, v. III, n. 3. Natal: [s.ed.], 1952. 15p.

Na casa de surdos. [separata]
  Revista de Dialectología y Tradiciones Populares, 9. Madrid: C. Bermejo, 1952. 21p.

A origem da vaquejada no Nordeste do Brasil. [separata]
  Douro-Litoral, 3/4, 5ª série. Porto: Simões Lopes, 1953. 7p.

Alguns jogos infantis no Brasil. [separata]
  Douro-Litoral, 7/8, 5ª série. Porto: Simões Lopes, 1953. 5p.

No tempo em que os bichos falavam.
  Salvador: Editora Progresso, 1954. 37p.

Cinco temas do Heptaméron na literatura oral ibérica. [separata]
  Douro-Litoral, 5/6, 6ª série. Porto: Simões Lopes, 1954. 12p.

Os velhos caminhos do Nordeste.
  Natal: [s.ed.], 1954 (Apud Revista da Academia Norte-rio-grandense de Letras, v. 40, n. 28, dez. 1998).

Notas para a história da Paróquia de Nova Cruz.
  Natal: Arquidiocese de Natal, 1955. 30p.

Paróquias do Rio Grande do Norte.
  Natal: Departamento de Imprensa, 1955. 30p.

Bibliografia.
  Natal: Lira, 1956. 7p.

Comadre e compadre. [separata]
  Revista de Dialectología y Tradiciones Populares, 12. Madrid: C. Bermejo, 1956. 12p.

Sociologia da abolição em Mossoró. [separata]
  Boletim Bibliográfico, n. 95-100. Mossoró: [s.ed.], 1956. 6p.

A função dos arquivos. [separata]
  Revista do Arquivo Público, 9/10, 1953. Recife: Arquivo Público Estadual/SIJ, 1956. 13p.

Exibição da prova de virgindade. [separata]
  Revista Brasileira de Medicina, v. XIV, n. 11. Rio de Janeiro: [s.ed.], 1957. 6p.

Três poemas de Walt Whitman. [Tradução]
  Recife: Imprensa Oficial, 1957. Coleção Concórdia. 15p.
  Edição atual – Mossoró: ESAM, 1992. Coleção Mossoroense, série B, n. 1.137. 15p.

O mosquiteiro é ameríndio? [separata]
  Revista de Dialectología y Tradiciones Populares, 13. Madrid: C. Bermejo, 1957. 7p.

Promessa de jantar aos cães. [separata]
  Revista de Dialectología y Tradiciones Populares, 14. Madrid: C. Bermejo, 1958. 4p.

Assunto latrinário. [separata]
  Revista Brasileira de Medicina, v. XVI, n. 7. Rio de Janeiro: [s.ed.], 1959. 7p.

Levantando a saia... [separata]
  Revista Brasileira de Medicina, v. XVI, n. 12. Rio de Janeiro: [s.ed.], 1959. 8p.

Universidade e civilização.
  Natal: Departamento de Imprensa, 1959. 12p.
  Edição atual – 2. ed. Natal: Editora Universitária, 1988. 22p.

Canção da vida breve. [separata]
  Sociedade Portuguesa de Antropologia e Etnologia, Faculdade de Ciências do Porto. Porto: Imprensa Portuguesa, 1959.

Década de 1960

Complexo sociológico do vizinho. [separata]
Actas do Colóquio de Estudos Etnográficos Dr. José Leite de Vasconcelos, Junta de Província do Douro Litoral, 18, V. II. Porto: Imprensa Portuguesa, 1960. 10p.

A família do Padre Miguelinho.
Natal: Departamento de Imprensa, 1960. Coleção Mossoroense, série B, 55. 32p.

A noiva de Arraiolos. [separata]
Revista de Dialectología y Tradiciones Populares, 16. Madrid: C. Bermejo, 1960. 3p.

Etnografia e direito.
Recife: Imprensa Oficial, 1961. 27p.

Breve história do Palácio da Esperança.
Natal: Departamento de Imprensa, 1961. 46p.

Roland no Brasil.
Natal: Tip. Santa Teresinha, 1962. 11p.

Temas do Mireio no folclore de Portugal e Brasil. [separata]
Revista Ocidente, 64, jan. Lisboa: [s.ed.], 1963.

História da alimentação no Brasil. [separata]
Revista de Etnografia, 1, Museu de Etnografia e História, Junta Distrital do Porto. Porto: Imprensa Portuguesa, 1963. 7p.

A cozinha africana no Brasil.
Luanda: Imprensa Nacional de Angola, 1964. Publicação do Museu de Angola. 36p.

O bom paladar é dos ricos ou dos pobres? [separata]
Revista de Etnografia, Museu de Etnografia e História. Porto: Imprensa Portuguesa, 1964. 6p.

Ecce iterum macaco e combuca. [separata]
Revista de Etnografia, 7, Museu de Etnografia e História, Junta Distrital do Porto. Porto: Imprensa Portuguesa, 1965. 4p.

Macaco velho não mete a mão em cambuca. [separata]
Revista de Etnografia, 6, Museu de Etnografia e História, Junta Distrital do Porto. Porto: Imprensa Portuguesa, 1965. 4p.

Prelúdio da Gaita. [separata]
Revista de Etnografia, 8, Museu de Etnografia e História, Junta Distrital do Porto. Porto: Imprensa Portuguesa, 1965. 4p.

Presença moura no Brasil. [separata]
Revista de Etnografia, 9, Museu de Etnografia e História, Junta Distrital do Porto. Porto: Imprensa Portuguesa, 1965. 13p.

Prelúdio da cachaça. [separata]
Revista de Etnografia, 11, Museu de Etnografia e História, Junta Distrital do Porto. Porto: Imprensa Portuguesa, 1966. 17p.

História de um livro perdido. [separata]
Arquivos do Instituto de Antropologia Câmara Cascudo, v. II, n. 1-2. Natal: UFRN, 1966. 19p.

Abóbora e jirimum. [separata]
Revista de Etnografia, 12, Museu de Etnografia e História, Junta Distrital do Porto. Porto: Imprensa Portuguesa, 1966. 6p.

O mais pobre dos dois... [separata]
Revista de Dialectología y Tradiciones Populares, tomo XXII, Cuadernos 1º y 2º. Madrid: C. Bermejo, 1966. 6p.

Duó.
Mossoró: ESAM, 1966. Coleção Mossoroense, série B, n. 82. 19p.

Viagem com Mofina Mendes ou da imaginação determinante. [separata]
Memórias da Academia das Ciências de Lisboa, Classe de Letras, 9. Lisboa: [s.ed.], 1966. 18p.

Ancha es Castilla! [separata]
Memórias da Academia das Ciências de Lisboa, Classe de Letras, tomo X. Lisboa: Academia de Ciências de Lisboa, 1967. 11p.

Folclore do mar. [separata]
Revista de Etnografia, 13, Museu de Etnografia e História, Junta Distrital do Porto. Porto: Imprensa Portuguesa, 1967. 8p.

A banana no Paraíso. [separata]
Revista de Etnografia, 14, Museu de Etnografia e História, Junta Distrital do Porto. Porto: Imprensa Portuguesa, 1967. 4p.

Desejo e Couvade. [separata]
Revista de Etnografia, 17, Museu de Etnografia e História, Junta Distrital do Porto. Porto: Imprensa Portuguesa, 1967. 4p.

Terras de Espanha, voz do Brasil (Confrontos e semelhanças). [separata]
Revista de Etnografia, 16, Museu de Etnografia e História, Junta Distrital do Porto. Porto: Imprensa Portuguesa, 1967. 25p.

Calendário das festas.
Rio de Janeiro: MEC, 1968. Caderno de Folclore, 5. 8p.

Às de Vila Diogo. [separata]
Revista de Etnografia, 18, Museu de Etnografia e História, Junta Distrital do Porto. Porto: Imprensa Portuguesa, 1968. 4p.

Assunto gago. [separata]
Revista de Etnografia, 19, Museu de Etnografia e História, Junta Distrital do Porto. Porto: Imprensa Portuguesa, 1968. 5p.

Vista de Londres. [separata]
Revista de Etnografia, 20, Museu de Etnografia e História, Junta Distrital do Porto. Porto: Imprensa Portuguesa, 1968. 29p.

A vaquejada nordestina e sua origem.
Recife: Instituto Joaquim Nabuco de Pesquisas Sociais, 1969. 48p.

Aristófanes. Viva o seu Personagem... [separata]
Revista "Dionysos", 14(17), jul. 1969. Rio de Janeiro: SNT/MEC, 1969. 11p.

Ceca e Meca. [separata]
Revista de Etnografia, 22, Museu de Etnografia e História da Junta Distrital do Porto. Porto: Imprensa Portuguesa, 1969. 9p.

Dezembrada e seus heróis: 1868/1968.
Natal: DEI, 1969. 30p.

Disputas gastronômicas. [separata]
Revista de Etnografia, 23, Museu de Etnografia e História, Junta Distrital do Porto. Porto: Imprensa Portuguesa, 1969. 5p.

Esta he Lixboa Prezada... [separata]
Revista de Etnografia, 21, Museu de Etnografia e História, Junta Distrital do Porto. Porto: Imprensa Portuguesa, 1969. 19p.

Locuções tradicionais. [separata]
Revista Brasileira de Cultura, 1, jul/set. Rio de Janeiro: CFC, 1969. 18p.

Alexander von Humboldt: um patrimônio imortal – 1769-1969.
[Conferência]
Natal: Nordeste, 1969. 21p.

Desplantes. [separata]
Revista do Arquivo Municipal, v. 176, ano 32. São Paulo: EGTR, 1969. 12p.

DÉCADA DE 1970

Conversa para o estudo afro-brasileiro. [separata]
Cadernos Brasileiros CB, n. 1, ano XII, n. 57, janeiro-fevereiro. Rio de Janeiro: Sociedade Gráfica Vida Doméstica Ltda., 1970. 11p.

O morto no Brasil. [separata]
Revista de Etnografia, 27, Museu de Etnografia e História, Junta Distrital do Porto. Porto: Imprensa Portuguesa, 1970. 18p.

Notícias das chuvas e dos ventos no Brasil. [separata]
Revista de Etnografia, 26, Museu de Etnografia e História, Junta Distrital do Porto. Porto: Imprensa Portuguesa, 1970. 18p.

Três notas brasileiras. [separata]
Boletim da Junta Distrital de Lisboa, 73/74. Lisboa: Ramos, Afonso & Moita Ltda., 1970. 14p.

Água do Lima no Capibaribe. [separata]
Revista de Etnografia, 28, Museu de Etnografia e História, Junta Distrital do Porto. Porto: Imprensa Portuguesa, 1971. 7p.

Divórcio no talher. [separata]
Revista de Etnografia, 32, Museu de Etnografia e História, Junta Distrital do Porto. Porto: Imprensa Portuguesa, 1972. 4p.

Folclore nos Autos Camoneanos. [separata]
Revista de Etnografia, 31, Museu de Etnografia e História, Junta Distrital do Porto. Porto: Imprensa Portuguesa, 1972. 13p.

Uma nota sobre o cachimbo inglês. [separata]
  Revista de Etnografia, 30, Museu de Etnografia e História, Junta Distrital do Porto. Porto: Imprensa Portuguesa, 1972. 11p.

Visão do folclore nordestino. [separata]
  Revista de Etnografia, 29, Museu de Etnografia e História, Junta Distrital do Porto. Porto: Imprensa Portuguesa, 1972. 7p.

Caminhos da convivência brasileira. [separata]
  Revista Ocidente, 84. Lisboa: [s.ed.], 1973.

Meu amigo Thaville: evocações e panorama.
  Rio de Janeiro: Editora Pongetti, 1974. 48p.

Mitos brasileiros.
  Rio de Janeiro: MEC, 1976. Cadernos de Folclore, 6. 24p.

Imagens de Espanha no popular do Brasil. [separata]
  Revista de Dialectología y Tradiciones Populares, 32. Madrid: C. Bermejo, 1976. 9p.

Mouros e judeus na tradição popular do Brasil.
  Recife: Governo do Estado de Pernambuco, Departamento de Cultura/SEC, 1978. 45p.

Breve História do Palácio Potengi.
  Natal: Fundação José Augusto, 1978. 48p.

Década de 1990

Jararaca. [separata]
  Mossoró: ESAM, 1990. Coleção Mossoroense, série B, n. 716. 13p.

Jesuíno Brilhante. [separata]
  Mossoró: ESAM, 1990. Coleção Mossoroense, série B, n. 717. 15p.

Mossoró e Moçoró. [separata]
  Mossoró: ESAM, 1991. 10p.

Acari, Caicó e Currais Novos. [separata]
  Revista Potyguar. Mossoró: ESAM, 1991.

Caraúbas, Assú e Santa Cruz. [separata]
Revista Potyguar. Mossoró: ESAM, 1991. 11p.
Edição atual – Mossoró: ESAM, 1991. Coleção Mossoroense, série B, n. 1.047. 11p.

A carnaúba. [fac-símile]
Revista Brasileira de Geografia. Mossoró: ESAM, 1991. 61p.
Edição atual – Mossoró: ESAM, 1998. Coleção Mossoroense, série C, v. 996. 61p.

Natal. [separata]
Revista Potyguar. Mossoró: ESAM/FGD, 1991.

Mossoró e Areia Branca. [separata]
Revista Potyguar. Mossoró: ESAM/FGD, 1991. 17p.

A família norte-rio-grandense do primeiro bispo de Mossoró.
Mossoró: ESAM/FGD, 1991.

A "cacimba do padre" em Fernando de Noronha.
Natal: Sebo Vermelho, Fundação José Augusto, 1996. 12p.

O padre Longino, um tema proibido.
Mossoró: ESAM, 1998. Coleção Mossoroense, série B, n. 1.500. 11p.

Apresentação do livro de José Mauro de Vasconcelos, Banana Brava, romance editado pela AGIR em 1944.
Mossoró: ESAM, 1998. Coleção Mossoroense, série B, n. 1.586. 4p.

História da alimentação no Brasil. [separata]
Natal: Edições do IHGRN, 1998. 7p.

Cidade do Natal.
Natal: Sebo Vermelho, 1999. 34p.

O outro Monteiro Lobato. [Acta Diurna]
Mossoró: Fundação Vingt-un Rosado, 1999. 5p.

DÉCADA DE 2000

O marido da Mãe-d'água. A princesa e o gigante.
2. ed. São Paulo: Global, 2001. 16p. Coleção Contos de Encantamento.

Maria Gomes.
   3. ed. São Paulo: Global, 2002. 16p. Coleção Contos de Encantamento.

Couro de piolho.
   3. ed. São Paulo: Global, 2002. 16p. Coleção Contos de Encantamento.

A princesa de Bambuluá.
   3. ed. São Paulo: Global, 2003. 16p. Coleção Contos de Encantamento.

La princesa de Bambuluá.
   São Paulo: Global, 2006. 16p. Colección Cuentos de Encantamientos.

El marido de la madre de las aguas. La princesa y el gigante.
   São Paulo: Global, 2006. 16p. Colección Cuentos de Encantamientos.

O papagaio real.
   São Paulo: Global, 2004. 16p. Coleção Contos de Encantamento.

Facécias: contos populares divertidos.
   São Paulo: Global, 2006. 24p.